거미

박일 장편소설

동녘

● Argiope minuta KARSCH, 1879 꼬마호랑거미

● Argiope bruennichii(Scopoli,1772) 긴호랑거미

● Pholcus crypticolens BOES.
et STR., 1906 산유령거미

● Dolomedes raptor BOES.
et STR., 1906 먹닷거미

● Xysticus croceus Fox, 1937 풀게거미

● Gnaphosa kompirensis BOES.
et STR., 1906 넓적니거미

● Pisaura lama BOES. et STR.,1906
아기늪서성거미

거미
박일 장편소설

일러두기

1. 이 책의 앞부분에 실린 화보는 한국 거미연구소에서 제공한 사진으로 꾸민 것입니다.
2. 이 책의 뒷부분에는 거미 생태에 관한 부록이 실려 있습니다. 부록의 원고는 ≪거미학의 연구≫(김주필, 한국거미연구소, 1995)를 발췌하여 작성한 것입니다.

거미
박일 장편소설

차 례

작가의 말

얼마 전 일본 나고야 유전공학 연구소에서는 인간의 피를 가진 돼지를 만들어 내는 연구에 성공했다. 인간의 장기와 무게가 거의 비슷한 돼지의 장기를 인간에게 이식할 수 있는 길이 열린 것이다. 그런가 하면 미국의 한 연구소에서는 곤충으로부터 장수할 수 있는 유전자를 추출해 내는 데 성공하기도 했다.

이른바 공상과학 소설에서나 등장할 만한 얘기들이 현실화되고 있는 것이다.

이 소설의 주인공인 강주리는 인간의 뜻대로 거미를 조정할 수 있는 프로젝트를 개발한다. 주리는 왜 이런 연구를 한 것일까? 흔히 사람들은 거미를 곤충으로 알고 있다. 하지만 거미는 절지동물로서 주로 인간에게 해로운 해충을 잡아먹고 산다. 이런 거미의 습성을 이용하여 해충을 완전 박멸하기 위해 주리는 이 연구를 성공시킨 것이다.

얼마 전 일본 도쿄 지하철 역에서 무고한 시민들이 사린 독가스에 의해 테러를 당한 사건에 우리는 엄청난 충격을 받았었다. 이 소설에서는 이와 유사한 일본 신흥종교 광신자들이 주리의 거미 프로젝트를 탈취하고자 한국으로 잠입한다. 그들은 사린 독가스 대신 남미의 아마존 정글 지대에서 서식하는 블랙 위도우라는 독거미를 살인 무기로 개발해 낸 것이다.

그리고 그 살인 독거미를 마음대로 조정하여 대량 살상을 하고자 주리의 거미 조정 프로젝트가 필요했던 것이다. 게다가 러시아의 일본 신흥종교 부총책인 안드레이 제비치를 한국으로 보내 그 자가 연구해 온 에볼라 바이러스를 살인 독거미에게 주입하려는 음모까지 꾸민다. 에이즈보다도 무섭다는 살인 바이러스인 에볼라 바이러스는 사람의 몸에 침투되면 내부 장기들이 전부 녹아 버려 모든 구멍에서 피를 쏟으며 죽는 무서운 균이다.

독자들은 이쯤에서 눈치챌 것이다.

이 소설이 말하고자 하는 점을. 인류를 위해 아무리 훌륭한 연구가 성공한다 해도 그것을 어떤 목적으로 사용하느냐는 전적으로 우리 인간의 몫이라는 사실을.

불행히도 일본 신흥종교 광신자들은 주리의 거미 조정 프로젝트를 살상 무기로 이용하고자 했던 것이다. 비뚤어진 영혼을 갖은 그들은 인류에게 유익한 발명까지도 거침없이 재앙의 무기로 쓰고자 했던 것이다.

본 소설에서는 인류문명의 발달과 반비례해서 영혼이 병들 때 얼마나 엄청난 재앙이 불어닥칠 수 있는지에 대한 경고의 의미를 담아 보고자 했다.

소설의 새로운 장르로서 이른바 공상과학 소설인 SF류의 많은 소설들이 출간되고 있다. 그러나 아직은 외국소설들이 주류를 이루고 있는 현실을 안타까워하며 본 저자는 우리의 정서에 맞는 이번 작품을 구상해 보았다. 이 작품을 계기로 본격 SF작품들이 우리 나라에도 많이 출간되기를 바라며 용기를 내어 본 점을 널리 양해해 주시길 바라는 바이다.

먼저 이 작품을 선뜻 출판하기로 결심 해주신 등불 출판사 최순철 사장님, 편집부의 박선영, 김학미 양에게 감사를 드린다. 그리고 우리 나라 드라마의 새로운 가능성과 그동안 시도되지 않았던 색다른 장르의 개척을 위해 부족한 본 작품을 과감히 드라마화 해주신 MBC 방송사의 최종수 부국장님과 이 작품이 있기까지 많은 조언과 좋은 아이디어를 주신 이재갑 감독님께 진심으로 감사를 드리는 바이다.

끝으로 태숙, 종은, 서희, 경근 모두에게 사랑을 보낸다.

1995년 여름 문턱에서

지은이 **박일**

추천사

지금껏 거미 연구에 수많은 시간과 정력을 쏟아 왔던 본인은 이번에 거미를 소재로 한 책이 출간된다는 소식을 접하고 남다른 감회가 앞섰다. MBC TV 미니시리즈에서 이 소설을 방영할 예정이라서 출판사뿐 아니라 방송사 측에서도 수차례 내 거미 연구실과 실습실을 방문했다.

지금이야 해외여행이 자유화되었지만 60년대 초만 해도 외국에 나가기가 지금처럼 수월하지 않았다. 학술 회의가 열려 어렵게 외국으로 갈 기회가 생기면 거미를 수집하여 귀국하기도 했는데 종종 세관에서 몰수를 당하기도 했었다. 거미에 대한 연구를 한다는 사실 자체를 이해 못했던 주변 사람들의 시선 때문에 나의 거미 연구는 오랜 시간 동안 외로운 작업일 수밖에 없었다. 그러나 모든 악조건을 견뎌가며 거미 연구에 몰두했던 지난 시간을 후회해 본 적은 한 번도 없었다.

사재를 털어 양수리에다가 한국 최초로 거미 연구소를 차리고 거미들을 직접 키우며 거기서 얻은 연구 성과들을 세계의 유수한 학술 단체로 매달 보낸 것이 이제는 결실을 맺어 선진 외국의 거미 연구 학술 단체에게도 당당히 인정을 받게 되었음은 물론이고 한국의 위상을 높여 놓은 사실은 개인의 보람만이 아니라는 생각이 든다.

미국, 호주, 일본 등에서는 이미 국가적인 프로젝트로 오래 전부터 거미 연구를 본격화하여 농업 발전의 핵심 과제로 삼아 왔다. 그래서 거미 연구의 발전 단계는 선진국의 척도가 되기도 한다. 그런데 이제 한국도 거미 연구 성과에 힘입어 당당히 그 대열에 들어서게 된 것이다.

그동안 본인은 우리 나라에서 살고 있는 600여종의 거미를 찾아내어 도감을 만들고 생태계의 변화까지도 전부 기록으로 남겼으며 한국에서만 자라고 있는 희귀종 거미에 대해 세계 거미 학회에 발표하였다. 이 수확은 거미를 사랑하는 개인적인 차원을 넘어 국가적인 이익이 될 것이며 더 넓게는 인간의 건강과 자연 환경의 파수꾼이 될 것이다.

이번에 《거미》라는 소설이 출간을 계기로 우리 인간에게 유익한 거미에 대해 많은 사람들이 이해와 관심을 가졌으면 하는 바람에서 간단하나마 추천사를 대신하고자 한다.

한국 거미연구소 소장, 동국대학교 교수

김 주필

한국으로 잠입하라

일본 도쿄 아카사카 지하철 역에는 늘 많은 사람들로 붐볐다. 도심의 교통은 좁은 도로면적과 늘어나는 자동차 때문에 혼잡하기 이를 데 없었다.

오가는 사람들 틈에 유난히 눈에 띄는 여자가 있었다. 이목구비가 비교적 뚜렷한 데다 짧게 컷트한 머리 모양 때문인지 인상이 매우 강렬했다. 그녀는 지하철 입구를 나오며 가볍게 한숨을 내쉬었다. 웬만한 일에는 동요조차 하지 않는 그녀지만 이번 일만큼은 자신도 모르게 긴장이 되는 모양이었다.

술집들의 간판이 즐비한 아카사카 거리를 걷던 미치코는 어느 건물 앞에서 발걸음을 멈추었다.

그녀가 들어간 곳은 술집이 아닌 제일성형외과라는 병원 앞이었다. 일본에서는 물론이요 세계적으로 인정을 받고 있는 성형외과 전문의 이노키의 병원이었다.

수술을 약속하고 방문한 미치코는 수술실로 들어가기전 이노키 박사에게 씨디 롬을 건네 주었다. 그것을 받아 든 이노키 박사가 컴퓨터에 집어 넣자 컴퓨터 화면에 한 여인의 모습이 나타났다.

"이노키 박사님! 바로 이 여인입니다. 이 여인의 얼굴과 똑같이 수술해 주십시오. 조그만 점 하나까지 그대로 말입니다."

후지산이 병풍처럼 둘러싸고 있는 계곡쪽으로 커다란 건물 한채가 자리잡고 있었다. 얼핏 보아서는 사람이 사는 집같지 않게 정적만이 감돌고 있었다.

그러나 그 건물 지하에 자리잡은 구석방에서는 여러 명의 여인들이 분주하게 움직이고 있었다. 그중 앳되 보이는 몇 명의 소녀들은 한 남자의 목욕시중을 들고 있었다. 욕조에는 은은한 향기가 풍겼고 소녀들은 욕조 가운데 앉아 있는 남자의 몸을 정성스럽게 닦아주었다. 어떤 소녀는 몸을 닦고 있는 동안 팔이며 다리를 조심스럽게 주무르기도 했다. 목욕을 마치자 한 소녀는 준비되어 있는 고급스런 가운으로 그 남자의 몸을 감쌌다. 남자가 만족스러운 듯 고개를 끄덕이자 그곳에 있던 모든 여인들과 소녀들은 마치 신에게 경배하듯 공손히 인사를 올렸다. 그리고는 그 남자가 목욕하고 나온 물을 그릇에 담기 시작했다. 그 남자는 바로 그들이 믿고 있는 롬 진리교의 교주인 사노였다. 그들은 그 물을 신이 내린 감로수인냥 황홀한 표정으로 마셔댔다.

미치코는 사노를 기다리고 있었다. 고개를 숙이고 엎드린 자세였다. 그녀는 얼마 전 일본신흥종교인 롬 진리교에 입교한 신도로 대학에서 화학을 전공한 유능한 재원 미치코였다. 기존의 사회체계를 파괴하고 새로운 이념사회를 창조해야 한다고 주장하는 롬 진리교의 교리에 푹 빠져든 그녀는 매우 열성적으로 활동하여 교주의 신임을 단단히 받고 있었다. 그녀 뒤로 다나카와 이와다, 모리 또한 미치코처럼 엎드려 있었다. 얼마 후 방문이 열리고 사노가 들어왔다.

"고개를 들라. 미치코 정오사."

미치코가 잔뜩 긴장한 채 고개를 들었다. 그 남자가 미치코에게 가까이 오라는 손짓을 했다. 아마도 눈이 몹시 나쁜 모양이었다. 미치코가 그 남자 곁으로 바싹 다가갔다. 미치코의 얼굴을 자세히 들여다보던 사노가 갑자기 웃음을 터뜨렸다.

"하하 미치코 정오사. 이제부터 당신은 한국이 낳은 세계적인 유전공학자 강주리 박사요. 어쩌면 그렇게 감쪽같이 수술을 해낼 수가 있었단 말인가? 하하."

"사노 존사님. 칭찬해 주시니 몸둘바를 모르겠습니다."

활짝 웃던 사노 존사의 얼굴 표정이 갑자기 굳어졌다.

"미치코 정오사. 난 칭찬을 해준게 아니다. 지금부터는 진짜 강주리가 되어야 한다. 내 말 알아듣겠지?"

"잘 알고 있습니다. 존사님."

"이번에 미치코 정오사가 한국에 나가서 할 일은 우리 교단의 명운이 달린 일이란 걸 명심해야 한다. 이제 더 이상 일본에서는 우리가 설 땅이 없어. 빌어먹을……그 놈의 사린 독가스가 발견만 안됐어도……."

"너무 심려하지 마십시오. 사린 독가스보다 무서우면서도 좀처럼 밝혀내기 힘든 살인무기를 개발했지 않습니까?"

"우하하 그렇다. 바로 그거다."

사노 존사는 곧 표정을 바꾸어 미치코의 뒤에 엎드려 있는 다나카 일행을 향해 말했다.

"다나카! 이와다! 모리!"

"하이."

"너희들은 이제부터 미치코 정오사를 모시고 한국으로 나가 한국에서 재앙이 불어닥치도록 한치의 오차도 없이 작전을 수행해 주기 바란다."

"목숨을 걸고 실행하겠습니다."

말을 마친 사노 존사가 피곤한듯 그만 나가라고 손짓을 했다. 네 사람은 뒷걸음치며 그곳을 나왔다.

　다음 날, 미치코 일행은 오전 비행기로 김포공항에 도착했다. 입국
수속을 밟고 있는 그들을 모니터 화면으로 지켜보고 있는 사람이 있었
다. 김포공항의 보안실장이었다. 레이저 검색대를 무사히 통과하긴 했
으나 웬지 수상한 느낌을 지울 수가 없다. 오랜 경험에서 오는 육감 같
은 것이었다. 그러나 그런 느낌만으로 수하물의 철저한 검색을 요구할
수는 없었다. 더구나 요즘은 김포공항에 많은 인파가 몰려 관광진흥정
책에 따른 친절한 공항의 이미지 쇄신을 위해 짐검색은 신속하게 이루
어져야 했다. 보안실장은 이들의 모습을 비디오 테이프에 녹화해 두는
것으로 만족해야 했다.

　그러나……보안실장의 육감은 적중했다. 실제로 미치코 일행의 짐
속에는 롬 진리교가 비밀리에 만든 살인 무기가 들어 있었다. 바로 살
인 거미였다. 남미의 아마존강 늪지대에서만 자란다는 블랙 위도우란
독거미의 유전자를 추출하여 만든 보다 강력한 독거미. 특히 사람들에
게 치명적인 그런 살인 독거미를 가방 속에 숨겨 들여온 것이었다.

　한국에 들어온 미치코 일행은 일본에서 신원을 확보해 둔 최성준이
라는 인물의 거처를 수소문했다. 거미를 보관할 안전한 장소가 필요했
기 때문이었다.

　최성준은 얼마 전 롬 진리교의 교리를 번역했던 한국인 최학준의 동
생으로 반건달 생활을 하고 있었다. 얼마 전부터는 투견 도박에 빠져
하나뿐인 형마저 외면하자 변두리에 조그만 창고를 개조해 생활하고
있었다.

　서울 변두리에서 불법적인 투견 도박이 이루어지고 있다는 것은 알
만한 사람은 다 아는 일이었다. 특히나 건달들끼리는 그런 정보가 빨라

어느 곳에서 투견 도박을 한다 싶으면 속속 모여들곤 했다. 모여 있던 사람들 속에 소주를 병채 마시고 있는 최성준의 모습도 보였다.

최성준은 시합에 나오는 개들을 먼저 보러 개우리로 갔다. 바닥에 널려 있던 나무막대기를 주워 한 개를 향해 찌르는 시늉을 하자 금세 공격적인 자세를 취하더니 으르렁거렸다.

최성준은 장난으로 자신도 개처럼 으르렁거리며 다시 한번 찌르려고 했다. 개가 맹렬한 기세로 반항하자 오히려 신이 난 최성준이 나무막대기로 개를 내리치려는 순간 누군가가 그 막대기를 잡아 챘다. 바로 투견계의 대부 김도섭의 부하인 맹만수다.

"죽고싶어 환장했어?"

"히히……난 또 누구라구……."

"이 개가 얼마짜린 줄이나 알고 이러는 거야?"

"이봐! 내가 경력이 짧긴 해도 개를 보는 안목만큼은 누구보다 확실하다구. 이거 왜 이래."

"시끄럽게 하지 말고 큰형님 오시기 전에 썩 꺼져. 아, 어서."

최성준이 투견장으로 발걸음을 옮기자 맹만수는 개를 우리에서 꺼냈다. 개는 연신 으르렁거렸다. 그때 김도섭이 부하들에 둘러싸여 호기롭게 걸어오고 있었다. 구십도 각도로 절을 하는 부하들을 무시한 채 곧장 개에게 걸어간 김도섭은 날고기 한 점을 던져주었다. 개는 허겁지겁 고기를 먹어치웠다. 개의 머리를 쓰다듬어주는 김도섭의 표정은 만족스러워 보였다.

최성준이 투견장으로 들어섰을 때 벌써 다른 팀의 개싸움이 한창이었다. 사람들은 저마다 자신이 돈을 건 개를 응원했다. 조금 후 김도섭이 부하들에 호위를 받으며 거만한 표정으로 들어섰다. 뒤이어 김도섭의 개가 사람들 주위를 돌며 선을 보였다. 사람들이 돈을 걸기 시작했다. 최성준도 남한테 질세라 김도섭의 부하인 맹만수에게 십만원을 내놓았다.

"꺼져. 응? 이런 푼돈 가지고 뭘 어쩌겠다는 거야? 정 걸고 싶으면 다른 개에게 걸라구. 알았어?"

"이봐……그러지 말고……."

맹만수가 사정하는 최성준을 거칠게 밀쳤다.

"비키지 못해?"

최성준은 몹시 자존심이 상해 홧김에 다른 개에게 돈을 걸었다. 드디어 김도섭의 개와 다른 개와의 투견이 시작되었다. 최성준은 자신이 돈을 건 개를 응원하며 죽여라고 소리쳤다. 그러나 김도섭의 개가 상대편 개를 물어재끼기 시작했다. 싸움에서 진 개는 발을 쭉 뻗고 캥캥거렸다. 김도섭의 개는 승리를 확인하듯 거칠게 으르렁거렸다.

싸움에서 진 것이 확실해지자 실망한 최성준은 손에 들고 있던 소주를 단숨에 마셔버렸다. 그런 최성준의 모습을 멀리서 지켜보고 있는 여인이 있었다.

최성준은 투견장에서 돈을 잃은 건 둘째치고라도 김도섭 일당에게 망신당한 걸 생각하면 할수록 부아가 치밀었다. 단숨에 마셔버린 소주병을 길거리에 던진 최성준은 이내 소주 한 병을 더 사서는 병째 마시며 걷고 있었다. 창고를 향해 걸어가던 최성준은 갑자기 술이 확 깨는 걸 느꼈다. 그의 앞으로 다가오는 어떤 여자의 뒤를 따르는 개 때문이었다. 한눈에 보아도 덩치가 크고 힘도 세어 보이는 것이 투견을 전문으로 하는 개임에 틀림없었다. 최성준은 창고로 가려던 발걸음을 돌려 그 개를 따라갔다. 혹시나 개주인이 눈치챌세라 조심조심 개를 따라가고 있었다. 미치코는 최성준이 따라올 것을 짐작했으면서도 짐짓 모른 채 했다.

어느 순간 미치코가 홱 뒤돌아보며 최성준을 노려보았다. 당황한 최성준이 쭈빗거리고 서 있자 미치코가 최성준을 향해 걸어왔다. 그녀는 줄곧 최성준을 지켜보던 여인이있다.

"왜 내 뒤를 미행하는 거죠?"

"아, 아닙니다. 미행이라뇨?"

"아까부터 내 뒤를 쫓아오고 있잖아요?"

"아……그건 말이죠, 이 개가 말입니다. 너무 잘 생겨서요."

"뭐라구요?"

"이래뵈도 개 하나만큼은 한눈에 알아보는 안목이 있거든요."

최성준이 개쪽으로 다가가 개를 만지려고 하자 개는 사납게 으르렁거렸다. 최성준은 그런 개가 오히려 만족스러운 듯 웃음을 흘리며 말했다.

"내 눈은 틀림없다구요. 이 개가 투견장에 나타나면 그야말로 천하무적일 겁니다. 암, 그럼요……. 나한테 이런 개만 생길 수 있다면 지금 죽어도 원이 없겠습니다."

미치코가 잠시 생각하는 표정을 짓다가 말했다.

"이 개가 그렇게 탐이 나세요?"

"헤헤……. 오해는 마십시오. 그저 해본 소립니다."

"그렇게 소원이라면 드릴 수도 있어요."

"아니라니까요. 언감생심……. 제가 평생 벌어도 이런 개 한 마리 사기 어렵다는 것 정도는 압니다. 실례했습니다."

최성준이 비로소 제 정신이 돌아온 듯 황망히 물러서자 미치코는 선심쓰듯 말했다.

"내 말은 공짜로 줄 수도 있다는 거예요."

"예?"

"대신 조건이 하나 있어요."

"조건이라구요?"

미치코가 갑자기 웃음을 터뜨렸다.

"왜 겁나요?"

"아……아닙니다. 이 개가 가질 수 있다면 무슨 일인들 못하겠습니까?"

"호호……시간날 때 이리로 날 찾아오세요."

명함을 내민 미치코는 개를 데리고 가 버렸다. 멍한 표정으로 보고 있던 최성준은 그녀의 말을 믿어야 될지 말아야 될지 혼란스러웠다.

서울의 충무로 지하철 역은 3호선과 4호선이 교차하는 곳으로 도쿄의 지하철 만큼이나 많은 사람들로 분주했다. 다나카 일행은 차표를 구입한 후 에스컬레이터를 타고 승객들 속에 섞여 홈쪽으로 내려가고 있었다. 정장차림에 검은 안경을 쓴 그들의 모습은 잔뜩 굳어 있었다.

지하철 차량이 홈을 향해 들어섰다. 차량이 멈추었고 한떼의 승객들이 쏟아져 나왔다. 다나카와 이와다 그리고 모리가 사람들과 섞여 차 안으로 올라탔다. 다나카는 중간출입구로 그리고 이와다와 모리는 좌우 출입구로 각각 자리를 잡고 섰다. 지하철 안에는 예상외로 사람들이 많지 않았다.

다나카가 날카로운 눈초리로 재빠르게 차안을 훑어보았다. 차안의 좌우에 서 있는 이와다와 모리가 다나카를 향해 고개를 끄덕였다. 세 사람은 자연스럽게 좌석쪽으로 다가가 빈 우유팩을 바닥에다가 놓았다.

승객들 중에 미니 스커트 차림의 아가씨가 의자에 앉아 책을 읽고 있었다. 그 앞에 서 있는 청년의 시선은 자주 아가씨의 늘씬한 다리에 머물렀다.

이때 빈 우유팩에서 거미 한 마리가 나와 차량바닥을 기어다녔다. 그러나 아무도 거미의 존재를 눈치채지 못했다. 아까부터 아가씨의 허벅지를 쳐다보던 청년이 순간 싱긋이 미소를 지었다. 아가씨 다리 위로 거미 한 마리가 기어오르고 있었던 것이다. 아가씨가 간지러운지 다리를 움찔거렸다. 기어오르는 거미 때문에 간지러움을 견디지 못한 아가씨가 무심히 다리쪽을 보다가 외마디 비명을 질렀다.

그 순간 앞에 서 있던 청년이 아가씨의 허벅지까지 올라간 거미를 손으로 툭 쳐버렸다. 거미는 바닥으로 떨어졌다. 아가씨는 영문도 모른 채 청년을 향해 날카롭게 소리쳤다.

"지금 무슨 짓에예요?"

청년은 히죽거리기만 했다.

"나 참. 도와드린 것도 죄가 됩니까?"

아가씨와 청년이 실랑이를 벌이는 가운데 이와다와 모리가 놓아둔 빈 우유팩 속에서도 거미가 기어나왔다. 그리고는 의자에 앉아 있는 노인과 아주머니를 향해 기어갔다.

미니 스커트 차림의 아가씨는 여전히 자신의 다리를 쳐다보며 히죽거리는 청년을 못마땅하다는 듯 흘겨보았다. 여전히 히죽거리는 청년의 바지속으로 좀전에 떨어졌던 거미가 기어들어갔다. 순간 청년이 움찔하더니 아가씨쪽으로 쓰러졌다. 얼결에 청년을 안게 된 아가씨가 신경질적으로 청년을 밀쳐냈다.

"뭐, 이런 사람이 다 있어. 비키지 못해요?"

그러나 청년은 그대로 축 늘어졌다. 놀란 아가씨가 비명을 질러댔다. 사람들이 청년에게 다가갔다. 청년의 얼굴은 차츰 창백해졌고 숨을 헐떡였다. 그 순간 이와다와 모리가 서 있던 좌석쪽에서도 비명소리가 들려왔다. 노인과 아주머니가 청년과 똑같은 모습으로 얼굴이 창백해지고 숨을 헐떡였다. 몇 사람이 청년을 차량바닥에 눕히고 몸을 주물러주었다. 숨을 가쁘게 몰아쉬던 청년의 입에서 피가 울컥 쏟아졌다. 그리고는 이내 숨을 멈추었다. 사람들의 비명소리가 여기 저기서 터져나왔다. 쓰러졌던 노인과 아주머니도 청년과 같은 방식으로 죽어갔다.

혼란스러운 가운데 안내 방송이 흘러나왔다. 곧 경복궁역에 도착한다는 멘트였다. 차가 경복궁역에 도착하자 차량문이 열렸다. 승객들의 아우성속에 다나카와 일행은 재빠르게 빠져나왔다. 열린 출입구를 통해 거미들 또한 빠른 속도로 차량을 빠져나왔다. 갑자기 발생한 사고로 지하철의 운영은 잠시 중단되었다. 경찰이 도착해 시체를 치우기까지 한참의 시간이 흘렀다.

방송사 사회부 기자 이미란은 방송사 취재 차량을 급히 경복궁 역사 쪽으로 몰았다. 미란은 아직 햇병아리 기자이지만 벌써 굵직한 특종을 몇 건이나 올린 맹렬 여기자로 사건이 일어날 때마다 열심히 쫓아다녔다. 그녀는 선천적으로 타고난 육감 같은 걸 지니고 있었고 사물을 넓고 종합적으로 보는 안목까지 갖추고 있어 기자 생활을 하기에는 안성맞춤이었다.

미란은 이번 사건 소식을 접했을 때 뭔가 엄청난 사건이 도사리고 있는 것만 같은 예감이 자꾸 들었다. 우선은 특정한 대상이 없는 살인이라는 것이 마음에 걸렸다. 얼마전 일본에서 있었던 도쿄 지하철 사린 독가스 사건이 자꾸 연상되었다. 미란은 스스로에게 냉정해질 것을 다짐하고 마음을 가다듬었다.

취재 현장에 도착해보니 벌써 역사 주위에는 많은 기자들이 몰려 취재 열기가 뜨거웠다. 미란은 재빠르게 지하철 안에서 죽어가던 청년과 가까운 곳에 있었던 아가씨를 찾아내 마이크 앞에다가 세웠다. 그리고는 카메라에 불이 들어오자 질문을 쏟아붓기 시작한다.

"그러니까 그 청년이 치한인줄만 알고 밀쳐내려 했다는 거죠?"

"그렇다니까요. 아휴, 너무 끔찍해서 더 이상 얘기하고 싶지도 않아요."

"한마디만 더 해주세요. 또 다른 두 사람도 그 청년과 비슷한 증상으로 죽어갔다는 게 사실입니까?"

"워낙 경황이 없었기 때문에…… 그래요. 맞아요. 하나같이 숨을 헐떡이고 있었어요. 거기다가…… 아휴. 무서워요."

"괜찮아요. 생각나는대로 얘기해 주세요."

"왜, 있잖아요. 공포영화에서처럼 입에서 피를 흘리며 죽어갔어요. 정말 끔찍했다구요"

"다른 사람들은 괜찮았나요? 아무런 증상도 못느꼈나요?"

"무슨 말씀에요?"

"그러니까 얼마전 일본 도쿄 지하철역에서 일어났던 독가스 같은 건 없었나요? 숨이 막혔다든지……."

"그런 증세는 전혀 없었어요. 하지만 너무나 끔찍했어요. 정말예요. 무서워요. 저, 이제 집에 가도 돼죠?"

말을 마친 아가씨는 더 이상 사고현장에 남아 있고 싶지 않은 듯 미란곁을 떠났다. 미란이 카메라를 향해 마이크를 잡고 말했다.

"지금까지 사고현장에서 이미란이었습니다."

미란이 말을 마치고 카메라 맨에게 싸인을 한 후 마이크를 껐다. 철수를 하려는데 좀전의 아가씨가 쭈빗거리며 미란쪽으로 다시 왔다.

"저……이런 말씀드리면 어떻게 생각할지 몰라서……."

"괜찮아요. 인터뷰는 끝났으니까 편하게 말씀하세요"

"지하철안에 거미가 있었어요."

"네?"

"그 청년이 죽기 직전 거미 한 마리가 제 다리 위로 기어올라오고 있었어요."

"그래서요?"

"아녜요. 괜히 쓸데없는 말씀을 드린 것 같군요. 죄송해요."

아가씨가 민망한 표정으로 그냥 가버렸다. 뭔가 이상하다는 듯 고개를 갸웃하던 미란은 곧 생각을 떨쳐버리고 짐을 마저 챙겼다.

취재를 마친 미란은 곧장 방송사로 들어와 편집실로 직행했다. 그리고는 취재해온 비디오 테입을 편집기에다가 넣고 보기 시작했다. 어느새 미란의 직속상사인 보도국 부장이 편집실로 들어와 미란이 취재한 기사를 뒤에 서서 보고 있었다.

"다른 사람들은 괜찮았나요? 아무런 증상도 못느꼈나요?"

"무슨 말씀인지?"

"그러니까 얼마전 일본 도쿄역에서 일어났던 독가스 같은 건 없었나요? 숨이 막혔다든지……."

순간 뒤에 서 있던 부장이 모니터 화면을 탁 꺼 버렸다.

"이미란 기자. 지금 이 대목에서 소설쓸 일 있어?"

"부장님! 왜 이러세요?"

"왜 그러냐구? 아니 이 상황에서 일본 도쿄역 독가스 얘기가 왜 나오는 거야?"

"이상하잖아요. 어떻게 세 사람이 동시에 똑같은 증상으로 죽을 수 있난 말에요."

"그래서?"

"선량한 시민들에 대한 무차별 테러가 아닐까 하는 생각이 순간 들더라구요."

"이봐요. 이 기자. 기사는 추측이 아닌 사실보도에 생명이 있는 거라구. 아직 정확한 사망원인이 밝혀지지도 않았는데 이런쪽으로 몰아서 어쩌겠다는 거야? 이런 보도가 나갔을 때 시민들이 불안에 떠는 건 생각 안 해 봤어? 누구 목 자를려고 이러는 거야?"

"………"

"아니……남 기잔 왜 아직도 안 들어오는거야?"

부장이 신경질을 부리고 있을 때 남 기자가 들어섰다. 부장이 남 기자를 향해 말했다.

"어떻게 됐어?"

"경찰태도야 빤하죠 뭐. 공식적인 사망원인을 벌써 밝히겠습니까? 국립과학수사연구소의 부검결과를 기다려 달라……뭐 이런 얘기죠."

"그런 빤한 얘기 말구?"

"현장에 나갔던 검시관 얘기로는요, 심장마비로 단정을 하던 눈치던데요? 하나같이 극심한 빈혈증세를 보인 걸로 보아서 말입니다."

"하여튼 문제야 문제."

"뭐가 말입니까?"

"아, 서울의 공기가 얼마나 탁하냐구. 거기다 지하철 안의 공기오염도는 상상을 불허할 정도래잖아. 승객들이 심장마비를 일으킬 만도 하지."

부장과 남 기자의 대화를 듣던 미란이 어이없다는 표정을 지으며 일어섰다.

"이 기자! 어딜 가려구?"

"시체 안치소로 당장 달려가 제 눈으로 확인해 보고 싶어서요."

"쓸데없는 짓 말고 아까 그 대목 편집에서 당장 지워. 저녁 뉴스에 내보내려면 시간이 없다구."

부장이 일방적으로 지시를 내리고 방을 나가버리자 화기난 미란은 남 기자를 향해 말했다.

"남 선배! 남 선배도 그렇게 생각해요? 그 건장한 청년이 심장마비로 죽었다구요?"

"글쎄……요즘은 운동선수도 하루 아침에 쇼크사 하는 세상이니……."

미란이 기가 막히다는 표정으로 남 기자를 쳐다보았다.

"누군 햇병아리 기자 시절 안 겪었는 줄 알아? 의욕이 앞서면 화를 부를 수도 있다구. 자, 그럼 수고해."

남 기자도 이내 나가버렸다. 미란은 자신의 의견을 일체 무시하려는 부장과 선배 기자의 태도에 몹시 화가 났다. 한참을 그러고 있던 미란은 어디론가 전화를 걸었다.

"우혁이 형! 나 미란이야. 오늘 술 한잔 사줘. 무조건 나오라니까."

미란은 상대방의 대답도 듣기 전에 전화를 끊어버렸다.

퇴근 후 우혁을 만난 미란은 무조건 춤을 추러 가자고 졸랐다. 우혁은 미란이 원하는 대로 나이트클럽에 들어갔다. 현란한 조명 아래서 춤을 추는 사람들이 보였다. 술을 몇 잔 마신 후 미란과 우혁은 사람들 틈에서 춤을 추었다. 미란은 술이 취한 탓인지 몸을 마구 흔들어댔고 우혁은 마지못해 조금씩 몸을 움직이고 있을 뿐이었다. 땀이 흐를 정도로 춤을 추던 미란은 테이블로 돌아와 술잔에 남은 술을 한숨에 들이켰다. 다시 술을 따르려는데 술병은 비어 있었다. 미란은 웨이터를 불렀다.

"웨이터! 여기 한 병 더 주세요!"

옆에 앉아 있던 우혁은 미란의 손을 잡고 말렸다.

"그만 마셔."

"나 아직 멀었어. 이 손 놓으라니까."

우혁은 미란의 투정이 귀여운듯 웃으며 달랬다.

"오늘은 또 방송국에서 무슨 일이 있었는데 이러는 거니?"

우혁의 질문에 대꾸도 않던 미란이 혼자서 중얼거렸다.

"흥, 뭐 햇병아리? 그러는 즈네들은? 사실보도 좋아하네. 눈가리고 아웅하지 말라구. 시민들을 위하는 척하면서 즈네들 다치지만 않으려는 위선자들."

혼자서 중얼거리던 미란이 대뜸 우혁에게 물었다.

"우혁이 형! 사람들이 오염된 공기 때문에 심장마비를 일으킬 수도 있는 거야?"

우혁은 말도 안된다는 듯 웃고 말았다.

"그렇지? 웃기는 얘기지? 그렇게 따지자면 서울 시민중에 살아남을 사람 하나 없을거야. 그런데도 말도 안 되는 소리를 하고 있으니……."

"쓸데 없는 소리 그만 하고 일어서자."

"아냐. 오늘 형한테 꼭 물어 볼 말이 있어서 만나자고 한 거야. 형은 생물학 교수니까……아니, 아직 시간강사지. 그래서 말인데 내 말 잘 들어. 우리나라에도 흡혈거미가 있어? 있는 거야? 드라큐라처럼 사람 피를 빨아먹어 죽이는 흡혈거미 말야. 응?"

"너 정말 취했나 보다. 일어나 어서."

"그런 식으로 말하지 마. 난 지금 기자로서 묻고 있는 거야."

"그래 알았어. 나중에 알려 줄게. 오늘은 이만 일어서자."

우혁이 더 이상 안되겠다는 듯 미란의 옷을 입혀주며 빽도 챙겼다. 그때 미란이 언제 취했냐는 듯 진지한 표정으로 우혁을 빤히 보며 말했다.

"형!"

"........."

"주리한테도 항상 이런 식으로 다정하게 대해 주었어?"

순간 우혁의 표정이 굳어졌다. 주리란 이름이 미란으로부터 불려지는 순간 우혁은 몹시 화난 표정으로 미란을 향해 말했다.

"내 앞에서 주리 얘기는 하지 말라구 했지?"

다음 날, 김포국제 공항은 여행객들뿐만 아니라 한 무리의 기자들로 더욱 북적댔다. 기자들 모두 한참동안 입국장쪽을 주시하고 있었다. 그 기자들 속에 미란도 함께 있었다.

동경발 서울행 비행기가 도착했다는 안내방송이 흐르고 조금 후에 입국장의 문이 열렸다. 쏟아져 나오는 사람들 속에 주리의 모습이 보였다. 기자들이 일제히 주리쪽으로 몰려가 사진을 찍으며 그녀를 에워쌌다. 미란도 그쪽으로 가다가 무슨 생각에서인지 그냥 한쪽에 멈추어 서서 지켜보고만 있었다. 기자들의 질문 공세에 주리는 일일이 대답도 하지 못하고 걸어나왔다.

"강주리씨! 우선 귀국을 환영합니다."

"감사합니다."

"세계적인 유전공학자가 되어 돌아오신 소감부터 한 말씀 해 주시겠습니까?"

"전 그저 연구에 몰두했을 뿐입니다. 그런 표현은 어쩐지 부담스럽군요."

"일본 나고야 연구소에서는 강주리 씨가 계속 머물러주기를 부탁한 걸로 아는데요, 거액의 연구비를 뿌리치고 귀국을 서두른 다른 이유라도 있습니까?"

"새로운 프로젝트를 우리나라에서 성공시키고 싶어서에요. 이 연구만은 조국에서 열매를 맺고 싶습니다."

"무척 중요한 연구같은데요, 간단히 소개해 줄 수 없겠습니까?"

"죄송합니다. 아직은 대외비로 하고 싶군요."

기자들에게 둘러싸여 있던 주리는 미란을 발견하곤 활짝 웃으며 손을 흔들었다. 기자들 틈을 빠져나온 주리는 미란에게 다가갔다.

"미란아! 이게 얼마만이니?"

"성공을 축하해."

"너까지 왜 이래? 그런데 여긴 어떻게 알고 나온거야?"

"일 때문에 나왔어. 널 취재하러."

"뭐?"

"지금 방송국에서 발로 뛰고 있어."

"그랬구나."

"나한테는 비밀정보를 살짝 애기해 줄 수 있겠지?"

주리는 미란의 말에 대답 대신 빙그레 웃어 주었다. 이때 주리의 아버지인 강 박사가 주리쪽으로 다가왔다.

"주리야!"

"아빠!"

"그래. 잘 왔다. 피곤하지? 어서 집으로 가자."

오랜만에 만난 부녀는 짐을 챙겨 밖으로 나갔다. 그 모습을 가만히 지켜보고 있던 미란은 마음이 착잡해짐을 느꼈다. 대학 다닐 때부터 공부를 잘해 늘 주목받아온 주리는 전보다 더 아름답고 화려한 모습으로 돌아온 것이다. 친구의 성공을 축하하고 싶은 마음 이면에 감추어두고 싶은 미란의 착잡한 마음, 그것은 우혁 때문이었다. 주리는 바로 우혁의 연인이었다. 적어도 주리가 일본으로 유학을 떠나기 전까진. 그리고 주리는 다시 돌아온 것이다.

공항을 빠져나온 미란은 방송사로 향하는 대신 갑자기 방향을 바꾸어 우혁이 시간강사로 근무하는 대학교 캠퍼스로 향했다. 우혁은 늘 생물학 실험실에서 살다시피 했기에 미란은 곧장 실험실로 직행했다. 우혁이 놀람과 반가움 섞인 표정으로 미란을 맞았다.

"웬일야? 이 시간에 여기까지."

말대꾸도 않는 미란의 표정은 잔뜩 굳어 있었다. 우혁은 미란과 함께 대학교 식당으로 갔다.

고개를 숙인 채 침묵만을 지키고 있는 미란을 지켜보던 우혁은 답답하다는듯 말했다.

"미란이 답지 않게 왜 그러고 있어? 무슨 일 있었어? 왜 그래?"

우혁이 다그치자 미란이 고개를 들어 쳐다보며 표정없는 얼굴로 대답했다.

"주리가 귀국했어."

우혁은 순간적으로 충격을 받았다.

"화려한 모습이었어. 여전히 자신만만했구."

우혁이 소리쳤다.

"내 앞에서 주리얘긴 더 이상 하지 말라구 그랬지?"

"아니, 그렇지 않아."

강하게 반발하듯 말하던 미란이 우혁에게 초대장을 내놓았다.

"이게 뭐야?"

"주리의 귀국환영회 초대장야."

미란이 말을 마친 후 발딱 일어나서 나가버렸다. 그런 미란의 뒷모습을 보고있던 우혁은 웬지 착잡했다.

그로부터 며칠 후 강주리의 귀국을 축하하는 환영 파티가 열렸다. 초대된 손님들 속에 있던 기자들이 몇 명 모여 얘기를 나누었다.

"강주리씨 귀국환영파티가 대단하군."

"그럴만도 하잖아. 일본에서의 연구는 세계적인 성과였으니까."

"그런데 이번에 발표할 새로운 프로젝트는 과연 뭘까? 처음부터 비밀로 하는게 보통 연구는 아닌듯 한데 말야."

이때 미란이 파티장에 들어서고 있었다. 기자들이 미란 쪽으로 다가가며 말을 건넸다.

"이미란 씨! 우리 정보좀 나누어 가집시다."

"정보라뇨?"

"시치미 떼지 말라구요. 지난번 공항에서 보니까 강주리 씨와는 보통 사이가 아닌가 보던데 왜 이러슈."

"잘못 짚은 것 같군요."

기자들의 질문을 잘라버린 미란은 다른 쪽으로 옮겨갔다. 질문을 던졌던 기자는 냉랭한 미란의 태도에 계면쩍어했다.

은은한 실내악연주가 시작되면서 화려한 드레스를 차려 입은 주리가 아버지인 강 박사와 함께 입장했다. 모두들 축하의 박수를 쳐주었고 주리는 고개를 숙여 인사를 했다. 사람들 사이를 돌며 일일이 인사를 나누던 주리는 미란을 발견하고는 가까이 다가갔다.

"와 줘서 고마워."

"연구소 부소장으로 취임한 것 축하해."

"괜히 아버지 성화 때문에……난 정말 그런 직책 부담스러워."

뒤쪽에 서 있던 강 박사가 다가오며 말했다.

"이 에비는 항상 젊은 줄 아니? 넌 그럴 만한 자격이 있어."

아버지의 칭찬에 쑥쓰러워진 주리는 강 박사에게 미란을 소개했다.

"제 대학교 친구 미란이에요."

"반가워요. 이렇게 와 주어서."

그때 정장차림의 우혁이 파티장 안으로 들어섰다. 주리의 시선이 한 곳에 고정되었다. 많은 것을 담고 있는 주리의 눈동자가 미묘하게 떨렸다. 주리의 얼굴을 보던 미란이 주리의 시선 방향으로 얼굴을 돌리다가 우혁을 발견했다. 미란의 표정이 굳어졌다. 주리가 우혁의 곁으로 다가 갔다. 미란은 슬그머니 그 자리를 피했다.

"이게 얼마만이지?"

악수를 청하는 주리의 시선을 외면한 채 우혁은 딱딱한 어투로 말했 다,

"삼년 일개월."

그의 말에 주리는 눈물을 글썽였다.

"어떻게 그렇게 정확히 기억하는거야?"

"고통의 나날이었으니까."

순간 주리의 표정이 굳어졌다. 자신과 떨어져 있던 기간을 정확히 기 억하고 있는 이유가 고통 때문이라는 우혁의 말에 주리는 말문이 막혔 다. 그런 주리의 얼굴을 쳐다보던 우혁은 너무했다는 생각에 다시 말했 다.

"미안해. 이런 식으로 말할 생각은 아니었어."

"아냐. 솔직히 얘기해 줘서 오히려 고마워."

우혁은 주리와 함께 있는 것이 웬지 거북했다. 주리는 우혁의 표정에 서 웬지 불편해하는 것을 느꼈다.

"기왕 온거 오늘은 다른 얘기하지 마. 그리고 파티가 끝날 때까지만 이라도 함께 있어줘. 부탁이야."

"됐어. 웬지 한번쯤은 만나야 할 것 같아서 왔을 뿐이야. 좋은 시간 갖길 바래."

우혁은 주리의 부탁을 뿌리치고 파티장을 빠져나왔다. 망설이던 주리가 우혁을 따라나갔다. 아까부터 이들의 모습을 지켜보던 미란은 씁쓸한 표정으로 새로운 술잔을 집어들었다.

창가로 다가가던 미란은 문득 바닥을 쳐다보다가 거미 한 마리가 기어가고 있는 것을 발견했다. 미란이 긴장된 마음으로 다시 한번 쳐다보았을 때 이미 거미는 자취를 감추었다.

어느새 거미는 연주중인 실내악단원들쪽을 향해 기어가고 있었다. 미란은 시선을 거두고는 잠시 생각을 가다듬었다. 그러다가 술잔을 내려놓고는 부지런히 파티장을 빠져 나갔다. 우혁을 따라간 주리의 행방이 궁금했던 것이다.

파티장을 빠져 나온 미란이 복도의 창쪽으로 다가가 밖을 내다보았다. 우혁과 주리는 주차장쪽으로 걸어가고 있었다. 미란은 괴로운 표정으로 두 사람의 모습을 보고 있었다. 주차장에 다다른 우혁이 자신의 차 문을 열었다. 주리가 우혁의 손을 가만히 잡았다.

"우혁 씨! 제발 이대로 가지 마."

"………."

"부탁이야."

"부탁이라구?"

"사정이래두 좋아."

"이해할 수 없군. 한마디 말도 없이 내 곁을 떠날 땐 언제구 이제와서……."

"뭐라구 해두 좋아. 우혁 씨만 내 곁에 있어 준다면……."

주리의 말을 듣고 있던 우혁은 화난 표정으로 말했다.

"성공한 여인은 다 이런 식인가? 자신이 원하는 건 아무 때나 다 거머쥘 수 있다고 생각하는 거야? 내 감정따위는 아무래도 좋은 거야? 이

제와서 사정만 하면 3년의 세월쯤은 물거품이 될 수 있다고 생각하는 건가?"

"아냐. 그렇진 않아."

"그럼, 날 가게 나 둬."

우혁이 다시 차에 타려고 하자 주리가 안기듯 우혁을 잡았다.

"나한테도 제발 얘기할 기회를 줘."

우혁은 더 이상 못참겠다는 듯 다시 한번 말했다.

"날 더 이상 비참하게 하지마. 얘기할 기회는 그동안 얼마든지 있었어. 3년동안 소식 하나 없다가 이제와서 갑자기 왜 이러는 거야? 더 이상 내 감정을 희롱할 생각 하지마."

우혁은 차에 올라 시동을 켰다. 주리는 떠나는 우혁을 안타까운 시선으로 한참을 쳐다보았다.

파티장 복도 창문에서 두 사람의 모습을 계속 보고 있던 미란은 주리가 우혁에게 안기는 줄 알고 얼굴을 돌리고는 파티장쪽으로 돌아갔다.

파티장의 분위기는 무르익었다. 실내악단원들의 연주가 파티장의 흥취를 돋구고 있었다.

바로 그때 거미 한 마리가 악단원 한 명의 구두위로 기어오르고 있다. 그리고는 눈깜짝할 사이에 그 사람의 바지속으로 들어갔다. 잠시 후 악단원이 움찔하다가 곧 경련을 일으키며 악기앞으로 쓰러졌다. 그리고는 숨을 헐떡였다. 서서히 얼굴이 하얗게 변하며 숨을 가쁘게 몰아쉬기 시작했다.

파티장 안으로 들어선 미란이 놀라 악단원을 향해 뛰어갔다. 악단원을 껴안아 진정시키려 했지만 이미 호흡이 거칠어지기 시작했다. 파티장은 삽시간에 아수라장으로 변했다. 악단원은 어느새 입에서 피를 쏟으며 숨을 거두고 말았다. 그 끔찍한 모습을 가까이서 지켜본 미란은 놀라움과 충격으로 입을 다물지 못했다. 사람들이 우왕좌왕 하는 가운데 제일 먼저 파티장을 빠져나간 웨이터가 있었다. 그는 미치코의 부하 다나카였다.

　미란은 즉시 파티장을 빠져 나와 방송사로 달려갔다. 이미 방송사 데스크에는 파티장에서의 변사 사건이 접수되어 있었다. 미란은 이번 사건 또한 단순한 심장마비로 인한 급사가 아니라는 주장을 펼쳤다. 그러나 부장은 미란의 말을 전혀 귀담아듣지 않았다. 다급해진 미란이 따지듯 물었다.

　"부장님! 사람이 죽어가는 현장을 제 눈으로 직접 보았단 말예요. 이번에도 공기오염 때문이라고 주장하실 겁니까?"

　"아. 그거야, 우리나라 지하철 공기오염도가 하도 심각하길래 한번 해 본 소리잖아. 이봐! 남 기자! 이번에도 사인이 아직 안 밝혀 진거야?"

　"글쎄……그게 말입니다. 전번 지하철 사건처럼 심장마비로 추정된다는 거외엔. 똑같은 빈혈증상을 보였구요."

　"아니에요. 심장마비라면 빈혈증상을 보일 리가 없어요. 독거미에 물린 순간 독성이 퍼지면서 내출혈을 일으킨 거라구요. 틀림없이 독거미에 물려죽은 거라구요."

　"뭐?"

　"전번 지하철 안에 있던 아가씨도 저한테 똑같은 말을 한 적이 있었거든요. 남자가 죽기 직전 자기 다리위로 거미 한 마리가 기어오르고 있었다구요. 그리고 이번 살해 현장에서 저도 거미를 본 것 같았어요. 아니 틀림없이 봤어요."

　"이 기자! 지금 무슨 소릴 하고 있는거야?"

남 기자가 킥킥 웃으며 끼어들었다.

"이봐요. 이미란 씨, 차라리 스파이더 맨을 부르는게 어때? 흡혈귀 드라큐라 살인범을 잡아 달라고. 응?"

남 기자의 말을 들은 부장 또한 웃음을 터뜨렸다. 미란은 화가 났지만 확실한 물증을 댈 수 없었기에 비웃음을 당할 수밖에 없었다. 부장은 더 이상 미란과 대화할 필요가 없다는 듯 남기자를 향해 말했다.

"이봐! 남 기자. 그 죽은 약사가 몇 살이라구 했지?"

"예. 30대 후반이었습니다."

"우리 나라 40대 남자의 사망률이 세계 최고라더니 이젠 30대로 수정해야 겠구먼⋯⋯남 기자도 오래 살려면 조심하라구. 난 사우나나 하고 오겠네. 스트레스엔 뭐니 뭐니 해도 사우나가 최고니까."

"제가 모시겠습니다."

두 사람이 나가버리자 미란은 신경질적으로 원고를 집어던졌다.

묘령의 여인으로부터 명함을 받은 최성준은 며칠 동안 고민한 끝에 그녀를 찾아가기로 마음먹었다. 그런 멋진 개를 얻을 수만 있다면 무슨 일인들 못하랴 싶었다. 그녀가 준 명함에는 주소만이 달랑 적혀 있었다. 어느 고급주택 앞에 선 최성준은 다시 한번 명함을 들여다보고 확인을 했다. 지나치게 고급스런 외양 때문에 긴장한 최성준은 한차례 심호흡을 한 후 벨을 눌렀다. 문이 열리는 소리가 나자 최성준은 조심스럽게 문을 열고 들어갔다.

돌계단이 눈앞을 가로막듯이 높게 이어져 있었다. 돌 계단을 오르고 있던 최성준은 갑자기 개 짖는 소리가 들려 앞을 쳐다보았다. 어느새 미치코가 지난번의 그 개를 데리고 현관 앞에 서 있었다. 미치코가 최성준을 안내하여 지붕밑 방으로 데리고 갔다.

"개를 공짜로 주는 대신 조건이 하나 있다고 한 말 기억해요?"

"그럼요. 분명히 기억합죠."

"자, 다 왔어요. 안으로 들어와요."

지붕밑 방으로 온 미치코가 안으로 들어섰다. 아까부터 주눅이 들어 있던 최성준도 따라들어갔다. 그의 눈에 이상한 게 하나 눈에 띄었다.

방 한가운데에 비닐 포장으로 덮어놓은 무슨 물체가 보였다. 미치코 가 그쪽으로 가서 포장을 벗겨내었다. 그러자 마치 커다란 수족관처럼 생긴 프라스틱 용기가 보이고 그 안에는 물 대신 모래가 담겨 있었다. 미치코가 최성준에게 가까이 오라고 손짓했다. 최성준은 가까이 갔다. 그의 눈에는 모래밖에 보이지 않았다.

얼떨떨해 하는 최성준의 표정을 살피던 미치코는 손뼉을 쳤다. 어느 순간 모래 속에서 거미들이 나오기 시작했다.

"귀엽죠?"

최성준이 순간 당황했다는 걸 알면서도 미치코는 미소까지 지으며 물었다.

"공짜로 개를 주는 조건을 이제 알려주겠어요. 바로 이 거미들을 당 신이 키워주는 게 조건이에요."

"예?"

"힘들겠나요?"

"아, 아닙니다. 너무나 뜻밖이라서요. 이런 하찮은 거미들을 키워주는 조건으로 저 비싼 개를 공짜로 준다는게 얼른 납득이 안 가기도 하고……."

"내 조건이 마음에 안 든다면 할 수 없죠. 없던 일로 하죠."

"아, 아닙니다. 너무나 감지덕지해서 말 문이 막혔다 이 말이죠. 문제 없습니다. 키우겠어요."

미치코는 다나카를 불러 차로 거미와 개를 최성준의 창고로 옮겨줄 것을 지시했다. 앞으로 무슨 일이 닥칠지도 모르는 최성준은 그저 개를 공짜로 얻었다는 사실 때문에 연신 굽실거리기만 했다.

창고 한쪽에 거미 상자를 놓아둔 최성준은 개를 데리고 즉시 투견장으로 갔다. 목에 잔뜩 힘을 준 그는 김도섭의 개가 묶여 있는 우리쪽으로 향했다. 그리고는 자신의 개를 우리속에 갇혀있는 김도섭의 개에게 들이밀었다. 개들은 흰 이빨을 드러내며 맹렬하게 으르렁거렸다.

한껏 기분이 고조된 최성준 옆에 김도섭의 부하 맹만수가 어느새 다가와 서 있었다.

"지금 뭐 하는거야?"

"보면 몰라? 하하 잠시 후에 네놈 코를 납작하게 해 줄테니 어디 두고 보라구."

최성준이 의기양양한 모습으로 자신의 개를 끌고 투견장쪽으로 향했다. 투견장에 들어간 최성준이 자랑스런 표정을 지으며 자신의 개를 데리고 도박장을 한바퀴 돌았다. 사람들이 술렁거렸다. 그러다가 다투어 최성준의 개에게 돈을 걸기 시작했다.

김도섭의 부하가 당황한 모습으로 김도섭에게 귓속말을 했다. 김도섭의 얼굴표정이 굳어지기 시작했다. 소란한 분위기 속에 싸움이 시작되었다. 두 마리의 개는 마치 최후의 혈전이라도 벌이듯 사납게 싸웠다.

드디어 최성준의 개가 이겼다. 김도섭이 화난 표정으로 부하들을 이끌고 투견장을 떠났다. 최성준은 자신의 개를 껴안아주며 환호성을 질렀다. 돈을 딴 최성준은 오랜만에 기분내며 술을 마셨다. 늦은 밤 한 손에는 개를 끌고 한 손에는 맥주병을 담은 비닐 봉투를 든 최성준은 노래까지 흥얼거리며 자신의 창고로 향했다.

창고 안은 꽤 넓었다. 특별한 물건도 없었고 한쪽에는 최성준이 자는 간이침대가 있었고 구석쯤에는 거미가 담긴 수족관이 달랑 놓여 있었다.

그는 개를 한쪽 기둥에 묶어두었다. 술이 몹시 취해 제대로 묶여지지 않자 대충 묶고는 수족관쪽으로 다가갔다.

"그래. 이놈의 거미들 잘 있었냐? 네놈들 덕분에 오늘 이 어르신네가 돈을 왕창 땄다 이 말씀야. 어디보자. 배 고팠지? 먹이가 어디 있더라?"

그가 한옆에 놓여져 있던 비닐 봉투를 들여다보니 죽어 있는 파리와 잠자리들이 몇 마리 보였다.

"아이구 내 정신좀 보게. 이놈들 먹이를 구해 오는 걸 깜박 잊었네. 오늘 밤은 이것만 먹고 자거라. 내일 많이 구해다 줄게."

최성준은 수족관 안으로 먹이들을 털어냈다. 먹이냄새를 맡은 거미들이 달려나와 서로 먼저 먹으려고 맹렬한 싸움을 벌였다.

"흐흐 이놈들 보게……그저 사람이나 동물이나 먹을거 앞에선 체면이 없다니까……하하. 고놈들."

거미들에게 먹이를 준 최성준은 침대에 앉아 투견장에서 딴 돈을 세기 시작했다. 손가락에다 침을 묻혀가며 돈을 세던 그는 기분이 좋은지 맥주병을 따서 병채로 마셔버렸다.

이때 한쪽 기둥에 묶여있던 개가 움직이자 느슨하게 묶여있던 줄이 풀리기 시작했다. 개 줄이 풀린 줄도 모른 채 돈 세느라 정신이 없었던 최성준은 술기운에 슬그머니 침대에 쓰러져 잠이 들었다.

어느결에 줄이 풀린 개가 창고 안을 어슬렁거리며 걷고 있었다. 바닥에 코를 대고 킁킁거리던 개가 거미집 앞으로 다가갔다. 거미들이 수족관의 뚜껑이 열린 틈을 타 창고 바닥으로 쏟아져 나왔다. 최성준이 먹이를 주고 그만 뚜껑 닫는 것을 잊었던 것이다. 개는 거미들을 향해 고개를 숙였다. 그 순간 거미들이 개의 다리를 타고 몸통으로 기어 올랐다. 어느 거미는 개의 입 속으로 들어가기도 했다. 가만히 서 있던 개가 순간적으로 움찔하더니 몸부림을 치기 시작했다. 숨을 헐떡이던 개는 곧 쓰러졌다.

쓰러진 개가 숨을 몰아쉬며 죽어갔다. 개가 죽자 거미들이 개의 몸에서 내려와 창고의 출입구쪽으로 줄을 지어 나가기 시작했다. 창고 문틈을 통해 밖으로 나가는 거미들의 행렬이 쏟아지는 달빛에 선명하게 드러났다. 최성준은 창고 안에서 무슨 일이 벌어졌는지도 모른 채 세상모르고 잠에 빠져 있었다.

새벽 안개 사이로 떠오른 햇살이 창고 전경을 비추었다. 어느 새 아침이 밝아오고 있었다. 아침 햇살이 최성준의 얼굴에 비치자 그는 고개를 돌리며 뒤척거렸다. 몇 번을 뒤척거리던 그는 손으로 눈을 부비며 일어났다. 그리고는 주위를 두리번거리다가 한 쪽에 놓여 있던 주전자를 들어 물을 벌컥 벌컥 마셨다.

정신을 차린 그가 무심히 주위를 둘러보다가 바닥에 누워있는 개를 발견했다. 이상한 생각에 개쪽으로 간 최성준은 개가 죽었음을 확인하고는 충격으로 그대로 주저 앉았다. 멍하니 창고 천정을 바라보던 최성준은 힘없이 침대로 걸어가 쓰러졌다.

죽은 개의 코와 입으로부터 새끼거미들이 쏟아져 나왔다.

최성준의 창고에서 거미들이 사라진 이후 며칠 동안 서울 시내 곳곳에서는 의문이 살인사건이 연이어 일어나기 시작했다.

여름을 맞아 아이스 하키장에서는 경기가 한창이었다. 관객들이 선수들의 묘기에 환호하고 어느 순간 선수들끼리 서로 엉키다가 선수 한 명을 고의적으로 차징한다. 그 선수가 화난 표정으로 상대방 선수를 밀치자 다른 선수가 스틱을 휘둘렀다. 스틱을 휘두른 선수는 곧장 퇴장당해 대기석으로 들어갔다.

관중석의 손님중에 연인으로 보이는 남녀가 앉아 있었다. 남자에게 아이스크림을 먹여주던 여자는 의자밑으로 기어오고 있는 거미를 발견하곤 질겁을 하며 남자의 손을 잡아끌었다. 대수롭지 않게 웃던 남자가 거미를 발로 툭 차버렸다. 몇 바퀴를 구른 거미는 혼자서 층계를 따라 밑으로 내려가고 있었다.

대기석에 앉아 있던 선수가 헬멧을 한쪽에 벗어 놓고 땀을 식히고 있었다. 그때 거미가 수직으로 대기석에 놓인 선수의 헬멧에 떨어졌다. 벌칙 시간이 지나 경기장에 나가게 된 선수는 벗어놓았던 헬멧을 뒤집어쓰고 경기장으로 나갔다.

열광하는 사람들 속에 경기장으로 나온 선수가 멋진 패스를 받아 상대편 골문을 향해 질주하고 있었다. 당황한 수비수가 막으려 했으나 역부족이었다. 그 순간 마지막 수비수가 일부러 몸을 던지며 부딪쳤다. 곧이어 다른 수비수들이 모두 달려들어 그 선수를 쓰러트렸다. 맨 밑바닥에 깔린 선수가 고통스런 표정을 지었으나 헬멧이 가려져 있어 아무도 알아챌 수 없었다.

심판이 호루라기를 불며 달려와 쓰러진 선수들을 일으켜 세웠다. 한명씩 모두 일어났지만 밑에 깔렸던 선수는 온몸을 떨며 경련을 일으키고 있었다. 심판이 당황하여 선수를 일으켜 세우려 했지만 숨을 헐떡일 뿐이었다. 심판이 헬멧을 벗기며 선수를 흔들었다.

그 순간 거미 한 마리가 헬멧 속에서 빠져 나와 빠르게 도망쳤다. 그러나 아무도 도망치는 거미에 대해 신경쓰는 사람은 없었다. 모두들 걱정스런 표정으로 그 선수주위를 들러쌌다. 관중석은 물이라도 끼얹은 듯이 조용했다. 모두의 시선이 집중된 가운데 거미에 물린 선수가 마침내 숨을 거두었다. 입에서 피를 쏟은 채.

여의도 한복판에 제법 규모가 큰 주유소가 있었다. 아리따운 나래이션 모델들이 유니폼 차림으로 주유소의 판촉에 한창이었다. 주유소 남자 직원들은 롤라 스케이트를 타고 잽싸게 옮겨 다니며 기름을 넣고 있었다. 바쁜 시간이 지나자 한 직원이 나래이션 모델들에게 소리쳤다.

"자, 즐거운 점심시간입니다. 사무실로 들어들 가세요."

아가씨들이 환호성을 지르며 사무실쪽으로 들어갔다. 이때 오토바이를 탄 폭주족 두 명이 거칠게 주유대 앞으로 다가왔다. 직원이 한 사람의 오토바이에 먼저 기름을 넣었다.

"오천원입니다. 손님."

폭주족 한 명이 뒤에 서 있는 폭주족을 향해 손가락을 까딱하며 그쪽에서 돈을 받으라는 시늉을 하더니 거칠게 오토바이를 몰고 앞쪽으로 달려가 멈추어 섰다. 뒤이어 다가온 오토바이에 주유를 하던 직원이 롤라 스케이트 끈을 고쳐 매느라고 잠시 주유 펌프를 자동으로 해 놓았다.

어디서 나타났는지 거미 한 마리가 주유대 앞으로 기어왔다. 앞쪽에 있는 폭주족은 오토바이에 탄 채 담배를 피워물고 있었다. 기어오던 거미가 직원의 바지속으로 들어갔다. 주유중이던 직원이 갑작스레 오토바이에 타고 있는 폭주족 쪽으로 쓰러졌다. 화가 난 폭주족이 직원을 밀쳤다.

"뭐야, 이거?"

앞에 나가 기다리고 있던 폭주족 한 명이 이런 모습을 보고는 신난다는 듯 킥킥거리며 피우고 있던 담배를 손가락으로 튕겨버리고는 소리쳤다.

"야, 그냥 튀어."

"알았어."

바닥에 쓰러진 직원이 경련을 하며 괴로워하고 있을 때 폭주족 두 명은 달아나버렸다. 어느새 자동으로 장치해 놓은 주유 펌프줄로부터 쏟아져 나온 휘발유가 바닥에 흥건히 고였다.

고통으로 점점 숨을 가쁘게 쉬던 직원이 입에서 피를 쏟으며 죽어버렸다. 그 순간 직원의 몸에서 빠져 나오는 거미는 부지런히 도망치기 시작했다. 폭주족 중 한 명이 버리고 간 담배꽁초쪽으로 휘발유가 번져가고 있었다. 채 꺼지지 않은 담배꽁초에 휘발유가 닿자 불이 붙었다. 흘러내린 휘발유를 따라 삽시간에 불길이 번지기 시작했다. 불길을 보고 사무실에서 뛰어나온 사람들이 비명을 지르며 우왕좌왕 하고 있었다. 그러다가 불길이 주유대쪽으로 번지자 모두들 그대로 도망쳤다. 어느 순간 주유대 하나가 폭발했다. 뒤이어 또 다른 주유대가 폭발했다. 삽시간에 주유소가 화염에 휩싸이며 불길이 치솟았다.

서울의 밤거리는 늦은 시각인데도 불야성을 이루고 있었다. 술집에서 회포를 풀고 있던 많은 손님들이 아쉬운듯 하나둘 집으로 돌아가고 있었다. 손님들을 배웅하러 나온 어느 아가씨가 손님들이 차에 타자 손을 흔들어 주고는 발걸음을 돌려 걸어가기 시작했다. 이 아가씨의 모습을 지켜보던 청년 한 명이 몰래 아가씨의 뒤를 따르기 시작했다.

술에 취해 흐느적거리며 걷던 아가씨는 집에 다 와서야 이상한 느낌에 주위를 두리번거렸다. 뒤를 돌아보았지만 따라오던 청년이 잽싸게 몸을 숨기는 바람에 발견할 수 없었다. 아가씨는 고개를 갸웃하다가는 그냥 문을 따고 안으로 들어갔다.

집안에 들어간 아가씨는 핸드백을 소파에 집어 던진 후 옷을 한가지씩 훌훌 벗어던지더니 목욕탕을 향해 걸어갔다. 목욕탕에 들어간 아가씨가 콧노래를 부르며 샤워를 시작했다.

청년이 아가씨가 미처 잠그지 못한 문을 따고 살그머니 거실로 들어섰다. 그리고는 목욕탕쪽으로 살금 살금 걸어갔다. 여전히 노래를 하며 샤워중인 아가씨가 순간 무슨 인기척 소리에 잠시 노래를 그치며 귀를 기울이다가 아무 소리가 없자 비누칠을 하기 시작했다.

　거실에 있던 청년이 목욕탕 쪽에서 물소리가 나자 싱긋 웃으며 목욕탕으로 향했다. 그리고는 목욕탕 문을 조금 열고서 안을 몰래 들여다보았다. 그의 눈에 목욕을 하고 있는 아가씨의 모습이 비쳤다. 유난히 고와보이는 살결에 넋을 잃은 청년은 침을 꿀꺽 삼키며 지켜보았다.

　그때 목욕탕 천정에서 거미 한 마리가 아가씨의 가슴위로 툭 떨어졌다. 목욕을 하던 아가씨가 무심히 자신의 가슴위로 떨어진 거미를 보고 비명을 질러댔다. 미처 손으로 거미를 떼어낼 새도 없이 아가씨가 거미에 물리고 말았다. 이 모습을 몰래 보고있던 청년은 몹시 놀랐다. 아가씨가 타일바닥에 주저앉으며 온 몸을 떨기 시작했다.

　어쩔줄 모르던 청년이 순간 목욕탕 문을 박차고 안으로 들어갔다. 그리고는 아가씨의 벗은 몸을 안으며 소리쳤다.

　"여보세요? 여보세요?"

　경련을 하던 아가씨가 숨을 몰아쉬며 입에서 피를 흘리기 시작했다. 겁이 난 청년이 아가씨를 눕혀 놓고는 거실로 뛰어 나갔다. 그리고는 거실에 놓인 전화기를 집어들었다. 떨리는 손으로 신고전화를 했다.

　"거기 112죠?"

　방송사 취재차가 경찰서 안으로 들어서고 있었다. 차가 급하게 멈추어 서고 차에서 내린 미란이 뛰듯이 건물 안으로 들어갔다.

　청년이 형사 앞에서 조서를 받고 있었다. 미란이 급하게 그쪽으로 다가갔다. 살인용의자로 몰린 청년이 열심히 형사를 향해 변명을 하고 있었다.

"정말입니다. 전 그 여자를 안 죽였다구요."

"잘 나가다가 또 왜 이래? 처음부터 다시 시작할까? 그 여자 뒤는 왜 밟았어?"

청년이 순간 말을 더듬기 시작했다.

"그……그건……."

"넌 처음부터 그 여자한테 흑심을 품었던거 아냐? 그리고 마침 여자가 목욕을 하는 틈을 타서 욕심을 채우려고 한 거지? 내 말 맞지?"

"허지만……그냥 보려고만……."

"그런데 그 여자가 놀라서 비명을 지르자 겁이 난 넌 얼결에 그 여자 목을 누른거 아니냔 말야? 그 시간 여자의 비명소리를 들었다는 증인도 있어. 좋게 얘기할 때 털어놓지 그래?"

"아닙니다. 제가 목을 누르다뇨?"

"그런데 그 여자가 왜 죽었어? 가만히 있는데 혼자서 죽었단 얘기야?"

"정말입니다. 갑자기 경기를 하더니……."

"이거 안 되겠구먼……."

"정말입니다. 그 여자가 거미에게 물리고 나서 갑자기 온 몸을 떨며……제발 믿어 주십시오"

"나 이거야 원. 이젠 미친놈 흉내까지 내려 드네……뭐? 거미?"

옆에 서 있던 미란이 긴장된 표정을 지으며 청년을 향해 질문을 던졌다.

"지금 거미라고 그랬나요? 분명히 거미를 보았나요?"

"네……제 눈으로 똑똑히 보았습니다. 갑자기 거미 한 마리가 아가씨의 가슴위로 떨어졌습니다. 그리고는……."

그때 형사가 미란을 향해 신경질적으로 말했다.

"당신 뭐요?"

"출입기잡니다."

"이봐요, 기자 양반. 알만한 처지에 왜 이러십니까? 수사에 도움은 주지 못할 망정……지금 살인용의자와 무슨 헛소릴 하고 있는 겁니까?"

"죄송합니다. 당시의 상황을 자세히 물어봐야겠어요. 저 사람은 지금 헛소리를 하고 있는 게 아닙니다. 협조를 부탁드립니다."

그러자 형사가 화난 표정으로 소리쳤다.

"뭐라구요? 이봐요. 여기서 나가요. 당장 나가란 말요."

할 수 없이 쫓겨 나게 된 미란은 돌아서며 형사를 향해 또 다른 질문을 던졌다.

"여인의 시신은 지금 어디에 있습니까? 좀 알려주시겠어요? 꼭 확인해 볼게 있어서 그래요."

"나 참, 당신이 기자요 아니면 법의학자요? 어서 나가요."

끝내 형사로부터 쫓겨난 미란은 자신의 직감에 충실하자고 마음을 다잡아 먹었다. 이건 단순한 살인사건이 아니다. 일련의 사건들이 어딘지 공통점을 갖고 있다. 그것이 뭘까? 왜 살인사건의 현장에 거미들이 얼씬거리는 걸까? 그렇다면?

미란은 안면이 있는 형사의 도움을 얻어 사체가 보관되어 있는 부검실로 들어갈 수 있었다.

"빨리 나와야 해. 알았지?"

"알았어요. 금방 나올 게요. 고마워요, 최 형사님."

부검실 안에는 냉랭한 기운이 감돌았다. 확증을 잡기 위해 무작정 부검실로 들어오긴 했지만 미란은 한편으로 무서운 생각이 들었다. 작은 창문으로 새어드는 달빛이 한층 분위기를 공포스럽게 만들었다. 가슴에 손을 얹고 마음을 가다듬은 미란은 준비한 손전등을 비추어 아가씨의 시체를 찾기로 했다.

침대는 가운데를 비워두고 양쪽으로 죽 늘어서 있었다. 앞쪽에 있는 침대 가까이 다가간 미란은 떨리는 손으로 카바를 벗겨보았다. 손전등을 비추어 자세히 보려던 미란은 기겁을 하며 카바를 덮어버렸다. 어떤 사고인지는 모르지만 얼굴이 심하게 뭉게져 있는 남자의 시체였다. 공포에 질린 그녀는 심호흡을 한 후 다른 침대쪽으로 옮겨가 비닐카바를 벗겼다.

백지장같이 하얀 얼굴의 여인이 벌거벗은 채 반듯이 누워있었다. 미란은 손전등으로 여인의 얼굴과 목 그리고 가슴을 천천히 훑어 내려가며 살펴보았다. 여인의 가슴쪽에 뭔가에 물린 자국이 발견되었다.

"이럴 수가……어떻게 이런 자국이 생겼지? 거미한테 물렸단 말인가?"

그때 누군가의 발자국 소리가 들려오기 시작했다. 미란은 숨을 죽이며 발걸음 소리에 귀를 기울였다. 차츰 가까워지기 시작하는 발걸음 소리는 부검실 앞에서 멈추었다.

프로젝트 A

미란은 자신의 몸을 숨길 공간이 없는지 좌우를 살펴보았다. 아무리 둘러보아도 마땅한 장소가 눈에 띄지 않았다. 할 수 없이 맨 구석 쪽에 있는 침대 밑으로 들어갔다. 부검실 문을 연 사람은 경비원이었다. 경비원은 손전등을 비추며 부검실 안을 살폈다. 손전등 불빛이 부검실안을 훑고 지나갔다. 혹시라도 불빛에 몸이 노출될세라 미란은 숨을 죽이고 앉아 있었다. 경비원이 부검실 문을 닫고 가버리자 잔뜩 긴장했던 미란은 그 자리에 주저앉았다.

정신을 차리고 집으로 간 미란은 온종일 뛰어다니느라 몹시 피곤했지만 잠을 잘 수가 없었다. 도대체 왜 이런 일이 일어난단 말인가? 누가 이런 일들을 저지른다는 말인가?

밤새 고민하던 미란은 아침이 밝기도 전에 우혁을 찾아가기로 마음먹었다. 한적한 새벽의 거리는 쓸쓸한 느낌마저 주었다. 뭔가 확인할 수 없는 정체불명의 일들이 어디선가 또 일어날지 모른다는 생각에 마음이 착잡해진 미란은 음악도 켜지 않은 채 악셀을 힘껏 밟았다.

멀리로 우혁의 하숙집이 있는 동네가 보였다. 미란은 아무 생각도 할 수 없었다. 한시라도 빨리 우혁을 만나 거미에 대한 의문점을 풀고 싶을 뿐이었다.

우혁의 집앞에 다다른 미란은 한쪽에 차를 세워두고 연속해서 벨을 눌렀다. 잠이 덜 깬 우혁이 졸린 눈을 부비며 현관문을 열어주었다. 느닷없는 미란의 방문에 당황한 우혁이지만 흥분된 모습에 무슨 일이라도 생겼나 싶어 커피를 준비해 주었다. 미란의 마음은 좀처럼 안정되지 않았다.

"내 눈엔 틀림없이 거미한테 물린 자국으로 보였어."

"미란아!"

"형은 생물학자니까 확인해 줄 수 있을 거야."

"우선 흥분부터 가라앉히고 차분히 좀 생각해 보자."

"그럴 시간 없어. 함께 가 줄거야 말거야? 그것만 말해."

"정말 왜 이러니? 그렇게 단순한 문제가 아냐. 지구상에 살고 있는 거미의 종류만도 사만가지나 돼. 우리나라에만 육백여종이구. 나도 잘 모르는 종류가 많다구……. 그리구 거미한테 사람이 물려서 죽었다는 게 솔직히 납득이 안 돼."

"그러니까 직접 가서 눈으로 확인을 해 보자는거 아냐?"

"우선 거미의 생태에 대해서 알아두는 게 순서일 것 같아. 추측만 가지고 해결될 문제가 아니잖아? 내가 한군데 안내해 줄게. 선배 교수님의 거미연구소가 있어."

우혁의 말을 듣자마자 미란이 발딱 일어섰다.

"가자구."

"뭐? 이 새벽에?"

어이없어 하는 우혁의 표정을 무시한 채 미란은 어느새 문쪽으로 향하고 있었다.

미란과 우혁은 우리나라에 하나밖에 없는 거미연구소를 향해 새벽길을 달리고 있었다. 그 거미연구소는 양수리에 위치하고 있었다.

거미연구소에 도착한 우혁은 연구소 관리를 해주는 김씨를 찾아가 열쇠를 받았다. 연구소는 마치 별장처럼 아름답게 지어져 있었다. 우혁의 말에 따르면 연구소 좌우에 자리잡은 숲속에서 거미들이 방생되고 있다는 것이었다.

"이곳이 우리나라에서 유일한 거미연구소야. 저 나무들 여기 저기에 거미들을 자연 상태로 키우고들 있지. 자, 우선 집안으로 들어가자."

연구소장의 별장으로 들어선 미란의 눈에 박제된 거미들이 보였다. 그리고 한쪽에는 산 거미들이 유리상자 안에서 키워지고 있었다. 유리상자안에 들어있는 거미의 이름표에 향단이와 순둥이라는 이름이 쓰여 있었다.

"자, 보라구. 이곳에서 키우고 있는 거미들 중에 하나야."

미란은 신기한듯 자세히 들여다보았다.

"이렇게 큰 거미들이 우리나라에 있는 줄 몰랐어."

우혁이 미란의 말에 웃으며 답해주었다.

"우리나라에 사는 거미들은 아냐. 선배 교수님이 외국에서 들여와 키우고 있는 거야."

"그래? 난 또……."

실망스러워 하는 미란을 이끈 우혁은 커다란 책상이 있는 방으로 들어갔다.

"자, 영상자료들을 보며 설명해 줄게."

우혁이 영사막을 펼치며 슬라이드의 장치를 작동시켰다. 화면에 각종 거미들이 나타나기 시작했다.

"거미는 흔히들 곤충으로 알고 있는데 실은 절지동물이야. 그리고 먹이를 입으로 씹을 수가 없어. 침으로 먹이를 녹인 후에 삼켜먹는 거지.

자, 이것들을 봐. 이 종류는 다 독거미야. 사람을 물면 치명적이지."

미란은 뭔가 다른 대답이라도 요구하듯 다그쳐 물었다.

"이런 보통 독거미들 말구 다른 건 없어? 단 한번만 물어도 사람이 죽을 수 있는 그런 독거미 말야. 내가 알고 싶은 것은 그런 독거미가 있느냐 하는 거라구."

"그런 독거미가 있기는 한데 우리나라에는 없어. 바로 블랙 위도우란 독거민데 남미의 아마존 정글지대에서나 미국 남부에 서식한다는 거 외엔 나도 잘 몰라."

"됐어. 그만 일어나자구."

"미란아."

"내가 거미강의나 들으려고 여기 왔는 줄 알아? 난, 내 눈으로 직접 블랙 위도우란 독거미를 확인해 보고 싶어서 와 봤을 뿐야. 이제 지구촌은 한마당이야. 블랙 위도우 같은 독거미라고 해서 우리나라에 못 들어오란 법 있어?"

미란은 자신의 말을 귀담아듣지 않으려는 우혁에게 화가 났다.

최성준은 개가 죽었다는 사실이 좀처럼 믿기지 않았다. 그렇게 힘도 세어보이더니 왜 갑자기 죽었을까? 사실 최성준이 안타까웠던 것은 더 이상 개를 가지고 돈을 벌 수 없다는 것 때문이었다. 김도섭의 코를 납작하게 해주었었는데 이젠 또다시 그의 눈치나 봐야 하는 상황이 된 것이다. 낙심한 최성준은 죽어 있는 개를 그냥 창고에 둘 수는 없다는 생각에 비닐포장지와 박스를 얻어왔다. 최성준은 개를 비닐에 담고 박스에 포장한 후 한쪽에 두고는 종이컵에 소주를 따라 마셨다.

다음날 최성준은 가까운 공원에 개를 묻으려고 아침 일찍 나섰다. 햇살이 수목사이로 싱그럽게 비쳤다. 공원에는 간혹 운동을 하는 사람들의 모습도 보였다.

후미진 구석을 찾은 최성준은 주위를 살피고는 박스에서 개를 끄집어냈다. 그리고는 흙도 제대로 덮지 않고 나뭇잎들을 모아서 슬쩍 덮어놓고는 재빠르게 그곳을 떠났다.

그가 자리를 떠난 후에 나뭇잎에 묻혀있는 개의 입과 코에서 이번에는 제법 큰 거미들이 쏟아져 나왔다. 그러나 최성준은 이런 사실을 알지 못한 채 공원에서 멀어졌다.

미란과 양수리를 다녀온지 며칠이 지났을까, 강의를 마치고 집으로 돌아가던 우혁은 누군가 자신을 부르는 소리에 고개를 돌렸다. 주위를 돌아보니 주리였다. 활짝 웃으며 손까지 흔들어보였다. 그 자리에 걸음을 멈춘 우혁은 잠시 혼란스러웠다.

주리가 어느새 우혁에게 다가와 그의 팔을 잡고는 차쪽으로 향했다. 우혁은 내내 굳은 표정으로 침묵만을 지키고 있었다. 주리가 밝은 표정으로 우혁을 보며 말했다.

"우혁씨! 계속 그런 표정만 짓고 있을 거야?"

"………"

"얼굴 좀 펴."

"………"

계속 침묵하는 우혁을 향해 주리가 진지한 표정을 지으며 말했다.

"그래, 우혁 씨 마음 편치 않은거 인정해. 지난번에 나한테 화냈던 것도 당연하고……내가 3년 동안 소식하나 전하지 못했던건 사실이니까. 입장이 바뀌었다면 난 더 했을지도 몰라."

"………"

우혁은 여전히 침묵을 지키고 있다.

"그렇지만……지난번 파티장에 우혁 씨가 나타난 순간 난……그냥, 너무나 반가운 마음에……."

비로서 우혁이 입을 열었다.

"됐어. 그런 얘기 더 듣고 싶지 않아. 오늘 나한테 부탁하려는 게 뭐야? 그거나 얘기 해."

"……그래. 알았어."

우혁의 냉담한 반응에 주리는 운전에만 열중했다. 어느새 주리가 근무하고 있는 연구소가 보이기 시작했다. 차가 연구소 정문으로 들어섰다. 주리의 신분증을 확인한 후 안으로 들어갈 수 있었다.

주리가 우혁과 함께 현관으로 들어서 곧장 경비원들이 있는 검색대로 향했다. 주리를 본 본 경비원이 거수경례를 하며 일어섰다.

"제 카드 키좀 주세요."

"알겠습니다."

경비원이 주리의 카드 키를 주면서 옆에 서 있는 우혁에게 경계의 눈빛을 보내고 있었다.

"저와 동행이에요."

"알겠습니다."

그러면서도 우혁을 향해 신분증을 요구했다. 엄격한 보안체제를 갖춘 연구소의 분위기에 우혁은 조금 긴장이 되는 모양이었다.

두 사람은 복도를 한참 걸어갔다. 주리의 연구실 앞에 다다르자 주리가 카드 키로 문을 열고는 우혁을 안내했다.

주리의 실험실 안으로 들어선 우혁은 실험실 안에 갖춰진 첨단장비에 놀랐다. 유전공학실험에 필요한 각종 장비는 물론 컴퓨터와 특수한 홀로그램 전자장비들이 갖추어져 있었다. 우혁이 감탄한 표정으로 말했다.

"굉장하군."

우혁의 칭찬에 쑥쓰러워진 주리는 살짝 미소를 지었다. 우혁은 잠시 실험실을 둘러보고는 주리에게 다그치듯 물었다.

"나한테 부탁하려는 게 도대체 뭐야? 기껏 대학 시간 강사인 날 불러다 놓고 뭘 어쩌겠다는 거야?"

"우혁 씨의 도움이 왜 필요한지는 잠시 후면 알게 될거야. 우선 내가 지금 연구하는 프로젝트에 대한 소개부터 할게."

주리가 한쪽에 놓인 컴퓨터를 부팅시켰다. 프로그램 작동을 위해서 암호를 입력하라는 메시지가 나타났다. 주리가 키보드로 암호문을 입력시켰다. 엉뚱하게도 우혁의 이름이었다. 우혁이 의아한듯이 주리에게 물었다.

"암호문이 내 이름이잖아."

"미안해. 일본에 있었을 때도 패스워드는 줄곧 우혁 씨 이름을 써 왔어. 특히 외로울 때면 괜히 컴퓨터를 켜서 우혁 씨 이름을 적어 보곤 했었지……."

주리가 우혁을 그윽한 눈으로 보았을 때 우혁은 외면했다. 주리가 시선을 바꾸며 빠르게 컴퓨터를 조작했다. 그리고는 옆에 놓인 홀로그램 장비를 작동시켰다. 놀랍게도 실험실 공중에 여왕거미의 형상이 홀로그램으로 나타났다. 우혁이 신기한 듯 그 모습을 보고 있었다.

주리는 우혁을 데리고 실험실 가운데로 갔다. 그곳에 놓여진 수족관에는 모래가 쌓여 있었고 그 모래 틈에서 거미들이 나오고 있었다.

주리는 다시 컴퓨터쪽으로 가서 프로그램을 작동시켰다. 그러자 한쪽에 놓인 전자 장치에서 초록색의 초음파가 어미거미를 향해 빛을 쏘기 시작했다. 거미들이 홀로그램에 영사된 어미거미쪽을 향해 부지런히 나오고 있었다. 어미거미를 향해 일렬로 늘어서는 거미들의 모습은 아름답기까지 했다.

놀라워하는 우혁에게 주리가 자신의 프로그램에 대해 설명을 시작했다.

"우선 어미거미가 새끼들에게 보내는 신호를 초음파로 바꾼거야. 그리고 그 신호를 컴퓨터를 통해 거미들한테 보내는데 성공했지. 그 다음 단계로는 홀로그램이란 가상의 영상을 통해 거미들에게 어미거미와 똑같은 감각현상을 느끼도록 하는데 성공한거야."

주리의 설명을 들은 우혁은 다시 한번 놀랐다. 미소를 짓고 있던 주리가 다시 컴퓨터를 작동시키자 홀로그램의 어미거미의 영상이 몰핑기법에 의해 주리의 모습으로 순간적으로 바뀌었다. 주리의 영상이 투영되자 거미들이 이번에는 그쪽 방향으로 몰려가기 시작했다. 그리고는 일렬로 행렬을 짓기 시작했다.

"어미거미의 영상을 사람인 내 모습으로 바꾸어 본거야. 놀랍게도 새끼거미들은 홀로그램으로 투영된 내 모습의 영상을 자신들의 어미거미로 착각하는 거야. 그래서 실제 자신들의 어미거미한테 보인 반응을 내 영상한테도 똑같이 보이는거지."

감탄해하는 우혁에게 주리는 설명을 계속했다.

"이제 나는 컴퓨터에 입력된 초음파를 통해서 거미들과 서로 의사를 주고 받을 수 있게 된거야. 내가 하고싶은대로 거미들에게 명령을 내릴 수 있다는 뜻이야. 이 프로젝트가 성공되면 사람 마음대로 거미를 조정할 수 있게 되는 엄청난 결과가 나올지도 몰라."

설명을 듣기만 하던 우혁이 주리에게 말했다.

"정말……뭐라 할 말이 없다. 네 연구가 이 정도일지는 정말 몰랐어. 대단해. 아니 한마디로 충격적이야."

"고마워. 다른 누구한테보다도 우혁 씨한테 인정받고 싶었어."

"주리, 네가 자랑스럽다. 이런 엄청난 프로젝트를 일본에서 완성시키지 않고 우리 고국에 가지고 온 네가 정말 자랑스러워."

우혁의 칭찬에 주리는 상기된 표정을 지었다.

"그나저나 이런 엄청난 프로젝트에 내가 도움이 될게 뭐가 있겠어. 그저 입만 벌린 채 감탄하는거 외엔 할말도 없는데."

우혁의 말에 주리가 엉뚱한 질문을 던졌다.

"우혁 씨는 이 세상에 거미가 없어진다면 어떤 일이 일어날 것 같아?"

"글쎄……갑자기 그런 질문을 하니까……아마도 생태계의 변화가 오지 않을까?"

"구체적으로 어떤?"

"우선 무수한 해충들이 기승을 떨겠지."

"바로 그거야. 거미가 우리에게 얼마나 유익한 존재인지 사람들은 잘 몰라. 거미는 해충들을 잡아먹는 고마운 존재지."

말을 마친 주리가 우혁을 향해 손짓하며 한곳으로 데려갔다. 바로 거미집 앞이었다. 거미집 앞으로 간 주리가 비닐 봉투 안에 넣어 두었던 모기와 독나방을 꺼내어 거미들이 있는 모래 위에 놓았다.

"이 뇌염모기와 독나방들을 본 거미들이 어떻게 반응을 하는지 보라구."

그러나 거미들은 해충을 보고도 꼼짝도 하지 않았다.

"꼼짝도 않는데?"

"자, 그럼 이제 어떻게 변하는지 보라구."

주리가 리모콘으로 컴퓨터를 작동시켰다. 초록색의 초음파 빛이 주리의 홀로그램 영상에 쏘아졌다. 바로 그 순간 그동안 모래 속에서 꼼짝도 않고 있던 거미들이 갑자기 공격적인 자세가 되어 다같이 몰려나와 한꺼번에 모기와 나방들을 잡아먹기 시작했다.

"어떻게 이럴 수가……."

기막혀하는 우혁을 쳐다보던 주리는 계속 설명을 해나갔다.

"거미는 우혁 씨도 알다시피 이 단독으로 행동하고 살아가는 동물이잖아. 그런데다가 배가 부르면 먹이가 있어도 꼼짝도 않는 습성이 있지. 그래서 자연상태에서는 집중적으로 해충을 박멸하는 데 한계가 있었어. 그런데 이제 그런 문제가 다 해결된거야. 지금 우혁 씨가 보았듯이 내가 조정하는데 따라서 다함께 몰려나와 해충들을 잡아먹잖아. 이게 바로 내가 발명한 프로젝트 A야."

우혁이 생각했던 것보다 주리의 연구 프로젝트는 대단했다.

"우혁 씨는 학교 다닐 때부터 해충들에 대해 관심이 많았잖아. 우리나라 해충들의 서식지며 그리고 종류들에 대한 자료를 뽑아줘. 그게 바로 오늘 내가 우혁 씨한테 하고자 했던 부탁이야. 그런 후에 내가 발명한 거미조정법을 이용해서 함께 해충들을 박멸하는 거야."

주리의 설명을 듣고난 우혁은 새삼 그녀가 대단한 연구를 성공시켰다는 생각에 박수라도 쳐주고 싶었다.

최성준이 죽은 개를 버린 공원에서 어린아이들이 공을 가지고 뛰어 놀고 있었다. 공놀이를 하던 아이들은 그중 한 명이 공을 멀리 날려 그곳으로 뛰어갔다. 공은 최성준이 개를 버린 곳까지 날아갔다. 어린아이 하나가 그쪽으로 가서 공을 가져오려다가 문득 땅바닥을 쳐다보게 되었다. 개가 묻혀 있던 땅 속에서 거미들이 기어나오고 있었다.

거미를 발견한 아이는 일행을 소리쳐 불렀다. 우르르 몰려온 아이들은 신기하기도 했고 겁도 났다. 그때 기어나온 거미 한 마리가 부지런히 나무위로 기어 오르고 있었다. 모두의 시선이 거미를 따라 갔다. 나뭇가지에는 거미줄이 쳐 있었다. 거미줄 안에는 뭔가 칭칭 감겨있는 물체가 보였다.

아이들은 호기심 어린 표정으로 주위에 있는 막대기로 가지위에 걸린 거미줄을 벗겨내기 시작했다. 그러다가 어떤 아이가 비명을 질렀다. 그 아이가 손짓한 거미줄 속에는 피가 빨려 죽었는지 바짝 쪼그라진 다람쥐 한 마리가 매달려 있었다.

개가 죽은 후 실의의 나날을 보내고 있던 최성준은 미치코를 찾아가기로 마음먹었다. 한손에는 소주병을 들고 미치코의 집을 찾아간 최성준은 마침 그녀가 외출중이라 바깥에서 기다려야 했다. 담벼락 밑에 쪼그리고 앉아있던 최성준은 한참을 기다려도 미치코가 오지 않자 술만 마셔댔다. 잠시 졸음에 빠진 최성준은 미치코가 부르는 소리에 얼른 일어났다.

"여긴 웬 일이에요?"

"그동안 안녕하셨습니까?"

"거미는 잘 크고 있겠죠?"

순간 당황한 최성준은 기어가는 소리로 우물쭈물 말했다.

"아, 글쎄 그게……"

미치코는 최성준을 날카로운 눈초리로 쏘아보았다. 최성준은 눈치를 보느라 쩔쩔맸다.

"어느날 아침에 일어나 보니 한 마리도 없지 뭡니까?"

"뭐라구요?"

"죄송합니다. 허지만 까짓 거미야 제가 다시 잡아다가 키우면 될텐데 문제는 그만 개까지 죽었지 뭡니까?"

힘들여 본론을 얘기한 최성준이 계속 미치코의 눈치를 살폈다. 그는 벼락 같은 호통이라도 떨어질까 싶어 잔뜩 긴장을 하고 있었다. 그런데 미치코는 개의 죽음에 관해 별관심을 기울이지 않았다. 그저 지나가는 말로 가볍게 한마디 할 뿐이다.

"그래요? 그거 안됐군요."

미치코가 별로 화내는 기색이 없자 최성준은 기회를 놓칠 세라 솔직한 마음을 털어놓았다.

"저, 그래서 말씀인데요, 기왕 선심 쓰신 김에 개를 한 마리 더 주실 수는 없을까요? 헤헤……염치는 없지만……."

"없어진 거미는요?"

"아, 그거야 제가 왕창 잡아다가 다시 키우겠습니다. 거미문제는 걱정마십시오."

그 순간 미치코의 표정이 싸늘하게 변했다.

"이봐요."

"예?"

"내가 준 거미는 보통거미가 아니란 말에요. 알겠어요?"

"글쎄 그게 제 눈엔 그냥 보통거미로 보여서요. 거미한테도 개같이 족보가 있는 겁니까?"

"그래요."

"아……예……그렇군요. 그런 줄도 모르고……죄송합니다."

쩔쩔매는 최성준을 지켜보던 미치코가 말했다.

"내가 거미를 다시 준다면 잘 키울 자신 있어요?"

살았다 싶은 최성준이 연방 굽실거리며,

"아, 그럼입죠. 밤낮으로 지켜보며 잘 키우겠습니다. 걱정마십시오. 그렇게만 해 주신다면……."

"그럼 내가 연락할 때까지 돌아가서 기다려요."

말을 마친 미치코는 집으로 들어가버렸다. 최성준은 그녀의 뒷모습에 대고 연신 고개를 주억거렸다.

집안으로 들어온 미치코는 그녀를 기다리고 있던 다나카에게 일본으로 전화를 하도록 지시했다.

일본 후지산 기슭에 자리잡은 롬 진리교 교주 사노의 집. 그 집의 구석진 방에서 사노 존사는 흰 옷을 입은 여신도들의 시중을 받고 있었다. 여신도들이 존사의 온 몸을 주무르고 있었다.

사노 존사는 흐뭇한 표정으로 옆에 놓인 조그만 수족관에 담겨있는 블랙 위도우란 독거미에게 흰 쥐를 먹이로 던져주었다.

이때 여신도 중 하나가 공손히 전화기를 대령했다.

"한국에 나가 계신 미치코 정오사님의 전화십니다."

전화기를 받은 사노 존사는 위엄있는 목소리로 말했다.

"말하라."

"한국에서의 일차 실험은 무사히 마쳤습니다. 블랙 위도우의 독성은 예상보다 강했습니다. 곧 서울 시민들을 공포의 도가니로 몰아넣을 수 있을 것 같습니다."

사노 존사가 기분이 좋은 듯 웃음을 터뜨렸다.

"우하하 그래? 음……좋아. 지구의 종말이 가까이 다가온 걸 확실히 깨닫게 해주어야지. 그것도 바로 한국에서 말야. 하하. 아, 그리고 강주리의 프로젝트 A는 어떻게 돼 가고 있나?"

"생각보다 빨리 진척되고 있습니다. 이미 완성 단계에 와 있는 걸로 알고 있습니다. 우선 최학준이란 일본어 번역가를 시켜서 돈으로 매수하는 작전부터 펼치겠습니다. 강주리의 연구성과만 얻어낼 수 있다면 독거미를 저희 마음대로 조정할 수 있게 됩니다. 그렇게만 된다면 사린 독가스 보다도 더 엄청난 살인 무기가 될 것입니다. 기대해주십시오."

"흐흐 성공하길 바란다."

"알겠습니다. 그리고 독거미를 키워줄 사람 또한 이미 유인해 놓았습니다. 일본어 번역가 최학준의 동생인 최성준이란 인물입니다. 투견 도박에 미친 건달로 단순한 사람입니다. 다나카의 정보가 정확한듯 싶습니다. 일단 저희들의 존재에 대해 일체 의심을 품지 않고 있습니다."

"흐흐 좋다. 그대로 실행하라."

"신명을 바쳐 실행하겠습니다. 존사님."

사노 존사의 격려를 받은 미치코는 수화기를 놓자 흐뭇한 표정으로 다나카에게 말했다.

"즉시 최학준을 만나 강주리의 프로젝트 A를 입수하는 작전을 펴라."

"알겠습니다. 즉시 실행하겠습니다."

다나카는 당장 최학준에게 전화를 걸어 강주리를 만나 협상할 것을 지시했다. 최학준이 강주리를 만나기로 한 것은 그로부터 며칠이 지난 후 서울 시내의 한 호텔 커피 숍에서였다.

약속시간보다 일찍 도착한 최학준은 일본 신문을 읽고 있었다. 그의 뒷좌석에는 다나카 일행이 손님처럼 앉아 있었다.

최학준이 신문을 거의 다 읽을 때쯤 주리가 들어섰다. 최학준이 벌떡 일어서며 주리를 맞았다.

"이렇게 직접 뵙게 되서 영광입니다."

부지런히 명함을 꺼내어 주리에게 주며,

"인사드리겠습니다. 최학준이라고 합니다."

강주리가 명함을 받아 보며 말했다.

"번역문학가시네요"

"그렇게 거창한 건 아니구요. 일본어 번역을 해서 겨우 입에 풀칠이

나 하고 사는 처집니다."

"구태어 절 외부에서 보자고 한 이유가 뭐죠?"

"헤헤, 숨이나 좀 돌리시지요. 차 뭘로 하시겠습니까?"

"커피요."

최학준이 웨이터에게 차를 시킨 후 뜸을 들이더니 이야기를 시작했
다.

"저……실은 제가 아는 일본사람의 부탁을 받고 이렇게 뵙자고 한 겁
니다."

그 말에 주리가 약간 경계의 눈빛을 보냈다. 뒷 좌석에 있는 다나카
가 이런 주리의 표정을 몰래 살피고 있었다. 성급해진 최학준은 본론으
로 들어갔다.

"단도직입적으로 말씀드리죠. 한마디로 강주리씨의 연구성과를 사겠
다는 겁니다. 예……."

"뭐라구요?"

"거래조건부터 말씀드리죠. 일본 엔화로 일억엔을 일시불로 드리겠
답니다. 우리나라 돈으로 팔억이나 되는 거액입니다."

"이보세요. 도대체 어떤 사람들인지는 모르겠지만 전 돈이 탐이 났다
면 일본에서 귀국하지도 않았을 거에요. 난요, 조국에서 내 연구를 성
공시키고 싶은 단 한가지 이유만으로 귀국을 했던 거에요. 아시겠어
요?"

"제 얘길 마저 들으시죠. 저쪽 거래조건은 한국에서 발표되는 강주리
씨의 학문적 업적이나 명예에 대해서는 전부 인정해드린다는 겁니다.
연구업적에 대한 독점권도 요구하지 않구요. 단지 연구에 대한 노하우
만 전해 주시면 된다고 했습니다. 만약 금액이 적다면 두배인 이억엔까
지도 내놓겠다고 했습니다."

"내 말 똑똑히 들으세요. 그리고 그쪽에다가 분명히 전하세요. 억만 금을 들여도 내 연구성과를 빼갈 수 없다구요. 알겠어요?"

주리의 단호한 태도에 최학준은 멋쩍었다. 뒷 좌석의 다나카를 쳐다 보니 표정이 매우 심각했다.

강주리의 연구성과를 사는데 실패한 다나카는 미치코의 발밑에 한참 을 꿇어 앉아 있어야 했다. 다나카의 뒤쪽으로 꿇어앉은 이와다와 모리 도 잔뜩 굳은 표정으로 고개를 들지 못했다. 성난 미치코가 말문을 열 었다.

"우리가 한국으로 잠입해 들어온 두번째 목표가 뭔가?"

"⋯⋯⋯."

"바로 강주리가 발명한 프로젝트 A가 아닌가? 설마 그 중요성을 잊 은 건 아니겠지? 다나카."

"그럴리가 있습니까, 미치코 정오사님. 그래서 최학준을 시켜서 거액 을 제시하며 돈으로 매수를 하려 했던 거 아닙니까?"

"그래서? 그래서 결과가 어떻게 됐는가?"

"죄송합니다. 그러나 어쩔 수가 없었습니다. 최학준이란 인물이야 돈 만 쥐어 주면 뭔지도 모르고 심부름을 잘 해주는 위인이지만 강주리는 역시 달랐습니다. 강주리는 결코 돈으로 해결할 수 없는 여자임이 다시 한번 확인됐습니다."

다나카가 고개를 들며 미치코를 향해 말했다.

"미치코 정오사님! 첫번째 작전은 이미 실패할 확률이 크다는 것은 일본에 있을 때부터 예상됐던 거 아닙니까? 이제 제2의 작전을 펼칠 수 밖에는 없다고 봅니다."

"그걸 누가 모르나? 하지만 강주리가 근무하고 있는 유전공학 연구 소의 보안체제는 우리가 예상했던 것보다 훨씬 철저하다. 위험 부담이 너무나 크다."

"미치코 정오사님. 걱정마십시오. 일본에서 이노키 박사에 의해 집도된 성형수술은 거의 완벽합니다. 지금 이 자리에 강주리의 애인인 김우혁을 데리고 와서 미치코 정오사님을 주리라고 한다고 해도 전혀 눈치못 챌 겁니다. 이제야 사노 존사께서 왜 미치코 정오사를 주리의 모습으로 성형수술을 시켰는지 알 것 같습니다. 과연 존사께옵서는 위대하십니다."

다나카의 말을 들은 미치코가 천천히 고개를 끄덕였다. 그러다가 벌떡 일어나 소리쳤다.

"이제부터 난 한국의 강주리 박사다. 프로젝트 A는 바로 내 손안에있다."

유전공학소에서 연구에만 몰두하던 주리가 우혁과의 약속 때문에 여느 때보다 일찍 퇴근하는 날이었다. 기분이 한껏 좋아진 주리가 미소를지으며 경비원에게 카드 키를 맡겼다.

"여기 키 있어요."

경비원이 카드 키를 받으며 주리에게 한마디 건넨다.

"부소장님께서 웬 일로 이 시간에 퇴근을 다 하십니까?"

"글쎄요. 한번 맞추어 볼래요?"

"무척 기분이 좋아 보이시는데 혹시……."

"그냥 상상으로 남겨 놓으세요. 그럼, 수고하세요."

경쾌한 걸음걸이로 현관쪽으로 가는 주리를 지켜보는 경비원의 입가에 미소가 맴돌았다. 연구소 주차장으로 간 주리가 차에 타려고 하다가무슨 생각이 들어선지 차문을 닫고는 핸드폰을 꺼냈다.

"우혁 씨? 나 주리야. 빨리 나올려고 했는데 아무래도 조금 늦을 거

같아. 응……응……아무튼 빨리 갈게."

통화를 끝낸 주리는 차에 올라타 시동을 걸었다. 아까부터 주리의 모습을 지켜보고 있는 여인이 있었다. 얼굴을 거의 가린 머풀러와 검은 선글라스 때문에 누군지 알아보기는 힘들지만 미치코가 분명했다. 아침 출근길에 주리의 복장을 조사한 다나카는 똑같은 옷을 구해 두었다가 미치코에게 내밀고 차에서 내렸다. 옷을 갈아입은 미치코는 부지런히 연구소쪽으로 향했다.

급한 걸음으로 현관으로 들어선 미치코를 발견한 경비원은 주리인 줄 알고 일어섰다.

"내 키좀 줄래요?"

"어쩐지 서두르신다 했죠. 뭘 두고 나오셨나 보죠? 부소장님."

"내가 깜박했어요. 자료를 챙겨가지고 나온다는걸."

경비원이 미치코에게 카드 키를 건네주었다.

주리의 카드 키를 받아든 미치코가 연구실로 향했다. 안으로 들어간 미치코는 재빠르게 실험실 안을 훑어 보고는 전자장치 앞으로 가서 기계들을 세밀히 관찰했다. 그리고는 컴퓨터 앞에 앉았다. 컴퓨터를 작동시킨 미치코는 암호명을 입력하라는 메시지에 긴장한 표정으로 몇 가지 신호들을 입력해 보았다. 어떤 암호명도 프로그램에 맞지 않았다. 고심하던 미치코가 우혁의 이름을 영문으로 한자 한자 입력시켰다.

드디어 프로그램을 작동시키게 된 미치코는 준비해간 파일에 프로그램을 통째로 복사했다. 미치코는 컴퓨터를 끈 다음 주리가 사용하고 있는 컴퓨터 및 주변 장치기계의 사진을 찍었다.

주리는 연구소를 나오자마자 곧장 우혁과의 약속장소로 향했다. 우아한 분위기가 풍기는 고급 레스토랑이었다. 그녀는 마치 소녀처럼 들뜬 느낌이었다. 우혁에게 최초로 데이트 신청을 받았을 때 느꼈던 그런 떨림같은 게 가슴을 스쳐 지나갔다. 오늘은 일본에서 귀국한 후 처음으로 우혁에게 데이트 신청을 받았던 것이다.

주리보다 먼저 온 우혁은 정장차림이었다. 테이블 위에는 예쁘게 포장된 장미꽃 한송이가 장식물처럼 놓여 있었다. 우혁은 환하게 웃으며 자리에 앉은 주리에게 꽃을 내밀었다.

"진심으로 성공을 축하해."

주리는 우혁이 진심으로 축하하고 있다는 사실에 무척 기분이 좋았다.

"고마워. 정말."

웨이터가 우혁이 미리 주문한 샴페인을 가져왔다. 거품이 솟아오르는 샴페인을 받으며 주리는 오래간만에 즐거운 시간을 가졌다. 두 사람은 술잔을 마주치며 서로를 바라보았다. 따뜻한 눈빛이 오갔다.

최성준은 개를 잃은 후유증에서 좀처럼 헤어나질 못했다. 밖에도 잘 나가지 않고 창고 한쪽에 앉아 술만 마셔댔다. 평생에 한번 있을까 말까 한 기회를 잃은 최성준이다. 그가 그토록 갖고 싶었던 명견을 허무하게 죽여 버린 그는 허탈한 심정으로 혼자 술을 마시며 푸념을 하고 있었다.

"빌어먹을……그렇게 잘 싸우던 개가 하루아침에 죽어버리다니. 하여튼 난 안 돼."

바로 그때 창고문이 열렸다. 최성준이 고개를 돌려 문쪽을 보니 미치코가 서 있었다. 벌떡 일어선 최성준은 미치코가 손짓하는대로 밖으로 나갔다.

창고 밖으로 나온 최성준은 사람들이 웬 용달차에서 물건을 내리고 있는 것을 보았다. 최성준도 가만히 서 있기가 뭐해 짐운반을 거들었다. 미치코는 팔짱을 낀 채 그냥 보고만 있었다.

물건들을 모두 창고안으로 들여온 미치코가 그 물건들을 정리하기 시작했다. 최성준은 신기한 듯이 그 물건들을 살펴보았다. 전기연결까지 끝낸 미치코는 능숙하게 작동을 시작했다. 호기심이 생긴 최성준이 그 물건들을 만져보았다. 컴퓨터를 작동중이던 미치코가 큰 소리로 경고하듯 소리쳤다.

"물건에 함부로 손대지 말아요,"

"아, 예. 알겠습니다."

최성준이 얼른 물러서자 미치코가 한쪽에 놓여 있던 박스를 가져오라고 시켰다. 미치코가 앞장서서 거미집 앞으로 갔다. 최성준은 박스를 들고 그녀의 뒤를 따라갔다. 거미집 앞까지 간 미치코가 박스를 건네받아 뚜껑을 열었다. 두 개의 병속에 거미들이 한 마리씩 담겨 있었다. 미치코가 병속에서 꺼낸 큰 거미를 거미집에다가 놓아주었다. 거미들은 각각 다른 방향으로 가서 자리를 잡았다. 거미를 본 최성준은 그 크기에 놀랐다.

"세상에……이렇게 큰 거미도 있습니까?"

"내 말 똑똑히 들어요. 이건 보통거미가 아니니까 만에 하나 소홀이 다루었다간 가만 안 둘 거에요."

"아, 예. 그럼입죠. 하하. 그놈들……으젓하게도 생겼다."

최성준이 거미에게 정신이 팔려 있을 때 미치코가 전자장치쪽으로 가서 기계들을 다시 한번 점검하기 시작했다. 눈치를 보던 최성준은 미치코에게 조심스럽게 말을 꺼냈다.

"저……그런데 개는 안 가지고 오셨습니까?"

미치코가 순간적으로 아차하는 표정을 짓자 최성준이 이때다 싶은지 약간 뻣뻣한 태도로 말했다.

"아, 지난번처럼 저한테 투견을 주셔야죠. 그래야 저도 이 거미들을 정성껏 키워드릴거 아닙니까?"

최성준의 말에 미치코가 정색을 하며 말했다.

"내 말 똑똑히 들어요. 지난번처럼 이 거미들을 제대로 보살피지 못할 땐 죽은 개값을 청구할 테니까."

갑자기 미치코로부터 일격을 받은 최성준은 금세 기가 죽었다. 한편으론 은근히 겁도 났다. 그 개값이 어디 한두 푼이란 말인가? 그런 최성준의 심리상태를 꿰뚫어본 미치코가 달래듯이 말했다.

"하지만 이 거미들을 잘 보살펴주면 내가 더 좋은 개를 줄 수도 있어요."

그제서야 최성준이 살았구나 싶은 표정을 지었다.

"아, 그럼입죠. 이번엔 틀림없이……걱정 마십시오. 잠도 안 자며 거미들을 보살피겠습니다요. 예."

미치코가 쩔쩔매는 최성준에게 한마디를 덧붙인다.

"그뿐만이 아니에요."

또 무슨 얘기를 하려나 싶어 긴장한 최성준이 미치코를 쳐다보았다. 미치코는 한쪽에 놓여있는 비디오 카메라를 들어서 최성준에게 주었다.

"이 비디오 카메라로 거미들의 움직임을 샅샅이 찍어 놓으세요."

"예? 뭘 말입니까?"

"지금부터 잘 봐요."

미치코가 홀로그램을 작동시켰다. 창고의 공중에 주리의 모습이 나타났다. 그러나 최성준은 미치코의 모습으로 착각할 수밖에 없었다.

이번에는 컴퓨터를 작동시킨 후 초음파전자장치를 쏘기 시작했다. 초록색의 빛이 주리의 홀로그램 영상으로 쏘아지기 시작하자 한쪽에 있던 커다란 거미가 갑자기 난폭해지며 반대편 거미를 공격하기 시작했다. 상대편 거미가 쫓겨다녔다.

미치코가 이번에는 초음파 전자장치의 색깔을 붉은색으로 바꾸어 홀로그램 영상에다가 쏘기 시작했다.

그러자 이번에는 쫓겨갔던 큰 거미가 돌아서서 반대편 거미를 공격하기 시작했다. 좀전에 이겼던 거미가 이번에는 쫓겨다녔다. 최성준은 뭔가에 홀린 것 같은 표정으로 거미들의 싸움을 지켜보고 있었다.

몰두해 있던 최성준의 눈에는 거미들의 모습이 순간적으로 투견들의 모습으로 바뀌었다. 격렬하게 싸우던 투견의 으르렁거림, 최성준은 죽은 개를 떠올리며 '죽여, 죽여!' 소리쳤다.

"정신차려요."

미치코가 소리치는 바람에 최성준은 정신을 차릴 수 있었다.

"이럴 수가……도대체 이 기계들이 뭡니까?"

"그건 알 필요 없어요. 이제부터 이 기계들을 사람들 눈에 띄지 않게 천정에다가 장치를 해놓도록 해요. 그리고 이 리모트 콘트롤만 가지고 동작을 시키세요. 여기 초록색 버튼과 붉은색 버튼을 번갈아 누르기만 하면 돼요. 그리고 거기에 따라 반응하는 거미들의 모습을 이 비디오 카메라로 빠짐없이 찍어 놓아요. 알았죠? 비디오 찍는 것 정도는 할 수 있겠죠?"

도대체 무슨 일이 생긴건지 영문도 모르는 최성준은 떨떠름한 기색으로 마지 못해 대답했다.

"아, 예……알았습니다."

미치코가 빙긋이 웃으며 최성준의 어깨를 두드려 주었다. 미치코는 마지막으로 거미 먹이에 신경쓰라는 당부를 하고 창고를 나갔다. 최성준은 그저 건성으로 고개만 끄덕였다.

여름 햇살이 싱그럽게 퍼져 있는 제주도의 해변도로는 바다처럼 시원한 느낌을 주었다. 그 해안도로를 따라 경근과 성민 그리고 서희와 미경이 무개 찝차를 타고 달리고 있었다. 대학교 수중탐사 서클 멤버인 이들 네 명은 수중탐사차 제주도에 내려온 것이다. 여학생 두 명은 찝차에 선 자세로 손을 흔들며 즐거워했다.

뺨을 간지르듯 살랑대는 해풍과 시원스레 트인 수평선이 그들을 무척이나 반기는 것 같았다. 그들이 탄 차가 해안에 자리하고 있는 잠수 장비 가게 앞에 섰다. 학생들은 짐은 차에 놔둔 채 뛰어내려 가게 안으로 들어갔다. 가게 안에는 각종 잠수장비들이 진열되어 있었다. 가게 주인이 이들을 반갑게 맞아주었다.

"어서들 와요."

학생들 중에서 팀의 리더로 보이는 경근이 앞으로 나서서 인사를 드렸다.

"서울서 전화했던 학생들이에요."

"오라, 수중잠수반 서클 멤버들이구면."

"아저씨! 특수장비는 준비됐겠죠?"

옆에 서 있던 서희가 아저씨에게 물었다.

"그럼. 그런데 어딜 탐사하려고 이렇게 거창하게 준비를 하는거야?"

미경이 짐짓 장난스럽게 대답하곤 웃는다.

"호호 그건 비밀에요."

"알았수. 자, 그럼 점검해 보라구."

주인이 학생들에게 준비해둔 잠수장비들을 보여주었다. 그러자 학생들은 신기한듯 만져도 보고 몸에 맞는지 대 보기도 했다. 경근은 리더답게 함께 장난을 치기보다는 압축 공기를 채운 산소통과 그리고 수심에 따라 호흡을 조절해 주는 레귤레이터 등을 꼼꼼히 점검했다. 주인은 젊은이들의 활기찬 모습을 흐뭇한 듯 지켜보았다. 장비점검을 마친 경근이 가게 주인에게 값싸고 맛있는 식당이 있으면 알려달라고 하자, 가게 주인은 가까운 곳이라며 자세하게 일러주었다.

음식점 안으로 우루루 몰려간 학생들이 탁자에 앉아 이것저것 음식을 주문했다. 음식이 준비되는 동안 경근이 테이블 위에 고지도를 펼쳐놓았다. 모두의 시선이 그 지도로 향했다.

"정말 육지로 연결됐다는 수중 동굴이 있을까?"

성민의 말에 서희가 못마땅하다는 표정을 지었다.

"여기까지 와서 팀장을 못 믿겠다는 거야?"

경근이 웃으며 말했다.

"나를 못 믿겠다는 얘기가 아니고 여기 있는 옛날 지도가 의심스럽다는 거 아니겠어? 그것도 일제시대 때 일본해군이 작성한 비밀 군사지도란 사실이 말야."

성민은 자신의 심정을 잘 설명해주는 경민이 고마웠다.

"그래. 맞아. 난 아무래도……이 지도가 가짜같아."

"설령 수중동굴이 없으면 어때? 가능성을 향한 도전만으로도 신나는 일 아니겠어?"

미경은 도전하는 자세의 중요성을 강조했다.

"그 말이 정답이네."

서희의 농담에 모두들 한바탕 웃었다. 그러나 경근만은 진지한 표정으로 계속 지도를 쳐다보고 있었다.

"만일 이 지도대로라면 우린 실전에 들어가기 전에 도상연습을 좀더 철저히 해야만 될 것 같아. 자 보라구."

경근이 지도를 위로 들어올리자 모두의 시선이 그곳으로 쏠렸다.

"여기 이 지점이 수중동굴 입구라면 말야, 바다에서 수직으로 약 오십미터를 내려가야만 해. 거기다가 이 수중동굴이 육지와 연결되어 있다면 동굴에서 육지까지의 길이가 약 천미터. 우린 천미터 이상을 수중동굴속을 헤메면서 육지까지 올라가야만 하는거야."

모두가 진지한 표정으로 경근의 말에 귀를 기울였다. 경근 일행은 식사를 끝낸 후 사전준비를 위해 바로 숙소로 돌아갔다.

다음날, 학생들은 아침 일찍 탐사에 나섰다. 제주도의 날씨는 언제나 변덕스러웠지만 그날 따라 하늘은 청명했고 쪽빛 바다는 바람하나 없이 잔잔했다. 항구에는 미리 예약한 배가 학생들을 기다리고 있었다.

경근이는 지도를 펼쳐 놓고 자세히 들여다보고 있었다. 나머지 학생들도 경근이를 둘러싼 채 열심히 보고 있었다. 배는 하얀 물살을 일으키며 한참을 달렸다. 얼마나 달렸을까 배가 경근이 표시해 놓은 지점에 가까워졌다.

"가만, 거의 다 온 것 같은데."

목표지점에 가까워진 학생들은 조금은 긴장이 되었다. 그런데 웬 배한 척이 그들보다 먼저 그 지점에 서 있었다.

"아저씨, 우리가 가려고 하는 곳이 저 배가 서 있는 지점이 맞죠?"

경근이는 배 주인에게 확인하듯 물었다.

"아마 그쯤 될 거우다."

배 주인은 고개를 갸웃거리며 혼자말로 중얼거렸다.

"저긴 배들이 다닐 길목이 아닌데…… 웬 배가 멈추어 있담?"

학생들이 도착할 지점에 멈추어 있던 배에는 미치코의 부하인 다나카와 이와다가 타고 있었다. 쌍안경으로 학생들을 지켜보던 다나카가 무전실로 내려가 미치코와 통화를 시도했다.

"여기는 pkk 응답하라. 오버."

"여기는 psh 감잡았다. 로저."

"지금 제주도 해상에 폭풍우가 몰아친다. 문단속을 잘 하라."

일단은 그 지점을 떠나라는 미치코의 지시가 내려졌다. 학생들의 배가 점점 더 가까워오자 다나카는 급하게 방향을 돌려 다른 곳으로 갔다.

갑판 위에 있던 학생들은 호기심어린 표정으로 멀어져가는 배를 쳐다보고 있었다.

"이거, 우리가 가지고 있는 지도가 혹시 보물지도 아냐? 우리말고 딴배까지 저 지점에서 얼쩡거리는 걸 보면 말야."

"좋았어. 보물도 찾고 탐사도 하고. 꿩먹고 알먹고……."

경근이와 미경이가 주고 받는 농담에 일행은 밝게 웃었다.

배가 정지하자 학생들이 수중장비들을 꺼내어 입기 시작했다. 서로의 장비를 점검해 준 다음 한 명씩 바다밑으로 뛰어 내렸다.

바다 밑으로 내려가는 학생들의 표정이 자못 심각해 보였다. 다양한무늬의 물고기들이 학생들 옆으로 지나치곤 했다.

앞장서서 가고 있는 경근의 시선에 드디어 수중동굴의 입구가 보였다. 경근은 활짝 웃음을 지으며 뒤에 오고 있는 동료들을 향해 오케이사인을 보냈다. 동굴 입구에 모인 이들은 하나같이 활짝 웃고 있다. 성민이만 유독 두려워하는 표정이었다.

경근이 동굴입구로 들어가려는 순간 성민이 들어가지 말자고 손짓을했다. 경근이는 이를 뿌리치고 동굴입구로 들어갔다. 그 뒤를 이어 서희가 따라서 들어갔다. 미경은 망설이는 성민을 잡아 끌고 함께 헤엄쳐들어갔다. 수중동굴 속을 계속해서 가고 있는 학생들은 갑자기 길이 좁아져 당황하다가 계속 전진했다. 얼마쯤 더 가보니 이번에는 앞면이 완전히 막혀 있었다. 선두로 가던 경근이 조그만 틈새를 통해 나갈 구멍이 있는지 살펴보았다. 옆쪽으로 뻥 뚫린 바위가 보였다. 잠시 망설이던 경근이 용기를 내어 그 바위 구멍 안으로 들어섰다. 그 바위 구멍을 벗어나자 이번에는 넓은 공간이 나타났다. 그러나 막혀 있는 공간이어서 더 이상 수평으로 이동할 수가 없고 수직으로만 길이 뚫려 있었다. 이들은 수직으로 바위길을 따라 오르기 시작했다.

드디어 수면 위로 불쑥 솟아오른 일행의 눈에 육지로 통하는 커다란 동굴입구가 보였다. 그들은 사로에게 손을 흔들며 기쁨을 표현했다.

동굴입구쪽의 평평한 바위 위에 오른 일행은 머리에 쓰고 있던 잠수복을 벗었다. 숨을 가쁘게 몰아쉬고는 있지만 기쁜 표정이 역력한 그들은 서로 손뼉을 마주치며 환호성을 질렀다. 경근이 감격한 목소리로 말했다.

"우린 해냈어. 드디어 해냈다구."

서희 또한 감동어린 표정으로 말했다.

"믿겨지지가 않아. 수중동굴과 육지의 동굴이 연결되어 있다는 사실이."

"가만, 그렇다면 말야. 여기 있는 동굴을 통해서 땅위로 나갈 수도 있지 않을까?"

미경이 생각지 못했던 가능성에 대한 의견을 말했다. 출발할 때부터 겁이 많았던 성민이 또 다른 모험을 할 것을 미리 막겠다는 듯 단호히 말했다.

"쓸데없는 생각 말어."

경근은 미경과 의견을 함께 했다.

"아냐. 그럴 수도 있겠는데? 보라구. 바람이 들어오고 있잖아. 그건 땅위로 통해 있다는 증거야."

성민이 안 되겠다는 듯 반론을 펴기 시작했다.

"정말 멋대로들 상상을 하는군. 그렇다면 왜 아직도 저 동굴의 존재가 발견 안 된거야?"

서희 또한 성민의 의견과는 다르다.

"그런 소리 마. 최근에 발견된 동굴들도 얼마나 많은데. 그동안 까맣
게 모르고들 있었잖아."

서희의 의견에 동감하는 미경은 한 마디를 덧붙인다.

"그래 맞아. 모름지기 모험을 두려워하지 않는 우리 같은 사람들이
있기 때문에 미지의 세계가 항상 열리는 거라구."

팀의 리더인 경근이 결론을 내리듯 일행들을 설득했다.

"밑져야 본전이잖아. 여기까지 왔는데 한번 들어가 보자구."

성민만 빼놓고 모두 의견을 함께 했다.

"그래. 좋았어."

세 명이 일어서서 동굴입구쪽으로 향했다. 성민만 그대로 앉아 있다.
미경은 한번 더 성민에게 물었다.

"너 정말 안 갈거야?"

성민은 그냥 침묵만을 지키고 있다.

"………"

성민을 제외한 세 사람이 동굴 속으로 사라졌다. 성민은 떨고 있었다.

세 사람은 라이트를 비추며 조심스럽게 안으로 들어갔다. 들어갈수
록 의외로 넓은 공간이 나왔다. 그때 그들의 눈에 육중한 문이 보였다.
깜짝 놀란 일행은 다가가 자세히 들여다보았다. 문을 만져본 경근이 이
상하다는듯 말했다.

"아니, 이건 최신공법으로 지은 철문 같은데?"

"이럴 수가……맞아. 틀림없어."

서희의 말에 호기심 많은 미경이 질문을 던진다.

"그럼 누군가가 여기에 와서 이런 문을 만들어 놨단 말야? 세상 사람

아무도 모르게? 도대체 그 이유가 뭘까?"

이때 서희는 문 위에 달려있는 비디오 카메라를 발견했다. 카메라가 학생들이 있는 방향으로 천천히 움직였다.

"저길 봐. 저게 뭐지? 우리쪽을 향해 움직이고 있는데?"

경근이 카메라를 본 후에 조그만 목소리로 얘기했다.

"혹시 감시 카메라가 아닐까? 내가 입수한 지도는 분명히 일본 해군의 비밀 군사지도였어. 그렇다면 이 동굴은 현재 군사목적으로 사용되고 있는지도 몰라."

경근의 말을 들은 서희가 갑자기 겁이나는 모양이다.

"겁난다. 괜히 들어온거 아냐?"

"그래……우리 나가자."

미경의 의견에 말없이 동의를 한 일행은 돌아섰다. 그 순간 동굴 천정에서 뭔가가 툭툭 떨어지기 시작했다. 거미들이다. 일행은 비명을 지르며 뛰기 시작했다.

한편 동굴 입구에 혼자 앉아 있던 성민이 겁에 질린 표정으로 동굴쪽을 자주 쳐다보며 혼자서 중얼거리곤 했다.

"무서워 죽겠는데 왜들 안 나오는 거야?"

안으로 들어갔던 세 사람은 동굴입구를 향해 정신없이 뛰어 나왔다. 거미들이 세 사람의 잠수복 위로 새까맣게 달려들고 있었다. 비명을 지르며 거미들을 손으로 쳐내지만 좀처럼 떨어지지 않았다. 잠수복 안으로 들어가게 된 거미가 드디어 물기 시작했다. 모두 동굴 바닥에 쓰러졌다. 한결같이 숨을 가쁘게 몰아쉬기 시작했다.

이때 성민이 동굴 속으로 들어오다가 일행을 발견했다. 경근이 숨을 몰아쉬며 힘들게 소리쳤다.

"위험해! 도망가."

성민이 겁에 질린 표정으로 도망가기 시작했다. 도망가던 중 돌부리에 걸려 넘어졌다. 어느새 성민을 뒤쫓아온 거미들이 달려들기 시작했다. 성민 또한 거미에게 물린 후 몸을 떨며 숨을 몰아쉬기 시작했다. 경근과 서희 그리고 미경은 이제 입에서 피까지 쏟아냈다. 그러고는 서서히 죽어갔다. 뒤늦게 거미에 물린 성민 또한 죽어갔다.

며칠 후 제주도의 한적한 해안에 시커먼 물체들이 백사장으로 밀려왔다. 해안에 닿은 검은 물체는 잠수복을 입은 사람의 모습이었다. 또다른 시체들이 한꺼번에 밀려왔다. 수중동굴을 탐사하던 네 명의 학생들이었다.

방송사의 보도국 안, 여러 사람이 분주하게 움직이고 있었다. 미란은 자신의 책상에 앉아 뭔가를 열심히 열심히 읽고 있었다. 미란을 발견한 남 기자가 어깨를 툭 치며 말했다.

"책상 위에 앉아만 있으면 어떡해. 기자란 모름지기 발로 뛰어야지."

그러다가 미란이 보고 있는 책에 시선이 머물렀다.

"아니, 이건 거미에 대한 학술 서적이잖아? 아직도 거미망령에서 못 벗어 난거야?"

"남 선배. 제발 내 신경 좀 건드리지 마."

"아. 그래 알았어."

이때 부장이 보도국안으로 들어서며 급하게 미란을 불렀다.

"이봐, 이미란 기자. 사건이야."

"네?"

"제주도에 어느 해안에서 변사체가 한꺼번에 네 구나 발견됐어. 비행기표는 예약해 놨으니까 당장 공항으로 달려가라구."

그 길로 공항으로 간 미란은 제주도로 갔다. 제주공항에는 제주 지국 기자가 차를 가지고 마중 나와 있었다.

그들은 즉시 제주 경찰서로 향했다. 경찰서 안은 취재하려는 기자들로 북새통을 이루었다. 형사가 기자들에게 둘러싸여 질문공세에 시달리고 있었다.

"그러니까 사인은 한 마디로 잠수장비 불량에 의한 질식사로 밝혀졌다 이말 입니까?"

"그렇습니다."

"좀 이상하지 않습니까? 네 명이 동시에 죽었는데 어떻게 하나같이 잠수장비 불량으로 죽을 수가 있죠?"

"네 명 모두 똑같은 증상으로 죽어 있었기 때문에 현재로선 그렇게 추정할 수밖에는 없습니다."

기자들 속에 섞여서 형사의 대답을 듣고있던 미란이 제주지국 기자에게 나가자고 손짓을 했다.

두 사람은 차에 올라탔다. 제주지국 기자가 미란을 향해 말했다.

"제가 보기에도 이번 사건은 단순한 질식사로 추정하기엔 의문점이 너무나 많습니다. 잘 나오신 겁니다. 경찰에선 더 이상 알아낼 정보가 없으니까요. 제가 학생들이 처음 들렀던 곳으로 직접 안내해 드리겠습니다."

미란은 침묵한 채 골똘히 생각에 잠겨 있었다.

"........."

두 사람이 탄 차가 잠수장비 가게 앞에 도착했다. 두 사람은 가게 안으로 들어섰다. 신분증을 본 가게 주인은 학생들이 왔던 당시의 상황을 자세하게 설명하기 시작했다.

"글쎄 학생들이 처음부터 특수 잠수장비를 원하더라구요. 호기심이 생겼죠. 도대체 어디를 수중탐사하려는지 궁금했으니까요. 그런데 비밀이라며 얘기를 안해 주더라구요. 마침 그 학생들을 태워다 준 배 주인이 제 친구라 물어봤죠. 어디에다 내려주었냐구요."

미란이 가게 주인의 말을 막고 질문을 던졌다.

"그래서 그곳이 어딘지 확인을 했습니까?"

그러자 무슨 이유에서인지 가게 주인이 말끝을 흐렸다.

"글쎄……그게……."

함께 온 기자가 답답하다는 듯이 주인을 다그쳤다.

"그곳이 어딘지 알고 있잖습니까?"

"좋습니다. 확신은 안 서지만 말씀드리죠. 실은 예전부터 수중동굴이 있다고 말로만 전해 내려오는 지점에다가 학생들을 내려주었다고 하더군요. 허지만 아무도 그곳에 내려가 본적이 없었기 때문에 꼭 그곳으로 갔다고는……."

"그 지점이 어딥니까?"

"예. 알려드리죠."

주인이 일어서서 지도를 가르키며 알려주었다.

"바로 이 지점입니다. 그런데 이상한 점은 시체가 발견된 지점이 엉뚱하게 이쪽 해안이었습니다. 보십시오. 조류를 타고 밀려왔다고 해도 도저히 이쪽 방향으로는 올 수가 없는 지점입니다. 그래서 제가 확신을 못하고 있는 겁니다."

"시체가 발견된 해안을 직접 가 보셨습니까?"

"그럼요. 변사체가 발견됐다는 소식을 듣자마자 혹시나 해서 한달음에 달려 갔죠. 그랬더니 글쎄…… 바로 그 학생들이었지 뭡니까. 한창 나이에……정말 안됐더군요. 그런데 죽은 시체들을 보는 순간 이상한 점을 느꼈습니다."

"뭐가요?"

"처음엔 물을 먹었나 해서 주의깊게 봤더니 말짱했습니다. 그래서 산소공급이 끊겨 질식사한 게 아닌가 해서 자세히 봤더니 그러기엔 얼굴들이 너무나 창백해 있었습니다. 꼭 피를 많이 흘리고 죽은 사람들처럼 얼굴색깔들이 유난히 하얗더라구요."

주인의 말을 듣고난 미란은 몹시 놀랐다.

"뭐라구요?"

너무나 놀라는 미란을 향해 함께 있던 기자가 의아한 표정으로 물었다.

"왜 그렇게 놀라십니까?"

미란은 기자의 질문에는 대답을 안하고 오히려 기자에게 시체들의 행방을 물어보았다.

"지금 학생들의 시신들이 어디에 있죠?"

"임시로 제주 종합병원 시체 안치실에 보관된 걸로 아는데요?"

"지금 가 볼 수 없을까요?"

"아마 접근이 힘들겁니다. 우선 숙소에 가 계시죠. 제가 방법을 찾아 연락드리겠습니다."

"아무튼 호텔로 빨리 가요."

두 사람은 잠수장비가게에서 나와 서둘러 호텔로 향했다. 미란을 호텔로 안내한 기자는 곧 연락을 주겠다며 가버렸다.

객실로 들어온 미란은 우선 샤워를 했다. 타월로 몸을 두르고 객실로 나와 머리를 빗던 미란은 뭔가를 심각히 생각하는 표정이더니 급하게 옷을 입기 시작했다. 아무래도 호텔 방 안에만 있기에는 예감이 심상치 않았다. 미란은 혼자서라도 제주종합 병원의 시체 안치실로 찾아가기 위해 옷을 입고 있는 것이었다.

그 시각 미란이 묶고 있는 호텔의 프론트 데스크 앞에는 한 여인과 세 명의 사나이들이 체크아웃 수속을 밟고 있다. 바로 미치코와 다나카 일행이었다. 미치코 주위를 호위하듯 다나카와 이와다 그리고 모리가 둘러싸고 있다. 미치코의 표정이 어딘지 굳어 있고 서두르는 기색이 역력했다.

엘리베이터에서 내려 로비쪽으로 향하던 미란은 문득 발걸음을 멈추었다. 세 명의 남자들에게 둘러싸여 호텔 현관쪽으로 가고 있는 주리의 모습을 본 것이다. 미란은 주리를 불렀다.

"주리야!"

그러나 미치코는 뒤도 안돌아 보고 급한 걸음으로 호텔 현관쪽으로 향하고 있다. 미란이 뛰어가며 다시 소리쳐 불렀다.

"주리야!"

그 순간 이와다가 뒤돌아서며 날카로운 눈초리로 미란을 쏘아보았다. 자신도 모르는 사이 멈칫하던 미란은 미치코의 뒷모습을 바라보며 의아한 표정으로 한참을 서 있었다.

주리의 비밀

의아한 표정을 짓고 있던 미란이 급하게 프론트 데스크쪽으로 달려 갔다.

"저⋯⋯방금 나간 여자손님, 이 호텔에 묵고 계시나요?"

미란의 물음에 호텔 직원이 컴퓨터로 조회를 해보았다.

"아, 미치코상요? 방금 체크 아웃하셨는데요?"

미란은 어이가 없다는 듯 직원의 실수를 지적하며 다시 물었다.

"네? 일본여자 말구요. 강주리 라고⋯⋯방금 나간 여자 말에요."

호텔 직원이 컴퓨터 화면을 다시 한번 쳐다본 후 대답했다.

"미치코상이 맞다니까요. 강주리란 여인은 우리 호텔에 묵고 계시지 않습니다."

혼란스러워진 미란이 급히 현관 밖으로 뛰어 나갔다. 미치코는 이미 차에 올라타 어디론가 가고 있었다. 차의 뒷모습을 보고 있던 미란의 앞으로 제주 지국 기자가 탄 차가 멈추어 섰다.

"왜 나와 계신 겁니까?"

"그냥 방 안에만 있을 수가 없어서요. 혼자라도 제주 종합병원에 가 보려구요."

기자가 그럴 줄 알았다는 듯 웃으며 말했다.

"그러실까 봐 제가 이렇게 달려온 겁니다. 병원은 현재 외부사람 출입금지에요. 특히나 시체 안치실엔 어느 누구도 못 들어가게 막고 있습니다. 유족들의 항의가 워낙 거센가 봐요."

실망한 미란은 객실로 돌아갈 수밖에 없었다. 객실로 돌아온 미란은 밤이 늦도록 잠을 이루지 못했다. 방 안을 서성이던 미란은 우혁에게 전화를 걸었다.

"여보세요?"

"우혁이 형, 나 미란이야."

"미란아! 이 밤중에 웬 일이야? 뭐? 지금 제주도라구?"

"형, 미안하지만 내일 아침 첫 비행기로 이곳으로 꼭 좀 내려와줬으면 해. 자세한 건 만나서 얘기할게."

우혁은 미란의 부탁을 거절하지 못하고 다음 날 제주행 첫 비행기에 몸을 실었다. 뭔가 다급한 사정이 생겼으리라고 믿은 우혁은 공항에서 내리자마자 미란이 묵고 있는 호텔로 직행했다. 미란은 밤새 제대로 잠을 이루지 못했는지 피곤해 보였다. 걱정스럽게 물어보는 우혁에게 미란이 꺼낸 얘기는 죽은 학생들의 시체를 봐 달라는 거였다. 그것도 거미에게 물려 죽었을지도 모르니 거미한테 물린 상처를 확인해 달라는 부탁이었다. 기막혀 하는 우혁에게 미란이 한 마디 덧붙였다.

"미리 얘기 못 한건 미안해. 그렇지만 시체들을 봐 달라고 했으면 제주도까지 내려왔겠어?"

"그런 건 아무래도 좋아. 내가 이해할 수 없는 건 왜 그렇게 거미한테 집착을 하고 있느냐 하는 거야. 정말로 거미가 학생들을 물어 죽였다고 생각하는 거야?"

미란이 확신한다는 듯 고개를 끄덕였다.

"정말 미치겠군."

"어쩐지 예감이 이상해. 제발 부탁이야, 형. 함께 가줘. 만약 거미한테 물린 자국이 발견되지 않으면 두번 다시 이런 부탁 안 할게."

"……좋아, 내가 졌다."

우혁은 거미에 집착하는 미란의 태도를 도무지 이해할 수 없었다. 그러나 제주도까지 온 이상 그냥 돌아갈 수는 없는 일이었다.

호텔 현관에는 제주 지국 기자가 차를 대기시켜 놓고 우혁과 미란을 기다리고 있었다. 제주 종합 병원 앞에서 기자는 웬 가방 하나를 내밀었다. 가방 안에는 의사들이 입는 흰 가운이 두 벌 들어 있었다. 우혁과 미란은 차 안에서 웃도리를 벗고 가운을 입었다.

"괜찮을까요?"

걱정스러워 하는 기자에게 미란이 단호한 어투로 말했다.

"걱정마세요. 모든 책임은 내가 질 테니까."

가운 속에 카메라를 감춘 미란이 먼저 병원 안으로 들어갔다. 우혁은 곧바로 미란을 따라들어갔다. 시체 안치실 앞에는 경비원이 두 명 있었다. 경비원이 미란과 우혁이 들어오는 것을 보며 일어섰다.

"저, 어느 병원에서 오신 의사분들이시죠? 우리 병원 의사분들은 아니신데?"

미란이 짤막하게 대답했다.

"경찰의 의뢰를 받고 서울에서 내려왔어요. 어서 문을 열어요."

"연락을 못 받았는데요?"

"유족들 때문에 비밀리에 조사를 마치기로 했어요. 어서요."

"아, 예. 알았습니다."

미란의 단호한 태도에 경비원은 시체 안치실로 들어갈 수 있게 해주었다. 안으로 들어간 미란은 미리 조사해온 학생들의 이름을 보고 시체를 찾았다. 마치 캐비닛처럼 생긴 철제 관들이 가지런히 놓여 있었다.

학생들의 이름을 찾은 미란은 시체를 꺼내 보았다. 시체는 하얀 카바로 덮여 있었다. 카바를 벗기는 미란의 손은 조금씩 떨리고 있었다. 네 구의 시체는 하나같이 창백한 모습이었다. 미란의 뒤에 서 있던 우혁은 시체들을 자세히 살펴보기 시작했다. 경근이란 이름의 시체를 살펴보던 미란은 목부분에서 뭔가에 물린 자국을 발견했다.

"이 상처가 뭐에 물린 자국 같아?"

시체를 자세히 살펴본 우혁은 차츰 심각한 표정으로 변했다. 점점 심각해지는 우혁의 표정에서 미란은 자신의 예감이 사실임을 확인할 수 있었다.

"그럼, 역시 내 짐작이?"

우혁이 고개를 끄덕이며 대답했다.

"그래, 맞아. 이건 분명히 거미한테 물린 자국이야."

"이럴 수가……."

미란이 가운 속에 넣어두었던 카메라를 꺼내 사진을 찍기 시작했다. 미란과 우혁은 곧 바로 시체 안치실을 빠져나왔다.

제주 지국 박 기자는 병원 앞에서 미란과 우혁을 초조하게 기다리고 있었다. 미란과 우혁이 빠른 걸음으로 병원을 나와 차에 올라탔다. 두 사람은 차에 올라타자마자 가운을 벗었다. 미란과 우혁의 표정이 심각해보이자 박 기자는 조심스럽게 질문을 던졌다.

"그래, 뭣좀 알아 냈나요?"

미란은 침묵한 채 뭔가를 골똘히 생각하고 있었다. 박 기자가 멋쩍은 듯 시선을 바꾸며 차를 몰았다.

호텔로 돌아온 미란은 곧바로 짐정리를 시작했다. 우혁은 미란을 지켜보다가 물었다.

"미란아! 서울에 올라가는 대로 이 사실을 곧바로 기사화할거니?"

미란은 아무 말없이 짐정리만 했다. 우혁이 조심스럽게 다시 한번 물었다.

"너무 서두르는 게 아닐까?"

미란이 비로소 돌아서며 의아해하는 표정으로 우혁을 쳐다보았다.

"생각을 정리해 봤는데 좀더 확인을 해 볼 것들이 있을 거 같아서……."

"지금 무슨 소리야? 거미한테 물린 자국이 틀림없다고 했잖아."

"그건 맞아."

"그런데 왜 망설이는 거야?"

미란은 우혁의 태도에 불쾌한 감정을 드러냈다.

"걱정 마. 이런 일에 말려들기 싫다면 기사에서 형 이름은 빼고 낼 테니까."

"그런 뜻이 아냐. 내 얘기는 상처의 형태로 보아서는 거미한테 물린 게 틀림없지만……."

"그런데?"

"우리나라에 그런 독거미가 존재한다는 사실을 믿을 수가 없어. 그리고 독거미한테 사람이 물렸다고 해서 꼭 죽는다는 법도 없고……."

"또 그 얘기야? 그런 문제라면 됐어. 내가 직접 확인해 볼 테니까. 형 도움 필요없어. 나 혼자서 증명해 낼거야."

"미란아, 너 정말 왜 이러니?"

"난 독거미가 있다는 걸 확신해. 그리고 누군가가 그 독거미를 살인 무기로 쓰고 있다는 예감을 떨칠 수가 없어."

"너 정말……도대체 누가 그런 짓을 한다는 거야?"

"이런 얘기까지는 하고 싶지 않았는데 바로 이 호텔에서 주리를 봤어. 날 보고도 못 본 체하는 주리로부터 뭔가 이상한 느낌을 받았다구."

갑자기 튀어나온 주리 얘기에 우혁이 놀랐다.

"뭐? 지금 무슨 얘기를 하려는 거야?"

미란 또한 얼결에 튀어나온 주리에 대한 자신의 의심에 확신이 없는 듯 일어서며 우혁을 재촉했다.

"아직은 나도 몰라. 웬지 찜찜하다는 거 외엔. 시간 없어. 빨리 공항으로 나가자구."

최성준이 술이 잔뜩 취한 채 비틀거리며 창고 안으로 들어섰다. 모처럼 천하의 명견을 얻어 투견판에서 김도섭 일당의 코를 납작하게 만들고 돈도 땄던 최성준은 그놈의 개가 하루아침에 죽어 버리자 통 살맛이 나지 않았다. 거기에 거미까지 키우게 됐으니 죽을 맛이었다.

"제기랄……아, 이 최성준이가 거미 뒷치닥거리나 하게 됐어?"

거미집을 향해 걸어가며 툴툴거리던 최성준은 스스로 달래며 마음을 고쳐먹었다.

"아니지? 기찬 싸움개를 얻어내려면 그래도 정성껏 돌봐 줘야지."

거미집을 들여다보니 거미 두 마리가 양쪽에 자리를 잡고 웅크린 상태로 가만히 있었다. 최성준이 리모콘을 집어 들었다. 천정 위의 선반에는 모든 전자 장치들이 올려져 있었다.

최성준은 먼저 리모콘의 초록색 버튼을 눌렀다. 그러자 천정 위에 주리모습의 홀로그램 영상이 떠오르고 초록색 빛이 쏘아졌다. 그 순간 초록색편의 거미가 갑자기 난폭해지며 붉은색 거미쪽으로 빠르게 다가가 공격할 태세를 갖추었다. 상대편 거미도 다가와 대결할 태세를 취하지만 일단은 천천히 다가와 멈추어 섰다.

최성준이 비디오 카메라를 집어들고는 거미의 모습을 찍기 시작했다.

드디어 거미들의 싸움이 시작되있다. 어느 순간 최성준의 눈에는 처음 기계를 작동시켰던 날처럼 싸우는 거미들이 투견중인 개들의 모습으로 바뀌어 보였다. 잠시 뭔가를 골똘히 생각하던 최성준은 갑자기 무릎을 탁 치며 소리쳤다.

"그래, 바로 이거야. 개 대신 거미를 가지고 도박판을 벌이는 거야. 역시 난 노름의 천재라니까. 하하……."

다음 날 최성준은 모처럼 투견장에 나가보았다. 개 싸움이 한창이었다. 판이 끝나자 돈을 잃은 사람들이 툴툴거리며 모여들었다. 김도섭과 부하들만이 의기양양해 했다. 이때 최성준이 돈을 잃은 사람들에게 접근했다. 그리고는 뭐라고 귓속말을 했다.

"미친 놈. 뭐? 거미를 가지고 내기를 하겠다고? 너나 실컷 해 처먹어라."

돈 잃은 사람 중에 끼어 있던 봉걸이 말도 안된다는 듯 최성준에게 욕을 퍼부었다. 갑자기 최성준이 주머니에서 백만원권 한 다발을 꺼내 보였다.

"어차피 노름판이란 게 돈놓고 돈먹기 잖아. 네놈이 이긴다면 건 돈에 두배를 주겠다. 어때?"

이런 모습을 본 사람들이 최성준 곁으로 모여들었다. 최성준은 입에 거품까지 물며 열심히 선전을 해댔다. 처음에는 귓전으로도 안 들던 사람들이 점점 관심을 보였다.

사람들에게 시간약속을 해둔 최성준은 자신의 창고로 돌아왔다. 리모트 컨트롤을 꺼내 작동을 준비시켜놓은 뒤 사람들을 기다렸다.

조금 후 왁자지껄한 소리가 들리더니 사람들이 창고 안으로 몰려들기 시작했다. 그리고는 최성준이 서 있는 거미집 앞으로 다가와 죽 둘러 섰다. 그들은 양쪽에 자리잡은 거미 두 마리를 신기한듯 쳐다보았다.

"허……이 거미들좀 보게. 꼭 한판 붙을 자세구먼."

사람들의 눈치를 살핀 최성준이 거만한 자세로 사람들을 향해 소리쳤다.

"자, 조용히들 해요."

최성준은 돈을 거는 방법에 대해 설명을 시작했다.

"우선 세 명씩 한조를 짜라구. 그리고 나서 양쪽에 있는 거미 중에서 이길 것 같은 쪽 한편에다가만 돈을 거는 거야. 선택권은 물론 당신들 쪽에 있고, 나는 반대편이 되는 거야. 당신들이 이기면 건 돈의 두배를 내가 주겠다 이거야. 자, 우선 돈들 걸라구."

사람들이 부지런히 조를 짠 후 돈을 걸기 시작했다. 최성준은 판돈을 거둬 한쪽에 놔두었다. 조장 한 명이 초록색 편의 거미쪽에 판돈을 걸었다. 모두의 시선이 거미집에 집중되었다.

순간 최성준이 리모트 컨트롤을 작동시키자 천정에 있는 홀로그램 영상에 붉은색 초음파 빛이 쏘아졌다. 붉은색 편의 거미가 난폭한 모습으로 초록색편의 거미를 향해 다가갔다. 초록색의 거미가 천천히 걸어나와 마주 서서 대결자세를 취했다. 한동안 두 거미의 쫓고 쫓기는 모습에 사람들은 흥분하기 시작했다. 하지만 시간이 지날수록 초록색 거미는 붉은색 거미의 눌려 쫓겨 다녔다. 결국 초록색 거미는 모래 속으로 숨어 버렸다. 최성준편의 거미가 이긴 것이다.

사람들로부터 건은 판돈을 챙겨 넣는 최성준은 하늘을 나는 듯한 기분이었다. 사람들은 돈은 잃었지만 그보다는 처음 보는 신기한 거미들의 모습에 박수를 치며 즐거워했다.

"하 그거 참 신기하네. 오늘 돈 잃은 거 하나도 아깝지 않구면."

김도섭의 부하 맹만수는 최성준의 창고에 들어왔을 때부터 말없이 팔짱을 낀 채 사람들의 모습을 지켜보고만 있었다.

제주도에서 올라온 미란은 우선 자신이 준비한 자료를 정리했다. 자료 정리가 끝나자 부장과 남 기자에게 사건에 대한 설명이 필요했다.

방송사 그래픽 실에서 부장과 남 기자를 기다리는 미란은 얼마간 초조한 표정이었지만 한편으로 자신감을 잃지 않았다. 부장과 남 기자가 자리를 잡고 앉자 미란이 컴퓨터 앞에 앉아 있는 미스 양에게 지시를 내렸다.

"미스 양, 부탁해요."

"네. 알겠습니다."

미스 양이 컴퓨터를 작동시켰다. 컴퓨터 화면에 확대된 거미의 모습이 나타났다. 미란이 거미의 이빨쪽을 손으로 가리키며 설명을 시작했다.

"우선 여기를 보세요. 이게 독거미의 이빨에요. 사람들이 흔히 독침이라고 알고 있죠. 미스 양, 이 부분 확대좀 해 줄래요?"

화면을 확대하자 마치 갈고리처럼 생긴 이빨이 보였다.

"꼭 날카로운 갈고리처럼 생겼죠? 먹이를 잡은 순간 이 양쪽 이빨로 동맥에다가 정확히 꽂는 거예요. 그 순간 먹이는 기절하게 되는 거죠. 거미의 침에서 나온 독이 혈관을 타고 온 몸에 퍼지고 마니까요."

미란의 설명을 듣고 있던 남 기자가 한마디한다.

"그래봤자 거미의 먹이라는 게 파리같은 곤충 정도잖아. 그 정도를 가지고 너무 호들갑이 심한 거 아냐?"

"그러실 줄 알고 이 사진을 가지고 왔어요. 이건 실제 상황이에요. 보세요."

모두의 시선이 미란이 준비한 사진쪽으로 향했다. 거기에는 거미줄에 걸려 있는 새의 모습이 보였다.

"이 새를 보세요. 이렇게 큰 새가 거미의 먹이라는 게 상상이 가세요? 그뿐만이 아니라 거미는 이보다 훨씬 큰 다른 동물들도 얼마든지 잡아먹는 육식성 절지동물이라는 거예요."

"그동안 거미책만 끼고 있더니 거미 박사가 다 됐군 그래?"

남 기자가 미란의 설명에 비웃음을 던졌다. 옆에 있던 부장은 정색을 하며 미란에게 호통을 쳤다.

"이 기자! 우릴 불러다 놓고 지금 거미생태에 관해 강의라도 하겠다는 거야?"

"죄송합니다. 미스 양, 다음 화면 부탁해요."

이번에는 화면에 죽은 학생들의 시신이 나타났다. 목부위를 확대시켜보았다. 거미에 물린 자국이 선명하게 보였다. 부장과 남 기자의 얼굴이 굳어졌다. 목부위의 상처에 거미의 이빨이 컴퓨터 그래픽으로 맞추어지기 시작했다. 어느 순간 정확히 상처와 이빨이 합치되었다.

"보세요. 제주도에서 죽은 학생들은 바로 거미에 물렸어요. 목에 난 상처와 거미의 이빨자국이 정확히 일치되는 걸 보면 알 수 있죠."

설명을 마친 미란의 표정은 상기되었다. 미란은 자신이 주장해온 의견이 결코 엉뚱한 것이 아니었음을 확인하고 싶었다. 그리고 부장이 인정해주리라는 확신이 있었다.

그런데 부장의 표정은 오히려 냉소적이었다.

"그래서?"

"네?"

"거미에 물린 거하고 사람이 죽은 거 하고 무슨 상관이냐구?"

"지금 설명드렸잖아요. 독거미한테 물리면 사람도……."

"이 화면 속의 독거미는 도대체 어느 나라 거미야?"

"남미쪽의 블랙 위도우란 독거미입니다."

"그러니까 이 기자는 지금 우리 나라에 이 독거미가 나타나 사람들을 물어죽이고 있다는 얘기야?"

"그렇습니다, 부장님. 제 생각엔 누군가가……."

"집어쳐! 어린애들 장난도 아니고……언제부터 우리 나라에 독거미가 판을 치고 있다는 거야? 우리땅이 아마존 정글이라도 된다는 거야?"

말을 마친 부장은 화를 내며 나가 버렸다. 뒤따라 나간 남 기자가 싱긋이 웃으며 말했다.

"아무튼 상상력 하나는 기발나군."

미란은 도무지 자신의 이야기를 믿지 않는다는 사실에 화가 나 손에 들고 있던 사진을 책상 위에 아무렇게나 던져 버렸다.

우혁은 미란과 제주도에 다녀와서 주리를 한번 만나야겠다고 생각했다. 미란에게 얘기할 수는 없었지만 지난번 주리가 자신있게 말한 연구 프로그램이 바로 거미에 관한 거였기 때문이었다. 만약 주리가 연구하는 거미와 미란의 추측하는 살인 거미가 일치한다면? 생각만해도 끔찍한 일이었다. 우혁은 마음 한편이 무척이나 찜찜했지만 절대 그런 일은 없을 거라는 확신을 가졌다. 그리고 그 점을 좀더 분명히 하기 위하여 주리를 찾아갔다.

"저, 강주리 씨 면회왔는데요?"

"죄송합니다. 일체 면회사절입니다."

"꼭좀 만날 일이 있어서 그럽니다. 외부 전화마저 불통이라……."

"죄송합니다. 저희들은 지시대로 따를 뿐이라……."

우혁이 난감해 할 때 앞에 서 있던 경비원이 일어서며 누군가에게 인사를 했다. 고개를 돌려보니 주리였다. 다가오던 주리가 우혁을 보고 반갑게 소리쳤다.

"어마, 우혁 씨! 여긴 어쩐 일야?"

두 사람은 연구소를 나와 가까운 커피 숍에 마주 앉았다. 커피 숍은 밖에서도 안을 들여다볼 수 있도록 한쪽면이 온통 유리로 장식되어 있었다. 뜻밖에 찾아온 손님 때문에 주리는 기분이 좋았다.

"미안해. 새로운 프로젝트를 시작하느라고 두문불출했어."

그런 주리의 모습과는 달리 우혁은 심각한 표정으로 침묵만을 지키고 있었다.

"………"

"연락 끊어서 화났던 거야?"

"………"

주리는 말없이 앉아 있는 우혁을 지켜보았다.

"알았어. 이제 화 풀어. 앞으론 우혁 씨 전화는 무조건 프리 패스시킬께. 이제 됐지?"

비로서 우혁이 말문을 열었다.

"그게 아니고……몇 가지 물어볼 말이 있어서……그래서 만나 보려고 온 거야."

"어쩐지……괜히 좋다가 말았네. 그래 뭔데?"

"지난번 주리 연구실에서 봤던 거미들 말야……."

갑자기 우혁에게서 거미에 대한 얘기가 나오자 주리는 영문을 몰라 의아한 표정을 지었다.

"거미? 응, 그래. 그런데 그 거미들이 뭐?"

"혹시 독거미들이 아니었나 해서, 사람을 물어 죽일 수도 있는 그런 독거미 말야."

주리는 갑자기 큰 소리로 웃었다.

"호호 난 또 뭐라구. 그게 의심스러워서 지금껏 그렇게 심각했던 거야?"

"말해 봐."

"그날 우혁 씨도 함께 봤잖아. 우리 나라에서 제일 흔한 땅거미들이었다구. 해충에 가장 강한 땅거미들 말야."

안도하는 표정을 짓는 우혁을 본 주리가 궁금한듯 물어보았다.

"그런데 왜 그래? 갑자기 독거미 얘기는 왜 꺼내는 거야?"

"응, 아냐. 아무것도 아니라구."

당황스런 표정으로 수줍음까지 타는 우혁이 갑자기 사랑스럽게 느껴졌다.

"우혁 씨! 오늘 나한테 시간 내 줄 수 있지?"

연구소로 들어가 업무를 정리하고 나온 주리는 밝게 웃으며 우혁을 이끌었다. 시내로 나온 두 사람은 데이트하던 시절을 떠올리며 오랜 만에 나이트클럽으로 들어갔다.

현란한 조명 속에 시끄러운 음악이 귀를 때렸다. 사람들이 뒤엉켜 춤을 추고 있었다. 그 속에 주리와 우혁의 모습도 보였다. 우혁은 모처럼 즐거운 시간을 보내는 주리의 기분을 맞춰주려고 적극적으로 춤을 추었다.

한참 땀을 흘린 두 사람이 테이블로 돌아와 서로의 잔에 술을 따라주고는 함께 마셨다. 주리는 행복했다. 어느 새 음악이 끝나고 블루스 곡이 이어지자 우혁이 일어나 정중하게 춤을 청했다.

주리의 얼굴에 미묘한 표정이 스쳐지나갔다. 주리는 선뜻 우혁을 따라 일어서지 못했다. 주리의 변화를 전혀 눈치채지 못한 우혁이 주리를 향해 말했다.

"내 손이 미안하잖아. 어서 일어나."

주리가 억지로 미소를 지으며 일어섰다. 우혁은 주리의 손을 가만히 잡았다. 주리가 움찔하며 우혁의 손을 밀쳐냈다. 우혁은 주리가 부끄러

위한다고 생각하고 다시 손을 이끌어 플로어로 나갔다.

블루스 곡이 은은하게 울려 퍼졌다. 사람들이 음악에 몸을 맡긴 채 물결 흐르듯 스탭을 밟고 있었다. 우혁은 자연스럽게 주리를 이끌었다. 그러나 주리는 웬지 어색했다. 우혁과 어느 정도 사이를 띄고 뻣뻣한 자세로 어색하게 춤을 추었다. 우혁도 잘 추지 못하는 춤을 추느라 이런 주리의 어색한 태도를 섬세하게 느끼지 못했다. 오직 주리와 함께 춤을 추고 있다는 사실만으로 충만된 감정을 느끼며 어느 순간 주리의 얼굴에 자신의 얼굴을 대며 살며시 껴안아주었다.

바로 그 순간 주리가 경련하듯 온몸을 떨며 갑자기 우혁을 거칠게 밀어냈다. 그리고는 뒤도 안 돌아보고 밖으로 나가 버렸다. 당황한 우혁이 그 자리에 선 채 주리의 뒷모습을 멀건히 보고 있었다.

며칠 후 주리는 연구소에도 가지 않고 곧장 차를 몰아 시외로 빠져나왔다. 운전을 하고 있는 주리의 표정은 몹시 어두웠다. 지난번 우혁과 함께 나이트 클럽에 가서 춤을 추다가 혼자서 뛰쳐나온 주리, 그녀는 왜 자신이 그런 행동을 하게 되었는지 너무나 잘 알고 있었다. 그러나 그 비밀을 결코 우혁에게 털어놓을 수는 없었다. 아니 두려웠다. 주리는 한적한 곳에 차를 세워두었다.

주리는 마음이 울적하면 찾아오던 호수가에서 하염없이 호수만 바라보고 있었다. 한참을 그렇게 서 있던 주리가 무슨 결심이라도 한듯 돌아섰다. 아까부터 이런 주리의 모습을 지켜보는 사람이 있었다. 미치코의 부하 다나카였다. 언제 주리의 뒤를 따라왔는지 한시도 주리에게서 눈을 떼지 않고 감시하고 있었다.

주리는 서울 시내로 돌아와 어느 정신병원 주차장으로 들어갔다. 뒤이어 다나카의 차도 다가와 멈추어 섰다. 주리가 차에서 내려 병원 안으로 들어갔다. 차 운전석에서 주리를 지켜보던 다나카가 핸드 폰으로 어딘가에 전화를 걸었다.

주리가 찾아간 곳은 정신병원 전문의 한 박사의 방이었다. 의사가 일어서며 반갑게 맞아주었다.

"어서와요. 강주리 씨."

"선생님, 안녕하셨어요?"

"귀국소식은 들었지. 매스콤을 통해서."

"죄송해요. 우선 찾아 뵈었어야 했는데."」

"무슨 말을? 그동안 바빴을 텐데……이제라두 얼굴 봤으면 됐지."

으레적인 인사말을 나누면서도 한 박사는 주리를 세심하게 살펴보았펀다. 주리가 더 이상 억지 미소를 지을 수 없다는 듯 심각한 표정을 지으며 호소하듯이 의사를 바라보았다.

"왜 그래? 주리양. 혹시……그럼 오늘 인사차 들린게 아냐?"

주리가 갑자기 흑하며 울음을 삼켰다. 한 박사가 주리의 손을 잡아주며 진정시켰다.

"괜찮아. 무슨 문제가 생겼는지 편하게 말해보라구."

마음을 가라앉힌 주리가 잠시 후 한 박사에게 털어놓았다.

"선생님, 제가 귀국하면서 제일 기뻤던 게 뭔지 아세요? 남들은 성공이라고 생각들 했겠지만 사실 전 우혁 씨를 만나는 거였어요. 이제 두려움없이 우혁 씨를 만날 수 있다는 자신감이 생겼기 때문에서요. 그러기 위해 이를 악물고 삼년이란 시간을 견뎌냈던 거구요. 삼년만에 나를 본 우혁 씬 불같이 화를 내더군요. 허지만 속으로 전 얼마나 좋았는지 몰라요. 그것은 저에 대한 사랑의 감정이 아직도 남아있다는 뜻이었으니까요. 그리고 며칠 전, 우린 함께 춤을 추었어요. 그런데……그런데……우혁씨가 제 손을 잡은 순간 저도 모르는 사이에……전 그의 손을 뿌리쳤어요. 그뿐만이 아니에요. 얼굴이 맞닿는 순간 전 우혁 씨를 거칠게 밀쳐냈어요. 우혁씨의 얼굴이……바로……그놈들의 얼굴로 보였어요."

목이 멘 주리는 잠시 쉬었다가 말을 계속했다.

"아직도 제 몸 속 깊은 곳에서 꿈틀거리고 있는 죄의식을 떨쳐버릴 수가 없었나봐요. 그놈들 생각만 하면 전 지금도……이를 어쩌죠? 선생님! 전 또다시 절망의 나락으로 떨어진 느낌이에요."

한 박사는 흐느끼는 주리를 달래주었다.

"자, 주리양! 나를 봐요."

주리가 눈물젖은 눈으로 천천히 한 박사를 쳐다보았다.

"두려워하지 말아요. 그리고 너무 서두르지 말아요. 지금 아주 잘 적응하고 있는 거에요. 이제 혼자서만 고통을 감내하려 하지 말아요. 차라리 주리양을 사랑하는 사람과 고통을 함께 나누어 보세요."

한 박사의 말에 갑자기 주리가 소리쳤다.

"안돼요. 그건 안돼요."

"지금 주리양은 거짓말을 하고 있는 거에요. 속으로는 우혁 씨가 자신을 용서해 주길 바라면서도 혹시나 자신을 버릴까봐 두려운거죠. 그래서 용기있게 고백을 못하는 거에요. 차라리 모든 걸 털어놓으세요. 난 주리양이 얼마나 강한 여자라는 걸 알아요. 지금껏 잘 해 왔잖아요."

"………."

어느 정도 주리가 진정이 되자 한 박사가 책상 위에 놓인 안내장을 가져와서 그녀에게 보여주었다.

"마침 잘 왔어요. 혜란양의 삼주년 추모제가 모레예요."

주리가 떨리는 손으로 초대장을 받아 보았다.

추모제가 있던 날은 하늘이 꽤 흐렸다. 혜란의 아버지가 헌화를 하고 뒤이어 다른 사람들이 헌화를 했다. 검은색 옷을 입은 주리는 혜란의 사진이 놓인 묘지 앞으로 가서 헌화를 하고는 쓰러지듯 사진을 안으며 흐느끼기 시작했다.

"혜란아! 미안하다. 이제사 찾아와서."

주리의 울음소리에 모여 있던 사람들이 눈시울을 적셨다. 혜란의 아버지가 다가가 주리를 일으켜세웠다.

"주리양, 이제 그만해. 우리 혜란이도 주리를 오랜만에 봤으니 무척이나 기뻐할 거야."

조촐하게 치른 추모제가 끝나고 사람들이 주차장쪽으로 내려갔다. 혜란의 아버지가 주리를 차에 태우고 자신도 차에 올랐다. 다나카는 계속 주리를 지켜보았다. 혜란 아버지가 운전사에게 출발하라는 손짓을 했다. 다나카도 곧 뒤따라갔다.

주리는 여전히 눈물을 흘리고 있었다. 묵묵히 지켜보던 혜란의 아버지가 말문을 열었다.

"우리 혜란이도 주리가 이렇게 성공해서 돌아온 모습을 봤으면 무척이나 기뻐했을 텐데……."

주리는 뭐라 할 말이 없었다.

"………."

혜란의 아버지가 가만히 한숨을 내쉬며 다시 말을 이었다.

"이제 혜란인 내 가슴 속에다가 묻어버릴란다. 마지막으로 전시회를 열어주기로 했다. 유작들을 모아보니 제법 되더구나. 시간을 내서 한번 와 주겠니?"

"그럼요, 꼭 갈게요"

혜란의 아버지가 주리에게 초대장을 건네주었다. 초대장을 받아든 주리는 깜짝 놀랐다. 초대장 표지그림이 죽은 혜란의 자화상이었는데 너무나 실물과 똑같았기 때문이었다.

"혜란이의 자화상이 꼭 사진같아요. 언제 이런 그림을 남겼죠?"

"……죽은 뒤에사 제 방에서 발견했다. 그 애의 마지막 작품이지. 제가 세상에 살았던 흔적을 그런 식으로라도 남기려 했었나보다."

"………"

"지금 안 바쁘면 집에 다녀가지 않겠니? 혜란이가 쓰던 방을 지금까지 그대로 보존했단다. 너에게 마지막으로 보인 후 이제는 치워버릴까 한다. 혜란이의 일기장만 남기고……."

주리는 혜란이 아버지의 부탁을 거절하지 못했다. 다나카의 차가 여전히 집까지 따라왔지만 두 사람은 전혀 눈치채지 못했다.

그날 밤, 혜란의 집에 도둑이 들었다. 그러나 이상한 것은 도둑이 값나가는 물건에는 손 하나 대지 않고 오직 혜란이의 일기장 속에 들어 있던 몇 장의 사진만을 훔쳐냈다는 것이었다.

최성준은 거미 도박을 시작한 이후로 거미 관리에 무척 신경을 썼다. 처음엔 징그럽게 느껴졌던 거미가 지금은 최성준에게 돈을 가져다주는 고마운 존재가 된 것이다. 아침에 눈을 뜨자마자 거미집 앞으로 간 최성준은 혼자말로 인사도 나누었다.

"그래, 이놈들. 간밤에 잘 잤느냐? 아침 먹어야지."

옆에 놓여있던 비닐 봉투에서 죽은 파리와 잠자리 그리고 번데기들을 꺼내어 거미들이 있는 모래쪽으로 던져주었다. 초록색거미가 부지런히 먹이가 떨어진 곳으로 나왔다. 그리고는 게걸스럽게 먹어치웠다.

그러나 붉은색 거미는 그 자리에서 꼼짝도 하지 않았다. 최성준이 일부러 먹이를 붉은색 거미 앞에다가 놓아주었다. 붉은색 거미는 거들떠

보시도 않았다.

"아니, 이놈 보게. 벌써 며칠째 아무것도 안 먹네. 이러다가 죽으면 큰일인데."

걱정스런 표정을 지으며 막대기로 붉은색 거미를 향해 쿡쿡 쑤셔댔다.

"이놈아. 어서 먹어. 응?"

붉은색 거미는 움찔하다가는 다시 온몸을 웅크렸다.

"잘 먹어야 싸움에서 이길 거 아냐? 이놈아."

여전히 꼼짝도 않는 붉은 거미.

"하……이거 보통일이 아닌데. 이거 큰일이구먼."

거미에게 먹이를 주고 난 최성준은 창고 청소를 시작했다. 평생 청소라곤 하지 않던 그가 청소를 하는 이유는 딴 데 있었다. 사람들이 몰려와 지저분하기도 했지만 그에게 거미를 맡긴 여인이 거미로 도박을 하는지 눈치챌까 그게 두려워 청소를 하는 것이었다.

그러나 미치코는 최성준이 자신이 준 거미를 가지고 틀림없이 도박할 것을 예상하고 있었다. 그럼으로써 강주리가 발명한 초음파를 가지고 최성준이 열심히 거미들을 훈련시킬 수 있게 된 것이다. 언젠가 이거미들을 이용하여 결정적인 순간 살인무기로 쓸 수 있게 말이다.

미치코의 음모를 모르는 최성준은 콧노래까지 부르며 청소를 하고 있었다. 그때 누군가 창고 안으로 들어오는 인기척이 느껴졌다. 기겁을 한 최성준이 뒤를 보니 김도섭의 부하인 맹만수였다. 최성준이 화난 표정으로 무뚝뚝하게 말했다.

"아직 개장시간 안됐어."

맹만수가 아니꼽다는 듯 최성준을 비웃는다.

"놀고 있네."

"너야말로 놀고 있다, 이놈아. 투견장에 있을 놈이 이곳엔 왜 왔어."

"잔소리 말고 어서 판이나 벌려."

"아직 시간 안됐어. 사람들이 모여야지. 네 놈 하나 가지고 우리 거미들을 동원하라구. 건방진 놈 같으니."

그때 김도섭이 부하들에 둘러싸여 창고로 들어왔다. 이 모습을 본 최성준이 흠칫 놀랐다. 김도섭이 큰 소리로 말했다.

"문 닫아 걸어. 오늘 판은 나하고 단독 플레이다."

김도섭이 부하에게 눈짓을 하자 가방을 든 부하 하나가 최성준에게 다가가 가방을 열어 보여주었다. 가방 가득 돈이 들어 있다. 최성준은 순간적으로 기가 질렸다.

"이 정도 판돈이면 불만 없겠지?"

돈을 본 최성준이 금세 표정이 밝아졌다.

"헤헤……그야 뭐……나야, 돈만 따면 그만이니까."

맹만수가 빨리 판을 벌일 것을 재촉했다.

"잔소리 그만하고 어서 시작하라구. 우리 형님은 기다리는 거 딱질색이니까."

"이봐! 나한테 큰 소리치지 마. 예전의 최성준이가 아냐."

맹만수가 기고만장해진 최성준을 한대 치려고 달려들었다. 김도섭의 만류로 맹만수는 아니꼬운 것을 참았다. 최성준은 주머니 속에 리모콘을 몰래 숨기고 거미집 앞으로 갔다. 리모콘을 몰래 작동시키자 홀로그램으로 주리의 영상이 떠올랐다. 거미 두 마리가 모래를 나왔다. 그런데 붉은색 거미가 공격자세로 있지 않고 몸을 잔뜩 웅크리고 있었다. 걱정스러워진 최성준이 붉은색 거미를 건드려 보았다. 먹이를 줄 때처럼 움찔하다가는 다시 웅크렸다.

뒤에 서 있던 맹만수가 소리쳤다.

"뭐하고 있는 거야? 아직 준비 안됐어?"

"아, 아냐. 자, 어느 편에 걸건지 말만 하라구."

김도섭이 날카롭게 양쪽편을 살피다가 붉은 거미의 모습을 보고는 감 잡았다는 듯 음흉한 웃음을 지으며 초록색으로 결정했다. 돈가방을 든 부하가 초록색 편의 거미쪽에다가 가방을 가져다 놓았다.

붉은색 거미의 상태가 안 좋아 보였기 때문에 최성준은 찜찜했다. 최성준은 리모콘으로 붉은색 초음파 빛을 쏘기 시작했다. 그러자 붉은색 거미가 난폭해지며 초록색 거미를 향해 공격을 시작했다. 최성준은 안도의 한숨을 내쉬었다. 김도섭은 겉으로 표정의 변화가 잘 안보였지만 긴장하고 있는 것만은 틀림없었다.

드디어 초록색 거미가 쫓겨 갔다. 환호성을 지르는 최성준이 돈 가방을 챙기는 순간 맹만수가 그의 손을 붙잡았다.

"잠깐, 아직 승부가 안 끝났어."

모두의 시선이 거미집으로 모아졌다. 붉은색 거미가 다리를 한데 모아 잔뜩 웅크리기 시작했다. 그러자 도망가던 초록색 거미가 돌아서서 붉은색 거미를 공격했다. 초록색 거미의 공격을 받고도 붉은색 거미가 꼼짝을 하지 않자 초록색 거미는 자기 자리로 돌아갔다. 붉은색 거미도 자기 자리를 찾아갔다.

최성준이 안도의 한숨을 내쉬며 다시 돈가방을 챙기려 했다.

"이거 왜 이래?"

맹만수가 다시 최성준을 막았다.

"승부는 가려졌잖아."

"좋아하네. 네놈은 해태눈깔이냐? 어느 편이 이겼다는 거야? 모두들 원 위치했잖아."

맹만수가 최성준으로부터 가방을 빼앗듯이 챙겨서 김도섭에게 가져다 주었다. 김도섭이 최성준에게 다가와 말했다.

"이거 안됐군. 승패가 났어야 했는데 말야. 다음번엔 판돈을 두 배로 걸겠어. 그때 승부를 내자구."

김도섭 일행이 창고를 빠져나가자 최성준은 화가나 발로 거미집을 툭 건드렸다.

"이 쌍놈의 붉은 거미. 왜 속을 썩이는 거야?"

서울 변두리의 한 헬스 클럽에서 한눈에 건달로 보이는 건장한 청년들이 운동을 하고 있었다. 그들 속에 폭력배 김우칠의 모습도 보였다. 그때 똘만이 한 명이 그에게 다가와 봉투를 내밀었다.

"형! 누가 이걸 형한테 전해 주라던데?"

"뭐? 그게 뭐야?"

"모르겠어. 혹시 돈 아냐?"

"미친 놈. 이리 줘 봐."

김우칠이 봉투를 받아서 뜯어 보았다. 그리고 내용물을 꺼내어 보다가 몹시 놀랐다. 혜란의 자화상이 컬러로 인쇄된 초대장이 보인 것이다. 서서히 공포에 질린 김우칠은 손까지 부들 부들 떨고 있다.

"형! 왜 그래? 뭘 보고 그러는 거야?"

우칠은 아무 말없이 황급히 옷을 걸쳐입고 뛰쳐 나갔다.

방송사의 보도국 안은 기사 준비와 자료 수집 등으로 언제나 분주했다. 의욕이 떨어진 미란이 멍하니 앉아있었다. 전화벨이 울렸다. 남 기자가 미란에게 수화기를 건네주었다.

"이봐! 이미란 기자. 전화 받아."

"네. 이미란입니다."

미란이의 표정이 점점 사색이 되었다.

"네? 뭐라구요?"

수화기를 타고 들려오는 다나카의 소리.

"다시 한번 말씀드립니다. 거미 살인 사건이 일어날 겁니다. 지금 달려가면 아마 현장을 잡을 수 있을 겁니다. 그럼."

전화는 이내 끊어졌다.

"여보세요? 여보세요?"

미란은 전화를 끊자마자 제보자가 알려준 미술관으로 달려갔다.

혜란의 유작이 전시중인 미술관이었다. 홀 중앙에서 혜란의 아버지가 손님들을 맞고 있었다. 정신과 의사인 한 박사가 전시회장으로 들어와 혜란의 아버지와 인사를 나누었다.

그 한편 벽쪽에 혜란의 자화상이 걸려 있었다. 주리는 언제 도착했는지 그림 앞에다가 꽃다발을 가만히 놓아두었다. 잠시 서서 혜란의 자화상을 보던 주리의 눈망울에 물기가 감돌기 시작했다. 이런 주리를 지켜보던 한 박사가 다가와 그녀의 어깨를 가만히 안아주었다. 주리는 복받치는 눈물 때문에 미술관을 빠져 나갔다.

미술관 앞에는 다나카 일행이 탄 차가 서 있었다. 다나카가 미술관 현관쪽을 주시하고 있다가 주리를 발견하곤 사진을 찍어댔다. 주리의 모습이 사라지자 일행 모두 미술관으로 들어갔다. 그림을 감상하는 것처럼 천천히 전시회장을 돌던 다나카는 혜란의 자화상이 걸려 있는 그림 주위를 맴돌며 서성이고 있었다. 틈틈히 현관 쪽을 살피기도 했다.

그때 폭력배 우칠이 겁난 표정으로 황급하게 미술관 안으로 들어섰다. 뭔가를 찾는듯 두리번거리다가 혜란의 자화상을 발견했다. 공포에 질린 김우칠은 떨리는 걸음으로 그림 앞으로 다가갔다.

마침 혜란의 자화상 앞에는 어린 소녀와 엄마가 서 있었다. 소녀는 그림에 관심이 없는 듯 고개를 빼고는 다른 곳으로 갔다. 그러다가 문득 바닥에 놓인 병을 발견한 소녀는 엄마의 손을 놓고는 병 쪽으로 다가갔다. 발로 병을 톡 쳐보았다. 그러자 병 속에서 거미 한 마리가 나와 그림 앞으로 다가온 김우칠이 쪽으로 재빠르게 기어갔다. 놀란 소녀가 엄마한테 뛰어갔다.

"엄마! 이 병에서 거미가 나왔어."

"뭐?"

엄마가 병을 살펴보았으나 아무것도 없었다.

"너 또 엉뚱한 소리 하면 혼날줄 알아."

병에서 이미 나온 거미는 김우칠의 바지 속으로 들어가고 있었다. 미란이 전시장에 도착한 건 그쯤이었다. 미란은 차에서 내리자마자 뛰듯이 전시회장쪽을 향해 달려갔다.

어린 소녀와 엄마는 다시 한번 혜란의 그림을 감상하려고 가까이 다가갔다. 바로 그때 소녀의 앞쪽에 서서 뭔가에 홀린 듯한 표정으로 그림을 보고 있던 김우칠이 움찔하다가 그 자리에 쓰러졌다. 심한 경련을 일으켰다. 그 자리에 있던 엄마가 비명을 지르며 소녀의 손을 잡아 끌고는 그 자리를 피했다.

미술관 안으로 뛰어 들어오던 미란은 곧장 비명소리가 들린 쪽으로 뛰어갔다. 미란의 시선에 가쁘게 숨을 몰아쉬는 김우칠의 모습이 눈에 띄었다. 사람들이 몰려와 그를 진정시키려 했지만 얼굴색은 더욱 창백해졌고 금방이라도 숨이 넘어갈 것처럼 거칠게 몰아쉬었다.

모여 있는 사람들 속에 한 박사와 혜란의 아버지 모습도 보였다. 혜란의 아버지가 쓰러져 있는 김우칠의 모습을 보고는 몹시 놀라는 기색이었다. 미란이 사람들 사이를 헤집고 들어서며 폭력배 우칠을 잡아 흔들며 소리쳤다.

"여보세요? 정신차리세요."

그 소란속에 다나카와 이와다 그리고 모리는 재빠르게 전시회장을 빠져 나갔다.

입에서 피를 쏟던 우칠이 서서히 죽어갔다. 미란이 주위를 향해 소리쳤다.

"저, 혹시 이 사람이 거미에 물린 걸 본 분 계세요?"

사람들 모두 아니라는듯 고개를 저었다. 그러나 미란은 다시 한번 크게 외쳤다.

"거미를 본 분이 계시면 말씀좀 해 주세요. 네?"

그때 뒤쪽에서 엄마의 손을 잡고 있던 소녀가 미란을 향해 말했다.

"아줌마! 내가 거미 봤어요."

소녀가 소리치자 엄마가 황급히 소녀를 꾸짖었다.

"미희야. 쓸데없는 소리하지 마."

미란이 급히 소녀쪽으로 갔다. 그리고 소녀를 향해 물었다.

"그래? 어디서?"

소녀가 바닥에 놓여 있는 병을 가르키며 대답했다.

"저 병에서 거미가 나오는 걸 봤어요."

미란이 소녀가 가리킨 병을 집어 들어 보이며 다시 물었다.

"분명히 이 병에서 거미가 나오는 걸 봤단 말이지?"

"네."

"좀더 자세히 설명을 해 주겠니? 생각나는대로 얘기해보렴."

"그러니까요……"

이때 소녀의 엄마가 딸의 말을 막았다.

"넌 가만 있어."

그리고는 미란을 향해 말했다.

"죄송합니다. 얜 가끔 엉뚱한 얘길 잘 하거든요. 귀담아듣지 마세요. 이만 실례하겠어요."

엄마는 황급히 소녀의 손을 잡아 끌고는 전시회장을 빠져 나갔다. 미란이 소녀의 엄마가 간 방향으로 쫓아가며 소리쳤다.

"저, 여보세요. 이건 아주 중요한 일이거든요. 여보세요?"

소녀의 엄마는 뒤도 안 돌아보고 나가버렸다. 실망한 미란이 돌아설 때 뛰어들어오는 사람들이 있었다. 구조원들 속에 기자들의 모습도 보였다. 벌써 살인사건의 냄새를 맡은 눈치들이었다. 미란은 슬그머니 빠져 나와 방송사로 향했다.

방송사로 들어온 미란이 부장의 책상 위에다가 전시회장에서 가져온 병을 소리나게 놓았다.

"부장님! 이번엔 거미를 본 목격자를 찾아냈습니다. 보세요. 살해 현장에 있던 병입니다. 이 병에서 거미가 나오는 걸 본 사람이 있었다구요."

"이 기자! 정말 피곤하게 구는구먼."

"부장님! 글쎄 이번 사건 또한 틀림없이 거미에 의한 살인이라니까요."

"혹시 이미란 씨 전생에 거미 아녔어?"

"네?"

"왜 그렇게 거미라면 죽고 못 살아?"

부장의 잔소리가 한창 계속되고 있는데 남 기자가 들어섰다.

"부장님! 피살자의 신원이 파악됐습니다."

"그래? 누구야?"

"영등포쪽의 조직폭력배였습니다. 김우칠이라구……."

"역시 그랬구먼. 조직간의 세력다툼이 피를 부른 건가?"

"아마도 그런 것 같습니다. 곧 상대방 조직이 밝혀지겠죠."

"음……수고했어."

남 기자가 한건 올렸다는 표정으로 미란을 향해 말했다.

"참, 이 기자. 아까 무슨 전화를 받고 그렇게 황급히 뛰어나갔던 거야?"

"………"

미란이 가만히 있자 부장이 고개를 갸웃거렸다. 무슨 생각에선지 따지듯이 물었다.

"가만, 그러고 보니 이상한데? 어떻게 이 기자가 사건현장에 먼저 가있었지? 혹시 그 전화, 제보 전화 아니었나?"

미란이 부장을 향해 반항조로 말했다.

"네……맞아요. 그곳에서 살인사건이 일어날 거라는 제보를 받았습니다."

부장이 화를 벌컥 냈다.

"그렇다면 보고를 했어야지. 사건 현장을 그대로 카메라에 담을 수도 있었잖아. 이 기자 욕심 때문에 특종을 올릴 절호의 찬스를 놓친 거라구. 쓸데없는 거미타령 집어치우구 관할 경찰서나 빨리 가보도록 해."

부장이 계속 잔소리를 해대자 미란은 자신의 자리로 돌아와 앉아버렸다. 미란의 책상 위에 있던 전화기에서 벨이 울렸다.

"네, 이미란 기잡니다."

잠시 전화기에서 기침하는 소리가 나더니 제보전화를 했던 바로 그 목소리의 주인공이 말했다.

"살해범은 먼데 있지 않습니다. 피살자가 죽어가던 현장을 다시 한번 가 보십시오. 거기에 걸려 있던 그림의 주인공이 살해범을 찾아줄지도 줄지도 모릅니다."

"여보세요? 여보세요?"

지난번처럼 할 말만 하고는 전화가 끊겼다. 전화가 끊기자 미란은 다시 미술관으로 갔다. 인부들이 그림들을 벽에서 떼어 내고 있었다. 미란이 급하게 혜란의 자화상이 걸려 있는 그림 쪽으로 다가가 자화상의 모습을 카메라에 담았다. 미란은 미술관측의 협조를 얻어 전시회를 열었던 사람이 누군지를 알아낼 수 있었다.

혜란의 아버지 집 앞에 도착한 미란이 벨을 눌렀다. 한참 응답이 없더니 나이든 여인의 소리가 들려왔다.

"누구세유?"

"저, 방송사에서 나온 이미란 기잡니다."

"죄송하구먼유. 회장님께선 아무도 만나지 않으시겠다는구먼유."

대문밖에서 서성거리던 미란이 다시 한번 벨을 눌렀다. 문을 열어줄 때까지 기다리겠다는 말을 하자 한참 후 문이 열렸다.

거실 소파에는 혜란의 아버지가 파이프 담배를 피워 물고 침통한 표정으로 앉아 있었다.

"죄송합니다. 때를 써서……."

"기왕 들어온 거 편하게 앉으시오."

"실례를 무릅쓰고 질문부터 드리겠습니다."

비로서 혜란의 아버지가 미란을 쳐다보았다.

"제가 알아본 바로는 따님께서 자살한 걸로 아는데요. 혹시 따님의 죽음과 이번에 전시회장에서 죽은 청년과 무슨 관련이 있나요?"

미란의 질문에 아버지가 간단히 대답했다.

"……그렇소."

오히려 놀란 사람은 미란이었다.

"네? 무슨……."

혜란의 아버지는 망설이지 않고 대답해주었다.

"내 딸을 겁탈한 놈들 중의 하나였소."

"뭐라구요?"

"……미대에 다니던 내 딸 혜란이가 졸업 전시회를 앞두고 동해안으로 여행을 떠났었소. 고등학교 때 단짝이었던 친구와 단 둘이서."

말을 하던 혜란의 아버지가 침통해져 잠시 먼곳으로 시선을 보냈다. 문득 여행에서 돌아온 딸의 비참했던 모습이 떠올라 괴로운 표정이 되었다. 잠시 후 아버지는 다시 말문을 열었다.

"그런데 여행에서 돌아온 혜란이가 이상한 행동들을 보이기 시작했소. 마치 자폐증 환자 같은. 드디어 정신병원에 입원까지 하며 치료를 받았지만 소용이 없었소. 어느 날 그 아이의 일기장을 우연히 본 나는 비로소 충격적인 사실을 알게 됐소. 그리고 얼마 후 우리애는 스스로 목숨을 끊었던 거요."

혜란의 아버지 말을 듣고난 미란이 조심스럽게 말했다.

"그런 아픔이 있는 줄 정말 몰랐습니다. 이런 질문을 드렸던 제 직업적 고충을 이해해 주십시오."

"괜찮소. 이제 새삼 뭘 숨기겠소?"

"한 가지만 더 여쭤 보겠습니다. 따님을 욕보인 그 자들의 신원을 알고 계십니까?"

"그 애는 결코 그 자들을 용서하려 하지 않았소. 그래서 고발을 하려고 그자들의 사진을 모아두었소. 그러나 난 한사코 말렸소. 애비로서 딸의 앞날을 걱정할 수밖에는 없었기에……결국 그애는 분노와 수치심을 이기지 못하고 죽음을 택했던 거요. 어쩌면 내가 그 아이를 두번 죽였는지도 모르겠소. 지금이라도 그 자들을 응징할 수 있다면 기꺼이 신분을 밝히는 데 협조하겠소. 잠시만 기다리시오."

아버지가 티 테이블 서랍을 열어 일기장을 꺼냈다.

"이것이 딸애의 일기장이오. 여기에 그 자들의 사진을 모아두었다소."

일기장을 펼쳐보니 사진 한 장만 달랑 밑으로 떨어졌다.

"아니, 나머지 사진들은 어디를 갔지?"

"?"

"여기 있던 그자들의 사진이 없어졌어. 분명히 여기 있었는데……."

미란이 떨어진 사진을 가르키며 물었다.

"저 사진은 뭔가요?"

아버지가 사진을 주웠다.

"이 사진은 그놈들 사진이 아니오. 내 딸아이가 친구와 함께 찍은 사진이오. 함께 여행을 떠났던 바로 그 친구 말이요."

"그 친구분 얼굴좀 볼 수 없을까요?"

"그건 곤란하오. 내 딸아이는 이미 죽었지만 이 학생은 지금 아주 훌륭한 여성이 되었소. 이 일로 세상사람들 입에 오르내리게 할 수는 없어요. 만에 하나 이 사람의 명예에 흠집이 가는 일이 생긴다면 그건 안될 말이오."

"무슨 뜻인지 잘 알겠습니다. 제가 약속을 드리죠. 이번 사건에서 그 친구분의 신원은 끝까지 비밀로 하겠습니다. 전 살해범을 잡는데 도움이 될까 해서 알고 싶은 거외엔 딴 뜻이 없습니다."

몇 번 다짐을 받은 후 혜란의 아버지가 사진을 건네 주었다.

"좋소. 약속을 믿겠소."

무심히 그 사진을 건네받아 보던 미란이 순간 경악했다. 혜란과 나란히 서서 웃고 있는 주리의 모습이 보였던 것이다.

주리는 혜란의 추모제에 다녀온 이후 줄곧 연구에만 몰두했다.

컴퓨터에 씨디 롬을 넣었다. 화면에 거미의 모습들이 비치기 시작했다. 암거미쪽으로 접근하던 숫거미가 일정한 위치에 멈추어 서며 여덟 개의 다리로 춤을 추기 시작했다. 그러다가 마치 발처럼 생긴 머리쪽의 생식기로도 춤을 추는 모습으로 사인을 보냈다. 암놈도 마찬가지의 싸인을 보내다가 어느 순간 교미를 시작했다.

또 다른 화면으로 바뀌어 이번에는 태어나고 있는 거미들의 모습이 보였다. 열심히 보고 있던 주리가 다른 파일을 불러내면 화면에 체외수정되고 있는 거미들의 모습에 이어 똑같은 거미들이 마치 복제되어 태어나는 것처럼 쏟아져 나오고 있는 모습들이 컴퓨터 그래픽으로 보였다.

강 박사의 소리에 열중하던 주리가 고개를 들었다.

"내 이럴 줄 알았지."

"아빠!"

"점심 같이 하기로 해놓곤 이러고 있으면 어떡해."

"내 정신좀 봐. 미안해요, 아빠. 먼저 하세요."

강 박사가 주리가 켜 놓은 컴퓨터 화면을 보며 말했다.

"벌써 새로운 프로젝트로 넘어간 거니?"

주리가 자랑스럽게 대답했다.

"네, 프로젝트 B로 넘어갔어요. 지금은요, 거미의 수정란을 체외이식시켜서 똑같은 복제 거미를 만들어 내는 단계에요. 이 실험이 성공된다면 어떤 해충도 박멸할 수 있는 수많은 슈퍼거미가 탄생될 거에요."

"욕심하군……."

이때 전화벨 소리가 울렸다. 강 박사가 받았다.

"여보세요? 아, 네. 잠시만요. 주리야! 널 찾는 전화다."

"여보세요? 네. 제가 강주린데요."

수화기를 타고 들려오는 다나카의 소리는 낮고 쉰 목소리였다.

"강주리 씨의 천재성을 존경하는 사람입니다. 천재는 평범한 인간들이 상상도 못할 일들을 이루어 내곤 하죠. 이번에 착수한 새로운 프로젝트에 대해서도 경의를 표합니다. 강주리씨의 위대한 연구 성과를 저희들한테도 나누어 주시겠습니까? 아니, 나누어 주도록 부탁을 드리겠습니다."

"여보세요? 도대체 누구신데……."

"당신의 성과를 나누어 주지 않으면 불행한 사태가 닥칠지도 모릅니다. 이번이 마지막 부탁입니다."

전화가 일방적으로 끊겨 주리가 수화기를 내려 놓았다. 강 박사가 걱정스러운 표정으로 물었다.

"무슨 전화니? 표정이 예사롭지 않구나."

주리는 대답대신 혼자말로 중얼거렸다.

"비열한 놈들. 돈으로 접근하다가 안되니까, 이젠 협박까지 하러 들어?"

"도대체 무슨 일인데 그러니? 협박이라니?"

"아무일도 아니에요. 아빠. 신경쓰지 마세요."

"……주리야!"

"아빠, 저 여행좀 다녀 오면 안될까요? 머리도 식힐겸."

"그래, 생각 잘했다. 난 네가 너무 연구에만 몰두해 있어 걱정했었다. 만사 잊고 편하게 다녀오렴."

붉은색 거미 때문에 걱정이 된 최성준은 미치코의 집 앞에 쭈그리고 앉아 그녀를 기다렸다. 모처럼 거미 도박으로 재미를 보던 그가 붉은색 거미가 시들시들 병든 닭처럼 비실거리자 겁이 더럭 났던 것이다. 미치코는 최성준이 올 때마다 집을 비워 한참을 기다려야 했다.

저녁 무렵 미치코가 탄 차가 집앞에 도착했다. 최성준이 벌떡 일어나 차 앞으로 다가갔다. 차에서 내리는 미치코를 향해 꾸벅 인사를 했다. 미치코가 최성준을 보고는 의아해하며 물었다.

"여긴 또 웬일이에요?"

"잘못하다가는 거미를 죽일 것 같아서요. 두 놈중에 한 놈이 통 먹지를 않습니다요."

그러자 화를 낼 줄 알았던 미치코가 오히려 미소를 지으며 엉뚱한 말을 던졌다.

"이제사 정신을 차렸군요."

"예?"

"거미한테 정성을 보이고 있다는 얘기에요. 예전에는 거미에게 먹이를 주는 것마저 잊어버려 거미들을 죽였잖아요."

"아, 예……."

미치코가 다시 차에 타며 최성준에게도 타라고 손짓했다.

"어서 타요."

"예? 저보고 차에 타라구요?"

"거미가 좋아하는 먹이를 구해다가 주어야 할거 아네요? 빨리 타라니까요."

"……예. 알겠습니다."

최성준이 차에 올랐다. 미치코가 기분이 좋은지 빠른 속력으로 어디론가 가고 있었다. 서울 교외로 빠진 미치코는 어느 숲속 외진 길로 들어섰다. 그들 앞에 웬 트레일러가 보였다. 가까이 가서 보니 간이 창고로 개조한 트레일러다. 차에서 내린 미치코가 그 트레일러 쪽으로 걸어갔다.그 뒤를 두리번거리며 뒤쫓아 가고 있는 최성준은 미치코가 트레일러 안으로 들어가자 따라 들어갔다.

트레일러 안에 들어간 최성준의 눈에 흰쥐들의 모습이 보였다. 네모난 프라스틱 통들 속에서 흰쥐들이 열심히 먹이를 먹고 있었다. 궁금해진 최성준이 미치코에게 물어보았다.

"여기가 뭐하는 뎁니까? 웬 흰쥐들이 이렇게 많아요?"

"이것들이 다 거미 밥으로 키워지고 있는 거에요."

"예? 뭐라구요? 거미들이 이 흰쥐들을 먹는다구요?"

"왜 그렇게 놀라죠?"

최성준은 설마 하는 표정이었다.

"무식한 놈이라고 놀리지 마십시오. 어떻게 거미들이 이렇게 큰 흰쥐를 먹습니까?"

"농담이 아니에요. 거미는 육식성 동물로서 이런 흰쥐들을 가장 좋아해요. 자, 어느 것을 가져 갈래요? 이것, 아니면 저것?"

미치코의 말에 최성준은 순간 소름이 끼쳤다.

창고로 돌아온 최성준은 흰쥐들이 담긴 통을 들고 거미집 앞으로 다가갔다. 그리고는 통 속에서 흰쥐 한 마리를 꺼내 거미집 안으로 던졌다.

"에라, 모르겠다. 거미들이 잡혀 먹든 밟혀 죽든 내가 알게 뭐냐? 나야, 시키는대로 할 뿐인데."

모래 속으로 떨어진 흰쥐가 처음에는 이리갔다 저리갔다 하더니 이내 한곳에 멈추어 섰다. 그러자 붉은색 거미가 천천히 모래 속에서 나오기 시작했다.

최성준이 리모콘을 작동시켰다. 주리의 홀로그램 영상이 나오고 이어서 붉은색 초음파가 쏘아지기 시작했다. 난폭해진 붉은색 거미가 갑자기 흰쥐쪽으로 다가가 공격자세를 취했다.

긴장한 최성준이 한쪽에 놓여있는 비디오 카메라로 이 모습을 찍기 시작했다. 어느 순간 붉은색 거미가 뛰어 오르며 흰쥐의 목에다가 정확히 독침을 박았다. 버둥거리던 흰쥐는 곧 쓰러지고 말았다.

거미는 여전히 흰쥐의 목을 물고 늘어졌다. 쓰러진 거미가 경련을 하기 시작했다. 조금 후 발을 쭉 뻗더니 숨을 거두었다. 비디오 카메라를 눈에서 뗀 최성준은 놀라서 말문이 막히는 표정이었다.

"이럴 수가……."

놀란 최성준이 입을 벌린 채 버둥거리고 있는 흰쥐를 보고만 있었다.

미치코의 덫

말문이 막힌 채 흰쥐를 보고 있던 최성준이 겁이 난 표정으로 급히 거미집으로부터 멀어졌다. 마음이 좀처럼 진정되지 않아 침대 한쪽에 놓여 있는 소주병을 병째 쏟아붓듯 목구멍 안으로 털어넣었다. 창고 천정 틈새로 푸른 달빛이 스며들었다. 겁에 질린 최성준이 계속 술을 퍼마시다가 침대에 쓰러져 잠이 들었다.

깊은 밤, 창고 안에는 정적만이 감돌고 있다. 한쪽에 놓여 있는 거미집의 모래 속에서 붉은색 거미가 천천히 기어나왔다. 모래 가운데에는 죽은 흰쥐가 놓여있었다. 흰쥐의 몸체가 반쯤 흐물흐물한 젤리 상태로 녹아있었다. 흰쥐 앞으로 다가온 거미가 흰쥐의 시체에다가 입을 대고 빨아먹기 시작했다. 쪼그라들기 시작하는 흰쥐의 모습은 달빛에 비쳐 더욱 섬뜩하게 보였다. 최성준은 코까지 골며 세상 모르고 자고 있었다.

다음 날 최성준은 전날 마신 술 때문에 늦게 일어났다. 속이 쓰려 라면을 끓여 먹던 최성준은 무슨 생각이 들었는지 벌떡 일어서서 비디오 카메라를 손에 들고는 거미집 쪽으로 갔다. 모래 위에는 아무것도 안보였다.

"아니, 밤새 흰쥐는 어디로 사라진 거야?"

최성준이 혼잣말로 중얼거리고 있을 때 붉은색 거미가 천천히 모래 속에서 기어나왔다. 최성준이 얼른 비디오 카메라로 붉은색 거미를 찍기 시작했다. 붉은색 거미가 모래 위를 천천히 걷다가는 자기 집 속으로 들어갔다.

최성준이 비디오 카메라를 내려놓다가 문득 거미집 벽쪽을 쳐다보았다. 무슨 물체가 대롱거리며 달려 있었다. 호기심이 생긴 최성준이 카메라를 한쪽에 놓고는 그쪽으로 다가가 자세히 들여다보았다. 마치 누에고치처럼 감겨 있는 거미줄 속에 흰쥐의 모습이 얼핏 보였다. 최성준이 거미줄을 손으로 헤치고 자세히 보았다. 바짝 쪼그라진 흰쥐가 최성준의 앞으로 툭 떨어졌다.

주리가 여행을 떠난 것은 아버지 강 박사에게 얘기를 꺼낸 며칠 후였다. 동해안으로 가던 주리는 한계령 휴게소에서 잠시 차를 세웠다.

그녀는 휴게소 안으로 들어가 커피 한 잔을 들고 창가에 앉았다. 차창 밖으로 설악산의 아름다운 풍경이 펼쳐졌다. 산 끄트머리에는 구름처럼 짙은 안개가 원을 두르고 있었다. 망연히 창 밖을 쳐다보고 있는 주리의 표정에는 어두운 그림자가 짙게 드리워져 있었다.

한계령 휴게소 주차장으로 차 한 대가 다가와 멈추어 섰다. 차에서 내리는 사람은 이와다였다. 휴게소 입구 쪽으로 가서 조심스럽게 안쪽을 살펴보았다. 주리의 모습을 찾아낸 이와다가 급히 돌아서서 차쪽으로 갔다. 차 안에 있는 다나카에게 고개를 끄덕이자 다나카가 핸드폰으로 어딘가에 전화를 걸었다.

휴게소에 앉아 있던 주리가 핸드백에서 엽서를 꺼내 뭔가를 쓰기 시작했다.

'우혁 씨! 지금 여긴 한계령 휴게소야. 아무 연락도 없이 혼자 여행 떠나서 미안해. 지난 며칠 동안은 너무 힘들었어. 지난 밤 혼자서 훌쩍 떠난 거야. 그런데……막상 혼자라는 사실이 더욱 나를 힘들게 한다는 걸 깨달았어. 우혁 씨한테 꼭 할말이 있어. 며칠간 낙산 호텔에 머무를 예정이야.'

주류 도매상은 각종 주류들을 싣고 나르느라 분주했다. 사람들의 소리와 차소리가 한데 섞여 혼란스럽기까지 했다. 직원들을 향해 소리를 지르며 지시하고 있는 심학수는 주류 도매상의 중간 관리자였다. 짧은 반팔 셔츠를 입고 있는 팔뚝에 문신자국이 선명했다. 종업원인 동호가 우편물 하나를 가지고 와서 심학수를 향해 말했다.

"부장님, 부장님 앞으로 웬 속달 우편물이 왔는데요?"

"뭐? 이리 줘 봐."

동호로부터 우편물을 뜯어서 보던 심학수가 깜짝 놀랐다. 그 우편물은 혜란의 자화상이 그려진 유작 전시회 초대장이었다. 그 초대장 한쪽에는 다음과 같은 내용이 쓰여 있었다.

'내 친구 혜란이의 얼굴을 기억하겠죠? 이번엔 내가 당신을 초대하겠어요. 설마 내 초대를 거절하지는 않겠죠? 지금부터 쉬지 않고 영동 고속도로를 달려오면 날 만날 수 있을 거예요. 한계령 휴게소에서 기다리고 있을 게요.'

초대장을 든 심학수의 손이 부들부들 떨리기 시작했다. 옆에 서 있던 동호가 의아한 표정으로 물었다.

"부장님, 왜 그러세요?"

넋이 빠져 있던 심학수가 종업원 동호의 말에는 대꾸도 않고 악을 쓰듯 소리쳤다.

"내 차, 내 차 어디 있어?"

동호가 차 있는 곳을 가리켰다. 심학수는 급히 차가 있는 곳으로 갔다. 어디로 간다는 말도 없이 거칠게 차를 몰았다.

방송사 보도국 안의 사람들은 기사 마감시간을 앞두고 부산하게 움직였다. 남 기자는 미술관 전시회 살인사건을 심층 취재하기 위해 조사해 온 폭력조직원들의 계보를 적고 있었다. 미란은 혜란의 아버지 집에서 본 주리의 사진과 몇 가지 풀리지 않는 의문점들 때문에 책상에 앉아 고심하고 있었다. 부장이 방 안으로 들어섰다.

"두 사람 이리 좀 와 봐."

남 기자와 미란이 부장한테 다가갔다.

"어떻게 됐어. 지난번에 조사해 보라고 한 것들."

남 기자가 고개를 극적거리며 말했다.

"글쎄, 그게 말입니다. 제가 조사해 본 바로는 폭력조직원들간의 암투로 보기엔 석연치 않은 점들이 많은데요?"

"이제 와서 무슨 소리야?"

"조직이 해체된 지가 오래 됐더라구요. 요즘은 서로 잘 만나지도 않는 것 같구요. 경찰에서도 개인의 원한 쪽으로 수사 방향을 튼 눈치에요."

"나 이거야 원."

부장이 답답한 듯 혼잣말로 투덜거리다가 미란을 향해 물었다.

"이 기자 쪽은? 뭐 진전된 거 없어?"

"……죄송합니다. 아직은 말씀드릴 단계가 아니라서……."

"뭐라구?"

부장이 못마땅한 표정으로 반문했다. 옆에 있던 남 기자가 미란을 꾸짖었다.

"이봐, 이 기자. 아무리 특종도 좋지만 알고 있는 정보는 부장님께 말씀드려야지."

화가 난 부장이 말했다.

"내버려 둬."

"그런 뜻이 아니에요. 아직 확실한 증거가 없어서 말씀드릴 수가 없다는 뜻이에요."

미란의 변명에도 불구하고 부장은 여전히 기분나쁜 기색으로 말했다.

"가봐."

두 사람이 제 자리로 돌아올 때 미란의 자리로 전화가 걸려 왔다. 미란이 뛰어가 전화를 받았다.

"네. 이미란입니다."

지난번의 그 제보자와 같은 목소리였다.

"아직도 범인의 윤곽을 잡지 못했나요? 결정적인 증거를 못 잡았다면 이번엔 잡을 수 있을 겁니다. 왜냐하면 제 2의 살인사건이 일어날 테니까요. 시간과 장소를 말씀드리죠."

미란이 긴장한 채 열심히 메모를 하며 전화 내용을 받아적었다.

한계령 휴게소에 사람들이 붐비기 시작했다. 주리는 이미 한계령 휴게소를 떠나 동해안으로 향하고 있었다. 어느새 미치코의 모습이 보였다. 미치코는 주리를 아는 모든 사람들이 착각할 만큼 완벽하게 주리의 모습을 하고 있었다. 휴게소에 앉아 있던 미치코가 천천히 걸어서 휴게소 앞으로 다가섰다. 그녀는 방금 주차장에 차를 대고 있는 심학수를 발견했던 것이다. 차에서 내린 심학수는 휴게소 쪽을 쳐다보았다. 그의 뒤에 서 있던 다나카가 나직하게 말했다.

"차 문 열어 놓고 그대로 걸어."

놀란 심학수가 뒤를 돌아보려고 했지만 다나카는 더욱 낮고 강한 목소리로 말했다.

"뒤돌아보지 말고 천천히 앞으로 걸어가."

심학수가 걸어가며 말했다.

"정말 죽을 죄를 졌습니다. 제발 용서해 주십시오."

"잔소리 말고 걷기나 해."

"예. 알겠습니다."

휴게소 앞이 훤히 보이기 시작했다. 다나카가 심학수에게 말했다.

"저기 휴게소 앞에 서 있는 여인이 보이나?"

심학수가 눈을 들어 그쪽을 바라보다가 얼굴 표정이 굳어지며 그 자리에 섰다.

"누군지 알겠지?"

"정말 죽을 죄를 졌습니다. 저 여잔 바로……."

"한 눈에 알아볼 줄 알았어. 넌 그쪽으로 가서 자연스럽게 강주리 씨 앞에 그냥 잠시 서 있어. 알았나?"

"알겠습니다. 시키시는 대로 하겠습니다."

심학수가 미치코 쪽으로 다가갔다. 다나카 또한 심학수의 뒤를 따라 미치코가 있는 쪽으로 갔다. 미치코는 이런 두 사람의 움직임을 아는지 모르는지 두 사람의 행동에는 아랑곳하지 않고 먼산만 보고 있었다.

다나카의 차에 타고 있던 이와다와 모리가 차에서 나와 심학수의 차 옆으로 가서 섰다. 그리고는 자연스럽게 종이컵에다 커피를 마시는 척 하다가 종이컵을 차 앞에다가 내려놓았다. 그리고 그 자리를 떴다. 잠시 후 그 종이컵에서 기어나온 거미 한 마리가 재빠르게 심학수의 차문으로 기어올라가 차 속으로 들어갔다.

방송사에서 나온 미란은 곧장 한계령 휴게소로 출발했다. 제보자가 말했던 시간이 촉박해져 왔다. 그 시간에 한계령 휴게소에 도착하지 못하면 제 2의 살인 현장을 보지 못할 것이라고 했다. 시내를 벗어나자 제법 속력을 낼 수 있었다.

휴게소 앞에 다다른 심학수가 미치코 앞에 다가와 마주보는 자세로 멈추어 섰다. 미치코는 여전히 먼산만 바라보고 있었다. 두 사람의 모습을 다나카가 카메라에 담았다. 사진을 찍고 난 다나카가 심학수를 향해 말했다.

"자, 이제 넌 다시 네 차로 돌아가 있어."

그러자 심학수가 사정을 하듯이 말했다.

"안 됩니다. 전 그냥 갈 수가 없습니다. 사죄를 하러 여기까지 달려 왔습니다. 무릎을 꿇고 빌라면 빌겠습니다. 제발 절 용서해 주십시오."

"알았어. 여긴 사람들 눈이 너무 많아. 넌 잠시 네 차에 가 있어. 그랬 다가 강주리 씨가 움직이면 그 뒤를 따라가. 내 말뜻 알겠나?"

"알겠습니다."

심학수가 고분고분 말을 들으며 자신의 차 쪽으로 갔다. 미치코는 여전히 휴게소 앞에 서 있었다.

어느 새 미란이 탄 차가 휴게소 주차장으로 들어섰다.

자신의 차로 돌아온 심학수는 차에 앉아 미치코의 모습을 두려운 표정으로 보고 있었다. 바로 이때 차 속에 들어가 있던 거미가 운전석 시트를 타고 심학수의 뒤로 기어오르고 있었다.

미란이 주차장에 차를 세우고 급하게 휴게소 쪽으로 가다가 문득 발걸음을 멈추었다. 휴게소 앞에 서 있는 주리를 발견했던 것이다. 놀란 미란은 그녀 쪽으로 뛰어갔다.

미치코는 다나카가 대기시켜 놓은 차 속으로 들어가 시동을 걸고는 휴게소를 떠났다. 미치코가 움직일 때만을 기다리고 있던 심학수가 미치코의 차를 뒤따라갔다. 이런 모습을 본 미란도 급히 자신의 차로 돌아가 이들의 차를 뒤쫓기 시작했다. 맨 마지막으로 다나카 일행의 차가 휴게소를 빠져나갔다.

네 대의 차가 경주를 하듯 차례차례 한계령 고개를 내려가고 있었다. 차 안에 탄 사람들은 저마다 다른 이유로 긴장하고 있었다. 그 중에서도 심학수는 거의 정신없이 미치코의 차를 놓치지 않으려고 필사적으로 달려가고 있었다. 이때 운전석 뒤 시트 위로 기어오르던 거미가 심학수의 어깨를 타고 팔로 내려오고 있었다.

맨 앞쪽에서 달리고 있던 미치코가 순간 속력을 내서 달렸다. 재빠르게 앞차들을 추월하며 맹렬하게 달려가기 시작했다. 심학수도 점점 속력을 내기 시작했다. 정신없이 앞차를 쫓는 심학수의 팔 위로 기어내려오던 거미가 팔짝 뛰어 운전대 위로 떨어졌다. 놀란 심학수가 거미를 떼어 내려고 손으로 쳤다. 하지만 오히려 거미가 그의 손목을 물고 늘어졌다. 기겁을 한 심학수가 손을 흔들어 거미를 떼어 내려고 했다. 거미는 좀처럼 떨어지지 않았다. 어쩔 수 없이 한 손으로 운전을 하게 된 심학수의 차가 좌우로 흔들렸다. 어느 새 미치코는 자취를 감추었다.

심학수의 차를 뒤쫓던 미란이 몹시 불안한 표정으로 앞차를 보고 있었다. 앞에서 운전을 하는 사람이 무슨 이유에서인지 지그재그로 불안하게 달려가고 있었기 때문이었다. 미란은 속력을 반으로 줄였다.

심학수는 손에 매달린 거미를 필사적으로 떼어 내려 했지만 오히려 거미에게 물리고 말았다. 순간 움찔하며 그의 온몸은 떨리기 시작했다. 그러다가 운전대 위에 머리를 처박으며 엎어졌다. 운전사가 없는 차가 멋대로 춤을 추듯 달려갔다. 뒤에서 지켜보던 미란이 급 브레이크를 밟았다. 앞차는 계속 방향을 잡지 못하고 달리고 있었다. 기어코 앞서가던 차를 들이받고는 한쪽으로 튕기더니 벼랑 아래로 추락했다.

차에서 급히 내린 미란이 사고가 난 지점으로 뛰어갔다. 벼랑으로 떨어진 차는 잠시 후 굉음을 내며 폭발했다. 미란이 두 손으로 얼굴을 가렸다. 미란과 조금 떨어진 위치에 있던 다나카와 부하들이 차가 폭파되는 장면을 카메라로 찍었다. 지나던 차들이 멈춰서 구경을 하느라 혼잡을 이루었다.

사건 현장을 빠져나온 미란은 바로 서울로 방향을 바꾸었다.

운전하는 동안 미란은 몸이 젖은 솜처럼 무거웠지만 정신만은 송곳에 찔린 것처럼 날카롭게 날이 서 있었다. 그녀는 몹시 혼란스러웠다. 왜 주리는 그 시각에 한계령 휴게소 앞에 서 있었을까? 전화 제보자에 의하면 그 시각에 제 2의 살인사건이 일어날 거라고 했는데 과연 살인사건이 일어났단 말인가? 그렇다면 그 교통사고는 우연이 아니고 살인사건이었단 말인가? 주리는 이 살인사건과 관련이 있단 말인가?

미란이 서울에 도착한 것은 밤이 늦어서였다. 당장 쉬고 싶은 마음에 집으로 가려던 미란은 풀리지 않는 의문점 때문에 우혁에게 상의를 해야겠다는 생각이 들었다.

우혁의 집에 도착한 미란이 현관에 서서 계속 벨을 눌러댔다. 몇 번을 눌러도 안에서는 아무 반응이 없었다. 미란이 핸드폰을 꺼내 우혁의 전화 번호를 눌렀다. 신호음이 몇 번 울리더니 우혁이 남겨 놓은 메시지가 들려 왔다.

'김우혁입니다. 며칠간 여행을 떠납니다. 저한테 연락할 일이 계신 분은 삐하는 신호음이 들린 후에 메시지를 남겨 주시기 바랍니다. 돌아오는 대로 연락드리겠습니다.'

미란이 신경질적으로 핸드폰에다 대고 말했다.

"하필 이런 때 여행이야. 나 미란인데 급히 만났으면 해. 지금 너무나 혼란스러워서 뭐가 뭔지 모르겠어. 주리의 문제야. 꼭 연락해 줘."

낙산의 일출을 보려고 새벽같이 사람들이 모여들었다. 맑은 바다 위에 수줍게 얼굴을 내민 태양은 연한 주홍빛이었다. 주리는 어젯밤에 낙산에 도착해 호텔에 여장을 풀고 하룻밤을 꼬박 지새웠다. 이런저런 생각 때문에 잠을 이루지 못한 주리는 호텔 앞 백사장으로 나갔다. 여름인데도 새벽이라 그런지 바닷바람이 차갑게 느껴졌다. 산책을 하던 주리는 혹시 우혁 씨에게서 연락이 왔을지도 모른다는 예감 때문에 서둘러 호텔로 들어갔다.

이른 새벽이라 호텔의 로비는 한가했다. 로비로 들어서던 주리는 문득 발걸음을 멈추었다. 그녀의 시선에 미소를 띈 얼굴로 그녀를 쳐다보고 있는 우혁의 모습이 환영처럼 뿌옇게 보였다. 우혁이 주리를 향해 다가왔다.

"밤을 새워 달려왔어. 네 연락 받고."

순간 주리의 눈망울에 물기가 스쳤다. 밤을 새워 달려왔다는 우혁의 말에 주리의 마음은 한없이 따뜻해졌다.

"왜 그러고 서 있기만 하는 거야? 내가 온 게 반갑지 않은가 보지?"

"………."

장난기 어린 우혁의 말에 주리는 가만히 미소를 지었다. 우혁은 아직도 변함없이 주리를 사랑하고 있었다. 주리 또한 우혁을 진심으로 사랑하고 있었다. 그러나 주리의 마음 한구석에 남은 상처가 우혁에게 향하는 주리의 마음을 붙들고 있었다.

평소보다 조금 출근 시간이 늦은 미란이 황급히 보도국 안으로 들어서고 있었다. 남 기자가 조간신문을 보며 부장과 뭔가 숙덕이고 있다가 미란을 향해 말했다.

"아, 마침 출근하네. 이 기자. 이리 좀 와봐."

미란이 다가갔다.

"조간신문에 난 이 기사 봤어? 한계령 고개에서 차가 폭파되어 사람이 죽은 기사말야."

"그 교통사고 기사라면 안 봐도 압니다. 제가 사고 현장에 있었으니까요."

"뭐야? 그럼 이번에도 살인 제보를 받고 그곳에 갔었던 거야?"

"하지만 이번 제보는 틀렸어요. 그건 단순한 교통사고였으니까요."

미란의 말에 남 기자가 정색을 하며 다른 주장을 펼쳤다.

"아냐. 분명히 살인사건이야. 그 제보가 맞았어."

웬일인지 미란은 침묵을 지킨 채 가만히 있다. 남 기자가 보충 설명해주었다.

"그 자의 신원이 밝혀졌어. 지난번 죽은 폭력배와 같은 조직원이야. 교통사고를 위장한 살인사건이 틀림없어. 경찰의 수사 방향도 다시 원점으로 돌아갔어."

미란이 남 기자의 설명에도 반응을 보이지 않자 부장이 이상한 느낌이 드는지 미란의 표정을 살피다가는 질문을 던졌다.

"살인 사건인 걸 진짜 눈치 못 챈거야? 아니면 나한테 뭘 속이고 있는거야?"

미란은 여전히 침묵을 지키고 있다.

"………"

"이 기자, 이건 살인사건이야. 숨기는게 있으면 털어놓으라구."

비로서 미란이 말문을 열었다.

"죄송합니다. 결정적인 증거가 나오기 전엔 뭐라고 말씀드릴 수가 없습니다."

그러고는 미란이 그냥 나가 버리자 부장이 소리쳤다.

"이 기자. 어딜 가는 거야? 내 말 안 들려?"

주리와 우혁은 호텔 식당에서 아침을 먹었다. 아침을 먹을 때까지만 해도 밝게 웃던 주리는 갈 곳이 있다며 나가자고 했다. 길 한쪽으로 파도가 밀려오는 동해안의 도로는 그림처럼 아름다웠다. 주리와 우혁이 탄 차가 그림 사이를 지나고 있었다. 평화롭게 펼쳐진 풍경과는 달리 운전을 하고 있는 주리의 표정이 웬지 심각해 보였다. 옆에 앉아 있는 우혁이 그런 주리를 간혹 돌아보았다.

차가 인적이 드문 해안의 어느 숲 속에 다가와 멈추어 섰다. 주리가 차에서 먼저 내리고 우혁 또한 주리를 따라 내렸다. 우혁은 뭐라고 설명할 수는 없지만 주리가 지금 몹시 힘들어하고 있다는 걸 느낄 수 있었다. 그러나 섣불리 묻지 않기로 했다. 주리가 아무 말 없이 숲 속으로 들어갔다. 우혁도 주리의 뒤를 따라 숲 속으로 들어섰다. 겉에서 보기보다 숲 속은 넓고 아늑한 모습이었다. 숲에서 보이는 바다 풍경이 새로운 느낌으로 다가왔다. 우혁이 주리를 향해 밝게 말했다.

"어떻게 이런 장소를 다 알아뒀지? 멋있는데?"

우혁의 말에 전혀 반응을 보이지 않는 주리는 시간이 지날수록 표정이 더욱 어두워졌다. 차츰 주리의 표정이 수치와 분노와 모멸감으로 일그러지기 시작했다. 그러다가 고통스럽게 말문을 열었다.

"나, 우혁 씨한테 고백할 게 있어."

우혁이 주리를 가만히 지켜보았다. 악몽과도 같았던 그때의 충격을 서서히 떠올리며 차분하게 말했다.

3년 전의 일이었다. 혜란과 주리는 고등학교 때부터 친하게 지낸 단짝 친구였다. 대학 진학 후 전공은 달랐지만 늘 변함없는 우정을 나눠 왔던 두 사람은 대학 졸업을 앞두고 둘만의 여행을 떠나기로 했다. 낙산에 자리를 잡았던 혜란과 주리는 조용하고 넓은 숲이 있다는 안내를 받고 산책을 나왔다. 혜란은 숲 속 공터에 이젤을 받쳐 놓고 그림을 그리고 있었고 주리는 주위를 맴돌며 곤충을 관찰하고 있었다. 서로의 일에 열중하다가도 가끔씩 눈이 마주치면 맑은 미소를 주고받곤 했다.

그때 요란한 굉음을 내며 그들 쪽으로 달려오고 있는 오토바이 폭주족들이 있었다. 장흥표를 선두로 한패인 김우칠과 심학수 그리고 이종식의 모습들이 보였다.

곤충 채집을 하던 주리가 겁이 나 혜란 쪽으로 뛰어갔다. 혜란과 주리는 어쩔 줄을 몰라 두 손을 꼭 잡고 있었다. 두 사람을 발견한 폭주족들은 환호성을 울리며 가까이 다가왔다. 오토바이를 탄 채 혜란과 주리의 주위를 몇 번이고 돌며 겁을 주었다.

주리와 혜란은 서로를 껴안은 채 공포에 떨었다. 오토바이에서 내린 일당은 천천히 두 여자 앞으로 다가왔다.

김우칠이 야비한 웃음을 지으며 혜란의 턱을 손가락으로 들어올리며 웃음을 터뜨렸다. 주머니에서 칼을 꺼내 혜란의 겉옷을 가슴 쪽에서 아래를 향해 그어 버렸다. 옷이 찢겨지며 가슴이 노출되자 혜란이 비명을 지르며 가슴을 감싸 안았다. 이런 모습을 본 김우칠이 목이 타는지 침을 삼키며 서서히 혜란 쪽으로 접근했다. 그러고는 가슴을 감싸쥐고 있는 혜란의 손을 우악스럽게 끌어내렸다. 그 순간 혜란의 봉긋한 가슴이 노출되었다. 숲속을 비치는 햇살과 푸른 바다와 초록빛 풀들 속에 노출된 혜란의 가슴은 처연할 정도로 아름다웠다. 그러나 육욕에 눈이 먼 폭력배 우칠은 오직 욕정만을 채우기 위해 음흉한 웃음을 입가에 지으며 혜란을 덮치려 했다.

옆에 있던 주리가 공포와 분노로 주위를 둘러보지만 모두들 기대에 들뜬 표정으로 우칠의 행동을 보고만 있었다. 그 순간 주리가 혜란 앞으로 나서며 막아섰다.

"왜 이래요, 저리 비켜요"

그러자 심학수가 재미있다는 듯 빙글거리며 주리 앞으로 다가섰다.

"아쭈, 제법인데? 좋아. 이래도 큰 소리치나 어디 볼까?"

갑자기 심학수가 자신의 바지를 아래로 확 내려 버렸다. 그리고 한 장 달랑 걸치고 있던 팬티마저 확 벗어 버렸다. 주리와 혜란은 고개를 돌렸다. 폭주족 일당들은 재미있다는 듯 낄낄거렸다.

그 순간 심학수가 주리를 향해 주먹을 무자비하게 날렸다. 무방비 상태에서 심학수의 주먹을 맞은 주리가 앞으로 고꾸라졌다. 옆에 있던 우칠이 심학수에게 자신이 가지고 있던 칼을 던져 주며 혜란을 향해 몸을 날리며 덮쳤다. 혜란의 비명소리가 고통스럽게 울렸다. 쓰러져 있는 주리의 얼굴 앞으로 섬찟한 칼날이 좌우로 흔들리고 있었다. 혜란의 비명소리와 폭주족들의 웃음소리가 주리의 귓전을 때렸다. 누군가 주리를 덮쳐왔다.

수치심과 절망 때문에 눈물을 보이고 싶지 않았던 주리는 우혁 앞에서 눈물을 흘리고 말았다. 부끄러운 자신의 상처를 드러낸 지금 이 순간이 어느 때보다 고통스럽게 느껴졌다. 우혁은 엄청난 충격에 다만 주리를 바라보고만 있을 뿐이었다.

두 사람은 다시 호텔로 돌아왔다. 점심을 먹으러 레스토랑을 찾은 두 사람은 고개를 숙인 채 거의 손만 움직일 따름이었다. 문득 주리가 우혁을 쳐다보았다. 우혁이 굳은 표정으로 시선을 밑으로 깐 채 먹는 둥 마는 둥 하고 있었다. 순간 주리가 나이프와 포크를 접시에 거칠게 내려놓았다.

"더 이상 못 견디겠어. 이런 분위기. 숨이 막혀."

주리는 벌떡 일어나 레스토랑을 나갔다. 우혁이 큰 소리로 이름을 불렀지만 뒤도 안 돌아보았다.

각자의 방으로 돌아간 주리와 우혁은 몇 시간 동안 가만히 앉아 생각에 잠겼다. 자신의 상처를 드러낸 주리는 우혁이 어떻게 받아들일 것인지 걱정이 되었고 우혁은 상처입은 주리의 마음을 어떻게 달래 줄 것인지 선뜻 결론이 나지 않았다. 저녁 무렵이 되어 우혁은 주리에게 인터폰을 했다. 술이나 한잔하자는 우혁의 제의에 처음엔 거절하더니 곧 나온다고 대답했다.

낙산 호텔 나이트 클럽은 여행객들로 붐볐다. 최신 유행하는 음악에 맞추어 많은 사람들이 춤을 추고 있었다. 우혁 혼자만이 테이블에 앉아 술을 마시고 있었다. 괴로운 표정이다. 문득 시선을 플로어로 보냈다. 사람들 속에서 춤을 추고 있는 주리의 모습이 보였다. 주리는 혼자서 농염한 몸짓으로 춤을 추고 있었다. 이미 술이 취한 주리지만 몸 놀림이 부드러웠다. 사람들이 주리 쪽으로 시선을 보내다가 서서히 물러서며 그녀의 주위를 둘러쌌다. 마치 주리를 위한 독무대가 생긴 듯했다. 사람들이 주리의 춤에 박수들을 치며 환호하기 시작했다.

주리를 지켜보던 우혁이 춤을 추고 있는 주리를 끌고 나왔다.

"이게 무슨 짓이야? 너답지 않게. 여기서 나가자. 당장."

"이거 놔. 놓지 못하겠어? 네가 무슨 상관이야?"

우혁이 홧김에 주리의 뺨을 때렸다. 주리가 그 자리에 쓰러졌다.

우혁이 눈을 뜬 후 주위를 둘러보자 어느 새 자신의 방에 와 있었다. 분명히 주리를 자기 손으로 때린 것까지는 기억이 나지만 그 후로는 생각이 나지 않았다. 그는 생각을 가다듬어 보았다. 주리가 뺨을 맞고 쓰러진 후 일어나 자신의 방으로 돌아가 버리고 우혁은 혼자서 계속 술을 마셨던 것 같았다. 너무 취해 나이트 클럽 테이블에 얼굴을 묻고 엎어져 버렸다는 생각이 들었다. 그 이후의 일은 통 생각나지 않았다.

주리는 어떻게 되었을까? 우혁은 갑자기 주리가 궁금해졌다. 술 때문에 머리가 몹시 아팠지만 주리의 안부가 궁금해 방을 나섰다. 주리의 방을 찾은 우혁은 벨을 눌렀다. 아무런 반응이 없었다. 우혁이 포기하지 않고 계속 벨을 눌렀다.

주리는 침대에 걸터앉은 자세로 고개를 숙인 채 흐느끼고 있었다. 계속 벨소리가 들려왔지만 꼼짝도 하지 않았다. 몇분 간격으로 벨 소리는 한참 동안 울렸다. 당장 문을 열어 주고 싶은 마음이 주리의 진심이지만 주리는 일어서지 못했다. 계속 눈물만 흘리고 있을 뿐이었다.

주리의 방 앞에서 계속 벨을 누르던 우혁이 이윽고 손을 뗐다. 우혁은 천천히 발걸음을 돌렸다.

남 기자로부터 동해안 고속도로에서 살해된 자가 폭력배 심학수였다는 사실을 듣고 난 미란은 방송사를 나오자마자 그 자가 근무했던 주류 도매상을 찾아갔다.

주류 도매상에 도착한 미란이 그집 종업원으로 있는 동호에게 사건이 일어났던 날의 상황을 물었다. 웬 우편물을 받은 후 정신없이 차를 몰고 나갔다는 동호의 말에 미란은 평소 심학수와 친하게 지내는 자들이 누군인지 캐물었다. 동호는 그날 따라 이상하게 보였던 심학수의 행동 때문에 미란에게 자신이 보고 느낀대로 상세하게 말해 주었다. 그리고 심학수의 책상 위에 놓여 있던 포스터를 집어 들고 미란에게 보여 주었다. 한 남자가 상의를 벗은 채 불춤을 추고 있는 밤무대 포스터였다.

"이종식이라구요, 우리 부장님하고 제일 친한 친구분이세요. 밤무대에서 요즘도 뛰는 걸로 알고 있어요."

위치를 자세히 메모한 미란이 급히 뛰어나갔다. 어쩌면 또 하나의 사건이 발생할지도 모른다는 불길한 예감이 들었다.

미란이 이종식이 근무하는 나이트 클럽을 찾아 들어갔다. 비록 변두리에 있는 술집이었지만 최근에 개장을 했는지 시설은 깨끗했다.

한창 사람이 많이 들어올 때라 그런지 홀 안이 열기로 가득 차 있었다. 미란이 안내하는 웨이터에게 물어 보았다.

"불춤 쇼가 언제 시작되죠?"

"시간 맞춰 잘 오셨습니다. 곧 시작됩니다. 이리 오시죠. 잘 보이는 데로 안내해 드리겠습니다."

웨이터가 미란을 안내하여 스테이지 바로 앞 좌석에다 앉혔다. 미란이 간단하게 주문을 한 후 주위를 둘러보았다. 바로 미란의 옆 테이블에 앉아 있던 다나카와 이와다 그리고 모리가 슬쩍 외면하며 미란의 시선을 피했다.

춤곡이 끝나고 사람들이 제 자리로 들어왔다. 곧 다른 무대가 시작되려는지 조명이 깜깜해졌다. 잠시 후 무대 위로 횃불을 두 손에 든 이종식이 불춤을 추기 위해 무대 위로 나왔다. 조명이 다시 들어왔다. 미란은 무대 위의 이종식의 동작에만 시선을 집중시키고 있었다.

미란이 이종식에게 집중하고 있는 틈을 타 다나카가 이와다와 모리에게 눈짓을 했다. 그러자 그들은 자신들 앞에 빈 컵 상태로 엎어진 채 놓여져 있던 맥주컵을 손으로 들어올렸다. 엎어져 있던 맥주컵 속에서 거미 두 마리가 기어나왔다. 그러고는 테이블을 타고 바닥으로 기어가기 시작했다.

무대 위에서는 불춤 쇼가 한창이었다. 이종식이 횃불을 입 안에다 넣은 후 불을 껐다. 또다시 불을 붙여 춤을 시작하면 사람들은 크게 박수를 쳤다.

이종식의 행동을 주의깊게 보고 있던 미란이 순간 흠칫했다. 그녀의 눈에 무대 위를 기어가고 있는 거미의 모습이 보인 것이다. 거미가 차츰 이종식의 다리 쪽으로 다가가고 있었다. 자리에서 벌떡 일어선 미란이 어느 새 무대 위로 뛰어 올라갔다. 사람들의 야유와 환호성을 동시에 질렀다. 미란이 개의치 않고 이종식에게 다가가 그에게서 횃불을 빼았았다. 사람들은 무슨 일이 생긴지도 모르고 환호하고 있었다. 다나카 일행은 바짝 긴장이 되었다.

미란이 빼앗은 횃불로 바닥에 있는 거미를 지져 죽였다. 미란의 행동에 이종식은 어이없다는 표정을 지었다. 바로 그 순간 또 한 마리의 거미가 어느 새 이종식의 다리 위로 기어오르고 있다. 거미는 그의 다리 동맥에다 정확히 독침을 꽂았다. 이종식이 움찔하며 쓰러졌다. 심하게 경련을시작하며 숨을 헐떡였다. 미란이 이종식에게 정신차리라고 소리를 치지만 온몸을 떨고 있을 뿐이었다. 놀란 사람들은 흩어지며 비명을 질러댔다.

이 소란 중에 다나카 일행은 죽어가는 이종식의 모습을 열심히 카메라에 담고 있었다. 미란만이 이종식을 껴안고 사람들을 향해 도와 달라고 소리칠 뿐이었다. 그러나 미란에 안겨 있던 이종식은 입에서 피를 쏟으며 고개를 떨구었다. 숨을 거둔 것이다.

밤을 꼬박 새운 주리는 새벽 산책에 나섰다. 낙산 해수욕장 백사장 한쪽에 쪼그리고 앉아서 바다를 보고 있었다. 멀리 수평선에서 한줄기 빛이 비추어지는가 하는 순간 해가 솟아올랐다. 수많은 햇살이 따사롭게 퍼져갔다. 바다를 물끄러미 바라보던 주리는 우혁의 목소리를 들을 수 있었다.

"여기 있었군. 한참을 찾아다녔어."

주리는 꼼짝도 하지 않았다. 우혁이 자연스럽게 주리의 곁으로 다가와 앉았다.

"어젯밤 일 미안했어."

"………"

"정말로 위로받을 사람은 주리, 바로 너였는데……오히려 난……내 감정하나 다스리지 못하고……."

"아냐. 그렇지 않아. 오히려 솔직한 감정을 보여줘서 고마워. ……우혁 씨한테 뺨을 맞은 순간 무슨 생각이 들었는지 알아? 아, 이 사람은 적어도 나와 함께 고통을 나누고 있구나. 그런 생각이 들었어. 만일 우혁 씨가 입에 발린 소리로 값싼 동정이나 늘어놓았다면……어젯밤 난 영원히 우혁 씨 곁을 떠났을 거야. 이제 됐어. 우혁 씨한테 그런 고백을 한 것만으로도 난 이제 그 일로부터 자유로워질 수 있을 거 같아. 더 이상 나한테 부담 갖지 마."

"그런 소리 마. 난 너를 보면서 참된 용기가 뭔가 하는 생각을 해 봤어. 그런 점에서 내가 얼마나 옹졸한 놈이었는지 새삼 깨달았어. 네가 어느날 훌쩍 일본으로 유학을 갔을 때 난 얼마나 널 원망했었는지 몰라. 학문적 야망을 위해서라면 사랑 같은 감정 따위는 얼마든지 버릴 수 있다는 너의 이기심에 난 치를 떨었어. 그런 아픔이 너한테 있었는지도 모르고. 내 입장에서 이기적인 생각만 했었지. 그런데……오히려 난 지금 가슴 뿌듯한 그런 감동을 받고 있어. 적어도 우리 두 사람은 서로를 사랑하고 있다는……예전이나 지금이나 변치 않고 서로를 사랑하고 있다는……그런 확신이……."

주리가 물기 어린 눈으로 우혁을 바라보았다. 우혁이 조용한 목소리로 말했다.

"알아. 네가 받은 상처가 얼마나 크다는 거. 이제부터 항상 네 곁에 있어 줄게. 네가 고통을 이겨내는 데 내가 도움이 된다면……."

주리는 울고 있었다. 소리없이 눈물을 흘리는 주리의 얼굴을 감싸고 우혁은 두 손으로 주리의 눈물을 닦아 주었다. 그러고는 살며시 주리를 안아 주었다. 따사롭게 펼쳐진 햇살이 두 사람의 주위를 환하게 밝혀 주었다.

김도섭이 부하들을 데리고 최성준의 창고안으로 들어섰다. 지난번에 한번 판을 벌였다가 재미를 못본 김도섭이 이번엔 한 몫을 잡으려고 마음 먹고 다시 찾아온 것이다. 지난번에 걸었던 판돈의 두 배를 준비해 온 김도섭의 부하인 맹만수가 가방 두 개를 들고 거미집 앞으로 다가갔다.

이미 결심하고 온듯 자신있는 표정으로 초록색 편의 거미 쪽에다 가방 두 개를 펼쳐놓았다. 지난번에 붉은색 거미가 빌빌거렸던 사실을 기억하고 있는 이들은 승리는 당연히 초록색 거미일 거라고 자신했다. 가방 속에는 만 원권 지폐들이 가득했다. 맹만수가 김도섭에게 준비됐다는 눈짓을 보내자 부하들에 둘러싸여 있던 김도섭이 고개를 끄덕였다. 맹만수가 가방을 탁 닫으며 최성준을 향해 말했다.
"자, 시작하지."
최성준은 속으로 쾌재를 부르고 있었다. 현재 자신이 키우고 있는 거미 중에서 제일 난폭한 거미가 바로 붉은색 거미였다. 먹이를 제대로 먹지 못했던 지난번과는 상황이 아주 달랐다.
그가 손뼉을 치는 시늉을 하며 리모콘을 작동시키자 붉은색의 초음파 빛이 천정에 있는 주리의 홀로그램 영상에 쏘아지고 그 순간 서로 마주보고 서 있던 두 거미가 싸움을 시작했다. 처음부터 붉은색 거미가 어찌나 공격적인지 초록색 거미는 상대가 안 되었다. 초록색 거미는 상대도 못하고 쫓겨다녔다. 붉은색 거미는 초록색 거미를 끝까지 쫓아갔다.

김도섭과 그의 부하들은 안타까운 표정이었다.

끝내 모래 속의 자기 집에 숨어서 나오지 못하는 초록색 거미. 승리는 붉은색 거미에게 돌아갔다. 의기양양해진 최성준은 돈가방을 챙겼다.

맹만수가 최성준의 멱살을 잡으며 소리쳤다.

"너 이 새끼. 사기친 거지?"

"이거 놓지 못해? 사기라니?"

"지난번엔 빌빌하던 거미가 오늘은 어떻게 된 거야?"

"그렇게 억울하면 다시 한판 붙으면 될거 아냐? 응?"

김도섭이 맹만수에게 나가자는 눈짓을 보냈다. 그래도 투견계의 대부인 김도섭인지라 체면까지 구기고 싶지는 않은 눈치였다. 맹만수가 할 수 없이 물러서고 김도섭이 발걸음을 돌려 나갔다. 최성준은 환호성이라도 지르고 싶은 심정이었다. 최성준은 틈나는 대로 침대에 걸터앉아 돈가방을 열어 보며 흡족해했다. 돈가방을 한쪽으로 치우려고 할 때 예고도 없이 미치코가 들어섰다.

최성준이 놀라서 벌떡 일어섰다. 미치코는 최성준은 거들떠보지도 않은 채 거미집 앞으로 다가갔다. 최성준도 부지런히 거미집 앞으로 갔다. 그러고는 미치코를 향해 연신 굽실거렸다.

"웬일로 이 시간에……."

"거미들은 잘 크고 있겠죠?"

"그럼요. 아, 글쎄 지난번엔 저놈이 흰쥐 한 마리를 단숨에 꿀걱했지 뭡니까? 그 다음부턴 힘이 펄펄 나는지 이쪽놈이 꼼짝도 못합니다. 헤헤."

"좋아요. 저 거미 내가 가지고 가겠어요."

"예? 그럼 난 어쩌라구요?"

"뭘 말에요?"

"그러니까……아, 아무것도 아닙니다."

당황하는 최성준을 향해 미치코는 차가운 미소를 짓는다.

"왜요? 거미 한 마리만 가지고는 도박을 못해서요?"

최성준이 기겁을 한다.

"아니, 어떻게 그걸?"

미치코가 최성준을 노려보았다.

"내 말 똑똑히 들어요. 난 당신의 움직임을 샅샅이 다 알고 있으니까. 괜히 쓸데없는 짓을 하다가 거미 키우는 일에 소홀하면 그땐 가만 안 둘 거예요."

"아, 그건 걱정마십시오. 제 자식놈처럼 돌보겠습니다. 제발 거미만 가지고 간다고 하지 마십시오. 부탁합니다."

"걱정말아요. 저 거미대신 곧 다른 거미들이 얼마든지 생길거니까."

"아, 예. 그래만 주신다면……."

미치코가 최성준의 말에는 관심도 안 기울이며 주위를 둘러보았다.

"저쪽에 보이는 입구가 뭔가요?"

"아, 예. 지하에도 창고가 있습니다요. 크지는 않지만."

"그래요? 아주 잘 됐군요. 지금 내가 주고갈 거미들은 저 지하 창고 안에서 키워요. 사람들이 모르게 은밀히……알았죠?"

최성준은 갑자기 상냥해진 미치코의 말에 떨떠름한 표정으로 대답했다.

"예……그야 뭐……."

여행에서 돌아온 우혁은 미란이 남겨놓은 메시지를 듣고 전화를 걸었다. 미란과 우혁은 방송국 근처의 카페에서 만났다. 심각한 미란과는 달리 우혁의 표정은 몹시 밝았다.

"무슨 일로 숨넘어가게 날 찾았던 거야? 도대체 무슨 문제야?"

미란의 표정은 굳어 있었다.

"주리 문제는 또 뭐구?"

미란이 침통하게 말했다.

"심각한 문제야. 형! 주리가 그 살인 사건과 관계있는 거 같아."

우혁이 웃으며 미란을 향해 말했다.

"뭐?"

"지금 웃을 문제가 아냐. 형이 여행다녀오는 동안 세 건의 살인사건이 있었어. 그런데 아무래도 주리가 관련된 것 같아."

우혁은 말도 안 된다는 듯한 표정을 짓고 있다.

"너 도대체 무슨 엉뚱한 상상을 하는 거야? 난 주리와 함께 그동안 여행을 하고 왔다구."

"뭐?"

놀라는 미란을 보며 그제서야 우혁도 진지한 표정을 지으며 말했다.

"미안해. 오늘 널 만나 얘기하려고 했어. 처음부터 같이 여행을 떠나려 했던 게 아니고……그게 말야……."

미란이 우혁의 말을 막으며 급히 질문을 던졌다.

"잠깐, 주리와 어디로 여행을 다녀온 거야?"

"동해안."

"뭐라구?"

"그럴 사정이 있었어. 너도 내 얘기를 들으면 이해해 주리라 믿어."

"가만……형! 아무래도 우리 여기서 냉정해져야만 하겠어. 형이 주리와 함께 여행을 다녀온 사실 때문에 내가 이렇게 충격을 받은 게 아냐.

주리가 살인범이라는 심증이 차츰 굳어지기 때문에 놀란 거라구. 난 한 계령 살인 현장에서 주리를 봤어."

"뭐라구?"

"그뿐만이 아냐. 주리는 거미를 살인 무기로 쓰고 있는 거 같아."

"너 정말 미쳤구나. 어떻게 그런 상상을 할 수 있는 거야?"

"난 미치지 않았어. 정작 미친 사람은 주리야. 이런 얘기 하는 거 오해 없길 바래. 사적인 감정이 아닌 기자로서 하는 얘기니까. 주리는 살해된 폭력배들에게 성폭행을 당했던 과거가 있었어. 그 충격으로 주리는 정신병원에 치료를 받았었구. 그래서 형을 멀리했던 거구. ……미안해. 이런 말까지 해서."

"그런 사실……이미 알고 있어."

우혁에게서 의외의 대답을 들은 미란이 반문한다.

"뭐라구?"

"미란아! 내가 한마디만 할게. 주리는 아주 훌륭하게 그 고통을 극복했어. 초인적인 노력으로 자신의 연구에 몰두하는 걸로 스스로를 이겨낸 거야. 난 그런 주리를 존경해. 아니 사랑해."

"형! 날 정말 비참하게 만들거야? 내가 지금 주리를 질투해서 이런 얘길 한다고 생각해?"

"나도 그렇다고 생각진 않아. 하지만 너무 비약하는 거 아니니? 주린 친구잖아."

"사실 나도 괴로워. 그래서 형을 만나 상의하려고 한 거야. 그렇지만 풀리지 않는 의문점들이 너무나 많아."

미란의 머릿속에는 주리에 대한 의문점들이 하나하나 떠올랐다. 주리의 귀국환영 파티장에서 연주를 하던 악사가 거미에 물려 죽었던 것, 제주도 호텔에서 미란을 못 본 체하던 모습, 그런가 하면 한계령 휴게소에서 급하게 차를 타고 달려가던 모습 등 좀처럼 이해할 수 없는 상황에 주리가 있었다는 것이 미란은 아무래도 마음에 걸렸다.

미란이 진지한 표정으로 우혁을 향해 다시 한번 말했다.

"사람들이 거미한테 물려 죽어가는 현장에 늘 주리의 모습이 나타나곤 했어. 그걸 어떻게 설명할 거야?"

"좋아. 네 주장대로 살인 거미가 있다고 인정해 줄게. 아니 인정할게.하지만 주리는 결코 살인범이 아냐. 누가 뭐라던 난 주리를 믿어."

우혁의 단호한 말에 더 이상 말을 잇지 못하는 미란은 더욱 고통스러운 표정을 지었다.

미란은 자신이 진행해야 되는 프로그램이 있어 우혁과 더 긴 얘기를 나누지 못했다. 미란이 맡고 있는 프로그램은 금주의 뉴스 토픽이었다. 남 기자가 정신없이 기사 원고를 작성하고 있었다. 부장이 다가오며 황급히 말했다.

"남 기자, 뭐하고 있어? 빨리 기사 넘겨야지?"

"예, 부장님. 다 돼 갑니다."

남 기자가 정리된 원고를 집어 들고는 뛰듯이 스튜디오로 갔다. 방송사 뉴스 스튜디오 앞에서 카메라 맨들이 바쁘게 위치를 잡고 있다. 카메라 앵글 안에 미란의 모습이 잡혔다. 남 기자가 급히 미란이 앉은 자리로 다가와 뉴스 원고를 넘겨 주었다.

"정리된 기사 원고야. 방송 들어가기 전에 한번 훑어봐."

남 기자가 전해준 원고를 잠시 보던 미란이 그 원고를 슬그머니 책상 밑으로 내려놓고는 자신이 미리 준비한 원고를 꺼내어 놓았다.

스튜디오에서 미란이 뉴스를 진행하는 동안 부장과 남기자는 방송사 보도국안에서 TV를 보며 모니터를 하고 있었다. TV 화면에 금주의 뉴스 토픽이란 타이틀이 나오고 있었다.

"금주의 뉴스 토픽의 이미란입니다. 최근에 일어난 연쇄 살인사건은 시민들을 공포에 몰아넣고 있습니다. 오늘은 이 사건에 대한 심층 뉴스를 말씀드리겠습니다. 검찰은 이 살인사건이 폭력조직원들간의 암투로 빚어진 것이라고 발표했습니다. 그러나 검찰의 수사 방향은 처음부터 잘못된 것으로 밝혀졌습니다."

미란이 뉴스 토픽을 전할 무렵 서울 교외에 자리잡고 있는 한 러브호텔에 차 한 대가 멈추어 섰다. 차에서 내린 건장한 남자는 주리와 혜란을 성폭행했던 폭주족들의 두목인 장홍표였다. 함께 있는 여인은 장홍표가 자주 가는 술집의 마담이었다. 두 사람은 서로의 몸을 애무하며 방으로 들어갔다. 깨끗이 정돈된 침대 위에 벌렁 누운 장홍표는 여인이 옷벗는 모습을 감상하고 있었다. 여인이 옷을 하나씩 벗을 때마다 장홍표는 불끈 치밀어오르는 욕정을 느꼈다. 여인의 몸매는 잘 익은 과일처럼 완숙해 보였다.

"자기 나 먼저 씻을게."

여인이 샤워를 하는 동안 그냥 누워 있기가 심심했던 장홍표는 리모콘으로 TV를 켰다. 이곳저곳 눌러 보던 장홍표는 미란이 진행하고 있는 뉴스 토픽을 듣게 되었다.

"3년 전 조혜란이란 여성이 이들 폭력배에 의해 성폭행을 당했던 사실이 밝혀졌습니다. 그 여인은 당시의 충격을 이기지 못하고 자살한 것으로 알려졌습니다. 따라서 이번 살인사건은 제 3의 인물에 의한 복수극으로 추정됩니다. 그러나 현재까지는 복수극을 펼치는 사람이 누구인지는 아직 밝혀지고 있지 않습니다. 본 기자는 살해 현장을 발로 뛰면서 놀라운 사실 한 가지를 확인할 수 있었습니다. 살해 현장에서는 항상 거미가 발견되었습니다. 피살된 폭력배들은 하나같이 거미에게 물려 죽어갔습니다."

장홍표는 술이 확 깼다. 사색이 된 그는 좀더 소리를 키웠다.

미란의 뉴스를 보도국에서 모니터하며 보고 있던 부장과 남 기자의
표정 또한 일그러졌다.

"제가 확신을 가지고 이런 사실을 보도할 수 있는 건 본 기자가 사건
현장에 있었기 때문입니다. 본 기자는 거미가 사람을 물어 죽이는 충격
적인 현장을 직접 목격했습니다. 시청자 여러분! 놀라지 마십시오. 이들
거미는 보통 거미가 아닌 살인 거미입니다."

미란이 진행하는 뉴스를 더 이상 듣고 있지 못하겠다는 듯 부장이 소
리쳤다.

"지금 무슨 소리를 하는거야? 당장 뉴스를 중단해."

남 기자가 당황한 표정으로 부장을 향해 말했다.

"부장님, 지금 생방송중입니다."

"이거 정말 미치겠군. 안 되겠어."

부장이 벌떡 일어나 뛰쳐나갔다. 보도국을 뛰쳐나온 부장이 뉴스 스
튜디오를 향해 뛰어갔다. 이미 뉴스를 끝낸 미란이 원고를 정리하면서
일어섰다. 카메라 맨들이 웅성거리며 미란에게 접근했다.

"그게 사실입니까? 살인거미가 나타났다는 게?"

미란이 아무 말없이 걸어 나올 때 황급히 뛰어들어오던 부장이 미란
을 잡아먹을 듯 노려보며 소리쳤다.

"이 기자! 도대체 무슨 짓을 한 거야?"

"죄송합니다. 하지만……이럴 수밖에는 없었습니다."

"뭐? 지금 얼마나 큰일을 저질렀는지 알기나 해?"

"모든 책임은 제가 지겠습니다."

미란은 더 이상 변명도 하지 않고 그냥 나가 버렸다. 미란의 방송이 나간 이후 시민들의 전화가 빗발쳤다. 살인 거미에 대한 문의들이었다. 기자들 모두 살인 거미의 존재가 공식적으로 확인된 것이 아니라고 변명하고 있었다.

미란이 방송사를 나간 후 부장은 보도국 국장실로 불려갔다.

"국장님, 부르셨습니까?"

"부하 직원 하나 단속 못하고 이게 무슨 일입니까? 지금 전국에 난리가 났어요. 시민들이 공포에 질려서 문의 전화가 쇄도하고 있어요. 이건 방송 사고라구요. 방송 사고. 당장 방송국의 공식 입장을 밝히세요."

"알겠습니다."

국장의 불호령에 부장은 진땀을 흘렸다.

미란은 방송을 마치고 바로 집으로 돌아왔다. 한꺼번에 밀려드는 피곤함보다 더 견디기 힘든 것은 외로움이었다. 갑자기 혼자가 된 느낌이 엄습해 왔다. 파장이 클 줄은 알았지만 이렇게 엄청난 반응이 올 줄은 몰랐다. 그래도 후회하는 마음은 없다. 시민들에게 살인 거미의 존재를 알려야만 했다. 그건 기자의 사명감 이전에 시민으로서의 의무이기도 했다. 살인 거미 이야기가 헛된 발상이 아님을 믿어 주었다면 굳이 이런 방법까지 택하지는 않았을 것이다.

미란은 지금쯤은 자신이 방송한 대로 살인 거미의 뉴스가 진전됐을 거라는 기대감을 갖고 TV를 켰다. 마감 뉴스가 진행중이었다. 그러나 뉴스를 보던 미란의 표정이 점점 일그러졌다. 손님을 초대하여 진행 중인 뉴스는 부장이 직접 진행하고 있었다. 초대된 손님은 거미 전문가라고 소개된 사람들이었다.

"그러니까 한 마디로 우리 나라에는 독거미가 없다 이 말씀이시죠?"

"그렇습니다. 엽랑거미라고 독성을 가진 거미가 있습니다만, 사람을 죽일 정도의 독성을 가지고 있지는 않습니다."

전문가의 대답을 듣고난 부장이 만족한 표정을 지으며 다른 사람에게 질문을 던졌다.

"알겠습니다. 그럼, 이번엔 외국에서 독거미가 국내에 유입됐을 가능성에 대해 한 말씀만 해 주십시오. 세관의 방역담당이신 이 과장님께서 말씀해 주시죠."

"네, 말씀드리겠습니다. 살아 있는 생물이 국내에 들어오는 경우는 철저한 방역을 거치고 있습니다. 특히 독성을 가진 생물인 경우는 암놈과 숫놈 중 하나만을 반입시키고 있습니다."

부장이 과장되게 웃으며 질문을 던졌다.

"그것 재미있군요. 그러니까 처음부터 생식이 되지 않도록 원천적으로 막는 셈이군요. 마지막으로 시청자 한 분께 여쭤 보겠습니다."

부장이 자연스러움을 가장하며 방청객을 쪽으로 시선을 보냈다. 지난번 미술관에서 거미를 보았던 소녀와 엄마의 모습이 나타났다.

"여기 지난번 미술관 살해 현장에서 거미를 보았다는 소녀가 나와 있습군요. 질문은 어머니께 드리겠습니다. 정말 따님이 거미를 보았습니까?"

"글쎄요, 제 딸이 좀 엉뚱한 데가 있어서요. 그때 전시회장에서도 어떤 여기자분이 우리 아이에게 확인을 하려는 걸 제가 말렸습니다. 더 이상 우리 딸아이를 이용……."

미란이 뉴스를 보다가 더 이상 들을 수가 없어 TV를 탁 꺼 버렸다. 자신의 기대와는 달리 아무도 살인 거미의 존재를 믿어 주지 않는다는 사실이 절망스러웠다.

며칠만에 방송사에 출근한 미란이 자신의 책상에서 짐정리를 하고 있었다. 이때 남 기자가 자기 자리로 와서 앉다가 미란의 짐정리 하는 모습을 보았다.

"지금 뭐하고 있는 거야?"

미란이 말없이 짐만 쌌다.

"쓸데없는 고집 부리지 말고 빨리 국장님한테 올라가 정중히 사과를 드려. 당장 사표받으라는 걸 부장님께서 손이 발이 되게 빌어서 간신히 일주일 징계로 끝낸 거야. 감지덕지는 못할 망정 웬 똥고집이야. 뭘 잘했다구."

미란이 항의하듯 대답했다.

"남 선배! 난 사과할 일 없어. 부장님도 그러셨잖아. 기사의 생명은 사실 보도에 있다고. 난, 사실을 있는 대로 밝혔을 뿐이야."

"나 참……이봐! 이기자. 혹시 거미 귀신한테 씌인 거 아냐? 정말 왜 그래?"

남 기자의 태도에 미란은 경멸하는 눈초리를 보냈다.

"여보세요?"

"여보세요? 혹시 거기 이미란 기자 없습니까?"

"제가 이미란인데요?"

"마침 자리에 계셨군요. 절 좀 급히 만나주실 수 없겠습니까?"

"전 지금 업무를 수행할 수 있는 처지가 아닙니다. 다른 분께 전화 바꿔 드리죠."

그러자 전화를 건 사람이 황급히 소리쳤다.

"아닙니다. 전 꼭 이 기자님을 만나야 합니다."

"살인 사건에 대한 제보라면 딴 분을 바꿔 드리겠다니까요?"

"그게 아니란 말입니다. 이번엔 제가 죽을지도 모른다니까요?"

"뭐라구요?"

미란에게 전화를 건 사람은 장홍표였다. 미란의 뉴스 토픽을 들은 후 하루도 마음편히 지낼 수 없었던 장홍표는 이미란 기자에게 도움을 청해야겠다는 생각이 들었던 것이다.

장홍표의 집은 서울 시내에서 조금 벗어난 위치에 자리하고 있었다. 장홍표의 집은 마을과 멀리 떨어져 있어 을씨년스러운 느낌마저 주었다.

장홍표는 미란이 그를 찾아오는 동안 더욱 안절부절 못하고 서성거렸다. 초조한 마음에 연신 담배만 피워댔다. 한참을 그러다가 소파에 앉은 그는 발 밑으로 뭔가 획 지나가는 것을 보았다. 놀라서 일어나보니 바퀴벌레였다.

집밖에서 차소리가 들렸다. 장홍표는 반가운 마음에 현관까지 나와서 있었다. 미란이었다.

"죄송합니다. 이렇게 먼 데까지 와 달라고 해서."

"왜 날 보자고 했죠?"

"제발 절 살려 주십시오. 이제 저 하나밖에 살아 있지 않습니다."

"아니, 그럼? 당신이?"

"전 이 기자님의 말씀을 믿습니다. 금방이라도 살인 거미가 나타나 날 죽일 것 같습니다. 제발 절 살려 주십시오. 어떻게 해야 살 수 있는 겁니까? 제발 그 방법 좀 알려 주십시오. 부탁합니다."

공포와 불안에 떨고 있는 장홍표의 말을 듣던 미란이 난감한 표정을 지었다. 그러다가 벌떡 일어나 나갔다. 그 길로 우혁의 집으로 달려간 것이다. 아무래도 우혁의 도움을 받을 수밖에는 없을 것 같다. 미란의 추측대로 살인범이 거미를 가지고 장홍표를 죽일 작정이라면 어떻게든 그 살인은 막아야 한다. 아무에게도 의논을 할 수가 없으니 우혁을 찾아가는 것이다.

우혁은 벌써 잠자리에 들었는지 벨을 눌러도 기척이 없었다. 미란이 문을 쾅쾅 소리나게 발로 차고 소리를 치자 그때서야 잠에서 깬 우혁이 문을 열었다.

"이 밤중에 또 웬일이니?"

"나 반가워하지 않는 거 알아. 하지만 급한 사정이 생겨서 왔어."

할 수 없이 미란의 얘기를 들어야겠다고 생각한 우혁은 소파로 데려 갔다.

"내 말 듣고 화내지 않겠다고 약속부터 해."

다짐을 받는 미란의 말에 우혁이 피식 웃는다.

"그래, 역시 미란이 너답다. 도대체 무슨 얘긴데 그래?"

"사람 생명이 달린 문제야."

"뭐?"

미란은 우혁에게 장홍표 집에 다녀왔던 이야기를 하며 동행해 줄 것을 부탁했다.

장홍표가 미란을 기다리며 집안을 서성이고 있었다. 안정이 안 되는 모양이었다. 담배를 피우려고 담뱃갑을 보니 비어 있었다. 담배를 넣어 두던 서랍을 열었다. 순간적으로 담뱃갑 위에 거미가 보였다. 깜짝 놀란 다시 한번 보았더니 거미는 없었다. 극도로 날카로워진 신경 때문에 착각을 일으킨 모양이었다.

안도의 한숨을 내쉰 그는 담뱃갑을 꺼내 담배를 피웠다. TV를 켜 보았다. 요란한 쇼 프로가 진행되자 채널을 바꾸었다. 드라마 프로였다. 잠시 안정을 취하며 TV를 들여다보던 그가 서서히 공포에 질렸다. 거미 한 마리가 화면을 기어다니고 있는 모습을 보았던 것이다.

떨리는 손으로 리모콘을 작동시켜 TV를 껐다. 까만 브라운관에 자신의 모습만 비치고 어느 새 거미의 모습은 사라졌다. 벌떡 자리에서 일어선 장홍표는 아무래도 실제 상황인 것 같은 느낌이 들었다. 그는 겁먹은 표정으로 주위를 살펴보았다. 바로 그때 천정 위에서 커다란 붉은색 거미가 줄을 타고 그의 얼굴 앞으로 내려오기 시작했다. 그러나 장홍표는 전혀 눈치를 못 챘다.

장홍표는 아무것도 안 보이자 안심을 하고는 다시 소파에 앉았다. 그가 다시 TV를 켜는 순간 공중에 매달려 있는 거미가 그의 눈앞에 와서 멈추어섰다.

장홍표의 집에 막 도착한 미란과 우혁은 안에서 들려오는 비명소리에 집안으로 뛰어들어갔다. 장홍표가 넋나간 사람처럼 허공을 바라보고 있었다.

"무슨 일이에요?"

"거미……거미가……."

겁에 질린 장홍표는 제대로 말도 꺼내지 못했다.

"어디오? 어디에 거미가 있어요?"

"내 눈앞에……내 눈 앞에 거미가 분명히 있었어요."

미란이 주변을 살펴보았지만 거미의 흔적은 없었다.

"자……진정해요."

미란은 우혁에게 살충제를 준비하라고 말하곤 장홍표를 안심시켰다.

"우혁이 형. 빨리 그것들 꺼내."

"알았어."

우혁이 커다란 가방 안에서 몇 가지 물건들을 꺼냈다. 농약통같이 생긴 통에다가 분무기를 연결한 후 그걸 등에다 메고는 실험을 해 보았다. 장홍표는 여전히 겁난 표정으로 멀건히 보고만 있다. 미란이 다시한번 그를 진정시킨다.

"이제. 안심해요. 우리가 강력한 살충제를 우리가 준비해 왔어요. 어디서 거미가 나왔나요?"

"여기 지키서요."

미란과 우혁이 긴장한 채 장홍표의 집안을 살펴보고 있는 그 시각, 장홍표의 집에서 조금 떨어진 숲에 차 한 대가 도착했다. 거의 소리를 내지 않고 도착한 그 차에는 미치코와 다나카 일행이 타고 있었다. 미치코는 차 안에서 전자 장치들을 조정하고 있었다. 어두운 공간에 주리의 홀로그램 영상이 나타났다. 뒤이어 초록색 초음파가 장홍표의 집안 쪽으로 빛을 쏘기 시작했다.

우혁은 집안 곳곳에 살충제를 뿌려 두었다. 집안을 살펴보던 미란의 눈에 거미의 모습이 보였다. 거미 한 마리가 벽을 타고 내려오고 있었다. 순간 미란이 우혁을 향해 소리쳤다.

"형! 벽에 거미가 기어내려오고 있어."

"어디?"

"바로 형 옆이야."

우혁이 거미의 모습을 발견하고는 분무기를 쏘기 시작했다. 거미가 벽에서 떨어졌다. 그때 장홍표가 갑자기 외마디 비명을 질렀다. 그가 손짓하는 쪽으로 시선을 보내던 미란이 놀란다. 바로 미란이 서 있는 바닥위로 거미가 기어오고 있었던 것이다. 이번엔 우혁이 미란을 향해 소리쳤다.

"거기 꼼짝말고 서 있어."

미란이 공포에 질린 표정으로 그대로 서 있었다. 거미 한 마리가 천천히 접근하고 있었다. 우혁이 살금살금 다가가 거미를 향해 분무기로 살충제를 쏘아댔다. 우혁이 뿜는 살충제에 거미는 죽어갔다.

집밖에서 초록색 초음파 빛을 쏘아대던 미치코 일행은 붉은색 초음파로 바꾸어 쏘아댔다.

붉은색의 초음파가 장홍표의 집으로 쏘아진 그 순간 장홍표의 집안 천정 위에서 웅크리고 있던 붉은색 큰 거미가 줄을 타고 그의 얼굴 앞으로 툭 떨어졌다. 그러고는 장홍표의 얼굴 앞에 딱 멈추어 섰다. 자신의 코앞에 닿을라고 하는 거미를 본 장홍표가 소리를 질렀다. 우혁과 미란이 돌아보고는 급히 소리쳤다.

"어서 피해요."

장홍표가 얼떨결에 얼굴을 돌리며 옆으로 빠졌다. 가까이 다가온 우혁이 분무기로 약을 뿜었다. 공중에 매달려 있던 붉은색 큰 거미가 살충제를 맞고는 바닥으로 떨어졌다. 떨어진 거미를 향해 우혁이 다시 한번 분무기를 뿜어댔다. 그러나 거미는 끄떡도 하지 않았다. 미란이 분사식 부탄 가스통을 우혁에게 던져 주었다.

"형! 이걸 써 봐."

우혁이 분사식 부탄 가스를 받아 거미를 향해 분사했다. 그러고는 라이타를 꺼내어 불을 붙이자 거미 쪽으로 불길이 뻗어나갔다. 거미가 다리를 모으며 움츠렸다. 불길에도 쉽게 죽지 않는 붉은색 큰 거미를 보고 잔뜩 긴장하는 미란과 장홍표. 바로 그때 거미가 갑자기 점프를 하여 장홍표를 향해 뛰어올랐다. 거미는 그의 목 쪽으로 재빨리 기어올라가기 시작했다.

순간적으로 일어난 일에 우혁과 미란은 어쩔줄 몰라했다. 장홍표가 엉거주춤하고 있을 때 거미가 그의 목에다 독침을 박았다. 그는 그 자리에 쓰러지며 경련을 했다. 거미는 재빨리 어디론가 기어나가 버렸다. 미란과 우혁이 장홍표 쪽으로 달려가 그를 흔들며 소리쳤다.

"여보세요? 정신 차려요."

숨을 몰아쉬기 시작하는 장홍표는 이내 피를 쏟으며 죽어갔다. 처참한 모습이었다.

장홍표의 집 밖에서 자동차 시동거는 소리가 들려왔다. 우혁이 고개를 번쩍 들었다. 현관문을 열고 앞으로 뛰어나갔다. 그의 시선에 급하게 차를 돌리고 있는 사람의 모습이 보였다. 누군가가 급하게 차 속으로 몸을 감췄다. 주위는 어두웠지만 주리의 모습이 분명했다.

차 속으로 들어간 사람은 미치코였지만 그녀를 주리로 착각한 우혁은 경악했다.

주리를 납치하라

이미란 기자의 살인 거미 뉴스는 겉으로 드러나지 않는 파장을 몰고 왔다. 시민들의 안정을 위해 정부에서는 더 이상이 사건에 대한 방송을 금하라는 지시가 내려졌고 모든 언론 매체에서 보도하는 것을 막았다. 무엇보다 살인 거미에 대한 소문이 잦아든 까닭은, 자신의 일이 아니면 바로 옆에 사람이 쓰러져 있어도 모르는 척하는 사람들의 이기심 때문이었다.

그러나 언제 어디서 발생할지 모르는 테러를 막기 위해 만들어진 테러 진압부대 만큼은 모든 정보에 예민할 수밖에 없었다. 테러 진압부대는 세계 각처에서 일어나고 있는 테러를 막고자 생긴 것으로 각 나라마다 긴밀한 협조관계를 유지하며 운영되고 있었다.

한국에도 테러 진압부대가 설치되어 있었다. 육군 테러 진압부대 지대장인 이강준이 특전사 상황실에서 비디오 화면을 통해 일본 도쿄 지하철 역에서 일어난 옴 진리교의 독가스 사건 장면들을 보고 있었다. 이어서 미국 오클라호마 연방정부 건물이 폭파되어 아비규환을 이루는 장면이 보여졌다. 이런 모습을 심각한 표정으로 보고 있던 이강준 대위가 일어섰다. 그리고 그는 특전사 훈련장으로 나갔다. 특전사 요원들이 훈련을 받고 있었다. 이강준은 이들이 훈련받는 모습들을 자세히 시찰

하고 있었다. 요원들이 높은 가건물 위에서 밧줄을 타고 내려오고 있었다. 그러고는 재빨리 건물 안으로 잠입하여 인질들을 구하는 연습을 하고 있었다.

이때 미군의 지프가 훈련장 안으로 들어섰다. 이강준이 다가가 차에서 내리는 제임스를 맞았다. 두 사람이 서로 악수를 하며 상황실 쪽으로 걸어갔다.

상황실 안으로 들어간 제임스가 컴퓨터에 씨디 롬을 넣었다. 화면에 안드레이 제비치의 얼굴이 보였다. 이강준은 제임스의 옆에 앉아 설명을 듣고 있었다.

"이 자가 안드레이 제비치란 잡니다. 일본 신흥종교의 러시아 부총책이죠."

이강준이 의아한 표정으로 말했다.

"이 자는 지금 일본 도쿄에 머물고 있는 걸로 아는데요?"

"그렇습니다. 그런데 요즈음 이 자의 움직임이 심상치 않다는 첩보가 계속 들어오고 있습니다. 러시아로부터 다량의 독극물과 세균들을 밀반출해서 제 3국으로 가고 있는 것 같습니다."

"제 3국이라면?"

"당연히 한국도 포함되죠. 어쩌면 이미 한국으로 밀반입됐을 지도 모르겠습니다. 제가 볼 땐 이 자는 틀림없이 한국에 입국할 것으로 예상됩니다. 그리고 한국에서의 테러를 노린다면 누군가와 접선을 시도하겠죠. 아마도 한국에 잠입한 일본 신흥종교 광신자와 접선할 가능성이 가장 많습니다."

"정보 고맙습니다. 그렇지 않아도 일본 경시청으로부터 신흥종교 광신자들에 대한 자료 제공을 부탁해 놓았습니다. 자료가 도착되는 대로 함께 검토할 기회를 갖도록 하죠."

"알겠습니다. 그럼 오늘은 이만."

제임스가 이강준과 악수를 하고 돌아섰다. 이강준의 표정이 심각해진다. 광신적인 일본 신흥종교 집단이 한국으로 잠입해 들어올 가능성이 그 어느 때보다도 높아졌다. 그 자들이 들어오는 것을 막아야 한다는 생각에 이강준의 마음은 한층 무거워졌다.

미치코가 최성준의 창고를 다녀간 이후 그는 한밤중에 깨는 일이 많아졌다. 새로운 거미들은 무엇보다 일정한 시간마다 먹이를 주어야 했다.

"빌어먹을……이 놈의 거미들은 왜 그리 잘 처먹는 거야? 귀찮아 죽겠구먼."

자다가 일어나야 할 때면 최성준은 혼자말로 계속 투덜거렸다. 더구나 창고 한쪽으로 지하 창고를 또 하나 만들어 그곳에서만 거미를 키우라고 지시를 하고는 갔던 것이다. 잠이 덜 깬 최성준이 비틀거리며 지하실로 내려갔다. 불을 켜자 거미의 먹이로 키워지는 흰쥐들이 여러 개의 통 속에서 부지런히 움직였다. 거미집에 있는 수많은 거미들은 꼼짝도 않고 있었다. 최성준이 흰쥐를 몇 마리 집어서는 거미집 안에다 내던졌다. 꼼짝도 않고 있던 거미들이 흰쥐들을 향해 기어나오기 시작했다.

"도대체 이 거미들을 키워 뭣에 쓰겠다는 거야? 빌어먹을……."

최성준의 불만은 날로 커졌다.

미치코 일행은 장홍표를 살해하는 일이 무사히 끝나자 집으로 돌아와 새로운 음모를 계획했다. 집안으로 들어간 미치코는 이와다에게 그동안 다나카가 찍은 사진을 현상하라고 지시했다. 이와다와 모리는 집

안에 마련된 암실로 들어갔다.

빨간 불빛에 비추어지는 현상액 속의 사진들은 바로 미치코가 혜란과 주리를 성폭행한 폭력배들을 한 명씩 죽여가는 모습이었다. 주리의 사진도 몇 장 포함되었다. 이와다가 선명하게 현상된 사진을 끄집어냈다. 그 사진들을 가지고 미치코가 있는 안방으로 향했다.

미치코가 흰 옷을 입고 요가 자세를 취한 채 앉아 있었다. 안방으로 들어선 다나카와 이와다 그리고 모리가 공손하게 큰절을 올린 후 무릎을 꿇고는 두 손으로 사진을 올렸다. 사진을 살펴보는 미치코의 얼굴에 얼핏 차가운 미소가 스쳤다. 미치코의 표정을 살피던 다나카가 조심스럽게 말했다.

"미치코 정오사님. 인텔리젠트 빌딩의 개관식이 내일 11시로 잡혔습니다."

그 말을 들은 미치코가 결연한 표정으로 지시를 내렸다.

"요시, 1차 작전을 개시하시오."

"하이."

다나카, 이와다, 모리는 공손하게 인사를 하고 방에서 나왔다. 그들은 그 길로 최성준의 창고로 갔다. 이와다와 모리가 몰래 최성준의 창고 안으로 숨어들었다. 거미의 먹이 때문에 한밤중에 잠을 깼던 최성준은 세상모르고 자고 있었다. 이와다와 모리는 최성준은 거들떠보지도 않은 채 지하실 쪽으로 향했다. 지하실 안으로 들어선 두 사람은 정신없이 흰쥐를 먹는 거미들을 쳐다보고 있었다. 만족한 시선을 주고받은 두 사람은 준비해온 기구를 사용해 거미들을 한 마리씩 병 속에 담았다.

장홍표가 거미에게 물려 죽어가는 모습을 지켜본 미란은 참담한 심정이었다. 우혁 또한 고개를 숙이고 뭔가 심각히 고민하는 모습이었다.

얼핏 본 주리의 모습 때문이었다. 미란은 거미가 사람들을 죽이고 있다는 사실을 보다 확실히 전해야 한다고 생각했다.

"이건 명백한 살인이야. 거미를 살인 무기로 쓰고 있는 거라구. 형! 날 좀 도와줘. 형이 증인이 돼 달란 말야."

다음 날 미란이 우혁과 함께 방송사 보도국 안으로 들어섰다. 미란이 확신에 찬 표정으로 부장을 향해 다가갔다. 그리고 흥분한 표정으로 설명하기 시작했다. 남 기자가 책상에 앉아 미란쪽을 호기심어린 표정으로 훔쳐보며 미란의 말을 듣고 있다.

"부장님! 이 사실을 모두에게 알려야 합니다. 그래서 모두 힘을 합쳐 살인 거미들을 퇴치해야 한다구요."

부장이 어이가 없다는 듯 미란을 미친 사람 취급을 해 버린다.

"이미란 씨. 내 손으로 이 기자를 정신병원에 넘기기는 싫소. 어서 여기서 나가 주시오."

미란은 다시 한번 강한 어조로 말했다.

"부장님이 제 말을 안 믿으시기에 여기 증인 한 분을 데려왔습니다. 두 사람 다 미쳤다고는 안 하시겠죠?"

부장이 미란의 옆에 서 있는 우혁을 보며 시큰둥하게 묻는다.

"당신 누구요?"

"생물학을 전공한 대학 강삽니다. 저도 봤습니다. 거미가 사람을 죽이는 모습을 미란 씨와 함께 봤습니다."

우혁의 설명을 들은 부장이 더 이상 안 되겠다는 듯 이마에 손을 얹으며 말했다.

"아이구야. 정말 이거 미치겠군. 나가요. 당장 두 사람 다 여기서 나가요."

부장이 일어서서 두 사람을 밀쳐냈다. 이런 모습을 보며 싱글거리고 있던 남 기자가 걸려오는 전화를 받았다.

"이미란 기자를 바꿔달라구요? 잠깐만요."

남 기자가 미란을 향해 소리쳤다.

"이미란 씨, 전화야."

미란이 화난 표정으로 전화를 받았다.

"여보세요?"

전화선을 타고 들려오는 목소리는 낮게 가라앉았다.

"오늘 11시. 인텔리젠트 빌딩으로 가 보시오."

전화는 찰칵 끊어졌다.

"여보세요?"

미란이 전화를 끊고는 힐끗 시계를 보았다. 10시 30분이었다. 미란이 우혁을 잡아끌었다.

"나하고 빨리 갈 데가 있어."

부장과 남 기자는 황급히 나가는 두 사람을 보며 웃음을 터뜨렸다.

육군 테러 진압부대 특전사 상황실에 앉아 있던 이강준은 부관으로부터 보고를 받았다.

"일본 경시청에서 보낸 자료가 도착했습니다."

"그래?"

부관이 자료 속에서 씨디 롬을 꺼내 컴퓨터에 집어넣었다. 화면에는 몇 사람의 인적 사항이 나타났다. 몇 명의 일본인들이 모습에 이어 미치코의 얼굴이 화면에 나타났다. 그것은 주리로 성형수술을 하기 전의 진짜 미치코의 모습이었다.

"바로 이 여자가 미치코란 여인입니다. 일본 신흥종교 교주인 존사의 심복입니다. 존사 바로 밑의 직급인 정오사로 있는 거물급 여인입니다.

아직 국내에 입국 여부는 확인되고 있지 않습니다."

이강준이 미치코의 모습을 유심히 살폈다.

"다음."

"예."

부관이 다음 화면을 넘기자 다나카와 이와다 그리고 모리의 모습들이 화면에 나타났다. 부관의 설명이 이어졌다.

"이 자들 또한 일본 신흥종교 광신자들로서 미치코란 여인의 명령을 받고있는 행동책들입니다. 국내에 잠입해 들어왔을 가능성이 높다는 일본 경시청의 분석입니다."

"알았다. 즉시 공항으로 나간다. 연락 취해 놓도록."

"알겠습니다."

인텔리젠트 빌딩은 사람의 기능을 갖춘 빌딩이라 해서 붙여진 이름이었다. 이런 빌딩 중에서도 가장 최첨단 공법으로 준공된 인텔리젠트 빌딩의 개관식이 있는 날이었다. 개관식을 앞둔 빌딩 앞에는 각종 현수막과 화분들이 놓여 있었고 사람들이 분주하게 움직이고 있었다.

사람들 틈 속에 미치코의 모습이 보였다. 빌딩 현관 앞에 자신의 차를 세워놓은 미치코는 누군가를 기다리는 듯 잠시 앞을 쳐다보았다. 미치코의 시야에 미란과 우혁이 탄 차가 오는 모습이 보였다. 미치코가 기다렸다는 듯 자신의 차에 올라타고는 빌딩 앞을 떠났다.

미란과 우혁이 탄 차가 인텔리젠트 빌딩 앞으로 다가가 멈추어섰다. 차에서 내리던 우혁이 자신의 차를 몰고 나가는 미치코를 언뜻 보았다. 미치코를 주리로 안 우혁이 고개를 갸웃거렸다. 미란이 빌딩 현관에서 머뭇거리는 우혁을 이상하게 쳐다보았다.

"왜 그래?"

"아, 아냐. 아무것도 아냐."

"들어가자."

"도대체 여긴 왜 오자고 한 거야? 이유라도 알자."

"내 추측이 틀림없다면 이 빌딩에서 거미 살인사건이 일어날 거야."

"뭐?"

우혁은 몹시 놀랐다. 지난번 장홍표의 집 앞에서도 얼핏 주리를 보았는데 오늘 또한 주리를 본 것이다.

미란은 앞장서서 빌딩 쪽으로 달려갔다. 우혁이 미란의 뒤를 따라갔다.

빌딩 로비로 들어선 미란이 안내하는 곳으로 달려가 큰 소리로 물었다.

"개관식 파티가 지금 어디서 진행되고 있죠?"

"초대장은 가져 오셨나요?"

미란이 급히 신분증을 꺼내 보였다.

"기잡니다."

"아, 예. 지금 스카이라운지에서 진행되고 있습니다. 우측 엘리베이터를 이용하십시오."

미란이 돌아서서 우혁의 팔을 끌고는 재빠르게 엘리베이터에 올라탔다. 엘리베이터 안에는 아무도 없었다. 사람들은 이미 개관식 파티장으로 모두 올라간 모양이었다. 두 사람 모두 굳은 표정이었다.

그때 엘리베이터 천정에서 거미 한 마리가 내려오고 있다. 이 모습을 발견한 미란이 손짓을 하며 우혁을 향해 소리쳤다.

"거미, 거미가……."

놀란 우혁이 미란이 손짓한 쪽을 쳐다보았다. 밑으로 내려오던 거미가 쏜살같이 다시 위로 올라가 버렸다.

"이럴 수가……."

"안 되겠어. 형은 다시 내려가."

"뭐?"

"차 속에 있는 살충제를 가지고 와. 난 사람들에게 알려야겠어."

"좀더 확인해 보고 결정하는 게 낫지 않을까?"

"우혁이 형! 사람이 거미한테 죽어가는 걸 직접 보고도 그래? 이 첨단 빌딩에 보통 거미가 어떻게 나타나겠어? 저건 틀림없는 살인거미야. 어서."

"그래. 알았어."

우혁은 엘리베이터에서 내렸다. 미란은 초조한 마음으로 스카이라운지로 올라가고 있었다.

인텔리젠트 빌딩의 꼭대기 층에 있는 스카이라운지에서는 개관식 리셉션이 막 시작되려는 분위기였다. 사람들이 자연스럽게 모여서 담소를 나누고 있었다.

바로 이때 인텔리젠트 빌딩 복도에 한 떼의 까만 물체들이 나타났다. 복도를 부지런히 기어가다가 이윽고 층계를 따라 계속 위쪽을 향해 기어가고 있다. 수많은 거미 떼들이었다. 누군가 임의적으로 살인 독거미를 조정하여 스카이라운지 쪽으로 거미 떼를 보내고 있음이 분명했다. 그뿐만이 아니다. 최첨단을 자랑하는 인텔리젠트 빌딩의 천정 칸막이 위로도 거미들이 기어가고 있었다.

드디어 미란이 탄 엘리베이터가 이 빌딩 맨 꼭대기 층에 도착했다. 문이 열리고 미란이 부지런히 나와 스카이라운지 안으로 달려갔다.

스카이라운지 안에서는 사회자의 진행으로 개회사가 시작되었다.

"그럼 지금으로부터 인텔리젠트 빌딩의 개관식을 거행하겠습니다. 먼저 회장님의 개회사가 있겠습니다."

중앙으로 천천히 걸어나간 회장이 개회사를 시작했다.

"우선 바쁘신데도 불구하고 이렇게 참석해 주신 여러분께 진심으로 감사하다는 말씀부터 드리는 바입니다."

스카이라운지에 도착한 미란이 무작정 사회석 쪽으로 달려가 사회자의 마이크를 빼앗아 들고는 사람들을 향해 외쳤다.

"죄송합니다. 여러분. 급히 전해 드릴 말이 있습니다."

사람들이 웅성거리고 행사 준비요원들이 미란 쪽으로 달려왔다.

"지금 이 빌딩 내에 살인 거미들이 나타났습니다. 빨리 이 빌딩에서 나가십시오."

미란의 말이 채 끝나기도 전에 개회사를 하고 있던 이 빌딩의 회장이 노여운 표정을 지으며 행사요원들에게 소리쳤다.

"저 사람 뭐야? 빨리 끌어내지 않고 뭣들하고 있는 거야?"

달려온 준비요원이 미란을 거칠게 끌고 나갔다. 사회자가 잽싸게 마이크를 다시 잡고는 사람들을 안심시켰다.

"죄송합니다. 갑자기 웬 정신병자가 나타나 소란을 피운 것 같습니다. 그럼 회장님의 개회사가 이어지겠습니다."

미란이 행사요원들에게 끌려 나가면서도 계속 소리쳤다.

"안 되요. 당장 이 빌딩에서 피해야만 합니다. 그렇지 않으면 여러분들이 죽습니다."

미란이 행사요원들에게 끌려 나오고 있을 때 우혁은 미란의 차에 실어놓았던 살충제가 담겨 있는 분무기를 꺼내어 가지고 다시 인텔리전트 빌딩 현관으로 들어섰다. 그러자 경비원들이 달려나와 우혁을 못 들어오게 막았다.

"당신 뭐야? 어서 나가지 못해?"

"여기 관리소장이 어느 분이십니까? 드릴 말씀이 있습니다."

우혁의 말에 관리소장이 나서서 타이르듯이 말했다.

"내가 관리소장이오. 우리 빌딩 방역업체는 이미 정해져 있소. 그리고 오늘은 개관식이 있는 날이니까 당장 그 통 가지고 나가시오."

관리소장은 개관식 때문에 점잖게 얘기를 해서 돌려보내려고 했다.

"그게 아닙니다. 이 빌딩에 지금 살인 거미들이 나타났습니다. 빨리 사람들을 피하게 하고 살인 거미들을 퇴치해야만 합니다."

우혁의 말을 듣고 난 경비원이 더 이상 참을 수 없다는 듯 소리쳤다.

"이런 미친 놈을 봤나? 당장 안 나가면 끌어낼 거야!"

바로 이때 엘레베이터 문이 열리고 행사요원들에 의해 미란이 끌려 나오고 있었다. 이 모습을 본 경비원이 어이없어했다.

"저건 또 뭐야? 아까 그 여기자잖아?"

행사요원이 경비원을 향해 큰 소리를 친다.

"도대체 경비를 어떻게 서는 거야? 행사장에 미친년이 안 들어오나? 당장 이 여자 끌어내요."

"예. 알겠습니다."

경비원이 죄송하다는 듯 행사요원을 향해 굽실거린 후 미란을 끌어 냈다. 미란이 경비원을 뿌리치며 소리쳤다.

"이거 봐요. 난 미친 사람이 아니란 말예요."

우혁이 경비원을 향해 말했다.

"당장 그 손 놓지 못해?"

우혁과 경비원간에 몸싸움이 시작되었다. 소란스런 와중에 거미 한 마리가 다른 경비원을 향해 기어가고 있는 모습이 눈에 띄었다.

인텔리젠트 빌딩 스카이라운지 천정 위에 거미들이 점점 많이 모여 들었다. 하나같이 환기통 주위로 모여들었다. 환기통 밑에는 사람들의 모습이 보였다.

경비원과의 몸싸움에 밀린 미란과 우혁이 경비원에 의해 끌려 나갔다. 이때 다른 경비원 쪽으로 다가간 거미가 경비원의 바지 속으로 들어갔다. 우연히 거미를 발견한 관리소장이 긴장한 표정으로 그 경비원 쪽으로 뛰어갔다.

"잠깐. 홍씨! 당신 바지 속으로 거미가 들어갔어. 빨리 끄집어 내."

홍씨라 불리운 경비원이 얼떨떨한 표정으로 반문을 했다.

"예?"

관리소장은 어쩐지 우혁과 미란이 실없는 사람들처럼 보이지는 않았다. 경비원이 바지를 걷어냈다. 바지 속에서 거미가 나왔다. 그러자 거미는 또 다른 경비원 쪽으로 기어갔다. 그 순간 홍씨가 경련을 하며 쓰러졌다.

그 시각 스카이라운지에서는 중단됐던 회장의 개회사가 이어지고 있었다.

"본 빌딩은 이른바 인텔리젠트 빌딩으로서 건물에도 사람과 같은 지능을 갖추게 한 최첨단 빌딩인 것입니다."

행사장 천정 위의 환기통에서 거미 한 마리가 줄을 타고 사람들 머리 위로 내려오고 있었다. 그때까지도 거미를 발견한 사람은 아무도 없었다.

한편 복도로 떼를 지어 올라오던 거미들은 이미 스카이라운지 문입구까지 다가와 떼를 지어 안으로 기어들어왔다.

빌딩 현관에서는 거미에 물려 쓰러져 있는 경비원 홍씨를 관리소장이 껴안고 있었다. 경비원 홍씨가 마지막 숨을 내쉬며 입에서 피를 쏟았다. 관리소장이 우혁과 미란에게 애원했다. 좀전과는 아주 다른 태도였다.

"제발 좀 도와 주십시오. 두 분 말씀은 뭐든지 따르겠습니다. 제가 어떻게 하면 됩니까?"

미란이 급히 말했다.

"빨리 스카이라운지로 안내하세요. 시간이 없어요."

"알았습니다."

세 사람은 급히 엘리베이터 쪽으로 뛰어갔다. 경비원 홍씨가 거미에 물려 죽어간 현장을 본 다른 경비원들 모두 넋이 나간 표정으로 멍하니 서로를 쳐다보고만 있었다.

스카이라운지 안에서는 회장의 개회사가 계속되었다. 바로 이 순간 이번에는 천정 위의 또 다른 환기통에서 거미가 줄을 타고 내려왔다. 우연히 내빈들 중의 한 사람이 이 거미를 발견하곤 비명을 질렀다. 여기 저기 여러 개의 환기통에서 거미들이 줄을 타고 계속 내려오고 있었다.

거미가 천정에만 있는 것은 아니었다. 행사장 바닥으로도 거미들이 떼를 지어 몰려오고 있었다. 거미를 발견한 사람들이 삽시간에 흩어져 개관식장은 아수라장으로 바뀌었다.

혼란스런 와중에 관리소장과 미란, 우혁이 뛰어들어왔다. 미란은 천정 위에서 내려온 거미 한 마리가 어떤 사람의 목을 무는 모습을 보았다. 그 사람은 거미한테 물리자마자 쓰러진 채 버둥거렸다. 안타까워하는 미란이 우혁을 향해 소리쳤다.

"이럴 수가……우혁이 형! 빨리 살충제를 뿌려 봐."

우혁이 상황의 심각성을 깨닫고는 미란에게 대답했다.

"이거 한통 가지곤 어림도 없겠어."

"그럼 어쩌자는 거야? 뭐라도 해 봐야지."

우혁이 관리소장을 향해 질문을 던졌다.

"이 빌딩 환기통의 공조시설은 어디에 있습니까?"

"옥상에 있습니다."

"빨리 올라가 봅시다. 안내하세요."

"예."

"옥상엔 왜 올라가자는 거야? 여긴 어떻게 하고?"

"날 따라와 봐. 그 방법 외엔 없어. 어서."

세 사람이 이번에는 옥상으로 올라갔다.

옥상으로 올라간 우혁이 옥상에 있는 환기통 공조시설 속에다가 분무기로 살충제를 뿌렸다.

행사장은 거미들을 피해 몰려다니는 사람들 때문에 더욱 혼란스러웠다. 이때 천정 위의 환기통에서 살충제가 뿜어져 나오기 시작했다. 환기통에서 내려와 있던 거미들이 밑으로 떨어지며 죽어갔다. 사람들 모두 환기통 앞으로 몰려들어 쏟아지는 살충제를 단비라도 되는 양 서로 맞으려고 아우성을 치고 있었다. 계속 쏟아지는 살충제로 인해서 바닥에 있던 거미들도 죽어갔다.

옥상에서 분무기로 살충제를 뿌리는 우혁의 이마에 땀방울이 송글거렸다.

건물 아래쪽에서 들려오는 사이렌 소리가 들려 왔다. 미란이 아래를 쳐다보니 여러 대의 경찰차가 이 빌딩을 향해 몰려왔다.

"형! 이제 웬만큼 거미들이 죽었을거야. 밑으로 내려가 보자."

"알았어."

우혁이 분무기를 관리소장에게 넘겨주고 미란과 함께 아래로 내려갔다.

"나 대신 살충제좀 뿌려 줘요."

"알았습니다."

"중간에 멈추면 안 됩니다."

"예. 계속 뿌리겠습니다."

　김포 국제 공항은 오늘도 수많은 승객들로 부산했다. 공항 한군데에 은밀히 자리잡고 있는 보안실로 사복 차림의 이강준 대위가 부관과 함께 들어섰다. 보안실장이 일어나며 두 사람을 반갑게 맞았다.

　"어서 오십시오. 연락 받고 기다리고 있었습니다."

　"수고 많으십니다."

　"자, 앉으시죠."

　보안실장이 이강준과 부관을 앉게 한 다음 모니터를 켰다. 모니터에는 공항에 입국하는 승객들 모습이 나타났다. 보안실장의 설명이 시작되었다.

　"저희들에게 제공해 주신 수배 인물들 중에 몇 사람은 이미 국내에 입국한 사실이 확인됐습니다. 자, 보시죠."

　어떤 여인의 모습이 보였다. 바로 주리의 모습으로 성형수술한 후 한국으로 들어오고 있는 미치코의 모습이었다. 뒤이어 다나카와 이와다 그리고 모리가 김포공항 입국대에서 입국 심사를 받고 있는 모습이 보였다. 실장이 다나카 일행을 가리키며,

　"이 남자 세 사람은 이미 국내에 입국했습니다."

　이강준이 준비해 온 사진을 꺼내 실장에게 보이며 말했다.

　"잠깐만요. 여기 이 사진 속의 여인은 이 자들과 함께 입국하지 않았습니까?"

　보안실장이 주리의 모습으로 성형수술하기 전의 미치코 사진을 자세히 보았다.

　"예, 이 여인의 모습은 보이지 않았습니다."

　그러자 이강준이 다시 한번 검색을 요구했다.

"화면을 앞으로 잠시 놀려 주시겠습니까?"

"알겠습니다."

화면은 앞으로 돌아갔다. 다나카 일행에 앞서서 처음으로 입국대를 나오던 미치코의 모습이 다시 나타났다. 이강준이 화면 속의 미치코를 가리키며 실장에게 물었다.

"여기 이 여자 말입니다. 혹시 내가 지금 보여드린 사진 속의 인물인 미치코란 여인이 아닐까요? 이 여자는 바로 뒤에 함께 나온 이 남자들과 같은 패거리입니다."

보안실장이 웃으며 말했다.

"저도 처음에는 같은 일행의 느낌이 들어 자세히 살펴보았습니다. 그럴 가능성에 대비해 저희들이 이미 확대 비교해 놓은 자료가 있습니다. 보시죠."

실장이 다른 테이프를 넣어 화면을 틀었다. 주리의 모습으로 성형수술한 미치코와 수술 전의 진짜 미치코의 모습이 확대된 상태로 화면의 반쪽에 나란히 보였다.

"역시 동일 인물이 아니죠?"

실장의 말에 이강준이 두 사진을 자세히 비교해 보다가 말했다.

"역시 다른 사람이군요. 제가 이러는 걸 너무 까다롭다고 생각하진 마십시오. 테러 방지를 위해서는 모든 가능성에 대비해야 합니다. 계속 수고해 주십시오."

"알겠습니다."

이강준이 일어섰다. 옆에 서 있던 부관이 무선전화를 받았다. 보고하는 요원의 목소리가 무척 다급하게 들렸다.

"지금 인텔리젠트 빌딩에서 상황 발생입니다. 아직은 테러인지 분명치 않습니다."

부관이 그 자리에서 무선으로 지시를 내렸다.

"알았다. 현장 상황을 일단 기록으로 남겨라. 부대에서 대기하고 있겠다. 그럼."

옥상에서 내려온 우혁과 미란이 스카이라운지로 들어섰다.

"자, 남자들은 모두 양복 상의를 벗으세요."

"자, 어서요. 거미가 보이는 바닥에다가 덮으세요. 빨리오."

몇 사람이 우혁과 미란의 지시에 따라 양복 상의를 벗어서는 바닥에 기어가는 거미들의 위에다가 덮었다. 그러고는 발로 밟았다.

이때 스카이라운지로 뛰어들어온 사복 차림의 특전사 요원이 비디오 카메라를 돌리기 시작했다.

거미의 공격을 미처 피하지 못한 사람들은 심한 경련을 일으키며 쓰러졌다. 그리고는 피를 토하며 죽어갔다. 미란은 이리저리 뛰어다니다 어떤 아주머니가 거미에 물려 쓰러지는 것을 보고 그쪽으로 달려갔다. 우혁이 미란이 있는 쪽으로 뛰어오지만 이미 숨이 넘어가기 시작했다. 두 사람의 모습은 특전사 요원의 비디오 카메라에 잡혔다.

모처럼 외출을 했던 최성준이 한손에 비닐봉투를 들고 자신의 창고 안으로 들어섰다. 침대 앞으로 가서 앉은 후 비닐 봉투 안에서 빵과 우유 등을 꺼내어 먹기 시작했다. 새로운 거미들을 키우면서부터는 외출을 했다가도 부지런히 창고로 돌아와야 했다. 오늘도 점심 먹을 시간까지 아껴가며 빵을 사들고 부지런히 돌아온 것이다. 지난번처럼 거미들이 없어지면 이번엔 꼼짝없이 투견개 값을 물어내야 할 판이었다. 그는 빵을 먹다가 힐끗 시계를 보았다.

"벌써 시간이 이렇게 됐나? 귀찮아 죽겠네. 제기랄, 그래도 먹이는 주어야지?"

최성준이 창고의 지하실로 내려갔다. 지하실로 내려간 최성준이 몹시 당황했다. 거미집이 텅 비어 있었다. 그는 급히 거미집 쪽으로 달려 갔다. 남아 있는 것은 커다란 거미 한 마리뿐이었다.

"이럴 수가……나머지 거미들은 다 어디로 사라진 거야?"

누군가 창고문을 두드리는 소리가 들렸다. 당황한 최성준은 들은 채도 않고 혼자서 화를 삭이듯 소리쳤다.

"이 쌍놈의 거미들이 어디로 도망가 버린 거야?"

창고문을 두드린 사람은 김도섭의 부하인 맹만수였다.

"야! 최성준. 뭐하고 있는 거야? 당장 문 열지 못하겠어?"

아무 소리가 없자 이번에는 문을 발로 걷어차는 소리가 들려 왔다. 최성준은 여전히 혼자서 중얼거리고만 있다.

"난 망했어. 이를 어쩌지?"

조금 후 창고문이 부서지는 소리가 들렸다. 그제서야 정신이 난 최성준이 황급히 지하실에서 나와 창고 입구로 갔다. 창고 문이 막 부서져 내리려는 순간 최성준이 문을 열어 주었다. 맹만수가 화난 표정으로 들어섰다. 그 뒤를 이어 김도섭이 부하들에게 둘러싸여 들어섰다. 맹만수가 최성준을 향해 화난 표정으로 말했다.

"건방진 새끼. 우리 형님을 문 밖에서 기다리게 해?"

최성준이 주눅든 표정으로 물러서자 김도섭이 일행들과 함께 창고 안쪽으로 들어왔다. 맹만수가 최성준과 함께 나란히 걸으며 단호하게 말했다.

"오늘 큰 형님께서 결판을 내리려고 오셨어. 지난번 잃은 판돈의 두배를 걸 테니까 빨리 준비나 해."

당황한 최성준이 말을 더듬었다.

"글쎄 그게……."

최성준보다 앞서서 거미집 앞으로 다가간 김도섭이 텅 비어 있음을 확인하곤 얼굴을 찌푸렸다. 맹만수가 김도섭의 표정을 살피고는 갑자기 최성준의 멱살을 쥐며 소리쳤다.

　"이 쥐새끼 같은 놈. 거미는 어디다 감추어 놓은 거야?"

　"이거 놓고 얘기해. 나도 지금 미치겠어. 거미들이 사라졌다구."

　"놀고있네. 이 새끼. 너 정말 죽고 싶어? 감히 우리 형님 돈을 꿀꺽하겠다 이거지?"

　맹만수가 주먹으로 최성준을 쳤다. 최성준이 비명을 지르며 쓰러졌다. 김도섭이 최성준을 내려다보며 말했다.

　"내 말 잘 들어. 지난번 나한테 딴돈을 두 배로 게워 놓든지 아니면 당장 거미를 가지고 와서 한판 붙든지 양단간에 결정을 해. 알겠어?"

　최성준이 벌떡 일어서며 항의하듯 소리쳤다.

　"야! 그동안 투견판에서 내가 니놈한테 잃은 돈이 얼마나 되는지 알아? 그래도 난 너처럼 어거지짓은 안 했어. 노름판서 잃은 돈을 두 배로 게워 놓으라는 법은 어느 우라질놈의 법이냐?"

　갑자기 악에 바친 최성준이 소리치자 맹만수가 어이가 없는지 호통을 쳤다.

　"아니, 이놈이 감히 우리 형님한테? 너 정말 죽고 싶어 환장했냐? 이 새낄 그냥."

　맹만수가 최성준을 또다시 치려고 하자 김도섭이 막으며 한마디 한다.

　"그래 너 법 좋아하나 본데, 그럼 이건 불법도박 아니냐? 좋아. 네 말처럼 우리 법으로 결판을 내 보자. 내 당장 경찰에 네놈을 불법도박으로 고발할 테니까. 얘들아 가자."

　김도섭이 발걸음을 돌리자 당황한 최성준이 따라가며 사정했다.

"이거 왜 이러십니까? 홧김에 한 소릴 가지고……며칠 후에 다시 오십시오. 그땐 제가 꼭 거미를 구해 놓겠습니다요. 예……정말입니다."

김도섭은 최성준이 사정하는 소리를 듣고 다시 오겠다며 획 나가 버렸다. 맹만수와 다른 부하들도 따라나갔다.

인텔리젠트 빌딩에서 빠져나온 미란은 어디론가 가고 있었다. 옆 자리에는 우혁이 타고 있었다. 두 사람은 침묵을 지키고 있었다. 어느 순간 미란이 화가 나는 듯 운전대의 클랙션 계속 누르며 소리쳤다.

"이게 뭐야? 왜 내 말을 안 믿어 주냐구?"

옆의 차들이 클랙션 소리에 신경질이 난다는 듯 삿대질을 해댔다. 우혁이 손짓으로 미안하다는 표시를 하며 미란의 한쪽 손을 잡았다.

"진정해."

"안되겠어. 방송사로 가서 살인거미의 존재를 시민들에게 알려야만 되겠어."

"진정하라니까. 또 미친 사람 취급당하고 싶어서 그래?"

"정말 미치겠어. 사람들이 자꾸 죽어 가는데 이러고만 있어야 해? 말 좀 해 봐. 우혁이 형."

"우선, 우리 집으로 가자. 그리고 대책을 세워 보자구."

특전사 부대 앞으로 지프 한 대가 달려와 멈추어 섰다. 공항에 나갔던 이강준과 부관이 차에서 내려 서둘러 안으로 들어갔다.

상황실로 들어서자 요원들이 일어나 일제히 경례를 했다. 인사를 받은 이강준이 앉으라고 손짓했다. 인텔리젠트 빌딩에서 사복 차림으로 비디오 카메라를 찍었던 요원이 비디오 테이프를 들고는 비디오에 넣고 작동시켰다.

화면에는 인텔리젠트 빌딩에서 거미에 물려 죽어 가는 사람을 구해 달라고 소리치는 미란과 우혁의 모습이 비치기 시작했다. 사람들이 여기 저기 쓰러지는 모습이 어지럽게 화면을 장식했다.

"아직 테러인지는 밝혀지지 않았습니다만 한 가지 이상한 정보가 있었습니다."

요원이 화면 속의 우혁과 미란을 가리키며 설명을 했다.

"이 두 사람이 빌딩에 나타나 살인 거미가 나타날 거라는 정보를 사람들에게 미리 주었다는 사실입니다."

이강준이 물었다.

"두 사람의 신분은 확인됐나?"

"예. 주거지의 주소까지 확인해 놓았습니다."

이강준이 부관에게 지시했다.

"즉시 두 사람을 모셔오도록."

부관이 경례를 하며 일어섰다.

"알겠습니다."

부관은 그 길로 우혁의 집으로 갔다. 우혁의 집에는 미란도 함께 있었다. 두 사람은 심각한 표정으로 앞으로의 일을 걱정하고 있었다. 언제 어디서 발생할지 모르는 거미 사건이 언제쯤 제대로 밝혀질지 그건 아무도 모르는 일이었다. 현관에서 나는 벨 소리에 우혁이 일어섰다. 문을 열었더니 제복을 입은 사람이 서 있었다.

"아, 마침 두 분이 한자리에 계셨군요."

미란과 우혁 앞으로 간 부관은 경례를 한 후 단도직입적으로 말했다.

"시간 좀 내주시겠습니까?"

"……?"

우혁이 앞으로 나서며 말했다.

"당신 누구야?"

부관이 미란에게 귓속말을 했다. 고개를 끄덕이던 미란이 우혁을 향해 함께 동행할 것을 권한다.

"형도 함께 가자."

"도대체 어딜 가자는 거야?"

부관이 짧게 대답했다.

"가 보시면 압니다."

부관이 앞장서서 나가자 미란이 뒤따라갔다. 우혁은 영문도 모른 채 할 수 없이 나섰다.

특전사 앞에 내린 미란과 우혁이 부관의 안내를 받으며 상황실로 들어갔다. 상황실에는 이강준이 먼저 기다리고 있었다.

"이렇게 오시라고 해서 죄송합니다. 저희 기관의 특성상 실례를 무릅썼습니다. 죄송합니다."

미란이 대답했다.

"아니에요. 살인 거미에 관심을 가져 주신 점 오히려 고맙습니다."

이강준의 대답은 좀 뜻밖이었다.

"저희가 관심을 갖는 건 살인 거미가 아닙니다. 누가 거미를 이용하여 사람들을 죽이려 하는가 하는 점입니다. 짐작가는 데가 있으면 솔직히 말씀해 주십시오."

미란이 잠시 당황해하다가 그냥 침묵을 지켰다. 이강준은 미란의 표정을 날카롭게 살폈다. 우혁은 혹시 미란의 입에서 주리에 대한 얘기가 나올까 봐 긴장과 불안이 교차되고 있었다. 잠시 후 미란이 대답했다.

"아직은 특별히 짐작가는 사람이 없습니다."

이강준은 실망하는 표정이 역력했다. 우혁은 순간 안도의 한숨을 내쉬었다. 이강준이 두 사람을 향해 또박또박 말했다.

"저희가 걱정하는 것은 혹시 이번 사건이 살인 거미를 이용한 테러가 아닐까 하는 점입니다. 만일 그렇다면 제 2, 제 3의 사건이 계속 터질 것입니다. 협조를 부탁 드리겠습니다. 이것이 비상 연락망입니다. 혹시 필요하면 언제든지 연락을 주십시오."

미란이 연락처를 받으며 말했다.

"알겠습니다."

이강준이 부관에게 두 사람을 정중하게 모셔다 드릴 것을 지시했다.

다시 우혁의 집으로 돌아온 미란과 우혁은 서로 마음 속에 두고 하지 못하는 말들이 있음을 답답해했다.

"들어가서 차 한잔하고 가."

우혁이 앞장 서서 걸어갔다. 미란은 잠시 그대로 서 있다가 우혁의 뒤를 따랐다. 우혁은 소파에 앉아 골똘히 생각에 빠져 있는 미란에게 커피를 끓여다 주면서 말했다.

"마셔."

미란은 그대로 앉아만 있고. 우혁이 그런 미란을 보다가 나직히 말했다.

"아까 고마웠어.

그러나 미란은 대답하지 않았다. 우혁이 다시 말했다.

"주리를 감싸준 거. ……정말 고마웠어."

그제서야 미란이 고개를 들어 우혁을 빤히 쳐다보았다. 우혁은 슬며시 미란의 시선을 피했다. 미란이 우혁을 향해 날카롭게 말했다.

"형! 나한테 숨기는 거 있지?"

순간 우혁이 당황한다.

"솔직히 얘기해 줘."

우혁은 마음 속에 찜찜하게 담아 두었던 일들을 미란에게 고백했다.

"그래. 말할게. 난 살인 현장에서 주리를 봤어. 하지만 난 주리가 살인범이라고는 생각하지 않아. 아니 믿을 수가 없어."

말을 마친 우혁이 갑자기 고개를 들어 미란을 향해 소리쳤다.

"주리가 왜? 왜?"

의외로 미란이 차분하게 말했다.

"알아. 우혁이 형 심정. 나도 괴로워. 하지만 거미 살인이 일어날 때마다 주리는 항상 범행 장소에서 맴돌았어. 이건 틀림없는 사실이야. 더구나 주리를 성폭행했던 폭력배들이 하나같이 거미에 의해 죽어갔어."

우혁이 괴로운 듯 다시 고개를 숙이며 신음하듯 말했다.

"……그래도 난 주리를 믿어. 누가 뭐래도."

그런 우혁을 빤히 보던 미란이 말했다.

"내가 왜 특전사에서 주리를 살해 용의자라고 얘기하지 않았는지 알아? 그건 주리를 감싸주기 위해서가 아냐. 주리를 구해 내고 싶어서야. 만일 주리가 살인범이라면 우리 두 사람은 주리를 구해 내야만 해. 아니,나보다도 우혁이 형이 주리를 구해야만 해. 직접 형이 주리를 만나. 그래서 더 이상 미친 짓을 못하게 막아야만 해."

우혁의 표정이 점점 진지해졌다.

서울 교외에는 폐교된 학교가 여럿 있었다. 양수리 근처에도 학생수가 너무 적어 폐교된 국민학교가 하나 있었다. 미치코 일행은 그 폐교에서 롬 진리교의 집회를 열었다.

신도들이 흰 옷을 입고 앞에 앉아 있는 미치코를 향해 경배를 올리고 있었다. 머리에 복면을 하고 있어 누군지는 알 수가 없었다. 미치코의 좌우에 다나카와 이와다 그리고 모리가 요가 자세로 앉아 있었다. 이윽고 경배가 끝나자 미치코가 일어로 강론을 시작했다.

"이제 지구 최후의 전쟁인 아마겟돈은 코앞에 다가왔습니다. 지구 곳곳에서는 땅이 갈라지고 불기둥이 솟고 그리고 보십시오. 이제는 거미들이 사람을 물어 죽이는 말세가 다가왔습니다. 지구 최후의 날이 가까워진 것입니다. 지구에서 종말이 닥치는 날 우리 신자들만이 이 지구상에서 영생할 것입니다. 여러분!"

미치코의 강론이 끝나자 신도들이 열광하기 시작했다. 그 자리에서 일어선 미치코는 손을 흔들어 주고는 안으로 들어갔다.

집회를 마치고 집으로 돌아온 미치코는 안방에 앉아 뭔가 골똘히 생각했다. 다나카와 이와다 그리고 모리는 다른 방에 모여 축배를 들고 있었다. 인텔리젠트 빌딩에 살인 거미를 들여보내 엄청난 성과를 거둔 것을 자축하고 있었던 것이다. 이제 서울 시민들은 거미만 보아도 살인 거미인 줄 알고 공포에 질릴 것이다. 살인 거미……. 말만 들어도 오싹 소름이 끼치지 않겠는가? 살인 거미가 서울 한복판에 나타나 재앙을 불러온다고 소문이 퍼질 것이다. 이럴 때 영생을 얻을 수 있는 복음을 자신들이 전한다면 우리들의 교세는 하늘을 찌를 만큼 확장될 것이다. 그들은 흐뭇한듯 미소까지 지으며 잔을 권하고 있었다.

이때 미치코가 다나카 일행이 있는 방으로 들어섰다. 세 사람이 긴장하며 일어섰다. 미치코의 표정이 심상치 않았던 것이다. 미치코가 이와다와 모리를 노려보며 말했다.

"최성준의 창고에 지금 거미가 몇 마리 남았나?"

순간 큰 실수를 저질렀다는 표정이 역력한 이와다와 모리는 고개만 숙이고 가만히 있었다.

"왜 말하지 못하는가?"

이와다가 기어들어가는 소리로 대답했다.

"여왕거미 한 마리만 남겨 놓고는 전부 인텔리젠트 빌딩에 투입했습니다."

순간 미치코가 이와다의 뺨을 후려쳤다.

"바가야로."

다나카가 황급히 나섰다.

"죄송합니다. 그건 제가 그렇게 지시했기 때문이었습니다. 왜냐하면 이번 작전은 매우 중요했고 또 하나 이유로는……."

미치코가 차갑게 말했다.

"내가 말해 줄까? 또 하나 이유는 바로 강주리의 복제 거미 프로젝트를 곧 인수할 테니까 구태여 여왕거미 외는 남겨 둘 필요가 없었다 이거 아닌가?"

"그렇습니다. 미치코 정오사님."

미치코가 이번에는 다나카의 뺨을 때렸다.

"어리석은 녀석 같으니……만일 강주리의 복제거미 프로젝트를 빼낼 수 없게 되면? 그땐 어떤 대책을 가지고 있나?"

"………."

"말해 봐."

"감히 말씀드리겠습니다. 전 미치코 정오사님의 능력을 믿습니다. 틀림없이 강주리의 복제거미 프로젝트B를 빼내 오리라고 확신합니다."

"만일 실패한다면? 그땐 어떻게 할 건가?"

"그럴 때를 대비해서 지금껏 강주리를 살인범으로 모는 힘든 작업을 벌여오지 않았습니까? 우리가 강주리의 약점을 잡고 있는 한 강주리는 우리에게 협조하지 않고는 못 배길 것입니다. 미치코 정오사님. 너무 걱정마십시오."

그제서야 미치코의 표정이 조금 누그러졌다. 다나카가 미치코의 눈치를 보며 한마디 덧붙였다.

"너무 신경이 예민해지셨나 봅니다. 미치코 정오사님. 자, 저희들이 권하는 술 한잔 받으십시오."

다나카가 공손하게 잔을 올리자 미치코는 못 이기는 채하며 잔을 받았다.

유전공학 연구실에서 주리는 한창 연구에 몰두해 있었다. 주리가 컴퓨터 앞에 앉아 프로그래밍을 하고 있었다. 화면에 거미가 부화되고 있는 모습들이 보였다. 다른 프로그램을 입력하면 이번엔 거미가 허물 벗기를 하고 있었다. 허물을 벗을 때마다 커지는 거미의 모습. 주리는 이런 모습들을 진지한 표정으로 살펴보았다.

이때 전화벨 소리가 울렸다. 주리가 전화를 받았다.

"네, 강주립니다."

전화를 건 사람은 아버지 강 박사였다.

"아직도 연구실에 있으면 어떡해? 테니스 약속 취소할까?"

"어마, 내 정신좀 봐. 미안해요. 아빠. 금방 나갈게요."

주리가 급히 일어나 테니스복으로 갈아 입었다. 테니스복 차림으로 한 손에 라켓을 든 주리가 경비실 앞으로 다가오며 키를 맡겼다.

"소장님 먼저 테니스 코트장으로 나가셨어요?"

주리가 맡긴 카드 키를 받으며 경비원이 말했다.

"아직, 안 나가셨습니다. 부소장님."

"살았다."

주리가 어린아이처럼 뛰어나가자 경비원은 미소를 띄운다. 유전공학 연구소 소장실에서 강 박사가 테니스복 차림으로 소장실을 나서고 있었다. 주리가 연구소를 나와 테니스 코트장으로 가고 있는 모습을 숨어서 보고 있는 여인이 있었다. 주리와 똑같이 테니스 복을 입고 있는 미치코의 모습이었다. 주리가 가고 있는 것을 확인한 미치코가 급히 연구소 현관으로 들어섰다. 미치코는 경비원에게 다가가 웃음 띤 얼굴로 말했다.

"내 정신 좀 봐. 라켓을 연구실에 놓고 그냥 나왔지 뭐에요? 다시 들어갔다 나와야 겠어요. 키좀 줄래요?"

미치코의 말에 경비원이 의아한듯 고개를 갸웃거렸다.

"라켓은 방금 가지고 나가셨잖아요?"

미치코가 잠시 당황해했다. 그러나 곧 말을 바꾸었다.

"그 라켓이 맘에 안 들어서요. 어서 키 달라니까요?"

"아, 예. 여기 있습니다."

경비원이 키를 주자 미치코는 빼앗듯이 들고는 돌아섰다.

그때 강 박사가 미치코의 반대 방향에서 테니스복 차림으로 나오고 있었다. 그 순간 미치코가 카드 키를 경비원에게 던져 버리고는 급한 걸음으로 현관으로 달려 나갔다. 이 모습을 본 강 박사가 미치코쪽으로 가며 소리쳤다.

"주리야? 같이 가야지."

미치코는 뒤도 안 돌아보고 달려갔다. 강 박사가 주리인 줄만 알고 있다.

"아니, 저 녀석이……."

강 박사가 현관을 나서자 어느 새 미치코의 모습은 보이지 않았다. 강박사가 천천히 테니스 코트장 쪽으로 갔다. 주리는 테니스 코트장 앞에서 기다리고 있었다. 다가온 강 박사가 주리에게 말했다.

"너 이 애빌 보고 왜 그렇게 도망치듯 달아났니?"

"제가요?"

"시침떼긴……다시 연구실로 들어가려고 했던 거지?"

"참, 아빠. 무슨 소릴하는지 모르겠네."

"연구도 좋지만 건강도 생각해야지. 그래 새로 들어간 프로젝트는 잘 진행되고 있는 거니?"

"이제 마지막 고비에요. 이 연구가 성공되면 해충들을 죽이는 유익한 거미가 수없이 태어날 거에요. 이른바 복제 거미의 탄생이죠."

"성공하길 빈다. 하지만 말이다. 만약에 누군가가 독거미를 무한정 복제해서 퍼트린다면 어떤 결과가 올 건지 그런 생각은 안 해 봤나?"

"참, 아빠두. 누가 그런 짓을 하겠어요?"

"주리야, 이 세상에는 말이다. 사람들에게 아주 이로운 발명을 가지고도 우리 인류에게 해를 끼치는 데 악용하려는 무리들도 있단다. 그리고 방송에 나왔던 얘기들이 나는 자꾸 마음에 걸린다."

"그렇담 싸워서 이겨야죠. 그리고 우리 연구실의 경비가 얼마나 철저한지는 아빠도 잘 아시잖아요."

"그래……이 애비의 노파심이라고 해 두자."

"제 일은 걱정 마시고 학술회의에나 잘 다녀오세요."

"알았다. 자, 한판 붙자. 오늘 시합은 저녁 내기다."

"좋아요. 아빠."

두 사람이 테니스 코트장으로 들어갔다. 이때 주리의 핸드폰이 울렸다.

"네, 강주립니다. 어머? 우혁 씨?"

강 박사가 감잡았다는 듯 빙그레 웃어 주었다.

"아마도 이 애비와 저녁 내기는 취소해야 될 거 같구나."

주리와 강 박사가 테니스 코트장에서 즐겁게 대화를 나누고 있을 때 허겁지겁 연구소를 빠져나온 미치코는 호흡을 가다듬으며 심각한 표정을 짓고 있었다.

차에 들어간 미치코는 자신의 핸드폰으로 국제 전화를 걸었다. 신호가 가자 긴장된 목소리로 말했다.

"서울에 검은 해가 떴습니다."

잠시 후 낮게 가라앉은 존사의 목소리가 들려 왔다.

"말하라. 미치코 정오사."

미치코가 잔뜩 긴장한 채 말했다.

"죄송합니다. 존사님. 경비가 심해서 더 이상 침투하기가 어려울 것 같습니다. 방금도 실패했습니다."

잠시 침묵이 흘렀다. 미치코가 수건을 꺼내어 진땀을 닦았다. 이윽고 존사의 화난 목소리가 들려 왔다.

"뭐야? 강주리 박사의 복제 거미 프로젝트가 우리한테 얼마나 중요한지 알고서 하는 소리야?"

"잘 알고 있습니다. 그렇지 않아도 다나카의 실수로 저희가 가지고 온 블랙 위도우는 이제 여왕거미밖엔 남아 있지 않습니다. 무슨 일이 있더라도 복제 거미 프로젝트를 빼내겠습니다."

"난 말은 필요없다. 오직 결과만이 있을 뿐이다."

"잘 알고 있습니다. 존사님. 그래서 중요한 지시를 받고자 전화를 드린 것입니다."

"뭔가?"

"강주리를 납치할까 합니다. 이미 강주리의 약점을 전부 잡아놓았습니다. 우리한테 협조하지 않고는 못 배길 겁니다. 허락해 주십시오."

잠시 침묵이 흐른 후 존사의 목소리가 들려왔다.

"……알았다. 강주리를 납치하라. 그리고 성공을 빈다."

전화가 끊어졌다. 미치코가 다시 한번 수건으로 이마에 맺힌 땀방울을 닦아냈다.

우혁은 주리를 불러냈다. 아무래도 뭔가 얘기가 필요했다. 카페에서 만난 주리의 모습은 피곤해 보였지만 여전히 아름다웠다. 주리는 즐거운 표정으로 우혁을 바라보았지만 우혁은 아까부터 말 한 마디 없이 술만 마셨다.

"모처럼 만나자고 해 놓고 웬 술타령이야?"

우혁은 여전히 굳은 표정으로 술만 마셔댔다. 그제서야 주리가 진지한 표정으로 물었다.

"무슨 일 있었어?"

우혁이 주리를 쳐다보며 물었다.

"주리야! 어젯밤 뉴스 들었지?"

"어젯밤? 아니, 못 들었어. 연구실서 밤샘하느라고. 그런데 뉴스는 왜?"

"거미한테 물려서 사람들이 여러 명 죽었어."

"뭐?"

주리가 놀란 표정으로 믿을 수 없다는 표정을 지었다. 우혁이 그런 주리를 살펴보았다. 주리가 되물었다.

"도대체 그게 무슨 소리야? 거미가 사람들을 죽이다니?"

"정말 모르는 거야?"

"난 거미 전문가잖아. 어떻게 그런 일이 있을 수가 있냐구?"

"그러니까 묻고 있는 거야. 난 네 모습을 살해 현장에서 봤어."

"뭐라구?"

"주리야. 나한테만은 진실을 얘기해 줘. 부탁이야."

주리가 웃음을 터뜨렸다.

"우혁 씨! 장난 그만해."

"장난이 아냐. 난 지금 심각해."

주리는 더 이상 실갱이 하기 싫다는 듯 우혁을 나무라듯 말했다.

"우혁 씨, 내가 무엇 때문에 거미들을 연구하는지 우혁 씨는 잘 알잖아. 거미를 이용해서 해충들을 박멸하고자 하는 내 연구 목적을 말야. 다른 사람은 몰라도 우혁 씬 잘 알잖아. 그런데 갑자기 그런 소릴 왜 하는 거야?"

주리의 말에 할말을 잃은 우혁이 계속 술만 마셨다. 주리가 그런 우혁을 보며 다시 말했다.

"아직도 엉뚱한 생각을 하고 있는 거야?"

그제서야 우혁이 머뭇거리며 이야기를 꺼냈다.

"······그래. 난 널 믿어. 하지만 만에 하나 너의 연구가 다른 사람들에 의해서 나쁜 방향으로 이용된다면······."

"재미있네. 우리 아빠도 우혁 씨와 똑같은 얘기를 했는데······."

우혁은 장난으로만 넘기려 하는 주리를 향해 다시 말했다.

"이건 심각한 얘기야."

주리는 우혁의 표정이 재미있다는 듯 다시 웃으며 단호하게 말했다.

"걱정 마. 그런 일은 결코 없을 테니까."

다음 날 아침, 주리는 아버지 강 박사를 배웅하러 김포공항에 갔다. 차를 주차시킨 주리는 아버지 강 박사의 팔짱을 끼며 다정한 모습으로 걸어갔다. 주리를 미행한 다나카 일행은 차 안에서 그들의 모습을 지켜보고 있었다.

"아빠가 여행하는 동안 너 혼자 외롭지 않겠니?"

"견딜만 할 거예요."

"어젯밤 데이트한 청년 때문이냐?"

"참, 아빠두."

"요즘들어 밝아 보이는 네 모습이 보기좋아서 하는 소리다."

"아빠가 보기에도 그렇게 보여요?"

"이 애빈 말이다. 연구도 좋지만……."

주리가 아버지의 말을 끊듯이 화제를 바꾸었다.

"아빠! 선물 사오시는 거 잊지 마세요."

"원 녀석하군. 그래, 알았다. 들어가 봐라."

강 박사가 출국장 안으로 들어가자 주리가 손을 흔들어 주었다. 아빠의 배웅을 마친 주리가 다시 주차장 쪽으로 와서 세워 놓은 차에 올랐다. 주리는 차를 몰아 시내 쪽으로 향했다. 이 모습을 보고 있던 다나카가 운전석에 있는 모리를 향해 눈짓을 보냈다. 모리가 자연스럽게 주리의 차를 따라가기 시작했다.

공항로를 달리던 주리는 신호등에 걸려 잠시 차를 세웠다. 무심코 백미러로 뒷차를 보게 되었다. 검은 안경을 쓴 모리가 웬지 신경에 거슬렸다. 신호가 바뀌자 주리의 차가 출발하고 뒷차도 뒤따라 달렸다.

주리의 차가 주택가로 들어섰다. 무심히 백미러를 본 주리가 고개를 갸웃했다. 계속 그녀의 뒤를 쫓고 있는 다나카의 차에 신경이 쓰였다. 주리가 일부러 속력을 냈다. 그러자 뒷차도 속력을 내기 시작했다.

주리가 급하게 차를 우회전하며 골목길로 들어섰다. 그때 주리의 차 앞에 자전거가 보였다. 주리는 급 브레이크를 밟았다. 자전거는 주리의 차와 부딪치지 않고 아슬아슬하게 피해 갔다. 주리를 따라오던 차도 멈추었다. 차에서 내린 이와다와 모리가 빠르게 주리의 차문을 열고 마취제가 묻은 손수건을 주리의 입에 갖다댔다. 그들은 기절한 주리를 급히 자신들의 차에 옮기고 차를 몰아 어느 오피스텔 앞에 멈추었다. 그들은 주리를 오피스텔 안으로 옮긴 후 침대에 눕혔다.

침대에 눕혀져 있던 주리가 정신을 차린 건 한참 후였다. 어딘지 이상한 느낌이 든 주리가 벌떡 일어나 앉았다. 그러고는 주위를 둘러보았다. 도대체 여기가 어딜까? 왜 나를 납치한 것일까? 두려움에 떨고 있는 주리는 미치코의 목소리를 듣고 깜짝 놀랐다.

"오, 이제사 정신이 들었나 보군."

소리나는 쪽으로 시선을 돌린 주리는 웃고 있는 미치코를 발견했다.

미치코를 바라보는 주리는 심장이 멎는 것 같은 충격을 느꼈다. 주리 앞에 서 있는 미치코라는 여인이 바로 주리 자신의 얼굴을 하고 있었던 것이다. 놀란 주리가 입을 다물지 못하고 있을 때 미치코가 여유있게 웃으며 주리 곁으로 다가갔다.

"존경하는 강주리 씨, 만나서 반가워요."

주리가 겁에 질린 표정으로 물었다.

"도대체 당……당신은 누구야?"

"보기보단 성질이 급하군. 차차 알게 될 거야."

빈정거리듯 말하는 미치코의 태도로 보아 결코 자신에게 호의적이지 않다는 느낌을 받은 주리는 침대에서 몸을 일으켰다.

"나 여기서 나가겠어."

미치코는 갑자기 웃음을 터뜨렸다.

"호호, 존경하는 천재 과학자께서 왜 이러실까?"

"저리 비켜."

주리가 미치코를 밀치며 침대에서 내려왔다. 바로 그때 다나카 일행이 주리 쪽으로 다가와 그녀를 거칠게 쓰러뜨린 후 밧줄로 손목을 묶었다. 주리가 반항하며 소리쳤다.

"이거 놔. 이거 놓지 못해?"

그러자 모리가 반항하는 주리의 입에다 재갈을 물렸다. 주리가 움직일 수 없도록 만들어 놓은 미치코는 만족한 웃음을 지으며 곧 나가 버렸다. 다나카 일행도 미치코를 따라갔다.

케이블 카 살인

　육군 테러진압 부대 특전사 707부대 앞에 이강준의 부관이 나와 있었다. 누군가를 기다리고 있었다. 잠시 후 미군 지프가 다가와 멈추어 서고 한 사람이 내렸다. 부관이 차에서 내리는 제임스를 맞이했다.

　부관이 제임스를 상황실로 안내했다. 상황실에 도착한 제임스는 곧바로 자신이 가지고 온 정보자료를 컴퓨터에 집어넣었다. 이강준이 긴장한 표정으로 지켜보았다. 화면에는 안드레이 제비치의 모습이 나타났다. 제임스의 설명이 시작되었다.

　"캡틴 리. 드디어 일본 신흥종교 러시아 부총책인 안드레이 제비치가 한국으로 들어올 예정이오."

　이강준이 물었다.

　"일본 도쿄에서 말입니까?"

　"그렇소. 서울 발 노스웨스트 085항공편이오. 우리가 얻은 정보로는 한국내에 잠입해 있는 일본 신흥종교 광신자와 접선할 예정이라는 것이오."

　이강준은 제임스의 말이 끝난 후 사진 세 장을 보여 주었다. 바로 다나카와 이와다 그리고 모리의 사진이었다.

　"바로 이 자들입니다. 이미 국내에 입국한 사실을 확인했습니다. 지금은 소재를 추적중입니다."

이강준의 설명에 고개를 끄덕이던 제임스가 말했다.

"정보가 한 가지 더 있소. 안드레이 제비치는 러시아의 미생물학자이면서 세계적인 세균학자입니다. 우리가 알기로 그는 오래 전부터 아프리카의 자이르에서 발생하고 있는 에볼라 바이러스를 연구해 왔다고 합니다."

"요즘 떠들썩한 에볼라 바이러스 말입니까?"

"그렇소. 에이즈보다도 더 무섭다는 바이러스죠. 만일 그 자가 이런 바이러스를 이용하여 무차별로 시민들에게 테러를 감행한다면 여간 심각한 문제가 아니죠. 그는 일본 신흥종교 광신자니까요."

"……우려할 만한 사태로군요."

"또 한 가지 걱정되는 점은 안드레이 제비치가 일본에서 항상 접촉했던 한 여인이 갑자기 실종되었다는 점입니다. 그 여인은 일본 신흥종교 간부인 미치코란 여인입니다."

"뭐라구요?"

이강준이 놀라며 자신이 가지고 있던 미치코의 사진을 보여주며 되물었다.

"바로 이 여인을 말하는 겁니까?"

제임스가 사진을 보며 말했다.

"불행히도 난 미치코란 여인의 얼굴을 모릅니다. 내가 알고 있는 정보로는 갑자기 일본에서 사라졌다는 사실 하나뿐입니다. 혹시 한국에 잠입해 들어왔다면 분명히 안드레이 제비치와 접선을 하리라 봅니다. 두 사람이 만난다면 무슨 일을 저지를지 전혀 예측할 수 없을 정도로 심각한 사태가 벌어질 것입니다."

"알겠습니다. 협조 고마웠습니다."

이강준이 제임스에게 감사의 악수를 청했다. 제임스는 일어나 악수를 나누며 행운을 빈다는 인사말을 잊지 않았다. 제임스가 나가자 이강준이 부관에게 즉시 명령을 내렸다.

"당장 일본 경시청의 야마다상에게 협조 공문을 띄워라. 미치코란 여인의 행적을 하나도 빼놓지 않고 조사해 달라고. 그리고 안드레이 제비치의 입국에 대비해 비상 체제에 들어간다."

"알겠습니다."

부관이 곧 상황실을 나갔다. 이강준의 표정이 심각해졌다. 엄청난 사태가 몰고 올 파장이 온 몸으로 퍼져 나가는 것 같았다.

납치된 주리는 하루종일 손발이 묶인 채 오피스텔에 갇혀 있었다. 저녁이 되었는지 주위가 어둑어둑해지기 시작했다. 입에 재갈을 물린 상태라 아무것도 할 수 없었던 주리는 여러 가지 생각을 떠올렸다. 자신을 걱정했던 우혁의 말들이 현실로 다가온 지금, 그녀는 답답할 뿐이었다.   이때 문이 열리며 미치코가 들어섰다. 미치코가 불을 켜자 주리가 눈이 부신 듯 고개를 숙였다.

"이를 어쩌나? 귀한 분을 이렇게 모셔서?"

미치코는 주리에게 다가가 입에 물린 재갈을 풀어 주었다. 주리가 대뜸 미치코를 향해 소리쳤다.

"당신들 누구야? 무슨 이유로 날 납치한 거야?"

주리의 항변에 미치코가 표정을 차갑게 바꾸며 말했다.

"우린 당신의 연구 성과가 필요해."

주리는 단호하게 말했다.

"흥, 어림없는 수작하지 마."

미치코가 갑자기 주리의 뺨을 후려쳤다.

"건방진 년."

주리의 태도는 의외로 완강했다. 돌아갔던 고개를 홱 돌리며 미치코를 향해 또박또박 말했다.

"내 말 잘 들어. 이런 식의 협박에 내가 순순히 협조할 거 같아?"

미치코 또한 여유있는 자세를 잃지 않았다.

"그렇겠지. 당신이 순순히 우리에게 협조하지 않으리라는 건 벌써부터 알고 있었어."

말을 마친 미치코가 한쪽에 놓여있던 서류 봉투에서 사진들을 꺼내 주리에게 한 장씩 보여 주었다. 바로 미치코의 은신처에서 이와다가 현상한 그 사진들이었다. 사진들을 본 주리가 놀랐다.

"아니? 이 사진들은? 그럼 당신들이 바로 거미 살인범?"

"천만에. 거미 살인범은 강주리. 바로 당신이야. 여기 당신 모습이 이렇게 뚜렷이 나와 있는 걸 보고도 그래?"

"난 아니야. 귀국한 후 난 이 사람들을 한 번도 만난 적이 없어."

"남들도 그렇게 믿어 줄까? 이 자들은 당신을 성폭행했던 자들이야. 당신이 이 자들을 살해할 동기는 충분해."

"난 아니야. 여기 사진 속의 내 모습은 바로 당신이야. 이 사진은 가짜라구."

"흥, 누가 이 사진을 보고 가짜라고 할까? 틀림없이 당신 모습인데. 안 그래? 이 사진을 우리가 세상에 공개하는 순간 당신은 꼼짝없이 살인범이 되는 거야."

"아냐. 이건 말도 안 돼."

"과연 그럴까? 살해 현장을 추적했던 이미란 기자에게 이 사진을 보내면 어떤 일이 일어날까? 아, 그리고 당신이 사랑하는 김우혁은 이 사진을 보고 어떤 반응을 보일까? 궁금하지 않아?"

"미쳤군. 당신들 정말 미쳤어."

"이 사진을 본 세상 사람들은 오히려 당신을 미쳤다고 하겠지. 성폭행을 당한 걸 복수하기 위해 사람들을 죽이고 그것도 부족해 자신의 연구 성과를 실험하고자 죄없는 사람들까지 거미를 이용해서 죽이는 미친년. 그게 바로 당신 모습이 아닌가?"

주리가 고개를 흔들며 절규하듯 소리쳤다.

"도대체 날 보고 뭘 어쩌라는 거야?"

"진작 그렇게 나올 것이지. 간단해. 당신의 연구 성과를 우리에게 넘겨 주면 돼."

"그건 안 돼. 죽어도 그럴 순 없어."

"흥, 과연 그럴까? 아직 시간은 많아. 잘 생각해 봐. 당신의 인생을 망치고 싶지 않다면."

미치코가 자신있게 말한 후 다시 주리의 입에 재갈을 물렸다. 그러면서 한 마디를 덧붙였다.

"내일부터 난 당신의 연구소로 출근할 거야."

주리는 소리도 지르지 못하고 미치코를 노려보기만 했다.

"그렇게 놀랄 거 없어. 그동안에도 가끔씩 당신의 실험실에 들리곤 했었으니까. 마음은 좀 졸였지만 말야. 그리고 가끔은 실패도 했고. 하지만 이젠 당신 출근부에 내가 도장을 찍어 줄 수 있게 됐으니 한결 마음이 놓이는군."

미치코는 방을 나가면서 주리의 뺨을 쓰다듬어 주었다.

"잘 해 봐요. 천재 과학자 아가씨."

혼자 남겨진 주리는 앞으로 벌어질 일들이 한없이 두려웠다.

다음 날 미치코는 주리가 근무하던 유전공학 연구소로 출근했다. 그녀를 본 연구소 직원들이 여느 때처럼 깍듯이 인사를 했다. 미치코는 밝은 얼굴로 직원들에게 인사를 했다. 현관으로 들어간 미치코가 경비대 앞으로 걸어갔다. 경비원이 일어나며 경례를 하자 미치코는 경쾌하게 아침 인사를 했다.

"좋은 아침이죠?"

"예. 부소장님. 여기 키 있습니다."

카드 키를 건네 준 경비원이 유난히 활기차 보이는 미치코를 보며 미소를 지었다.

그러나 돌아선 미치코는 굳은 표정으로 실험실을 향해 빠르게 걸었다. 실험실 안으로 들어간 미치코가 제일 처음 한 일은 컴퓨터를 켠 후 주리의 연구 프로그램을 디스켓에 복사하는 것이었다. 바로 프로젝트 B라고 불리는 복제 거미에 관한 프로그램이었다.

미란은 우혁에게서 연락이 없자 궁금한 마음에 전화를 걸었다. 마침 외출하려던 우혁은 미란을 만나러 방송국 근처로 갔다. 우혁을 만난 미란은 주리와의 일을 다그쳐 물었다. 가만히 있던 우혁은 짜증스럽게 이야기했다.

"내가 뭐랬어? 주리는 아냐. 주리는 아무것도 모르고 있더라구."

"우혁이 형, 이건 보통 심각한 문제가 아냐. 데이트 하면서 한 마디 던져본 말만 가지고 주리가 실토를 하겠어?"

미란의 말에 우혁이 버럭 화를 냈다.

"너 정말 왜 그러니? 내가 얼마나 그 말을 힘들게 꺼냈는지 알아? 조금이라도 주리를 의심했던 내 모습이 얼마나 부끄러웠는지 아냐구? 주리는 해충들을 박멸하기 위해 밤낮으로 거미 연구에 몰두하고 있다구. 그런 주리에게 겨우 한다는 소리가 너 혹시 살인범 아니냐? 내가 생각해도 정말 웃기는 얘기였어."

미란은 우혁이 했던 말을 곱씹으며 되물었다.

"형, 방금 주리가 거미연구를 하고 있다고 그랬어?"

우혁이 잠시 당황했다. 일부러 속이려고 하지는 않았지만 지금껏 미란에게 주리가 거미 연구를 하고 있다는 사실을 얘기하지 않았던 사실이 미안해서였다.

"응. 그게……공식적으로 학회에 발표하기 전엔 일반인에게 알리고 싶지 않다고 주리가 말하길래……그래서 지금껏 얘기하지 않았던 거야."

우혁의 말을 들은 미란은 착잡했다. 아니 배신감마저 느꼈다. 어떻게 그럴 수가 있단 말인가? 자신은 지금 미친 사람 취급까지 받으면서 거미 살인사건을 쫓고자 동분서주하고 있는데 우혁은 주리의 부탁이란 이유하나만으로 그토록 중요한 정보를 자신에게 말해 주지 않았던 것이다.

"정말 비참해지는군. 주리는 그렇다 치고 우혁이 형까지 어떻게 나한테 그럴 수가 있어?"

"미란아, 오해는 마. 속이려는 생각은 아니었어."

"오해를 말라구? 거미한테 사람들이 죽어 가는데 어떻게 이 문제를 단순하게 넘길 수가 있냐구. 주리가 거미 연구를 하고 있다면 이번 거미 살인사건과 주리는 더욱 밀접한 관련이 있어. 형! 이건 우리 세 사람의 감정문제가 아냐. 어쩌면 주리는 정말 제 정신이 아닌지도 몰라. 형! 주리를 다시 한번 만나 봐. 그대로 놔 둬선 안 돼."

우혁이 무거운 표정으로 미란의 말을 묵묵히 듣고만 있었다.

주리는 이런저런 생각을 하다가 깜박 잠이 들었다. 악몽에 시달리는 듯 몸을 자주 뒤척였다.

미란이 진행하는 오늘의 뉴스 토픽 시간이었다.

"지금껏 시민들을 공포의 도가니에 몰아넣었던 거미 살인사건의 범인의 윤곽이 드디어 드러났습니다. 익명을 요구하는 한 제보자가 저한테 바로 이 사진을 보내온 것입니다. 문제의 이 사진을 보십시오. 살해된 폭력배와 함께 있는 이 여인이 바로 살인범으로 추정되고 있는 여인의 모습입니다. 지금까지 밝혀진 이 여인의 신원을 말씀드리면 이름은 강주리, 나이는 20대 후반이며 얼마 전에 일본에서 귀국한 장래가 촉망되는 천재 유전공학자입니다. 어떻게 이런 여인이 사람을 죽였을까요? 그 의문점은 3년전으로 거슬러 올라갑니다. 대학 졸업을 앞둔 어느 날 강주리는 조혜란이란 친구와 함께 동해안으로 여행을 떠났다가 사진 속의 이 폭력배들에게 성폭행을 당했던 것입니다. 3년만에 일본에서 귀국한 강주리는 과거의 악몽을 잊지 못하고 복수심에 불탄 나머지 그 폭력배들을 한 명씩 죽였던 것입니다. 그러나 더욱 놀라운 사실은 그녀의 살인 무기가 거미라는 것입니다. 강주리는 자신의 실험실에서 살인 거미들을 조정하는 연구를 해 왔습니다. 이런 연구 성과를 실험하기 위해 사람들을 죽여 왔던 것입니다."

방송을 듣고 있던 주리는 침대에서 벌떡 일어났다. 누군가가 오피스텔 문을 박차고 안으로 들어왔기 때문이었다. 놀란 주리가 쳐다보았다. 바로 우혁이었다. 주리를 보는 우혁의 표정이 일그러져 있었다. 우혁이 천천히 주리에게 다가왔다. 몹시 화난 표정의 우혁이 금방이라도 주리를 죽일 것만 같았다. 주리의 예감은 적중했다. 성난 우혁이 주리의 목을 조르기 시작했다.

"그래도 난 널 믿었어. 그런데……그런데……넌 날 감쪽같이 속이고 사람들을 죽인거야. 어디 말좀 해봐. 이 악마야!"

고통으로 몸부림치는 주리는 필사적으로 소리쳤다.

"난 아냐. 난 사람을 안 죽였어. 우혁 씨. 제발 날 믿어 줘."

주리가 소리를 지르지만 입 속에서만 맴돌 뿐 밖으로 나오진 않는다. 가위에 눌려 몸부림을 치던 주리가 눈을 떴을 때 주위에는 아무도 없었다. 비로소 악몽을 꾼 사실을 안 주리는 오히려 안도의 한숨을 내쉬었다.

바로 이때 손잡이가 돌아가는 소리가 들렸다. 누군가가 문을 열려고 열쇠를 넣고 손잡이를 돌리고 있었다. 금방 악몽에서 깨어난 주리는 잔뜩 긴장한 표정으로 문쪽을 쳐다보았다. 문을 열고 들어온 사람은 미치코와 이와다였다. 이와다의 손에는 주리에게 줄 요기거리가 들려져 있었다. 미치코가 눈짓을 보내자 이와다가 입에 물린 재갈과 묶인 손을 풀어 주었다.

"그래 그동안 생각좀 해 봤겠지?"

"………"

"쓸데없는 고집을 피우다가는 어떤 사태가 닥칠지 상상해 봤겠지? 이봐. 강주리 씨. 너무 복잡하게 생각할 필요 없어. 그냥 우리 일에 협조만 하면 되는 거야."

그러면서 미치코가 달래듯 주리의 얼굴을 손으로 만졌다.

"이렇게 미모의 천재 과학자가 자신의 인생을 망쳐서야 되겠어?"

주리의 어깨를 두드려 주는 미치코는 한편으로 강주리가 결코 만만한 상대가 아니라는 걸 곱씹고 있었다. 그녀에게 빈틈을 보여서는 안 된다는 생각이 들었다. 주리는 조그만 허점을 보여도 여기서 탈출을 하려 할 것이다. 그렇다고 무작정 옥박지를 수도 없는 일이었다. 언젠가 그녀의 협조를 얻어내려면 최소한의 인격적인 대우가 필요했다. 그래서 생각해 낸 것이 추적 장치였다. 주리가 도망갈 경우 그녀의 소재를 파악하기 위해 그녀의 핸드백에 추적 장치를 몰래 숨겨놓았다. 미치코는 이와다에게 지시를 내린 후 오피스텔을 나갔다.

"강주리 씨 잘 모시도록."

"하이."

미치코가 나가자 이와다가 가지고 온 음식을 주리 앞에다가 놓으며 일어로 무슨 말인가를 중얼거렸다.

"이거 먹어. 넌 우리에게 이용 가치가 있으니까 지금 죽으면 곤란해."

주리가 이와다의 일본말을 알아 듣고는 소스라치게 놀랐다. 그럼 이 자들이 자신의 프로젝트를 돈으로 사겠다고 제안했던 자들이란 말인가? 연구실로 전화를 해서 협박했던 바로 그 자들이란 말인가? 그렇다면 이 자들은 단순한 테러리스트들이 아닐지도 모른다. 주리는 바짝 긴장했다. 무슨 일이 있어도 이곳을 벗어나야 한다는 결심이 섰다. 그러자면 우선 이 자들을 안심시켜야 했다. 주리가 그 자를 향해 말했다.

"당신들 일본 사람? 그럼 당신들이 내 프로젝트를 돈으로 사겠다고 제의했던 그 사람들이에요? 그렇다면 당장 날 여기서 나가게 해요. 그래야 공평한 협상을 할 수 있는 게 아닌가요?"

주리의 말에 이와다가 기분이 좋은듯 웃었다.

"흐흐……이제야 머리가 돌아가는군. 하지만 아직은 널 여기서 나가게 할 수는 없어. 잔소리 말고 어서 먹기나 해."

"좋아요. 먹겠어요."

주리가 음식을 먹기 시작했다.

"암, 그래야지. 역시 똑똑한 아가씨라 머리가 잘 돌아가는군."

이와다는 안심이 되는지 한쪽에 앉아 신문을 펼쳐들고 보기 시작했다. 음식을 먹는 척하던 주리가 조심스럽게 이와다를 살폈다. 어느 순간 주리가 손에 들고 있던 포크를 들고 일어나 이와다의 정강이를 향해 발길질을 했다. 갑자기 당한 공격에 쓰러진 이와다가 일어나려 할 때 주리는 손에 들고 있던 포크로 이와다의 허벅지를 내려찍었다. 그리고는 문 쪽으로 뛰어갔다.

돌아서서 자신의 핸드백을 가지고 나오려던 주리는 이와다가 발을 붙잡는 바람에 기겁을 하며 놀랐다. 핸드백으로 이와다의 머리를 친 주리는 발을 빼며 급하게 문 쪽으로 달려갔다.

어느 새 밖으로 나온 주리가 엘리베이터 앞으로 뛰어갔다. 엘리베이터 앞에 서서 단추를 눌러댔지만 아직도 아래층의 층수에 불이 반짝였다. 마음이 급해진 주리가 층계를 향해 뛰었다. 오피스텔 안에 쓰러져 있는 이와다가 허벅지를 감싸쥐며 비틀거리고 일어섰다. 그리고 핸드폰을 꺼내 어디론가 전화를 걸었다.

층계를 뛰어내려온 주리는 오피스텔을 빠져나오자마자 눈에 띄는 공중전화 앞으로 달려갔다. 공중전화 부스 안에 들어선 주리가 떨리는 손길로 전화번호를 눌렀다. 우혁에게 전화를 건 주리는 다급한 목소리였다.

"우혁 씨? 나야. 주리."

"주리야, 목소리가 왜 그래? 무슨 일 있는 거야?"

"우혁 씨. 무조건 그리고 같게. 나가지 말고 날 기다려 줘."

"알았어. 기다리고 있을게. 나도 널 꼭 만났으면 했어."

주리가 있는 공중전화 부스 쪽으로 미치코가 탄 차가 달려오고 있었다. 운전석에는 모리가 앉아 있었고 뒷좌석에 미치코와 다나카가 앉아 있었다. 다나카가 들고 있는 신호 추적 장치에 불이 들어왔다. 다나카가 모리에게 말했다.

"전방 백 미터 앞을 주시하라."

"하이."

운전을 하고 있는 모리의 눈에 공중전화 부스가 보였다.

"전방 백 미터 지점쯤 공중전화 부스가 보입니다."

"바로 그 지점이다. 어서 그쪽으로 차를 몰아라."

"하이."

모리가 공중전화 부스 앞으로 급하게 차를 몰았다. 그 순간 우혁과 통화를 마친 주리가 길거리에 서서 빈 택시를 잡고 있었다. 이런 모습을 본 미치코의 차가 길 한쪽으로 다가와 차를 세우고는 주리를 지켜보았다.

택시를 잡은 주리는 우혁의 집으로 향했다. 미치코 일행은 주리가 탄 택시 뒤를 바짝 뒤쫓아갔다.

주리가 탄 택시가 우혁의 집 앞에 멈추어 섰다. 그 뒤로 미치코의 차도 멈추어 섰다. 주리가 기사에게 돈을 준 후 택시에서 황급히 내렸다. 주리의 모습을 보고 있던 미치코가 다나카에게 눈짓을 했다. 다나카가 급히 차에서 내려 주리의 뒤를 따라갔다.

주리가 막 우혁의 집안으로 들어서려고 하는데 다나카가 그녀의 뒷덜미를 잡아챘다. 놀란 주리가 고개를 돌릴 때 어느 새 마취제를 뿌린 손수건이 주리의 코와 입을 막았다. 다나카가 정신을 잃은 주리를 안아서 미치코의 차로 데리고 왔다. 그리고 주리를 뒷좌석에다 눕혀 놓았다. 미치코가 차에서 나와 우혁의 집쪽으로 향했다.

우혁의 집 현관을 두드린 미치코는 우혁이 문을 열어주자마자 안기듯이 쓰러졌다. 우혁은 미치코를 주리로 알고 놀라서 소리쳤다.

"주리야. 정신 차려."

우혁은 정신을 잃은 듯 고개를 숙이고 있는 미치코를 안아 소파 쪽으로 데려갔다.

"정신차려. 주리야. 무슨 일이 있었는데 이러는 거야?"

"우혁 씨, 나 물……물좀……."

"그래, 알았어."

우혁이 물을 따라주자 미치코가 물을 마셨다. 미치코는 안정이 되는 표정을 지으며 철저히 주리 행세를 하고 있다.

"……이제 좀 괜찮아?"

미치코가 고개를 끄덕였다.

"도대체 무슨 일이 있었던 거야?"

미치코가 갑자기 울먹였다.

"우혁 씨, 무서워. 날좀 보호해 줘."

우혁이 미치코를 가만히 안아 주며 말했다.

"그래, 알았어. 우선 무슨 일인지 애기부터 해 봐."

"누군가가 날 협박하고 있어."

"누가 널 협박한다는 거야?"

"난 함정에 빠진 거라구. 그 자가 날 살인범으로 몰고 있어."

"자세히 얘길 해 봐. 하나도 숨기지 말고."

"우선 사과부터 할게. 우혁 씨한테 거짓말 한 거 미안해. 사실은 나 살해 현장에 갔었어."

놀란 우혁이 소리쳤다.

"하지만 날 결코 사람들을 죽이진 않았어. 나중에야 내가 갔던 장소에서 사람들이 죽어간 걸 알았을 뿐야. 난 살인범으로 몰리는 게 겁이 났어. 그래서 우혁 씨한테 거짓말을 했던 거야."

그제서야 우혁이 미치코를 위로하며 달랬다.

"그래……알았어. 자, 진정해. 그런데 그 장소엔 어떻게 갔던 거야?"

"그 자가 나를 만나자고 한 장소로 나갔을 뿐야. 그런데 그때마다 사람들이 죽어 갔어."

"도대체 그 자가 누구야?"

"모르겠어. 항상 전화로 연락을 받았으니까. 하지만 집히는 데가 있어."

"말해 봐. 이건 아주 중요한 일야."

"남자 목소리로 변성을 했지만 틀림없이 여자 목소리였어. 내 짐작엔 ……."

우혁이 긴장해서 미치코를 쳐다보았다.

"아냐, 얘기 못하겠어. 차마 우혁 씨한테는……."

답답해진 우혁이 대답을 재촉했다. 뜸을 들이던 미치코가 말했다.

"내가 보기엔 미란이 목소리 같았어."

우혁은 큰 충격을 받았다.

"뭐라구?"

"이런 얘기 하는 거 나도 괴로워. 하지만……안 할 수가 없어. 미란이의 연락을 받고 나갔을 때마다 사람이 죽어 간 걸 생각하면……정말……무서워……."

"가만……그러고 보니까 미란인 늘 살해 현장에 나타나곤 했어. 지금 생각하니까 이상한 점이 한두 가지가 아냐. 미란인 어떻게 살인이 일어날 걸 미리 알고 살해 현장에 한발 앞서 나타날 수 있었던 거지?"

우혁이 미란을 의심하는 소리를 할 때마다 미치코는 속으로 쾌재를 불렀다. 그러나 우혁이 뭔가 잘못 생각하고 있다는 느낌이 들어선지 고개를 흔들었다.

"아냐. 내가 지금 무슨 생각을 하고 있는 거야. 아냐. 그렇다고 해서 미란이가 살인범일 리가 없어. 미란이가 왜?"

우혁의 눈치를 살피던 미치코가 이번에는 오히려 차분하게 말했다.

"우혁 씨. 나도 미란이가 살해범이라는 확신은 없어. 하지만 미란이

가 나타나는 현장엔 늘 사람들이 죽어 갔어. 그건 확실해. 그리고 아주 중요한 사실을 말하지 않을 수가 없어."

"중요한 사실이라니?"

미치코가 한참 뜸을 들이다가 말했다.

"내일 사람들이 또 죽어 갈지도 몰라."

"뭐라구? 그건 또 무슨 소리야?"

"그 자로부터 또 연락을 받았어. 내일 오후 3시. 남산 케이블카 정류장 앞에서 만나자는 연락이 왔어. 만일 그 자가 내 추측대로 미란이라면 이를 어쩌지?"

우혁의 표정이 심각해지는 틈을 탄 미치코가 애원하듯 말했다.

"난 겁이나. 다시는 약속 장소에 나가고 싶지 않아."

"그래. 너 대신 내가 나갈게. 내가 나가서 범인이 누군지 꼭 밝혀 낼게. 넌 걱정 말고 연구실에 있어."

"고마워. 우혁씨."

미치코가 우혁의 품을 파고들듯이 안긴다. 우혁은 미치코가 던진 미끼를 덥석 물고 말았다.

미치코가 우혁과 함께 있을 때 다나카는 우혁의 집 앞에서 차의 시동을 걸어 놓고 대기중이었다. 바래다 준다는 우혁을 한사코 말리고 혼자서 나온 미치코는 세워 둔 차에 재빠르게 올라탔다. 뒷좌석에는 기절한 주리가 비스듬히 누워 있었다.

"아직도 혼수 상탠가?"

"오피스텔에 도착할 때까지는 깨어나지 못할 겁니다."

미치코가 명령에 차가 출발했다.

낮에 우혁을 만난 미란은 마음의 안정을 찾지 못해 잠을 이루지 못했다. 책을 뒤적거리고 있는데 전화벨이 울렸다. 미란이 수화기를 들었다. 미란에게 늘 전화로 살인 현장을 제보하던 목소리가 또다시 들려 왔다.

"여보세요? 이미란입니다."

"내일 오후 3시 남산 케이블 카 정류장에 나가 보시오."

미란이 의문의 전화에 대해 항의하듯이 소리쳤다.

"여보세요? 여보세요? 도대체 당신들 누구야?"

"우린 지구 최후의 전쟁인 아마겟돈에서 인류를 구원해 줄 평화의 사도들입니다. 그럼……."

전화는 이내 끊겼다. 미란이 수화기를 내려놓고는 심각한 표정을 지었다. 과연 이 자는 무슨 목적으로 거미 살인사건이 일어날 것을 나한테 알리려 하는가? 풀리지 않는 의문에 신경을 곤두세우던 미란이 다시 수화기를 집어 들었다. 문제는 살인사건이 또 일어날 지도 모른다는 가능성이 너무나 확실하다는 사실이다. 그들이 제보하는 목적은 당장 밝혀지지 않더라고 거미 살인만은 일단 막아야 하지 않겠는가? 미란은 우혁에게 전화를 걸었다.

우혁 또한 주리가 다녀간 이후로 잠을 이루지 못하고 거실을 서성이고 있었다. 전화 제보의 인물이 미란일지도 모른다는 얘기를 듣고 난 우혁은 몹시 혼란스러웠다. 무슨 일이 어떻게 돌아가는지 엉킨 실타래처럼 더욱 복잡해져 가는 주변 상황이 우혁의 마음을 짓눌렀다. 그때 전화벨이 울렸다. 귀찮아진 우혁이 자동응답으로 바꿔 놓았다.

"지금 부재중이오니 통화를 하시려면 삐 하는 소리가 난 후에 말씀해 주십시오."

미란의 목소리였다.

"우혁이 형! 나 미란이야. 형한테 도움을 청할 일이 또 생겼어. 내일 오후 3시 남산 케이블 카 정류장으로 나와 줘. 부탁이야."

우혁은 주리가 처음 미란을 의심했을 때보다 훨씬 충격을 받았다. 괴로워진 우혁이 고개를 숙였다. 미란과 직접 부딪쳐서 진실을 밝혀내야겠다는 생각이 강하게 밀려왔다.

다음 날 오후. 남산 케이블 카 정상 정류장에는 관광객들이 다시 남산 아래로 내려가려고 케이블 카를 기다리고 있었다. 어린 소년과 엄마, 데이트 중인 젊은 남녀 그리고 시골에서 올라온 중년 부부의 모습들이 보였다. 케이블 카가 곧 도착할 예정이라는 안내 방송이 나오자 관광객들은 안내원의 지시에 따라 줄을 섰다. 정류장 쪽을 향해 올라오고 있는 케이블 카의 모습이 보였다.

내리는 사람들 중에 다나카의 부하인 모리가 있었다. 모리는 사람들 속에 섞여 사라져 버렸다. 모리는 방금 도착한 케이블 카 안에다가 살인 독거미를 슬그머니 놓고 내렸다.

아래쪽으로 내려가려는 사람들이 케이블 카에 올라탔다. 케이블 카가 조금씩 움직이기 시작했다.

케이블 카 아래쪽 정류장에서는 다나카의 부하인 이와다가 급히 어디론가 가고 있었다. 이와다가 가고 있는 곳은 케이블 카를 조정하고 있는 조정실이었다. 조정실에 도착한 이와다가 문을 살며시 열고는 안쪽을 보았다. 요란한 소음 속에 조정하고 있는 기사의 모습이 보였다. 시끄러운 기계 소리 때문에 기사는 누가 다녀갔는지도 모르고 케이블 카만 쳐다보고 있었다. 이와다가 문앞에 둔 종이컵 안에 살인 독거미가 꿈틀거리고 있었다.

한편 남산 밑으로 내려오고 있는 케이블 카 안에서는 사람들이 창 밖으로 서울시가지를 내려다보며 환호성을 질러댔다. 이때 케이블 카 밑바닥 한구석에서 거미 한 마리가 기어나왔다. 모리가 놓고 내린 살인 독거미였다. 이 모습을 우연히 발견한 아가씨가 남자를 향해 호들갑을 떨었다.

"자기야, 저기 좀 봐. 거미가 나타났어."

남자가 거미를 보고는 싱긋이 웃었다. 마치 자신의 용감함을 과시라도 하려는 듯 아가씨에게 핀잔을 주었다.

"난 또 뭐라구? 웬 호들갑야?"

남자의 핀잔에 기분이 상한 아가씨가 말했다.

"살인 거밀지도 모르잖아. 지난번 방송도 못 들었어?"

"야, 이 세상에 있는 거미가 모두 살인 거민줄 아냐? 여긴 숲 속이잖아. 보통거미가 들어올 수도 있는 거라구."

"그래도 난 무서워. 자기가 어떻게 좀 해 봐. 응?"

애교섞인 아가씨의 말에 남자가 싫지 않은 표정으로 대답했다.

"나, 참. 알았어."

그는 손에 들고 있던 종이컵 안의 커피를 한 모금에 마신 후 빈 종이컵을 거미에게 덮어씌웠다. 거미가 컵 속에 갇혀 버렸다.

"이제 됐지?"

"응, 이제 안심이야."

두 사람이 창 쪽으로 돌아서서 밖의 풍경을 보기 시작했다. 엄마의 손을 잡고 있던 어린 소년이 답답한지 엄마의 손을 놓고는 돌아서다가 엎어져 있는 종이컵을 발견했다. 소년이 호기심 어린 표정으로 종이컵 쪽으로 다가가 톡 건드렸다. 순간 종이컵이 쓰러지며 컵 안에 있던 거미가 기어나왔다. 그러고는 한 중년 남자의 바지 속으로 들어갔다. 어느 순간 중년 남자가 움찔하다가 경련을 일으키며 쓰러졌다. 남자는 숨을 가쁘게 몰아쉬었다. 부인으로 보이는 여자가 그를 잡아 흔들며 소리를 쳤다. 쓰러진 남자의 바지 속에서 거미가 빠져 나왔다. 거미를 본 아가씨가 비명을 질렀다.

"어마! 거미……저 거미가 살인 거민가 봐."

아가씨가 거미를 향해 손가락질을 하며 소리치자 사람들이 삽시간에 혼란에 빠져 난리를 쳤다. 좁은 공간이라서 케이블 카는 심하게 흔들렸다. 사람들의 비명소리가 여기 저기서 터져나왔다. 어느 새 남산 아래쪽의 정류장이 차츰 가까워졌다.

바로 이 시각 의문의 전화 제보를 받은 미란이 남산 케이블 카 건물 정문 앞에 도착해서 우혁을 기다리고 있었다. 지난 밤 우혁에게 이곳으로 나와 달라고 부탁을 했지만 우혁의 모습이 안 보이자 초조한 기색이었다. 택시 한 대가 달려와 멈추고 우혁이 차에서 내렸다. 미란이 반가운 표정을 지으며 우혁에게 다가갔다.

"우혁이 형. 어서 와."

미란이 반갑게 소리치지만 우혁의 표정이 웬지 굳어 있다.

"이렇게 와 달라고 해서 미안해."

우혁이 미란을 빤히 쳐다보며 차갑게 말했다.

"나한테 미안해 할 필요 없어. 이미 예정된 스케줄이 아닌가?"

"형, 그게 무슨 소리야?"

"또 이곳에서도 거미 살인사건이 일어나겠지?"

"그럴 거 같아. 그래서 형에게 도움을 청하는 거야."

미란이 주위를 두리번거렸다. 미란의 모습을 본 우혁이 비아냥거리듯 말했다.

"왜? 주리의 모습이 안 보여서?"

우혁의 심리 상태를 눈치 못 챈 미란은 의아한 듯 물었다.

"주리도 오기로 한 거야? 형이 연락했어?"

"미란이 네가 잘 알 텐데? 그러나 주리는 오늘 이 장소엔 안 나타날 거야."

우혁의 비꼬인 어투에 이상한 느낌을 받은 미란이 되물었다.

"아까부터 왜 그러는 거야? 내가 뭘 안다는 거야?"

비로서 우혁도 미란에게 직접적으로 말했다.

"미란아. 제발 이러지 말고 나한테 솔직히 털어놔."

우혁의 느닷없는 요구에 미란은 더욱 얼떨떨해졌다.

"도대체 왜 이러는 거야? 형이야말로 할 말 있으면 솔직히 얘길하라 구. 빙빙 돌리지 말고."

"그래. 좋아. 조용한 데 가서 얘기하자."

"안 돼. 여길 떠나서는 안 돼."

이때 미란의 앞으로 이와다가 지나갔다. 그는 조정실 안에다가 살인 독거미를 무사히 투입한 후 부지런히 케이블 카 건물을 빠져나가는 중이었다. 순간 미란이 이와다의 모습을 보고는 고개를 갸웃거렸다. 그리고 문득 발걸음을 멈추었다. 언젠가 한번 만난 것 같은 생각이 들어서였다. 제주도에서 주리를 보았던 호텔이 생각났다. 주리를 호위하고 가던 사람 중에 하나라는 생각이 강하게 스쳤다. 불길한 예감에 뒤를 쫓았지만 그는 이미 차를 타고 떠나 버렸다.

"미란아! 왜 그래? 아는 사람이야?"

미란을 따라온 우혁이 소리쳤다. 잠시 멍한 표정으로 이와다의 차를 보고 있던 미란이 갑자기 우혁의 팔을 잡아끌고는 케이블 카 건물 안쪽을 향해 뛰어갔다.

"형! 나하고 빨리 가볼 데가 있어."

두 사람이 정류장 쪽으로 뛰어들고 있을 때 이와다가 놓고 간 살인 독거미가 운전중인 기사 앞에까지 다가왔다. 거미가 기사의 옷 속으로 들어가자 순간 움찔하던 기사가 경련을 하며 쓰러졌다. 요란한 엔진 소리가 멈추었다.

갑자기 케이블 카가 멈추자 살인 거미 때문에 우왕좌왕하던 사람들이 이번에는 또 다른 공포에 떨었다. 공중에 매달린 채 흔들거리는 케이블 카 안에서 사람들은 숨을 죽였다. 그것도 잠시, 살인 독거미가 또다시 사람들을 향해 기어오고 있었다. 아가씨가 더 이상 못 견디겠다는 듯 남자를 향해 말했다.

"자기야. 어떻게든 해 봐. 응? 자긴 용감하잖아."

"알았어. 가만 있어 봐."

남자가 거미를 노려보았다. 거미가 바닥 한가운데에 가만히 서 있다. 순간 남자가 종이컵으로 거미를 덮어씌웠다. 이 모습을 보던 사람들이 박수를 쳤다.

정류장으로 뛰어들어온 미란과 우혁의 시선에 내려오고 있는 케이블 카가 갑자기 멈추어 서는 모습이 보였다.

"이럴 수가……케이블 카가 멈췄어. 형! 운전하는 데가 어디지?"

"거긴 왜?"

"그 쪽에서 사고가 생긴 게 틀림없어. 빨리 그쪽으로 가 보자."

두 사람이 조정실 안쪽을 향해 뛰어갔다. 그들이 조정실 안으로 뛰어들어갔을 때 조정사는 이미 죽어 있었다. 미란이 경악한다.

"이럴 수가……."

미란과 우혁은 119에 긴급 구조를 요청해놓고 그들이 도착하기를 초조히 기다리고 있었다. 소방차가 사이렌을 울리며 달려왔다. 현관 앞에 도착한 구조대원들이 부지런히 장비들을 챙겼다. 소방대장이 우혁과 미란 앞으로 다가왔다.

"어떤 상황입니까?"

미란이 대답했다.

"케이블 카를 조정하던 기사가 거미한테 물려 죽었습니다. 그래서 지금 내려오고 있던 케이블 카가 공중에 매달려 있는 형편입니다."

"뭐라구요?"

우혁이 손짓을 하며 자세하게 설명해 주었다.

"운전기사가 죽는 바람에 케이블 카가 공중에 매달려 있습니다. 빨리 저 사람들을 구해 내야만 합니다."

"알겠습니다. 고가 사다리를 이용하여 케이블 카로 접근해 보겠습니다."

그러자 우혁이 소방대장에게 자신도 올라가게 해달라고 부탁을 했다.

"뜻은 고맙지만 위험합니다. 저희 대원이 해 낼 겁니다."

미란이 나서서 우혁이 함께 올라가야 하는 이유를 설명했다.

"이분이 가야만 해요. 그렇지 않으면 사람들이 다 죽을 지도 몰라요."

"그게 무슨 말입니까?"

"저 케이블 카 안에도 살인 거미가 있을지 몰라요. 아니 틀림없이 있을 거예요."

"뭐라구요? 도대체 아까부터 거미가 사람을 죽인다는 말씀을 하시는데 그게 무슨 얘깁니까?"

소방대장이 좀처럼 이해를 못하자 미란은 무조건 우혁을 떠밀었다. 우혁이 소방차의 고가 사다리가 있는 쪽을 향해 뛰어갔다.

그 시각 케이블 카 안에는 숨막히는 긴장감이 감돌았다. 남자가 종이컵 안에 독거미를 가두어 놓고는 나오지 못하게 계속 손으로 누르고 있었다. 사람들이 긴장한 채 그 모습을 지켜보고 있다. 한쪽에는 거미에 물린 남자가 거칠게 숨을 몰아쉬고 있었다. 부인은 남자를 무릎에 누인 채 눈물만 흘리고 있었다. 밖을 바라보고 있던 아가씨가 갑자기 소리쳤다.

"저기 아래쪽을 봐요. 사람들이 우리를 구하려고 올라오고 있어요."

모두의 시선이 밑으로 향했다. 케이블 카를 향해 올라오고 있는 우혁과 소방대원의 모습이 보였다. 소방차의 사다리가 케이블 카의 창문 옆으로 다가왔다. 우혁이 안쪽을 향해 소리쳤다.

"거미는 어디 있습니까?"

젊은 남자가 여전히 종이컵에서 손을 떼지 않고 대답했다.

"이 컵 안에 몰아 넣었습니다."

"잘했습니다. 아주 잘했어요. 내가 들어갈 때까지 꼼짝말고 있어요."

드디어 고가 사다리를 타고 올라온 소방대원이 케이블 카의 문을 열었다. 우혁이 안으로 들어서려다가 멈칫했다. 케이블 카 지붕 위에 거미의 모습이 보인 것이다. 우혁이 잠시 심호흡을 한 후 고가 사다리에서 곧바로 케이블 카 지붕 위로 뛰어내렸다. 순간 케이블 카가 출렁거렸다. 사람들이 비명을 지르며 서로 얼싸안았다. 이 바람에 종이컵을 쥐고 있던 남자가 컵을 그만 놓쳐 버렸다. 종이컵 안에 있던 거미가 천천히 기어나왔다. 아가씨가 손으로 눈을 가리며 비명을 질렀다. 이 순간 또 한번 케이블 카가 출렁거렸다.

케이블 카가 여러번 흔들거리자 뿌지직 하는 소리까지 들렸다. 모두들 놀라 위를 쳐다보았다. 케이블 카를 매달고 있는 케이블이 파란 불빛을 내며 타들어갔다. 지붕 위에 있는 우혁이 납작 엎드려 천천히 거미가 있는 쪽으로 갔다. 그리고 거미를 발로 차서 밑으로 떨어뜨리려 했다. 우혁의 발에 차인 거미가 움찔하며 떨어지지 않고 다시 기어왔다. 또다시 발길질을 하자 거미가 밑으로 떨어졌다.

케이블 카 안에 있던 젊은 남자는 또다시 종이컵 안에다가 거미를 가두었다. 사람들의 움직임 때문에 다시 한번 케이블 카가 출렁거렸다. 소방대원이 사람들에게 모두 엎드린 채 가만히 있으라고 소리쳤다.

지붕 위에서 거미를 떨어뜨린 우혁이 조심스럽게 케이블 카 안으로 들어섰다. 종이컵에 갇혀 있는 거미를 향해 다가갔다. 주머니에서 분사식 부탄가스 통과 라이터를 꺼낸 후 남자를 향해 말했다.

"자, 내가 하나 둘 셋 할 때 손을 떼세요."

"알겠습니다."

젊은 남자가 손을 뗐을 때 우혁이 부탄가스를 분사하며 라이터로 불을 붙였다. 가스가 분출하는 대로 불길이 종이컵 쪽으로 뻗어갔다. 종이컵이 불타고 있는 사이로 거미가 기어나왔다. 사람들은 또 한번 긴장했지만 결국 거미가 불길에 휩싸여 타 죽자 사람들이 환호성을 질렀다.

케이블 카 건물 현관 앞에서는 많은 사람들이 위를 쳐다보며 초조해하고 있었다. 소방대원에게 무선 교신을 받은 소방대장이 사람들을 향해 사람들이 무사함을 알려 주었다. 모두들 힘차게 박수를 쳐 주었다.

남산에서 케이블 카 사고가 나던 시각, 주리가 갇혀 있는 오피스텔 안에서는 축배가 한창 오고갔다. 한쪽에 손만 묶인 주리가 앉아 있고 미치코와 다나카 일행 모두 캔 맥주로 건배를 하고 있었다. 다나카가 일행에게 말했다.

"우리들의 작전 성공을 위해 건배."

미치코가 맥주를 한 모금 마신 후 주리를 쳐다보았다. 그러다가 미소를 짓고는 주리 쪽으로 갔다. 주리에게 억지로 캔 맥주를 입에 갖다댔다.

"오, 강주리 씨도 한 잔 해야지?"

주리가 고개를 틀며 도리질을 한다.

"왜 싫어? 그러지 말고 마시라구."

그러면서 주리를 향해 의미있는 시선을 던졌다.

"당신 애인 김우혁, 아주 따뜻한 남자던데?"

놀란 주리가 미치코를 쳐다보았다.

"당신을 너무 사랑하는 바람에 무조건 당신을 믿는 게 탈이지만 말야. 미안하지만 난 그 점을 이용했지. 지금쯤 김우혁과 이미란은 한판 붙고 있을 거야. 이미란을 범인으로 몰면서 말야."

말을 마친 미치코가 웃음을 터뜨렸다. 주리의 얼굴이 일그러졌다.

"나 대신 우혁 씨를 만나 무슨 말을 지껄인 거야? 나를 범인으로 모는 것도 부족해 이번엔 미란이까지 범인으로 모는 거야? 우리들을 이간질시켜서 당신들이 얻을 게 도대체 뭐지?"

미치코가 차갑게 웃으며 말했다.

"그래야 진짜 범인의 존재가 영원히 숨겨지지 않겠어? 응?"

"당신들 모두 미쳤어. 제 정신들이 아냐."

갑자기 미치코가 주리의 뺨을 때렸다.

"건방진 년. 맨날 실험실에나 처박혀 있는 네가 뭘 알아? 다시 한번 여기서 탈출을 하려 했다가는 그땐 죽여 버리고 말 거야. 알겠어?"

남산 케이블 카 거미 살인사건 현장에서 빠져나온 우혁과 미란은 함께 차를 타고 강변 도로를 달리고 있었다. 뭔가 답답한 심정을 속시원히 털어 버리고 싶은 생각이지만 차에 타고 있는 두 사람 다 침묵만을 지키고 있었다. 먼저 말문을 연 사람은 우혁이었다.

"……미란아 너한테 할 얘기가 있어."

마치 우혁의 말을 기다리기라도 했다는 듯 미란이 대답했다.

"그래, 좋아. 나도 아까 형이 한 말, 해명을 들어야겠어."

두 사람은 차를 몰아 한강 고수부지 쪽으로 방향을 튼 후 차를 주차시켰다. 강물이 보이는 곳에 나란히 자리를 잡고 앉은 두 사람은 한참 동안 흐르는 강물만을 보고 있었다.

"어젯밤 주리가 날 찾아왔었어. 몹시 겁에 질린 표정으로."

미란이 우혁을 쳐다보았다.

"주리는 누군가에게 협박을 당하고 있다고 했어. 살해 현장에 있었다는 사실 하나 만으로 살인범으로 몰리고 있다며."

우혁의 말에 앞뒤가 맞지 않는다는 듯 미란이 반문했다.

"그게 무슨 소리야? 형이 그랬잖아. 주리는 살인 사건이 일어난지도 모른다고."

"그건……주리가 살인범으로 몰릴까 봐 나한테 거짓말을 한 거야."

"이상하군. 그렇다면 어떻게 미리 살해 현장에 나가 있었다는 거야?"

그러자 우혁이 버럭 소리를 질렀다.

"그건 내가 할 말이야! 미란이 너야말로 어떻게 항상 살해 현장을 미리 알고 있었던 거지? 응? 말해 봐."

"우혁이 형, 지금 날 의심하고 있는 거야?"

"네가 남자 목소리로 꾸며서 주리를 만나자고 했던 거지? 오늘도 케이블 카 앞에서 주리를 만나자고 미리 약속해 놓고 그 장소에 나갔던 거지? 도대체 왜? 왜 주리를 살인범으로 모는 거야? 날 독차지하기 위해서? 아니면 너까지 미친 거야?"

"맙소사. 아니 형! 지금 무슨 얘길 하는 거야? 주리가 그래? 주리가 어젯밤 형을 만나서 그런 얘길 한 거야?"

"미란아……제발 모든 걸 솔직히 털어봐."

"정말 미치겠군. 한 마디만 할게. 아까 남산에서 내가 누굴 만났는지 알아? 바로 제주호텔에서 주리와 함께 나가던 청년이었어. 그 청년을 본 순간 직감적으로 거미 살인사건이 터질 것 같은 예감이 들었었구……불행히도 그 예감은 적중했어. 이래도 주리 대신 날 의심할 거야?"

미란의 논리정연한 공박에 우혁이 더 이상 듣기 싫다는 듯 소리쳤다.

"주리는 아냐. 누가 뭐래도 주리는 살인범이 아냐."

미란이 그런 우혁을 잠시 보다가 단호하게 말했다.

"좋아. 형이 날 의심한다면 두번 다시 이런 일로 형한테 부탁하지 않을 게. 두 사람 잘 해 봐."

미란이 화난 표정으로 발딱 일어서서 가 버렸다. 우혁은 몹시 괴로웠다. 도대체 진짜 살인범은 누구란 말인가?

주리를 납치한 후 자신이 뜻하는 대로 일을 꾸며가던 미치코는 직접 차를 몰고 오랜만에 최성준의 창고로 갔다. 그녀는 콧노래라도 부르고 싶은 심정이었다. 모든 일들이 잘 풀려 가고 있었다. 주리의 연구실을 마치 자신의 개인 연구실처럼 드나들던 미치코는 강주리의 복제 거미 프로젝트를 완벽하게 빼낼 수가 있었다. 그리고 자기들 일에 방해가 되는 미란과 우혁을 이간질시켜 서로 의심하게 한 성과까지 얻어낸 것이다.

미치코의 차가 창고 앞에서 멈췄다. 차에서 내린 미치코는 손에 의사들이 들고 다니는 그런 가방을 들고 있었다. 최성준은 창고 안에서 간이침대에 앉아 병째로 술을 마시고 있다가 벌떡 일어섰다. 자신을 노려보고 있는 미치코의 모습을 본 것이다.

"죽을 죄를 졌습니다. 제가 깜빡하는 사이에 거미들이 사라졌지 뭡니까."

그러자 화를 낼 줄 알았던 미치코가 의외로 간단히 대답했다.

"됐어요."

놀란 최성준이 반문했다.

"예?"

최성준은 입가에 미소까지 띄고 있는 이 여자의 속셈이 뭔지 자세히 살피고 있었다. 거미를 다시 한번 잃어버리면 그땐 죽은 투견개 값을 청구하겠다더니 요상하게 오히려 기분좋은 표정을 짓고 있으니 최성준은 당연히 헷갈릴 수밖에 없었다. 최성준의 속마음을 꿰뚫어본 미치코가 최성준을 안심시켰다.

"너무 걱정 말아요. 내가 거미들을 다시 태어나게 해줄 테니까."

그제서야 최성준이 반색을 하며 말했다.

"아니, 그럼 용서해 주시는 겁니까?"

최성준의 호들갑에는 대꾸를 않은 미치코는 다른 질문을 던졌다.

"큰 거미는 잘 크고 있겠죠?"

"아, 그럼요. 제가 정성껏 돌보고 있습니다요."

"지하실로 어서 안내해요."

얼굴에 생기가 돈 최성준이 앞장 서서 미치코를 지하실로 안내했다. 그러면서 계속 혼자서 떠들어댔다.

"이리 오시죠. 그런데 이상한 일이 벌어졌지 뭡니까? 글쎄 어느 날 보니까 그놈이 허물을 벗고 있더라구요. 그런데 제가 정작 놀란 것은 허물을 벗은 후에 그놈의 거미가 엄청나게 커져 있더라구요. 나 참, 신기하기도 하고 징그럽기도 해서 오시면 한번 물어보려고 했습죠. 예."

미치코는 최성준의 말에 대꾸는 하지 않았지만 입가에 만족한 듯이 미소를 짓고 있었다.

지하실에 내려온 미치코의 표정이 다시 엄숙하고 딱딱해졌다. 그녀는 들고 온 가방에서 주사기를 꺼내 하나 남아 있는 큰 거미에게 거미의 정액을 인공수정시키고 있었다. 최성준이 신기한 듯이 보고 있었다. 궁금증을 참지 못한 최성준이 물어보았다.

"지금 뭐하고 계신 겁니까?"

미치코가 최성준을 똑바로 쳐다보며 말했다.

"내 말 잘 들어요. 얼마 후에 이 거미에게서 알들이 태어날 거예요. 부화되기 전까지 잘 돌봐 줘야만 해요. 알았죠?"

"하하. 그러니까 지금 인공수정을 시키고 있는 겁니까?"

"그래요. 이제 수많은 슈퍼 거미가 탄생할 거예요."

"그것참. 그나저나 이런 거미를 키워서 뭣에다 쓰려는 겁니까? 나야 거미를 가지고 노름이나 했지만……."

갑자기 미치코의 표정이 날카로워지며 최성준을 꾸짖었다.

"최성준 씨. 내가 뭐랬죠? 당신은 내 지시대로 이 거미들만 키워 주면 된다고 하지 않았던가요? 벌써 잊었어요?"

"아, 예……그야 뭐……."

노려보던 미치코가 최성준으로부터 시선을 거두었다. 그러자 최성준이 투덜거리며 발길질을 해댔다.

특전사 이강준이 부관을 대동하고 공항을 순찰하고 있었다. 제임스의 정보대로라면 오늘쯤 러시아인 안드레이 제비치가 도착할 것이다. 여기 저기 공항 경비대원들이 경비를 서고 있는 모습들이 보였다. 경비견을 데리고 순찰중인 대원들의 모습도 보였고 화생방 실험을 하느라고 분주한 모습들도 보였다. 가스가 담긴 캔에서 염색된 가스가 분출되면 방독면을 쓴 대원들이 가스를 제거하는 훈련도 하고 있었다.

순찰을 마친 이강준과 부관이 공항 보안실로 향했다. 동공항 보안실 실장이 일어서서 두 사람을 맞았다. 보안실장과 이강준이 인사를 나누었다.

"수고가 많습니다."

"어서 오십시오. 그렇지 않아도 보고를 드리려고 했던 참입니다."

실장이 컴퓨터를 켜자 화면에 안드레이 제비치의 사진이 나타났다.

"안드레이 제비치가 서울 발 잘편으로 예약한 사실을 확인했습니다."

이강준이 의아한듯 질문을 던졌다.

"아니, 그럼 노스웨스트 항공편이 아니었나요?"

"아닙니다. 그래서 저희들이 확인을 해보니까 이중 예약을 한 사실이 밝혀졌습니다."

"이유가 뭘까요?"

"아마도 교란 작전 같습니다. 자신의 행방이 노출되는 걸 가급적 감추려는 의도가 분명합니다."

"흠……무슨 일이 있어도 이 자의 행방을 놓쳐서는 안 됩니다. 계속 철저히 체크해 주십시오."

"알겠습니다."

"그럼, 수고하십시오."

이강준이 일어섰다. 긴장하는 그의 표정에서 차츰 위기 상황이 가까워지고 있음을 느낄 수가 있었다.

서울 도심에 있는 한 당구장에서 김도섭이 부하들과 함께 당구를 치고 있었다. 당구장으로 들어선 맹만수가 김도섭 쪽으로 다가가 구십도로 인사하며 은근히 말했다.

"형님, 저좀 잠깐 보시죠."

김도섭이 큐대를 부하에게 넘겨 주며 한쪽으로 갔다. 맹만수가 그의 뒤를 따라갔다.

"그래 뭐야?"

"어젯밤 최성준의 창고에 어떤 여인이 들어가는 걸 봤습니다."

"그래서?"

맹만수가 김도섭을 향해 손으로 동그라미 표시를 하며 말했다.

"그 여자 돈푼깨나 있어 보이던데요? 틀림없이 최성준이하고 야로가 있나 봅니다. 그렇지 않다면 제깐 녀석이 무슨 돈이 있어서 거미를 가지고 도박판을 벌렸겠습니까? 우리를 따돌리고 재미를 보는 게 틀림없습니다. 이번 기회에 잃은 돈을 찾아와야죠."

"……좋아. 그렇다면 말이지……."

잠시 뭔가를 생각하던 김도섭이 맹만수에게 귓속말로 뭔가를 지시했다. 맹만수는 놀란 얼굴로 김도섭을 쳐다보았다.

"예? 그랬다가 만에 하나 가짜가 들통이 난다면……."

"하하……걱정마. 제놈이 발이 저려 딴 생각할 여유가 없을 테니까."

"알았습니다. 즉시 준비시키겠습니다."

우혁이 자신을 의심하고 있다는 생각에 미란은 괴로웠다. 주리를 살인범으로 의심하는 것만큼이나 우혁의 의심은 받아들일 수 없는 일이었다. 일이 바쁠 때는 상념에 젖을 수도 없었지만 혼자 있는 시간이면 여러 가지 일이 떠올라 마음은 한없이 복잡해졌다. 방송사 내에서 커피를 마시고 있던 미란은 자신에게 남산으로 가보라던 제보를 알려 준 사람의 말이 문득 떠올랐다. 인류……구원……아마겟돈……그가 했던 말들이 자꾸 뇌리에서 떠나지 않았다.

"이미란 씨. 뭘 그렇게 생각하고 있는 거야?"

미란이 남 기자의 말에 정신이 퍼뜩 들었다.

"남 선배, 혹시 아마겟돈 전쟁에 대해 아는 거 없어?"

"그거야 성경에 나오는 인류 최후의 전쟁 아냐?"

"그런 상식적인 얘기 말고……."

"내가 알기론 말야. 종말론을 부르짖는 사이비 교주들이 아마겟돈 전쟁을 들먹이곤 하지. 인류 최후의 날이 곧 닥칠 테니 구원을 받으려면 나를 따르라 이런 식으로."

미란은 도서관으로 가기 위해 밖으로 나갔다. 남 기자가 미란을 향해 소리쳤다.

"이봐! 이 기자. 어딜 가는 거야? 부장님이 아까부터 찾으시던데?"

"나 도서관에 좀 다녀올 게요. 그렇게 말씀드려 주세요."

"젠장, 물어볼 땐 언제고……이젠 볼일 다 봤다 이건가?"

미란은 그 길로 서초동의 국립도서관으로 갔다. 미란이 1층에 있는 컴퓨터로 도서 목록을 검색해보았다. 컴퓨터의 책 이름에 일본 신흥종교라 쓰고 엔터를 쳤더니 도서 목록이 나오기 시작했다.

책은 《생사를 초월한다》,《초능력자의 길》,《최후의 해탈자》 등 3 권밖에 없었다. 번역자는 최학준이란 사람이었다. 미란이 수첩에 메모를 해 두었다.

미치코가 다녀간 이후 최성준은 거미들이 태어나기를 학수고대하고 있었다. 며칠째 거미집에서는 아무 변화도 일어나지 않아 마음이 더욱 초조해졌다. 최성준이 지하에 내려가 있는 동안 창고 앞으로 차 한 대가 속도를 줄이며 조용히 다가와 멈추어 섰다. 김도섭의 차였다. 어둠 속에서 맹만수의 목소리가 들려 왔다.

"형님, 이쪽입니다."

김도섭이 소리가 나는 쪽으로 다가갔다. 맹만수의 옆에는 어떤 남자가 기다리고 있었다.

지하실로 내려간 최성준은 불을 켰다. 거미집 앞으로 가까이 간 최성준은 놀라움을 금치 못했다. 여왕 거미가 잔뜩 낳아 놓은 그 알들에서 새끼거미들이 태어나고 있는 모습을 본 것이다.

"와, 굉장하네……."

최성준이 거미집 앞으로 다가가 비디오 카메라로 찍기 시작했다. 여왕 거미는 한쪽에 웅크린 자세로 가만히 앉아 있었다. 최성준이 카메라를 내려 놓고는 옆에 놓여 있던 막대기를 집어 들었다. 그리고는 큰 거미를 향해 쿡쿡 쑤시며 얼러댔다.

"이놈 수고했다. 네놈 때문에 이 어르신네가 다시 큰 돈을 벌게 생겼다. 이놈아."

여왕 거미가 갑자기 다리를 움직이며 공격적인 자세를 취했다. 최성준이 막대기를 거두며 말했다.

"아이구 그놈 성질 한번 드럽네. 아니지. 제 새끼를 보호하려는 건 동물이나 사람이나 매 한 가지지. 암……."

최성준이 여왕 거미의 사나운 모습을 보고 놀라고 있을 때 창고 앞에서는 김도섭이 맹만수의 옆에 있던 남자에게 모자를 씌워 주었다. 그 남자는 김도섭의 계획에 따라 가짜 순경 노릇을 할 사람이었다.

"야, 이거 아무리 가짜 순경이라지만 모자가 너무 큰 거 아냐?"

김도섭의 지적에 맹만수가 조금은 불만스럽다는 투로 말했다.

"그것도 간신히 남대문 시장에서 구했습니다요."

"알았어. 들여보내."

맹만수가 가짜 순경을 향해 다짐했다.

"너 말야. 진짜처럼 목에 힘주고……알았지?"

가짜 순경 노릇을 하기로 한 건달이 자신있게 대답했다.

"아따 성님두. 걱정 붙들어 매쇼."

김도섭이 맹만수에게 말했다.

"우린 그만 가지."

"예. 형님."

김도섭이 맹만수와 함께 차를 타고 떠나자 가짜 순경이 모자를 눌러 쓰며 목을 빳빳히 세우고는 창고 앞으로 걸어갔다.

기분좋은 표정으로 지하실에서 창고로 올라온 최성준이 간이침대에 앉아 술을 마시고 있었다. 거미 새끼들이 자라면 다시 노름을 할 수 있다는 생각에 최성준은 한껏 기분이 좋아졌다.

이때 창고문이 덜컹거렸다. 최성준이 신경질적으로 소리쳤다.

"이 밤중에 어떤 놈이야?"

가짜 순경이 창고 밖에서 소리쳤다.

"어서 문 열지 못하겠어?"

할 수 없이 일어난 최성준이 창고 문을 향해 걸어가며 구시렁댔다.

"어느 시러배 아들놈이 한밤중에 지랄이야?"

가짜 순경은 창고 문을 계속 두드렸다.

"당장 문 열지 않으면 부시고 들어간다."

"너 누구야? 당장 꺼지지 못하겠어?"

"어서 문 열라니까."

"도대체 어떤 새끼야?"

최성준이 문을 열자 순경이 문을 확 밀치며 들어섰다.

"경찰에서 나왔다."

"예?"

갑자기 들이닥친 순경의 모습을 본 최성준이 몹시 놀랐다.

공중 들림

갑자기 순경과 맞부딪친 최성준이 당황한 표정으로 물었다.

"경찰에서 왜 나온 겁니까?"

가짜 순경이 일부러 목에 힘을 주며 뻣뻣한 자세로 말했다.

"불법 도박장을 벌였다는 고발이 들어왔어."

비로소 여유를 찾은 최성준이 느물거렸다.

"난 또 뭐라구. 여보쇼. 순경 양반. 잘못 짚으셨수다."

"뭐라구?"

"도대체 불법은 뭐구 도박장은 또 뭔 소립니까?"

"다 알구 왔어. 왜 이래, 당신 말야, 여기서 거미를 가지고 불법 도박판을 벌였잖아?"

"거미라구요? 나 참. 거미를 가지고 무슨 도박을 벌인다는 겁니까?"

"시치미 떼지 마. 거미들은 어디 있어?"

"나 참, 미치겠네. 아, 무슨 거미오?"

"너 정말 이럴 거야?"

"괜히 생사람 잡고 야단이야. 아 눈이 있으면 찾아보슈."

순경이 주위를 둘러보다가 거미집을 발견하고는 그쪽으로 다가갔다. 이미 오래 전에 창고 안에 거미는 다 치워서 지하실에 모두 옮겨 놓았던 최성준은 여유를 부리며 순경을 따라갔다.

순경이 텅 비어 있는 거미집을 가리키며 물었다.

"이건 뭐야?"

"보시다시피 모래집이오. 뭐 잘못됐습니까?"

그러나 순경은 쉽게 포기하는 눈치가 아니다. 텅 빈 모래집을 뒤적여 보던 순경이 확신을 가지고 말했다.

"음, 다른 곳에다 감추어 놨다 이거지?"

순간 최성준이 얼마간 당황한 기색으로 반문했다.

"무슨 말씀을 하시는 겁니까?"

다시 한번 창고 안을 살피던 순경이 지하실 입구를 발견하고는 꼬투리를 잡았다는 듯 물어보았다.

"저건 뭐야?"

최성준이 순경을 막아서며 갑자기 비굴해졌다.

"헤헤, 뭐긴요? 옛날에 파놓은 방공호 자립니다. 신경쓰지 마십시오."

순경의 태도가 확 달라졌다.

"저리 비켜."

순경이 최성준을 밀치고 지하실 입구 쪽으로 향했다. 최성준이 순경 뒤를 쫓아가며 필사적으로 매달렸다.

"글쎄 거긴 아무것도 없다니까요. 저, 그러지 말고……내 얘기좀 들어 보시라구요."

순경이 아무 소리 않고 지하실로 내려갔다. 최성준이 당황한 모습으로 뒤쫓아갔다. 미처 말릴 새도 없이 순경이 지하실로 들어섰다. 안으로 들어선 순경은 놀랐다. 거미집 안에 있는 여왕 거미와 새끼 거미들을 보았던 것이다.

"이럴 수가……."

순경이 거미집 쪽으로 다가갔다. 신기한듯 여왕 거미를 보고 감탄사를 연발했다.

"세상에 이렇게 큰 거미가 있다니……."

최성준은 아첨을 하듯 순경에게 너스레를 떨었다.

"헤헤……이런 거미 세상에 나와서 처음 보시죠? 예?"

"나 참……당신 참 웃기는 사람이군."

"아, 신기하잖아요?"

순경이 최성준의 느물느물한 태도에 안되겠다는 듯 표정을 바꾸며 단호히 말했다.

"잔소리 말고 어서 실토해. 불법 도박판을 벌여서 얼마나 챙긴 거야?"

최성준은 더 이상 통하지 않을 것 같은 생각이 들자 본색을 드러내며 될대로 되라는 듯 투덜거렸다.

"나 참, 더러워서……아무튼 난 뭐 되는 일이 없다니까."

"어서 말 못해?"

"글쎄 그게 말입니다. 잘 나가다가 어느 날 갑자기 거미가 사라졌지 뭡니까? 막말로 별로 챙긴 것도 없다구요. 저……이러지 마시고 나하고 얘기 좀 하십시다. 좋은 게 좋은 거 아닙니까? 일단 여기서 나가자구요."

순경을 구슬러 끌고 가려고 하자 순경이 최성준을 뿌리치며 말했다.

"넌 증거가 없으면 충분히 오리발을 내밀 놈이야. 저리 비켜. 거미를 가지고 가야겠어."

"아이구, 그건 안 됩니다. 그 거미는 임자가 따로 있어요."

최성준이 순경에게 매달렸지만 확 밀치며 소리쳤다.

"이거 놓지 못해!"

최성준은 그 자리에 쓰러졌다. 순경은 최성준을 거들떠보지도 않으며 거미집 앞으로 가서 여왕 거미를 손으로 툭 건드려 보았다. 순간적으로 여왕 거미가 움찔했다.

"하, 그놈 참 크기도 하다."

순경이 여왕 거미를 손으로 움켜잡는 순간 여왕 거미가 순경의 손을 물고 늘어졌다. 거미를 떼어 내려고 손을 뿌리쳐 보지만 거미는 손을 물고 늘어진 채 매달려 있었다. 어느 순간 순경이 움찔하며 잠시 경직되다가 앞으로 쓰러졌다. 쓰러져 있던 최성준이 놀라 순경 쪽으로 다가갔다. 여왕 거미에 물린 순경이 온몸을 경련하다가 입으로 피를 쏟아냈다. 최성준이 순경을 껴안으며 소리쳤다.

"여보세요? 정신 차려요?"

잠시 후 순경이 목을 떨어뜨리며 축 늘어졌다. 최성준이 겁에 질린 표정으로 순경의 몸에서 손을 떼어 내며 지하실 입구 쪽으로 뒷걸음질 쳤다. 그러다가 잽싸게 뛰어나갔다. 여왕 거미가 천천히 순경의 몸에서 나와 거미집으로 향했다. 지하실을 나온 최성준은 가쁜 숨을 내쉬며 떨리는 손길로 지하실문을 잠궜다.

밤이 늦도록 최성준이 안절부절 못하고 있었다. 병째 술을 마시며 서성이고 있다가 아무래도 지하실에 내려가 봐야겠다는 생각이 들어 지하실 입구 쪽으로 갔다. 층계를 내려가는 최성준의 손은 심하게 떨리고 있었다. 손전등을 비치며 지하실로 들어간 최성준은 순경의 시체를 빨아먹고 있는 여왕 거미의 모습을 발견하곤 몹시 놀랐다. 순경의 얼굴반이 흐물흐물한 젤리 상태로 변해 있었고 여왕 거미가 그곳에 입을 대고 빨아먹고 있었다. 너무 놀란 최성준이 손전등을 떨어뜨리며 정신없이 지하실을 빠져나왔다.

미란이 국립도서관에 가서 조사한 책들을 가지고 보도국 안으로 들어섰다. 보도국 안은 늘 부산했고 부장과 남 기자가 뭔가 얘기를 나누고 있었다. 미란이 자기 책상으로 가서 앉으며 책들을 책상 위에 놓고 검토를 시작했다. 부장과 얘기를 끝낸 남 기자가 미란의 책상 앞으로 다가왔다. 미란의 책상 위에 놓인 책들을 보며 말했다.

"아니, 이 책들은 다 뭐야?"

호기심이 생기는지 책들을 뒤적거렸다.

"책 제목 한번 요란하다. 최후의 해탈자? 이거 무슨 신흥종교 냄새가 나는데?"

미란이 남 기자가 들고 있는 책을 빼앗으며 말했다.

"신경쓰지 마세요."

"또 무슨 꿍꿍이가 있는 거지? 지난번 나한테 물어봤던 아마겟돈 전쟁하고 무슨 관련이 있는 거지?"

"이봐요. 남 선배. 그냥 호기심으로 묻는 거라면 나 대답할 기분 아니니까 제발 관심 끊어 줘요. 알았죠?"

"아, 그래. 알았다구. 나 참."

남 기자가 물러가면 미란이 수첩을 꺼내어 보며 최학준이라 쓰인 이름에 시선이 머물렀다.

미란이 갑자기 일본 신흥종교 교리 번역서에 관심을 가지는 건 아무래도 거미 살인사건과 관련성이 있을 것 같은 예감에서였다. 지난번 인텔리젠트 빌딩에서 다수의 선량한 시민들이 살인 거미에 의해 죽어간 현장을 본 후 미란의 생각이 바뀐 것이다. 단순한 복수극을 펼치기 위해 거미 살인사건을 저지른다고 보기엔 설득력이 약해진 것이다. 뭔가 다른 목적과 엄청난 음모가 있을 것 같은 예감이 자꾸 들었다.

또한 자신에게 살인 현장을 제보한 자들의 정체 또한 궁금했다. 미란은 일본 신흥종교 교리 책자를 번역한 최학준이란 사람을 찾아나서기로 결심했다. 그 사람을 만나면 뭔가 단서를 찾을 것 같았다. 그에게 번역을 부탁한 자들이 틀림없이 있을 것 아닌가? 어쩌면 자신에게 거미 살인이 일어나는 현장을 늘 전화로 제보하는 자들과 관련이 있을지도 모른다. 그들이 믿는 교리에 인류 최후의 전쟁인 아마겟돈에서 자신들만이 살아 남을 수 있다는 그런 교리를 주장하고 있지 않았던가? 그리고 아직 확신은 없지만 혹시 주리가 일본 신흥종교와 관련이 있을지도 모른다는 강한 의구심을 떨쳐 버릴 수가 없었다.

미란이 혼자서 이런 복잡한 생각들을 정리하고 있을 때 최학준이란 사람은 자신이 늘 나가는 단골 다방에서 아가씨들과 노닥거리고 있었다. 서울 변두리 다방이었다. 이 다방 고참인 미스 양이 쌍화차 두 잔을 들고 최학준이 앉아 있는 자리로 와서 앉으며 아양을 떨었다.

"최 선생님! 새로 온 미스 김 아직 인사 안 받으셨죠?"

최학준이 고개를 들어 보니 미스 양이 다른 좌석에 있는 미스 김을 향해 말했다.

"김양아 이리 온."

미스 김이 미소를 지으며 최학준의 좌석으로 왔다.

"인사드려. 우리 다방 터줏대감이셔."

"안녕하세요? 잘 부탁드려요."

미스 양이 찻잔을 놓으며 최학준에게 말했다.

"미스 김 것도 한잔 더 시켜줄 거죠?"

최학준이 기분좋은 듯 고개를 끄덕이며 말했다.

"좋지."

그러자 미스 양이 눈을 흘기며 대답했다.

"웬일이셔? 맨날 차 한잔 가지고 하루 종일 버티더니? 요즘 무슨 좋은 일이라도 있나 보죠?"

최학준이 거드름을 피우며 말했다.

"일본 애들한테서 만나자는 연락이 왔어. 이번엔 한판 잡히겠지."

"피, 맨날 큰 소리만……김양아. 마음 변하기 전에 네 것도 한잔 가져와라."

"알았어. 언니."

김양이 일어서서 주방으로 갔다. 그때 최학준의 핸드폰이 울렸다. 최학준이 거드름을 피우며 전화를 받았다.

"예. 최학준입니다."

그 전화는 방송사에서 미란이 건 전화였다. 미란의 목소리가 최학준의 핸드폰 수화기를 타고 울려 퍼졌다.

"이미란 기잡니다. 선생님을 만나 뵀으면 해서 전화 드렸습니다."

최학준이 기자라는 말에 기분이 좋은 듯, 그러나 일부러 겸손을 떨며 말했다.

"허허. 저같은 사람을 뭘……훌륭한 번역 문학가분도 많으실 텐데……."

"꼭 좀 만나 뵀으면 합니다. 언제쯤 시간을 내 주실 수 있겠습니까?"

"에……내가 오늘은 좀 바쁘고……."

최학준의 대화 내용을 듣고 있던 미스 양이 입에다가 손을 대고 웃었다. 눈으로 꾸짖는 최학준은 근엄한 표정으로 대화를 계속했다.

"아, 내일 만나죠. 선약이 있지만 한 시간 정도면 끝날 테니까 같은 장소에서 만나기로 하죠. 그래요. 네 시면 되겠네요."

최학준과 통화에 성공한 미란이 결론을 맺고 전화를 끊었다.

"그럼 내일 네 시에 네……그 호텔 커피 숍에서요. 감사합니다."

미란이 수화기를 내려놓자마자 다시 전화가 걸려 왔다.

"나 우혁이야. 지금 로비에 와 있어."

우혁의 전화를 받은 미란이 반가움과 분노로 잠시 표정이 굳어졌다. 잠시 생각한 후 미란은 일어나 방송사 로비로 내려갔다. 우혁이 로비에서 서성이고 있었다. 미란이 가까이 갔다.

두 사람은 아무말 없이 차를 타고 달리다가 한적한 곳에 있는 음식점으로 들어갔다. 찌개안주에 소주 한 병을 시켰다. 마주 앉은 두 사람은 여전히 말이 없었다. 미란이 우혁에게 술을 권하며 말문을 열었다.

"형! 한잔해."

우혁이 먼저 술을 받고 미란에게도 한 잔 따라 주었다.

"자, 건배하자구."

미란은 짐짓 딴청을 부리고 있다. 두 사람은 술을 단숨에 비워냈다. 우혁의 표정은 여전히 무거웠다.

"오늘따라 술 맛 나네."

"………"

"형하고 이렇게 호젓이 술 마셔 본 게 언제더라?"

우혁이 미란을 빤히 쳐다보았다.

"미란아."

이번에는 미란이 말이 없다.

"………"

"미안하다. 정말……."

"뭐가?"

"널 의심했던 거……하지만 그땐……."

"됐어. 술 한잔 더 줘."

단숨에 술잔 비운 미란이 이해한다는 말을 했다.

"나한테 그 일로 너무 신경쓰지마. 내가 우혁이 형이라도 그랬을 테니까. 주리 대신 나를 의심하는 게 당연하잖아. 사랑하는 사람을 어떻게 의심하겠어? 형은 주리를 사랑하잖아. 그게 해답이야. 이 세상 누가 사랑하는 사람을 살인범으로 믿고 싶겠어."

"미란아."

"나 지금 형을 비웃는 얘기가 아냐. 주리가 부러워서 그래. 정말이야."

"………"

"하지만 나도 여자야. 아무리 그렇다쳐도 형이 주리 대신 날 의심할 때는 정말 비참했다구. 살인범으로 몰려서가 아냐. 사랑을 잃은 여인의 아픔 같은 거……형은 상상이나 해 봤어? 까짓 자존심 때문에 내가 그렇게 화를 냈는지 알아?"

"………"

"형! 그렇다고 나한테 너무 부담 갖지 마. 난 이미 주리가 귀국할 때 이런 사태가 오리라는 걸 예감했었어. 그동안 형의 빈 마음을 주리 대신 채워 줄 수 있었던 것만으로도 후회는 없어."

"미란아."

"난 알아. 주리에 대한 형의 감정을……구태여 변명할 필요 없어."

"………"

"주리를 살인범으로 몰 때마다 나도 괴로웠어. 고민도 많았지만 형! 아직도 풀리지 않는 의문점들은 많아. 주리를 성폭행했던 자들이 죽어 갔을 때는 주리가 살인범이라는 확신이 섰어. 그러나 지난번 인텔리전트 빌딩에서 사람들이 죽어 가고 그리고 남산 케이블 카에서도 사람들이 죽었을 때 혼란이 오기 시작했어. 주리와 아무런 관련이 없는 사람들이 죽어 갔잖아. 그래선데……형! 그날 나한테 전화 제보를 한 사람이 이상한 말을 했었어. 자신들이 인류 최후의 전쟁인 아마겟돈에서 사람들을 구해 줄 평화의 사도라는 거야."

"그게 무슨 뜻일까?"

"일본 신흥종교 광신자들이 종말론을 부르짖으며 그런 교리를 믿는다는 걸 알아냈어. 얼마 전에 일본 도쿄 지하철에서 사린 독가스를 뿌려 무차별하게 시민들을 죽인 적도 있잖아. 이번에 나한테 전화 제보를 한 자들이 그런 무리라면……그들은 살인 거미를 이용하여 무차별하게 시민 테러를 저지를 가능성은 얼마든지 있다고 봐."

"뭐라구? 그럼 주리가 일본 신흥종교 광신자란 말야?"

"아직 거기까진 모르겠어."

"아냐. 주리는 절대로 그럴 리 없어. 주리는 사람들을 위해 거미를 가지고 해충들을 죽이는 그런 연구를 하고 있어. 주리는 절대로 아냐."

"나도 그러길 바래. 그러나 만에 하나 주리가 미친 사람들에게 이용 당하고 있다면 우리 두 사람은 주리를 구해 내야만 해."

"………"

"그동안 일본 신흥종교에 대해 조사를 해 봤어. 우리 나라에도 그쪽 교리를 번역한 사람이 있더라구. 그 사람을 만나 이것저것 알아보면 단서를 찾아 낼지도 모르겠어. 어떤 형태로든 접촉을 했을 거 아냐."

"나도 그 자리에 나갈 게. 그래서 주리의 무혐의를 밝혀 내겠어."

"좋도록 해."

우혁이 미란의 설명을 듣고 감탄한듯 그윽히 쳐다보았다.

"미란아! 넌 정말 대단하다."

"기자로서?"

"아니, 여자로서."

미란이 씩 웃으며 말했다.

"내가 다시 형을 좋아하면 어쩔려구 그래? 책임질 수 있어?"

우혁이 웃으며 대답했다.

"그럼."

"욕심하군. 자, 술이나 따라 줘."

우혁이 따라 주는 잔을 받고 있는 미란은 겉으로 내색하지 못하는 아픔을 꾹꾹 누르고 있었다. 우혁은 모를 것이다. 미란이 지금 얼마나 가슴 아파하고 있는지. 미란은 우혁에 대한 감정을 힘들여 절제했지만 터져 나오려는 울음까지 참을 자신이 없었다. 그러나 결코 우혁에게 눈물만은 보이고 싶지 않았다. 그건 사랑을 잃은 여인의 지키고 싶은 최소한의 자존심이었다.

다음 날, 서울 시내 한 호텔의 커피숍 안에 최학준이 앉아 있었다. 미란을 만나기 전 미치코와 약속을 했기 때문에 먼저 도착해 있었던 것이다. 미치코보다 먼저 도착한 다나카가 최성준의 맞은편 자리에 앉아 있었다. 최성준은 말없이 앉아 있는 다나카를 보며 문득 지난 일들이 떠올랐다.

일본 여자와 바람이 난 아버지, 자식을 버리고 도망간 어머니, 최성준과 최학준은 단 둘이서 외롭게 자라났다. 최학준은 가난을 이겨야겠다는 생각에 어렵게 어렵게 대학을 마쳤지만 직장이 생기지 않아 실업자 생활을 하기도 했었다. 어느 날 우연히 일본에서 날아든 초청장은 최학준에게는 삶의 희망 같은 것이기도 했다. 일본으로 간 최학준은 그를 초청한 사람이 아버지가 아니라는 사실을 알게 되었다. 최학준의 아버지와 눈이 맞았던 일본 여자의 친척이라고 했다. 그가 다나카였다. 전공은 아니었지만 기초적인 일어를 알고 있었던 최학준은 일본에서 생활을 하며 다나카의 주선으로 번역 일을 시작했다. 사소한 잡문 형식의 글을 번역했는데도 다나카는 언제나 후하게 값을 치러 주었다. 돈을 얼마간 모은 최학준은 다시 한국으로 돌아와 결혼도 하고 평범한 생활을 하고 있었다. 그런데 1년도 지난 어느 날 느닷없이 그를 찾아온 다나카는 그에게 다시 일을 주겠다며 자신의 부탁을 들어 달라고 했다. 그래서 강주리 박사를 만났던 것이었다. 그 일은 강주리의 완강한 태도 때문에 실패로 돌아갔다. 그리고 오늘 두번째 부탁을 한다는 다나카의 연락을 받고 커피 숍에 나온 것이다.

최학준은 다나카에게 자신이 무슨 일을 해야 하는 거냐고 꼬치꼬치 캐물었다. 그러자 다나카는 신경질적으로 대답했다.

"당신은 그저 시키는 일이나 하도록 해. 쓸데없는 질문 하지 말고."

면박을 당한 최학준이 멋쩍어하고 있는데 다나카가 갑자기 일어서며 누군가에게 공손하게 인사를 올렸다. 의아한 최학준이 고개를 돌려 쳐다보았다. 미치코가 그의 앞에 다가와 앉았다. 놀란 최학준이 아는 체를 했다.

"아니, 강주리 씨가 여긴 웬일이세요?"

그러자 미치코가 차갑게 대답했다.

"난 강주리가 아니에요. 미치코라고 합니다."

최학준이 믿기지 않는다는 표정으로 미치코를 뜯어보며 신기해했다.

"와, 어떻게 이렇게 닮을 수가 있지."

다나카가 엄숙한 표정으로 최학준을 꾸짖었다.

"무례하구나. 우리 정오사님께 함부로……."

그들의 교리 책자를 번역해 준 관계로 그들 교단에서 정오사의 위치가 어느 정도인지는 알고 있었던 최학준은 다나카의 말에 또 한번 놀랐다. 그들이 신으로 믿는 사노는 존사라고 불렸고 바로 그 밑에 직급이 정오사였던 것이다. 쉽게 말해서 존사 바로 다음으로 높은 사람이었던 것이다. 최학준이 더듬듯 말했다.

"아니 그럼 이분이 정오사님?"

그는 일어서서 공손히 인사를 올렸다.

"죄송합니다. 그렇게 높으신 분인 줄 모르고……죄송합니다."

미치코가 손을 내저으며 점잖게 말했다.

"괜찮아요. 앉아요."

최학준이 앉자 미치코가 다나카에게 눈짓을 했다. 다나카가 들고온 원고 뭉치를 꺼내 놓았다. 미치코가 최학준을 향해 말했다.

"우리 교리를 번역해 준 걸로 알고 있는데 이번에도 수고를 좀 해 주셔야겠어요."

"알겠습니다. 그런 일이라면야 성의껏 해 드리겠습니다."

"시간이 없어요. 이번 번역은 좀 서둘러 주세요."

미치코가 말을 마치자 다나카가 돈 봉투를 꺼내 최학준에게 건네주었다. 미치코가 최학준에게 다짐하듯 말했다.

"이번 번역료도 섭섭진 않을 거에요. 그럼 부탁해요."

미치코가 일어서자 다나카가 부지런히 앞장을 섰다. 최학준이 그 뒤에다 대고 머리를 숙여 인사를 했다. 두 사람은 호텔 밖으로 나갔다.

바로 그 시각 최학준을 만나러 온 미란의 차가 호텔로 들어섰다. 우혁과 함께 호텔로 온 미란은 만에 하나 주리가 일본 신흥종교에 빠져 있다면 어떻게든 주리를 그곳에서 빼내야만 한다고 생각했다.

미란은 복잡한 심정으로 호텔 앞에 차를 멈추었다. 먼저 우혁이 차에서 내렸다. 운전석에서 막 내리려던 미란이 자신의 차를 스쳐 지나가는 차 속의 사람을 보고 놀랐다. 미란은 그 차가 멀어지도록 쳐다보았다.

"왜 그래? 누굴 본 거야?"

"아, 아냐. 들어가."

두 사람은 커피 숍으로 발걸음을 옮겼다. 그러나 미란은 몹시 혼란스러웠다. 좀전에 보았던 차 속에 아무래도 주리가 있었던 것 같다.

다나카가 내민 봉투를 들여다보던 최학준은 기분이 좋아졌다. 번역료치고는 엄청난 고액이었다. 미란과 우혁은 커피 숍 카운타에서 최학준이란 사람을 찾았고 웨이터의 안내로 최학준의 자리로 왔다.

"최학준 선생님 되시죠?"

"아, 예. 이 기자라고 했던가요?"

"네, 이미란입니다."

"그런데 왜 날 보자고……."

"일본 신흥종교 교리책을 번역하신 걸로 아는데요?"

"허허. 그야 뭐 문학작품도 아닌데……그걸 어떻게 아셨소? 혹시 그쪽에 관심이라도 있는 거요?"

"어떻게 번역을 하시게 됐습니까? 직접 그분들을 만났나요?"

"처음엔 일본에 갔다가 우연히 연결이 됐었지요. 한국에서 출판을 원하길래 푼돈이나 벌어 볼까 하고 번역을 해 줬는데 아, 글쎄 번역료를 엄청 주더라구. 그러더니 이번에도 저 원고 뭉치를 맡기면서 또 부탁을 하더군요. 여기서 방금 헤어졌소."

미란이 몹시 놀라며 되물었다.

"네? 그럼 그 자들이 방금 여기 있었다는 겁니까?"

"왜 그렇게 놀라쇼?"

"어떻게 생긴 사람들이었나요?"

"미모의 여인과 내가 전부터 알던 남자 한 사람이었소."

순간 호텔 앞에서 언뜻 본 것이 주리라는 확신을 얻은 미란이 황급히 우혁을 향해 작은 소리로 말했다.

"형, 주리 사진 가지고 다니는 거 있지?"

미란이 속삭이듯이 말하자 우혁도 작은 목소리로 말했다.

"미란아, 너 설마."

우혁은 미란이 또다시 주리를 의심하는 것 같아 여간 불편한 심정이
아니었다. 그러나 주리의 혐의점을 찾기 위해 여기까지 온 것이 아니던
가? 그러나 우혁은 차마 주리를 의심해서 그녀의 사진을 꺼내고 싶지
는 않았다. 적어도 우혁은 미란이 생각하는 것처럼 주리가 일본 신흥종
교에 미쳐서 교리책자를 지금 이 사람에게 맡겼을 리가 없다는 확신이
있었다.

"형! 빨리 꺼내 봐."

우혁이 할 수 없이 지갑에 넣고 다니던 주리의 사진을 꺼내자 미란이
그 사진을 최학준에게 보여주었다.

"혹시 일본 신흥종교 교리 책자 번역을 부탁한 사람이 이 여자분 아
니었나요?"

최학준이 사진을 보다가 말했다.

"맞아요. 이 여자요. 그런데 어떻게 이 여자 사진을 가지고 계신 겁니
까? 이분과 잘 아는 사이오?"

미란과 우혁은 혹시나 했던 일을 확인하고 나자 충격에 빠졌다. 미란
이 충격으로 멍청해 있는 우혁을 일으켜 세워 최학준에게 인사도 안 하
고 나갔다. 최학준이 두 사람을 보며 어이가 없다는 듯 말했다.

"원, 싱거운 사람들 같으니라구……."

충격을 받은 미란과 우혁이 정신없이 호텔을 나와 도심을 달리고 있
었다. 운전을 하며 미란이 우혁을 향해 말했다.

"형! 이를 어쩌지? 나도 주리가 아니길 바랐어. 그런데……."

우혁이 대답을 못하며 몹시 괴로운 표정을 지었다. 이성과 감정 사이
에서 우혁은 괴로워하고 있는 것이다. 미란이 우혁을 보다가 자신마저
너무 감정에 치우치면 안 되겠다 싶었는지 문제를 해결할 방법을 생각
해보았다.

"주리가 일본에 머물면서 신흥종교에 빠진 게 분명해. 이를 어쩌지?"

우혁은 여전히 침묵만을 지키고 있다.

"………"

"만일 주리가 거미 살인범이라면 보통 문제가 아니잖아. 주리 같은 천재가 마음만 먹는다면 시민들을 무차별하게 죽일 수도 있다구."

우혁은 미란의 말에 일체 반응을 보이지 않았다. 갑자기 미란이 차를 돌렸다. 비로소 우혁이 말했다.

"왜 차는 돌리는 거야? 어딜 가려구?"

"아무래도 안 되겠어. 이강준 대위를 찾아가서 대책을 세워야 할까 봐."

미란의 단호한 말에 우혁이 호소하듯 말했다.

"미란아, 제발 부탁이다. 주리를 만나 먼저 확인부터 해 볼게. 그러고도 주리가 범인이라면 내 손으로 자수를 시킬게. 나한테 먼저 기회를 줘. 부탁이야."

우혁의 간절한 부탁에 미란은 고민에 빠졌다.

커피 숍을 나온 최학준이 거들먹거리며 자주 가던 다방 안으로 들어섰다. 생각지도 않은 거금이 만지게 되자 온 세상이 자기 것만 같았다. 최학준의 기색을 재빨리 눈치챈 미스 양이 아양을 떨며 최학준에게 다가갔다.

"어머, 최선생님. 보아하니……나가셨던 일이 잘 됐나 보죠?"

"야, 여기 쌍화차 석 잔, 미스 김도 오라고 하고."

"호호. 미스 김아. 쌍화차 석 잔이다."

미스 김은 기다렸다는 듯 주방에 쌍화자 석 잔을 부탁했다.

최학준이 자리에 앉아 원고 뭉치들을 꺼내 보았다. 호기심이 생긴 미스 양이 그런 모습을 보다가 물었다.

"그게 다 뭐예요?"

최학준은 미스 양의 말에는 대꾸를 않고 차츰 원고 내용 속으로 빠져 들었다. 아주 신기한 표정을 지으며 흥미로워 했다.

"흠……이것 봐라?"

옆에 있던 미스 양이 최학준에게 물었다.

"재밌어?"

여전히 최학준이 원고만 들여다보자 미스 양이 최학준을 꼬집으며 말했다.

"아이 미워. 혼자서만 그러지 말고……얘기좀 해 줘, 응?"

"아, 알았어. 이 내용이 말야……."

이때 미스 김이 쌍화차 석 잔을 가지고 와서 앉았다.

최학준을 뽐내는 표정으로 설명을 시작했다.

"여기에 적힌 대로라면 말야. 사람이 공중에 붕 떠오른다는 거야."

그러자 미스 양이 김샌다는 표정으로 말했다.

"피, 난 또. 찐한 사랑 얘긴 줄 알았지. 웬 싱거운 마술?"

최학준이 답답하다는 듯이 미스 양에게 설명을 계속했다.

"마술 얘기가 아니고 이 종교를 믿으면 정신력만으로 원격 투시는 물론 공중 부양까지 가능하다는 얘기야. 이 무식아."

미스 김이 눈을 동그랗게 뜨며 물어보았다.

"공중 부양이 뭐예요?"

"그건 말야 사람이 앉은 자리에서 공중으로 들어올려진다는 뜻이야. 공중 들림이라고 표현하지."

"아무런 도움없이 혼자서요?"

"그럼, 그러니까 신비스럽다는 얘기 아냐?"

"어마, 그래요? 그것 참 신기하네. 우리 구경갈 수 없어요?"

미스 김이 호들갑을 떨자 미스 양이 끼어들었다.

"이것아. 그게 말이나 되니? 사람이 어떻게 공중에 뜨니?"

최학준이 체면을 살리려는 듯 혼자 소리를 하며 그 자리에서 핸드폰으로 전화를 했다.

"가만……맞아. 괜히 이런 책 번역했다가 사기꾼으로 몰려서는 안 돼지. 증명을 해보이라고 해야겠어."

전화 신호가 떨어지자 최학준이 일어로 말했다.

"다나카 상? 한 가지 물어 볼 말이 있습니다. 원고를 보다 보니 공중부양이 가능하다고 돼 있던데 실제로 그런 수행 능력을 증명해 보일 수가 있습니까? 하이……하이. 알았습니다. 그럼 오늘 밤……아닙니다. 입구까진 제가 직접 찾아가겠습니다."

"뭐라고 씨부렁거리는 거예요?"

"증명해 보일 수가 있대. 공중 들림을 말야."

미스 김이 다시 나섰다.

"어마. 신기해라. 아저씨, 우리도 데려가 줘요. 네? 언니도 함께 가자. 공짠데 어때?"

미치코를 만나러 갔다가 실패한 최성준이 술이 취한 상태로 창고 안으로 들어섰다. 그리고는 비틀거리며 간이침대 쪽으로 걸어가 침대에 걸터앉았다. 술을 마시던 최성준은 뭔가 생각을 하다가 벌떡 일어섰다. 아무래도 지하실에 죽어 있는 순경이 궁금해졌다.

비틀거리며 지하실 입구로 들어선 그는 손전등을 비추며 거미집 앞으로 다가갔다. 그리고는 순경의 시체가 눕혀 있던 곳으로 가서 불을 비추어 보았다. 그러나 시체가 안 보였다. 깜짝 놀란 최성준이 온몸을 떨며 혼자서 중얼거렸다.

"아니? 시체가 어디로 사라졌지?"

최성준이 이번에는 거미집을 향해 불을 비췄다. 여왕 거미는 얌전히 자리에 앉아 있었다.

"이상하네? 거미는 그대로 있는데……."

천천히 앞으로 다가가던 최성준은 어느 순간 머리에 뭔가를 부딪쳐 그 자리서 멈칫했다. 깜짝 놀란 그가 손전등을 비추었다. 거미줄에 칭 칭 감겨 있는 어떤 물체가 보였다. 더욱 가까이 다가간 최성준이 순간 기겁을 했다. 순경의 시체가 거미줄에 칭칭 감겨서 마치 미라처럼 오그 라진 상태로 거미줄에 걸려 있었던 것이다. 순간 최성준은 외마디 소리 를 지르며 그 자리에 주저앉았다.

최학준은 다방 영업이 끝난 후 미스 김과 미스 양을 데리고 종교집회 가 열린다는 장소로 갔다. 얼결에 따라온 미스 양은 약간 겁먹은 얼굴 이다. 서울 교외로 빠져나온 택시는 자꾸만 한적한 길로 달려갔다. 겁 먹은 표정의 미스 양이 최학준을 향해 말했다.

"아저씨. 아직도 더 가야 돼?"

"거의 다 왔어."

미스 김은 재미난 듯 키득거리며 말했다.

"히히 꼭 귀신 나올 거 같다."

미스 양이 핀잔을 주듯 한 마디 했다.

"얘는……난 지금 무서워 죽겠는데 넌 웃음이 나오니?"

바로 그때 달려가고 있는 택시 앞 쪽에서 차의 헤드라이트가 반짝이 는 모습이 보였다.

"저 불빛이 뭐지?"

최학준이 웃으며 말해 주었다.

"우리를 마중 나온 차야."

택시가 멈췄다. 최학준이 택시비를 지불했다. 택시에서 내린 세 사람은 헤드라이트를 비추던 차로 다가갔다. 흰 복장에 가면까지 쓴 다나카의 부하 모리가 운전석에서 내려와 세 사람을 맞이했다. 세 사람이 차에 올라타자 어딘가로 달려가기 시작했다.

얼마 가지 않아 차는 폐교가 된 듯한 국민학교 건물 안으로 들어섰다. 모리가 안내로 들어간 교실에서는 종교 의식이 행해지고 있었다.

흰 옷을 입은 신자들이 절을 하며 예배를 보고 있었다. 세 사람은 한쪽에 서서 겁먹은 표정으로 이런 모습들을 보고 있다.

이때 미치코와 다나카 일행이 교실에 들어섰다. 하나같이 흰 옷에 복면을 한 모습이었다. 신도들이 갑자기 열광하기 시작했다.

미치코가 가운데에 놓인 연단 위로 올라가 요가 자세를 취했다. 모든 사람들이 침묵한 채 주시하자 미치코는 주문을 외우기 시작했다. 미치코가 서서히 공중으로 떠오르기 시작했다. 신도들은 열광했다. 어느 새 광적인 분위기에 혼이 빠진 미스 양과 미스 김도 절을 하기 시작했다. 최학준만 멀뚱거리며 서 있었다.

미치코는 주리의 유전공학 연구소에 하루도 빠짐없이 출근했다. 오늘은 일요일인데도 출근했다. 연구소로 들어가는 미치코의 발걸음이 무거웠다. 주리의 연구 프로젝트를 빼내기는 했지만 아무래도 완벽하지는 않은 것 같았다. 복제 거미를 탄생시켰지만 독성이 떨어졌고 거기다가 난폭한 공격성도 없었다. 주리가 절대 도와줄 수 없다고 버티자 어떻게 하면 약점을 보완할 수 있을까 하고 연구실에 나타난 것이다.

연구소 안으로 들어서는 미치코를 본 경비원이 일어서며 반갑게 맞이했다.

"일요일인데도 출근하시네요?"

심사가 편치 않은 미치코가 신경질을 냈다.

"그건 당신이 상관할 일이 아니잖아요? 어서 키나 줘요."

"예……알았습니다."

경비원에게서 키를 받은 미치코가 연구실 쪽으로 발걸음을 옮겼다. 경비원이 고개를 갸웃거리며 중얼거렸다.

"요즘 부소장님께서 왜 저러실까? 예전 같지 않아. 꼭 딴 사람같이……소장님이 안 계셔서 스트레스가 쌓여서 그러시나?"

주리의 연구실로 들어선 미치코가 컴퓨터를 켠 후 '거미에게 흥분제나 마약을 투입했을 때의 반응'이라고 입력한 후 자리에서 일어섰다. 주사기에 마약을 넣은 미치코는 살인 독거미의 난폭성을 키우기 위해 이제 마약까지 투입하는 극단적인 조치까지 취하기 시작한 것이다.

미란과 함께 주리가 일본 신흥종교에 빠져 있다는 사실을 확인한 우혁은 날마다 고민만 하고 있었다. 문제를 어떻게 해결해 나가야 할지 좀처럼 좋은 생각이 떠오르지 않았다. 고심한 끝에 주리를 직접 만나야겠다고 생각한 우혁이 주리의 집으로 전화를 걸었다. 신호가 여러 번 가도 받지 않자 이번에는 연구소로 전화를 걸었다.

주리의 연구소에서 거미에게 주사기로 마약을 투입하고 있던 미치코가 우혁의 전화를 받았다.

"네. 강주립니다."

"나. 우혁이야."

순간적으로 긴장한 미치코는 곧 목소리를 상냥하게 바꾸었다.

"어마, 우혁 씨."

"나좀 볼 수 없을까? 꼭 좀 만났으면 하는데."

미치코가 망설였다. 미란과 우혁이 자신의 정체를 파헤치고자 뛰어다니는 걸 알고 있었던 미치코는 그를 만나는 게 차츰 부담스러웠다. 지금까지는 오히려 미란과 우혁을 이용하여 자신들의 작전을 펼쳐 나갔지만 만에 하나 쓸데없는 꼬투리라도 잡힌다면 보통 문제가 아니었다. 이제 본격적인 작전개시를 앞두고 만사에 조심해야 했기 때문이다. 미치코가 우혁의 요구에 거절하는 뜻을 전했다.

"어떡하지? 우혁 씨. 나, 지금 할 일이 좀 있어서⋯⋯."

전화선을 타고 우혁의 목소리가 울려퍼졌다.

"일요일 하루쯤은 쉬어도 되잖아. 꼭 만났으면 해. 할 얘기가 있어. 내가 언제 주리한테 만나자고 강요한 적 있었어? 이번이 처음이잖아. 내 부탁 들어 주는 거지?"

우혁의 말에 미치코는 할 수 없이 약속을 정했다.

"좋아. 응⋯⋯그래, 그럼 거기서⋯⋯알았어."

말을 마친 미치코가 수화기를 거칠게 내려놓았다.

주리가 감금되어 있는 오피스텔 안에서는 다나카와 이와다 그리고 모리가 일본 비디오를 보며 낄낄거리고 있었다. 한쪽에 손과 발이 묶인 채 앉아 있는 주리가 이들의 모습을 경멸에 찬 시선으로 보고 있었다. 그러다가 도저히 못 참겠다는 듯 악을 썼다.

"이봐요. 도대체 날 언제까지 여기다 가두어 둘 거예요?"

모리가 싱긋이 웃으며 일어나 주리 곁으로 가서는 얼굴을 만지며 달래듯 말했다.

"그거야. 당신이 할 탓이지. 우리한테 협조만 하면 당장 여왕처럼 모실 텐데 웬 고집이 이리 세실까? 응?"

주리가 다시 소리쳤다.

"이 손 치우지 못해?"

"역시 미인은 화를 내면 더 이쁘다니까……."

모리가 다시 손으로 주리의 얼굴을 쓰다듬자 주리가 입으로 모리의 손을 물었다. 모리가 비명을 지르며 주리를 때리려 했다.

"이년이 죽고 싶어?"

그때 다나카가 모리의 손을 잡고 말렸다.

"아하……살살 다루어야지. 그렇게 거칠게 다루면 되나? 자, 우리는 식사나 하러 가자."

세 사람이 나가는 모습을 본 주리가 분노에 찬 시선으로 그들을 노려 보았다.

한편 우혁과 만날 약속을 한 미치코가 주리의 연구실에서 계속 거미에게 마약 주사를 놓으며 반응 실험을 하고 있다가 문득 무슨 생각이 드는지 주사기를 놓고는 전화기를 집어 들었다. 어쩐지 예감이 좋지 않았다.

주리를 감금해 놓은 채 식사를 하러 오피스텔 근처의 일식집에 간 다나카 일행이 막 식사를 하려고 할 때 모리의 휴대폰으로 전화가 걸려왔다. 미치코였다. 모리가 수화기를 다나카에게 넘겨주었다.

"정오사님 전홥니다."

다나카가 공손히 전화를 받았다.

"전화 바꿨습니다. 하이……하이……."

다나카가 전화를 끊은 다음 모리에게 뭐라고 귓속말을 했다.

"하이."

식사중인데도 모리가 수저를 그냥 놓고 달려 나갔다. 다나카와 이와다 두 사람은 다시 식사를 시작했다.

오피스텔 안에 갇힌 주리가 무슨 생각인지 골똘히 하다가 문득 가운데에 놓여 있는 둥근 테이블 쪽으로 시선을 보냈다. 그녀의 눈에 필기 도구들이 보였다. 깡충 걸음으로 테이블 쪽으로 간 주리가 묶인 두 손으로 간신히 필기구를 잡고 종이에다가 뭔가를 쓰기 시작했다. 그런 후에 창 쪽으로 열려진 문을 통해 종이 쪽지를 떨어뜨렸다.

마침 오피스텔 아래로 지나가던 남자 한 명이 하늘에서 떨어진 쪽지를 주웠다. 그것을 펼쳐본 남자는 누군가 장난하고 있는 것인가 하다가는 전화를 걸어 주었다. 쪽지에는 한 개의 전화 번호와 오피스텔 호수가 적혀 있었다.

우혁이 주리와 만나기 위해 외출 준비를 마치고 막 나서려는데 전화가 걸려 왔다.

"여보세요?"

웬 남자가 우혁의 전화 번호를 확인했다.

"거기가 700-3253번입니까?"

"그런데요?"

"우연히 길거리서 종이 쪽지를 주웠는데요. 그곳 전화 번호가 적혀 있었습니다."

우혁이 물었다.

"다른 내용은요?"

"문화 오피스텔 605호실과 주리라는 이름이 적혀 있어요."

놀란 우혁이 소리쳤다.

"여보세요? 다른 내용은 없습니까? 당신은 누구십니까?"

"전 쪽지를 주웠을 뿐이에요."

전화가 끊기자 혼란스러워진 우혁이 급히 뛰어나갔다.

식사를 마친 다나카와 이와다가 오피스텔 안으로 들어섰다. 이와다가 포장된 김초밥을 주며 말했다.

"먹어 둬. 굶어야 너만 손해니까."

그러고는 주리의 손을 풀어 주었다. 주리가 포장을 뜯어 음식을 먹기 시작했다. 이 모습을 본 다나카가 흐뭇해졌다.

"암, 그래야지."

미치코가 우혁과 만나기로 한 커피 숍 안으로 들어섰다. 밖으로 나온 우혁이 자신의 차에 올라탔다. 우혁의 차가 움직이자 집 밖에서 그를 기다리고 있던 모리의 차도 자연스럽게 우혁의 차를 뒤쫓기 시작했다.

우혁을 기다리며 커피를 마시던 미치코는 시계를 보고는 이상했다. 중요한 얘기가 있다더니 약속 시간이 지나도록 우혁이 나타나지 않는 것이었다.

우혁은 미치코가 기다리고 있는 커피 숍으로 가지 않았다. 그의 뒤를 바짝 쫓던 모리가 다나카에게 보고를 했다. 오피스텔 안에 있던 다나카가 모리의 전화를 받으며 놀랐다.

"뭐야? 김우혁이가 길을 바꿨다고? 미치코 정오사님과 만나기로 했던 커피 숍 쪽으로 가고 있는 게 아니라고?"

주리가 다나카의 전화 내용을 들으며 긴장했다. 우혁의 차를 뒤쫓고 있는 모리가 운전을 하며 핸드폰으로 계속 다나카에게 보고를 했다. 그러는 사이 우혁의 차가 다시 한번 우회전을 했다. 모리가 급하게 뒤쫓으며 전화기에다 대고 황급히 말했다.

"아무래도 이상합니다. 차가 가고 있는 방향으로 봐서는 우리가 묵고 있는 오피스텔 쪽이 아닌가 싶습니다. 지시 바랍니다."

오피스텔 안에서 전화를 받던 다나카가 놀라서 소리쳤다.

"뭐야? 이쪽으로 오고 있는 거 같다고? 확실해? 알았어. 놓치면 안 돼. 절대로."

긴장한 채 대화 내용을 듣고 있던 주리가 기쁜 표정을 지었다. 자신의 메모를 우혁 씨가 전해 받고 이곳 오피스텔로 달려오고 있는 것이다. 주리는 떨리는 가슴을 진정시키며 간절히 빌었다.

주리의 간절한 바람과는 달리 다나카가 모리의 전화를 급하게 끊고 어딘가로 다시 전화를 걸었다.

초조한 표정으로 커피 숍에 앉아 시계를 보고 있던 미치코는 다나카의 전화를 받았다. 당황하고 있는 목소리였다.

"정오사님. 김우혁이 우리가 있는 오피스텔 쪽으로 오고 있답니다. 아무래도 정보가 샌 거 같습니다. 이를 어쩌죠?"

"이런 멍청한 놈들 같으니. 내가 그쪽으로 갈 때까지 무슨 일이 있어도 김우혁을 오피스텔 안에 들여놓아서는 안 된다. 알았나?"

미치코가 전화를 끊고는 급히 일어섰다.

오피스텔 안에서 미치코에게 보고를 마친 다나카가 무서운 표정을 지으며 주리를 노려보았다. 그러다가 천천히 그녀에게 다가가 세차게 뺨을 후려쳤다

"바로 네년이 우리가 있는 곳을 알린 거지?"

쓰러진 주리를 보며 씩씩대던 다나카는 곧 이와다에게 말했다.

"당장 이년을 묶어서 화장실에 처넣어."

"하이."

이와다가 거칠게 주리를 묶기 시작했다. 다나카가 모리에게 전화를 걸어 뭐라고 지시를 하기 시작했다.

우혁의 차가 오피스텔 앞으로 다가왔다. 뒤에서 쫓아오고 있는 모리가 다나카의 지시를 받으며 연방 고개를 끄덕였다. 전화를 끊은 모리가

앞을 노려보며 속력을 높이기 시작했다. 우혁이 문득 백미러를 쳐다보다가 뒷차가 무서운 속력을 내며 자신의 차 쪽으로 돌진하고 있는 걸 발견했다. 우혁도 속력을 높였다. 뒷차는 여전히 돌진해왔다. 어느 순간 뒷차가 드디어 우혁의 차를 들이박았다. 우혁은 충격으로 잠시 정신을 잃었고 뒷차에 타고 있던 모리가 차에서 급히 내려 우혁의 차 쪽으로 다가갔다.

어느 새 사람들이 모여들었다. 사람들 속에 다나카의 모습도 보였다. 우혁에게 다가간 모리가 우혁을 흔들어 깨웠다. 우혁이 머리를 흔들어 본 후 차에서 내리고는 오피스텔 쪽을 향해 발걸음을 옮겼다. 모리가 우혁을 잡았다.

"죄송합니다. 브레이크가 고장나는 바람에 정말 죄송합니다. 제가 병원으로 모시겠습니다. 자, 이리로 오시죠."

우혁이 모리를 뿌리치며 말했다.

"난 괜찮습니다. 명함이나 한 장 주십시오. 난 지금 급히 가볼 데가 있어서……."

모리는 미치코가 오피스텔에 도착할 때까지 우혁을 붙잡아 두어야 했다. 그래서 일부러 사고를 냈던 것이다.

"안 됩니다. 병원에 함께 가셔야 됩니다."

이때 미치코의 차가 오피스텔 안쪽으로 들어섰다. 미치코가 고개를 숙인 채 급히 안으로 들어갔다. 멀리서 미치코를 본 다나카는 사람들이 눈치 못 채게 모리를 향해 오케이 사인을 보냈다. 모리가 슬그머니 우혁을 놓아 주었다. 그제서야 우혁이 비틀거리며 오피스텔 쪽을 향해 걸어갔다.

미치코가 황급히 오피스텔 안으로 들어서자 이와다가 미치코를 맞으며 보고했다.

"강주리는 화장실 안에 묶어 놓았습니다."

미치코가 이와다의 뺨을 때리며 꾸짖었다.

"멍청한 놈. 여자 하나 못 지키고. 어서 그년한테 안내해."

이와다가 급하게 화장실 쪽으로 미치코를 안내했다. 화장실 안에는 입에 재갈까지 물린 주리가 갇혀 있었다. 주리 쪽으로 다가간 미치코가 그녀의 뺨을 때렸다.

"내가 1차 경고를 했었지? 넌 이제 끝장이야."

그리고 미치코는 이와다를 보며 말했다.

"넌 빨리 여기서 나가."

"하이."

이와다가 나가자 미치코가 화장실 문을 걸어 잠궜다. 화장실 안의 주리가 절망스러워했다. 이와다가 오피스텔에서 나와 엘리베이터 앞에 서 있었다. 엘리베이터 문이 열리고 우혁이 급히 내렸다. 순간 두 사람의 시선이 스쳤다. 우혁이 급히 방 쪽으로 뛰어갔다. 이와다가 싱긋이 웃으며 엘리베이터를 탔다.

오피스텔 안에서는 미치코가 거울 앞에서 옷 매무새를 만지고 있었다. 우혁이 벨을 눌렀다. 미치코가 활짝 미소를 지으며 그를 맞았다. 몹시 걱정을 하며 뛰어왔던 우혁이 어이가 없는지 주리를 보고 말했다.

"주리야. 도대체 어떻게 된 거야?"

미치코가 여전히 생긋이 웃으며 되물었다.

"뭐가?"

"날 만나자고 해 놓고는 갑자기 사람을 시켜서 여기로 와 달라고 한 이유가 뭐야?"

미치코는 가만히 미소만을 짓고 있었다.

"………"

"내가 얼마나 걱정했는 줄 알아? 혹시 납치라도 됐나 해서?"

그제서야 미치코가 투정부리듯 우혁을 향해 말했다.

"가끔은 사랑을 확인해 보고 싶은 게 여자 마음 아닌가?"

"무슨 소리야?"

"요즘 우혁씬 좀 이상해졌어. 날 만나서도 살인 거미 얘기나 하고 범인이 아니냐고 날 의심이나 하고……."

"………"

"그래서 깜짝 쇼를 계획한 거야. 이렇게 우혁 씨가 헐레벌떡 뛰어온 걸 보니까 날 사랑하는 마음은 변하지 않았나 보지?"

우혁이 어이가 없다는 표정을 지었다.

"나 참……그나저나 여긴 어디야? 왜 이곳으로 와 달라고 한 거야?"

화장실에 갇혀서 미치코와 우혁의 대화를 듣고 있던 주리는 한없이 절망스러웠다. 우혁은 지금 가짜 주리에게 감쪽같이 속고 있는 것이다. 미치코의 간드러진 목소리가 들려 왔다.

"왜 이곳으로 우혁 씨를 와 달라고 했는지 설명을 할까? 지금 아빠가 해외 출장중이시잖아. 큰 집에 혼자 있기도 뭐하고……연구에 집중하려고 이곳에 잠시 방을 빌렸어. 아냐. 그런 이유 말고도 또 하나의 이유가 있기는 해. 뭔지 궁금하지 않아? 우혁 씨?"

미치코는 차분하게 목소리를 바꾸어 말을 계속했다.

"사실은 우혁씨와 호젓이 시간을 보낼까 해서 이곳을 빌린 거야. 우혁 씨. 우린 성인이잖아. 이리 가까이 와. 그러고 있지 말고……."

화장실에 갇힌 채 미치코가 우혁에게 접근하는 모습을 상상하는 주리의 표정이 일그러졌다. 몹시 괴로웠다.

미치코는 우혁에게 다가가 우혁의 손을 잡아 끌었다. 우혁이 미치코가 이끄는 대로 다가가 앉았다. 미치코가 사뭇 요염한 목소리로 말했다.

"날 더 이상 의심하지 않을 거지? 그렇지?"

미치코의 손이 우혁의 가슴을 쓸었다. 우혁은 괜히 숨이 막혀 말도 잘 나오지 않았다. 미치코가 이번에는 우혁의 얼굴을 쓰다듬기 시작했다. 중요한 얘기를 하러 왔던 우혁은 미치코의 손길을 뿌리쳤다.

"주리야. 할 말이 있어."

순간 미치코는 긴장했다. 우혁이 심각한 표정이 되며 물었다.

"일본어 번역가인 최학준이란 사람을 만난 적이 있지?"

"최학준?"

"솔직히 대답을 해 줘."

우혁이 심각히 묻자 미치코가 갑자기 웃음을 터뜨렸다.

"아, 최학준이란 사람 말이지? 그……사기꾼처럼 생긴 사람? 이제 생각나. 만났었어."

미치코의 대답에 우혁이 놀랐다. 그럼 주리가 최학준을 정말 만났단 말인가?

"왜 그래? 우혁 씨."

"그렇다면 주리, 네가 일본 신흥종교에 빠진 게 사실이란 말야?"

"그건 또 무슨 소리야?"

"네가 최학준이란 사람에게 교리 책자를 번역해 달라고 부탁했잖아."

또다시 미치코가 웃었다. 그러면서 어이가 없다는 듯이 우혁을 향해 말했다.

"호호. 우혁 씨 또 이상한 말을 하네. 그 사람이 날 만나자고 해서 만났을 뿐야. 내 연구 프로젝트를 돈으로 사겠다고 엉뚱한 소릴 하길래 한마디로 거절했을 뿐이라구. 알았어? 도대체 무슨 소릴 하는 거야?"

너무나 태연한 미치코의 말을 들은 우혁은 또다시 혼란스런 감정에 빠져들었다.

“………”

우혁을 빤히 보던 미치코가 억울해서 못 살겠다는 듯 엉뚱한 제안을 했다.

“좋아. 우혁 씨가 정 나를 못 믿겠다면 최학준이란 사람을 함께 만나자구. 가만……또 미란이가 엉뚱한 소릴 한 거야? 그렇다면 미란이도 그 자리에 나오라고 해. 시간 끌 거 없어. 내가 최학준이란 사람과 만날 약속을 지금 할 테니까.”

미치코는 몹시 화가난 표정으로 전화 번호를 찾았다. 할 말을 잃은 우혁이 미치코를 멀뚱히 쳐다보고만 있었다.

“………”

화장실 안에 갇혀 있는 주리의 표정이 절망으로 일그러지며 머리를 흔들었다. 그러고는 소리쳤다. ‘안 돼, 우혁 씨, 제발……’ 그러나 입에 재갈이 물려 있는 주리의 외침은 입 속에서만 맴돌 따름이었다.

최학준이 다방 안으로 들어섰다. 마담이 갑자기 뛰어와 최학준의 멱살을 잡으며 소리쳤다.

“너 잘 나타났다.”

“이거 왜 이래? 마담 미쳤어?”

“그래도 글줄이나 한다길래 선비 대접해 주었더니, 이 협잡꾼 같으니라구.”

“이거 놓지 못해? 도대체 왜 그러는 거야?”

“우리 미스 양하고 미스 김 어디다 빼돌린거야?”

그제서야 사태를 눈치챈 최학준이 웃으며 말했다.

“아하. 난 또 뭐라구. 걱정 마슈. 걔네들 종교 집회에 갔으니까.”

“뭐라구요?”

"아, 글쎄 한번 참석하고는 홀딱 빠졌드라구. 며칠 후면 돌아올 거유. 괜히 날 가지고 인신매매범인 것처럼 난리야?"

최학준의 설명을 듣고난 마담이 머쓱해졌다.

"아이구 이를 어쩌나? 아무려면 글줄이나 하시는 양반이 그럴 리가 없다 했지만 서두……아 글쎄 두 년이 말도 없이 사라졌으니 의심할 밖에……앉으슈. 내가 차 한잔 서비스할게."

"이런 젠장할……병주고 약주고 잘한다."

최학준이 마담과 실랑이를 끝낼 무렵 핸드폰이 울렸다. 전화를 받는 최학준은 상대가 강주리라는 말에 의외라는 표정을 지었다.

"예? 강주리 씨라고요? 아이구 이거 오랜 만입니다. 그런데 저한테 웬일로? 예……예……알겠습니다. 제가 그리로 나가죠. 예."

강주리의 전화를 받은 최학준은 그 길로 지난번 미치코를 만났던 커피 숍으로 갔다. 최학준이 주리로 알고 있는 미치코가 먼저 나와 그를 기다리고 있었다. 그 뒤로 등을 맞대는 좌석에 우혁과 미란이 앉아 있었다. 미치코는 자신이 일본 신흥종교와 관계가 없다는 걸 증명해 보이고자 미란까지 불러 내어 이곳 호텔 커피 숍으로 나온 것이다. 미치코는 마음 속으로 쾌재를 부르고 있었다. 최학준은 분명히 자신을 강주리라고 알고 있을 것이다. 최학준이 막 커피 숍으로 들어섰다. 미치코가 손을 흔들었다. 최학준이 미치코 앞으로 다가와 앉았다. 미치코가 최학준에게 질문부터 던졌다.

"최학준 씨. 내가 누구죠?"

느닷없는 질문에 최학준이 무슨 소린지 몰라 반문했다.

"예?"

뒷좌석의 우혁과 미란이 긴장한 채 귀를 기울였다.

"어서 말해 봐요."

최학준이 그것도 질문이냐는 듯 웃으며 말했다.

"강주리 씨 아닙니까?"

"좋아요. 그건 그렇구……나한테 당신이 뭘 부탁했죠?"

"그 일이야 벌써 결론이 난 거 아닙니까? 새삼스럽게 왜 이러십니까?"

"어서 말해 봐요."

"강주리 씨의 연구 성과를 돈으로 사려고 했습니다. 하지만 어림도 없었죠."

"누구의 부탁으로요?"

"일본 사람들였습니다."

"나하곤 상관없는 사람들이었죠?"

"그럼요. 제가 부탁을 받고 괜히……죄송합니다."

"난 당신이 그런 일로 나를 결부시키는 게 아주 불쾌해요. 두번 다시 그런 일로 나를 끌어들이지 말아요. 알았죠?"

"알겠습니다."

"됐어요. 가 보세요."

"예?"

"아, 어서요?"

"알겠습니다."

최학준이 일어서 나가면서 혼자서 투덜거렸다.

"젠장……이거 원 헷갈려서……."

미치코의 뒷좌석에 앉아 있던 미란과 우혁은 최학준이 한 말을 듣고 서로 상반된 감정을 갖게 되었다. 우혁은 우선 주리가 일본 신흥종교와 상관이 없다는 사실이 기뻤고 미란은 한층 더 얽히는 기분이 들어 마음이 착잡했다. 미란이 일어서려고 하자 좌석을 옮긴 미치코가 말했다.

"미란아. 앉아."

미란이 할 수 없이 도로 앉았다. 미치코가 우혁을 향해 밝은 목소리로 말했다.

"우혁 씨! 이제 됐어? 나에 대한 오해가 풀렸냐구?"

우혁은 웃기만 했다. 미치코가 갑자기 차가운 표정을 지으며 미란에게 말했다.

"미란인 어때? 아직도 날 이상한 사람 취급하는 거야?"

미란이 더 이상 있기가 괴로운 듯 발딱 일어섰다.

"나 먼저 갈게."

그러자 미치코가 미란을 막아서며 말했다.

"그러지 마. 우리 세 사람이 이렇게 만난 게 얼마만인데? 모처럼 우리 세 사람 야외로 나가 바람이나 쏘이자. 어때 우혁 씨?"

우혁이 아주 좋은 생각이라는 듯 동의했다.

"좋지. 그래 미란아. 우리 함께 나가자. 난 지금 얼마나 홀가분한지 몰라."

미란은 몹시 거북했다. 그런 미란을 쳐다보는 미치코의 눈길은 차가웠다. 내키지 않는 걸음이었지만 미란은 우혁과 미치코와 함께 청평으로 갔다.

물살을 가르며 제트 스키를 타고 있는 미치코와 우혁은 서로 웃음을 터뜨리며 즐거워했다. 두 사람을 바라보는 미란은 괴로운 표정이었다. 그보다는 마음 한구석에 밀려드는 외로움이 더욱 크게 느껴졌다. 선착장으로 돌아오고 있는 우혁이 혼자 있는 미란을 보고 소리쳤다.

"미란아! 뭐하고 있는 거야? 어서 나와."

꼼짝도 않던 미란은 우혁이 여러 번 권하자 제트 스키를 타게 되었다. 세 사람이 물살을 가르며 제트 스키를 탔다. 어느 순간 미치코가 우혁 곁으로 다가오며 말했다.

"우혁 씨. 나 배가 아파."

"그래?"

"나좀 선착장까지 데려다 줄래?"

"알았어. 날 따라와."

우혁이 앞장을 서서 제트 스키를 타고 달리자 미치코도 그 뒤를 따라 갔다. 혼자 남게 된 미란만이 제트 스키를 타고 있었다. 이때 멀리서 모 타 보트 한 대가 맹렬한 기세로 달려 오고 있었다. 미란이 문득 그 보트 쪽으로 시선을 보내다가 직감적으로 위험을 깨닫고 옆으로 방향을 틀 었다.

그러나 모터 보트는 일부러 미란의 방향으로 속력을 내며 달려오고 있었다. 미치코를 데려다 주던 우혁이 문득 모터 보트를 보게 되었다. 그리고 반사적으로 미란 쪽도 살펴보았다. 미란이 허둥대며 제트 스키를 몰고 있지만 모터 보트는 점점 미란이 있는 쪽으로 속력을 내며 가 까이 다가가기 시작했다.

모터 보트를 몰고 있는 사람은 이와다였다. 드디어 달려오던 모터 보트가 미란이 타고 있는 제트 스키를 치고 달아났다. 물 속에 빠진 미란 이 허우적대기 시작했다. 이런 모습을 본 우혁은 제트 스키를 돌려 물 에 빠진 미란이 쪽으로 전속력으로 달려가기 시작했다. 미란은 물 속에 서 계속 허우적대고 있었다.

복제 살인 거미

우혁은 물에 빠진 미란을 구하러 전속력으로 달려갔다. 허우적대던 미란이 드디어 물 속으로 잠겼다. 잠시 후 미란이 물에 빠진 지점에 다다른 우혁이 제트 스키를 버리고 물 속으로 뛰어들었다. 미치코도 우혁이 있는 곳으로 제트 스키를 타고 달려오고 있었다.

물 속으로 뛰어든 우혁은 계속 가라앉는 미란의 모습을 발견했다. 죽을 힘을 다해 미란 쪽으로 헤엄쳐 간 우혁이 가라앉고 있는 미란을 잡았다. 미란을 끌고 물 위를 향해 헤엄쳐 오르기 시작했다. 우혁이 간신히 물 위로 떠올라 숨을 몰아쉴 때 그들 쪽으로 달려오고 있는 미치코의 모습이 보였다. 우혁이 안도의 표정을 지으며 미치코를 향해 손을 흔들었다.

그러나 우혁이 잠시 안도의 한숨을 내쉬고 있을 때 미란을 치고 달아났던 모터 보트가 다시 선수를 돌려 우혁이 있는 지점을 향해 쏜살같이 달려오고 있었다. 본능적으로 위협을 느낀 우혁이 한 손으로 미란을 잡은 채 모터 보트를 피하려고 방향을 바꾸었다. 얼마 못 가서 다가오던 모터 보트가 우혁을 치고는 달아났다. 순간적으로 미란을 놓친 우혁이 자신도 물 속으로 가라앉았다. 잠시 정신을 잃었던 미란은 우혁의 손을 놓치자 그 충격으로 정신을 차릴 수 있었다. 우혁이 물 속으로 가라앉고 있었다. 이번에는 미란이 우혁을 구하려 잠수를 했다.

이때 제트 스키를 탄 미치코가 우혁과 미란이 다시 물 속에 빠진 지점 가까이 다가왔다. 정신을 잃은 우혁이 계속 물 속으로 가라앉고 있었다. 미란이 우혁을 향해 헤엄쳐 갔다. 힘들게 우혁의 손을 잡은 미란은 물 위를 향해 헤엄치기 시작했다.

제트 스키를 타고 달려온 미치코가 두 사람이 빠진 지점에 도착하자마자 제트 스키를 버리고는 물 속으로 뛰어들었다. 우혁의 손을 잡고 물 위를 향해 헤엄쳐 오던 미란이 힘에 부친지 지친 모습이었다. 언뜻 미치코의 모습이 보였다. 미란은 안도의 표정을 지으며 우혁을 잡은 손을 놓았다. 미치코가 우혁의 손을 잡았다. 그리고 우혁을 끌고 물 위로 오르기 시작했다. 지친 미란은 우혁의 발목을 잡고 미치코가 끌고가는 대로 함께 물 위로 향하고 있었다.

그런데 이 순간 이상한 일이 벌어졌다. 맨 앞에서 우혁을 끌고 물 위로 오르고 있던 미치코가 헤엄을 치는 척하며 우혁의 발목을 잡고 헤엄쳐 오르고 있는 미란을 발로 찬 것이다. 갑자기 발로 차인 미란이 순간 우혁의 발목을 놓쳐 버렸다. 하지만 부지런히 헤엄을 쳐서 다시 우혁의 발목을 잡았다. 그러자 미치코는 다시 미란을 발로 걷어찼다. 이런 동작이 몇 번 반복되자 힘이 빠진 미란이 우혁의 발목을 잡지 못하고 다시 물 밑으로 가라앉기 시작했다.

미란이 물 속으로 가라앉고 있는 순간 미치코는 우혁을 잡아끌고 드디어 물 위로 떠올랐다. 이때 해안 경찰 구조선이 두 사람 쪽으로 오고 있었다. 다가온 구조선에서 구명정이 내려지고 경찰들이 뛰어내려 두 사람을 배 위로 끌어올렸다. 간신히 눈을 뜬 우혁이 주위를 돌아보다가 미란의 모습이 안 보이자 급하게 소리쳤다.

"미란아! 미란아!"

미란을 소리쳐 부르다가 대답이 없자 구조를 요청했다.

"물 속에 빠진 사람이 한 명 더 있어요."

우혁의 말을 들은 경찰이 곧장 물 속으로 뛰어들었다. 이 모습을 본 미치코가 순간 고개를 돌렸다. 우혁에게 본심을 드러낼 수는 없지만 미란을 죽이려고 했던 일이 낭패로 돌아가자 속이 부글부글 끓고 있었다. 미치코의 본심을 전혀 눈치채지 못한 우혁은 자신을 구해 준 미치코에게 고맙다는 인사를 했다.

"주리야, 고마워. 미란이도 무사하겠지?"

미치코는 탐탁치 않은 기색으로 할 수 없이 대답했다.

"뭘, 그렇겠지."

미란은 다행스럽게도 해양 경찰관에 의해 구출되었다. 호수 선착장 앞 주차장에는 언제 왔는지 경찰의 구급차가 있었고 경찰들이 기절한 미란을 들것에 실어 구급차에 옮기고 있었다. 우혁이 들것에 실려 있는 미란을 걱정스러운듯이 내려다보며 경찰과 함께 구급차 쪽으로 가고 있었다. 순간 미란이 눈을 떴다. 우혁을 향해 뭐라고 말을 하려 고 입을 움직이지만 말문이 쉽게 열리지 않았다.

"진정해. 말하려고 애쓰지 마."

우혁은 미란을 진정시키려고 애썼다. 구급차에 도착하자 우혁이 미란과 함께 타려고 올라서려는데 옆에 있던 미치코가 우혁의 손을 잡아 끌었다.

"괜찮을 거야. 잠시 기절했던 거 뿐이니까. 내 차에 타."

우혁이 잠시 망설이고 있을 때 미란을 태운 구급차의 문이 닫혔다. 미치코는 우혁의 손을 잡고 차 쪽으로 갔다. 구급차가 요란한 사이렌 소리를 울리며 가까운 병원으로 향했다. 우혁은 미치코의 차 쪽으로 가면서도 걱정스런 표정으로 멀어져가는 구급차를 자꾸만 바라보았다.

주리가 갇혀 있는 오피스텔 안에서는 무거운 분위기가 감돌고 있었다. 주리는 오피스텔 한쪽을 간이 칸막이로 막아 놓은 곳에 묶인 채 침대에 눕혀져 있었다. 칸막이 밖의 둥근 테이블에는 다나카 일행이 굳은 표정으로 앉아 있었다. 미치코가 들어서자 세 사람 모두 벌떡 일어섰다.

미치코가 이와다를 노려보며 다가왔다. 미치코는 이와다의 뺨을 세게 후려쳤다. 뺨을 맞은 이와다가 고개를 급히 바로잡으며 차렷 자세를 취했다. 미치코가 이와다를 향해 소리쳤다.

"바보 같은 놈. 일처리 하나 제대로 못하고……."

미치코의 말을 들은 이와다가 즉시 무릎을 꿇으며 사죄했다.

"죽을 죄를 졌습니다."

미치코가 이와다를 노려보고 있을 때 전화벨이 울렸다. 다나카가 핸드폰으로 전화를 받았다. 갑자기 차렷 자세를 취하며 쩔쩔매더니 하이 하이만 연발하다가 공손한 자세로 미치코에게 수화기를 넘겨 주었다.

"정오사님! 존사께옵서 손수 전화를 주셨습니다."

미치코가 황급히 수화기를 받으며 황송한 표정으로 말했다.

"미치코 정오사, 전화 받았습니다."

낮게 가라앉은 사노 존사의 목소리가 들려 왔다.

"복제 거미들은 잘 크고 있겠지?"

"하이, 완벽한 복제 기술을 성공리에 빼냈습니다."

"그렇다면 왜 아직도 작전을 수행하지 않는가?"

그러자 미치코는 잠시 당황했다.

"사소한 말썽이 하나 있었습니다. 한국의 방송사 여기자 하나가 냄새를 맡은 눈치여서 그녀를 처치하느라고 시간을 빼앗겼습니다."

존사가 화난 목소리로 소리쳤다.

"바가야로."

순간 존사의 시중을 들던 여신도들이 겁에 질린 표정으로 존사에게서 물러서며 존사를 향해 고개를 다다미에 묻은 채 엎드렸다. 잠시 후 존사가 다시 말했다.

"그래서? 후환이 없게 처치했나?"

존사의 물음에 미치코는 거의 기어들어가는 목소리로 대답했다.

"아직……"

다시 존사의 목소리가 커졌다.

"도대체 뭣들 하는 거야? 시간이 없다. 우선 복제 거미들이 살인 거미의 능력을 제대로 갖추고 태어났는지 그것부터 실험하도록. 그런 후에 우리들의 마지막 작전을 실천에 옮긴다. 며칠 내에 한국으로 안드레이 제비치가 들어갈 것이다. 마지막 작전의 성공을 빈다."

오피스텔에서 존사의 지시를 듣고 있던 미치코가 차렷 자세를 취하며 대답했다.

"알겠습니다, 존사님. 생명을 걸고 작전을 완수하겠습니다."

존사와 통화를 끝낸 미치코가 수화기를 다나카에게 건네 주며 결연한 표정으로 말했다.

"당장 여기서 나가자. 최성준의 창고에 있는 복제 거미를 가지고 살인 능력을 시험하는 작전을 실시한다. 복제 살인 거미의 위력을 보여야 한다. 마지막 작전을 위해 1차 기지는 철수하도록 한다."

"알겠습니다."

미치코 일행은 처음 한국에 들어와 임대해 썼던 집으로 향했다. 칸막이 뒤의 주리가 괴로운 표정을 지으며 절규하듯 소리쳤다.

'안돼! 안돼! 저들의 미친 살인 행위를 막아야만 해!'

그러나 마음 속으로만 메아리가 쳐질 뿐 아무도 주리의 절규를 들을 수는 없었다.

며칠만에 최학준이 단골 다방에 모습을 나타냈다. 최학준은 늘 앉던 자리에 가서 앉았다. 마담이 기다렸다는듯 최학준 쪽으로 가서 마주 앉으며 따지듯이 물었다.

"도대체 어떻게 된 거예요?"

다방 안을 휙 둘러본 최학준이 대답했다.

"여지껏 미스 양하고 미스 김, 종교집회에서 안 돌아온 거야?"

"보면 몰라요? 매상이 반으로 줄었단 말예요."

"알았어."

"뭘 알았다는 거예요?"

"내가 한번 가 볼게. 그래서 달래가지고 데려올게."

"아무튼 책임져야 해요. 최씨가 저지른 일이니까."

"알았다니까."

마담이 화난 표정으로 일어서자 최학준이 고개를 갸웃하며 난감한 표정을 지었다.

"그놈의 일본 신흥종교가 사람들을 홀리게 하는 뭔가가 있나 본데? 이거 골치 아프게 됐는걸."

이때 다방으로 들어선 최성준이 주위를 황급히 둘러보았다. 마담이 나서며 그를 맞이했다. 최성준은 창고의 지하실에서 순경이 죽자 미치코를 찾아갔지만 그녀를 만날 수 없게 되자 형이라도 찾아 도움을 청해야겠다는 생각에 다방을 찾아온 것이다.

"앉으세요, 손님."

최성준은 앉을 생각은 안 하고 다급하게 마담을 향해 물어보았다.

"저……혹시 여기 단골손님 중에 최학준 씨라고……."

마담이 샐쭉하며 턱으로 최학준의 자리를 가리켰다.

"저쪽에 계세요."

최성준은 형 최학준이 앉아 있는 모습을 보고는 급히 그쪽으로 가서 맞은편 의자에 앉으며 소리쳤다.

"형님!"

최성준을 힐끗 본 최학준은 심드렁한 표정으로 말했다.

"네가 웬일이냐? 여기까지."

"형님! 절 좀 도와주십시오."

"뭐? 지금 날 보고 도와달라고 한 거냐?"

순간 머쓱해진 최성준은 머리를 긁적거렸다. 최학준이 동생을 보며 화난 표정으로 꾸짖듯 말했다.

"아무리 막 산다고 하지만 너 도대체……아버지 제삿날이 언젠 줄이나 알고 있어? 불효 막심한 놈."

최학준이 꾸짖기부터 하자 최성준도 화가 나는지 한마디 한다.

"새삼스럽게 왜 이러슈? 언제 제가 아버지 제사 모신 적 있소? 애저녁에 우릴 버린 아버지요. 일본 여자랑 눈이 맞아 도망간 아버지가 뭘 존경스럽다고……."

"그래서? 넌 그렇게 존경스럽게 사는 거니?"

"내가 이런 잔소리 듣기 싫어서 내가 인연 끊고 사는 건데……."

"그래 이놈아. 그런 놈이 여긴 뭐하러 왔어?"

그러자 최성준이 벌떡 일어서며 말했다.

"알았수. 잘난 형님이나 존경스럽게 사슈."

최성준이 가려고 하자 그래도 동생인지라 최학준이 다시 말했다.

"거기 앉지 못하겠어?"

최성준이 마지못해 앉았다.

"그래, 이번엔 뭔 일을 또 저지른 거냐?"

"……글쎄 그게 말유. 아휴……."

"걱정 말고 말해 봐."

"거미를 가지고 노름을 했는데……글쎄 그게……불법 도박 혐의로 적발이 되는 바람에……."

순간 최학준은 다시 화를 벌컥 냈다.

"뭐라구? 이젠 투견도 부족해서 거미를 가지고 노름을 해? 잘했다. 잘했어. 너 같은 놈은 콩밥을 먹어야 정신을 차릴 거야. 꼴도 보기 싫으니 어서 내 앞에서 사라져 버려라 이놈아."

그러자 최성준도 다시 벌떡 일어서며 소리쳤다.

"그래. 나가겠어. 어차피 형님이 도와줘서 해결될 문제도 아니구."

최성준이 나가 버리자 홧김에 야단을 친 최학준이 한번 더 동생을 불렀다. 최성준은 형이 부르는 소리를 못 들었는지 그냥 나가 버렸다.

최성준은 형인 최학준으로부터 아무런 도움도 받지 못한 채 다방을 나서자 더욱 막막한 심정이었다. 그는 마지막 해결책으로 다시 미치코의 집을 찾아갔다. 미치코의 대문 앞에 죽치고 앉아 자신에게 다짐하듯 혼자서 툴툴거리고 있었다. 어느 새 땅거미가 지고 주위는 어둠에 휩싸였다.

"나쁜년, 내가 밤을 세워서라도 만날 테니 어디 두고보자구."

이때 자동차의 헤드라이트 불빛이 최성준의 얼굴에 쏘아졌다. 눈이 부신 최성준이 두 눈을 손으로 가리며 차 있는 쪽으로 갔다. 다나카 일행의 호위를 받으며 미치코가 차에서 내렸다. 최성준이 반가운 표정으로 미치코에게 다가갔다.

"도대체 어디에 계셨던 겁니까?"

반갑게 다가가는 최성준을 향해 미치코가 차갑게 말했다.

"웬일이에요? 여긴?"

최성준은 순간 머쓱해지며 다나카 일행을 둘러보았다. 그들 모두 험

악한 표정으로 최성준을 주시하고 있었다. 괜히 주눅이 든 최성준이 미치코에게 다가가 할 말이 있다고 사정하여 대문 옆으로 갔다.

"거미가 사람을 죽였어요. 그것도 경찰을요."

"뭐예요?"

"이를 어쩌죠? 잘못하다가는 내가 살인범으로 몰릴 것 같아요. 당신이 나를 위해 증인이 돼 주세요. 당신이 준 거미가 사람을 죽였다구……난 사람을 안 죽였다구요."

최성준의 말을 들은 미치코가 차갑게 말했다.

"그걸 내가 어떻게 믿어요? 또 거미가 사람을 죽였다는 당신 말을 누가 믿겠어요?"

그러자 최성준이 화를 버럭 냈다.

"뭐라구? 당신 이제 와서……좋아. 그 거미 당장 가지고 가. 나 투견개 안 받아도 좋으니까 당장 그 거미 가져 가라구. 당신이 이런 식으로 나오면 나한테도 생각이 있다구. 아무래도 그 거미가 보통 거미가 아닌 것 같아. 사람들을 불러 모아 놓고 그 거미가 살인 거민지 아닌지 직접 실험을 해볼 테니까 그때도 나한테 뒤집어씌우는지 두고보자구."

최성준이 화난 표정으로 뒤돌아서자 미치코가 다나카에게 눈짓을 보냈다. 순간 다나카의 부하들이 달려들어 최성준을 잡아끌고는 미치코의 집 안으로 강제로 끌고 갔다. 갑자기 끌려 가는 바람에 최성준은 반항도 제대로 못하고 소리만 질러댔다.

"이거 놔! 당신들 도대체 누구야? 이거 놓지 못해?"

세 사람의 힘을 이기지 못한 최성준은 안으로 끌려 들어갔다. 짐 정리를 하러 왔던 미치코 일행은 예상치 못한 최성준의 방문으로 작전 수행에 차질이 생길까 봐 일단 그를 가둬 두기로 했다.

한편 청평 호수에서 제트 스키를 타다가 물에 빠져 해양경찰에 의해 구조되었던 미란은 그 길로 구급차에 실려 병원에 입원해 있었다. 병문안을 온 우혁이 꽃다발을 든 채 병원 현관으로 들어섰다.

미란은 병실에 있는 것이 답답한지 자주 창 밖을 내다보았다. 무심코 병원 주위를 둘러보던 미란이 낯이 익은 사람을 발견하곤 쳐다보았다.

그 남자는 주차장 쪽으로 가 차에 올라탔다. 문득 청평 호수에서 모터 보트를 몰고 자신에게 덤볐던 남자의 얼굴이 떠올랐다. 바로 그 남자였다. 밖에 나가 확인을 해보려던 미란은 병실 문에서 간호원과 마주쳤다.

"어딜 가시려구요?"

링거 병을 든 간호원이 미란을 붙잡았다. 미란은 겁먹은 표정이었다.

"나 여기서 나가야 돼요."

"네? 안 돼요. 아직은 안정을 취해야 해요."

미란이 왜 병실에서 나가려 하는지 전혀 모르는 간호원은 거의 강제적으로 미란을 침대에 눕히고는 링거 주사를 놓을 채비를 시작했다. 할 수 없이 침대에 누운 미란이 아무래도 안정이 안 되는지 다시 일어나 앉으며 간호원을 향해 말했다.

"아무래도 안 되겠어요. 바람이라도 쏘이고 오겠어요. 주사는 그때 맞도록 할 게요."

간호원은 짜증을 내면서도 미란의 부탁이 간절하여 금방 돌아올 것을 다짐받고 난 후 허락했다.

"그럼, 그러세요."

미란이 막 침대에서 일어나려는데 우혁이 들어섰다. 간호원이 병실을 나가자 우혁이 가지고 온 꽃다발을 미란에게 주었다.

"왜 일어나 앉는 거야? 자 편하게 누우라구."

우혁이 미란을 안아서 눕혀 주었다.

"기분은 어때?"

미란이 억지로 대답했다.

"괜찮아."

"핑계김에 며칠 더 누워 있어. 좀 쉬라구."

"………."

"그동안 너무 정신 없었잖아. 이제 제발 거미 망령에서 벗어나라구. 더 이상 살인 거미는 안 나타날 거야. 알았지?"

미란은 건성으로 우혁의 말을 듣고 있었다. 시선을 돌리던 미란이 뭔가를 발견하곤 놀라서 소리쳤다.

"거미……살인 거미가 나타났어."

"뭐?"

우혁이 미란이 손짓한 곳으로 뛰어가보니 바퀴벌레였다. 우혁은 바퀴벌레를 잡아 들며 웃음을 터뜨렸다.

"하하……자라보고 놀란 가슴 솥뚜껑 보고 놀란다더니……미란아 이건 바퀴벌레잖아."

미란이 가슴을 쓸어내리며 한숨을 내쉬었다. 그러다가 일어나 앉으며 우혁에게 퇴원 수속을 밟아 줄 것을 부탁했다.

"뭐야? 좀 쉬라니까. 너 까딱하면 죽었을지도 몰라. 아직 무리하지 마. 만약 주리가 그때 안 나타나 줬다면……아휴, 생각만 해도 아찔하다. 모터 보트를 탔던 놈은 아직도 안 잡혔나 봐. 미친놈 같으니……이젠 육지만이 아니고 물에서도 난폭 운전을 하니 원……."

우혁이 중얼거리고 있을 때 미란은 미치코가 일부러 자신을 발로 차던 생각이 떠올라 마음이 착잡해졌다. 차마 우혁에게 이야기할 수도 없는 일이었다.

"왜 그래? 어지러워?"

미란은 우혁의 말에 대답도 않고 갑자기 침대에서 일어섰다.

"형, 잠시 돌아서 줘."

우혁이 엉거주춤 돌아서자 미란이 환자복을 벗고 외출복으로 갈아입었다.

병원에서 빠져나온 미란은 마음속에 잔뜩 엉켜 있는 문제들을 하나하나 풀어가야겠다는 생각에 다시 최학준을 만나러 다방으로 갔다. 아무래도 석연치 않은 느낌들이 그녀를 내내 괴롭히고 있었다. 그 실체가 뭔지 찾아내야만 했다. 최학준을 만나 좀더 구체적인 정보를 얻어내겠다는 생각에 그가 있을지 없을지도 모르면서 다방으로 간 것이다.

최학준은 다방에서 일본어로 된 원고 뭉치를 꺼내 놓고 한창 원고지에 번역을 하고 있었다. 다방에 들어선 미란이 잠시 둘러보다가 최학준 쪽으로 다가가 마주 앉았다.

"안녕하세요?"

최학준은 인사하는 미란을 쳐다보지도 않았다.

"뭔 일로 날 또 보자고 한 겁니까? 보다시피 난 지금 바쁩니다."

미란이 일어로 된 원고를 가리키며 물었다.

"이 원고가 일본 신흥종교 교리 책인가요?"

"그렇소."

"원고 내용 중에 좀 이상한 점은 없던가요?"

그제서야 최학준은 얼굴을 들어 미란을 보며 말했다.

"그게 뭔 말이오?"

"가령 세상의 말세가 오면 독거미들이 사람을 죽이는 그런 일이 벌어진다던가……."

미란의 말에 최학준이 어이가 없다는 듯 웃으며 말했다.

"당신 기자요 아니면 소설가요?"

미란은 오히려 정색을 하며 말했다.

"이봐요. 최 선생님. 난 지금 심각해요. 이상한 점이 있으면 얘기를 해줘요."

미란의 진지한 태도에 최학준도 고개를 갸웃거리며 말했다.

"조금 께름칙한 점들이 있긴 해요."

"네?"

"예전에 번역해 준 원고 내용은 주로 초능력에 관한 거였는데 이번 내용은 사교 집단 같은 느낌이 들더라구요. 아니 사교 집단 같은 냄새가 물씬 나요. 말세가 오면 자신들만이 살아 남을 수 있다는 주장을 펴면서 구원을 받으려면 자신들에게 모든 걸 바치라는 거죠."

그리고 한 마디를 덧붙였다.

"여기 이 다방에 있던 아가씨들도 그 교리에 홀딱 빠진 것 같아요. 내가 집회 장소에 데려다 준 적이 있거든요? 그런데 어떻게 된 일인지 거기에서 나오려 하지 않아요. 사람을 홀리는 뭔가 있는 게 분명하다구요."

"뭐라구요? 그곳이 어디죠?"

다방에서 나온 미란과 최학준은 종교 집회가 열린다는 폐교된 국민학교로 갔다. 미란은 일부러 택시를 이용했다. 만약 그 자들이 미란의 존재를 알고 있다면 미란이 타고 다니는 차 또한 알고 있을 것이다.

교외로 빠져나간 택시는 한적한 길을 한참 달리더니 어느 국민학교 앞에서 멈추었다. 미란과 최학준은 택시에서 내려 조심스럽게 발걸음을 옮겼다. 왠지 으스스한 느낌이 들었다.

그 국민학교 교실 한쪽에서는 일단의 신도들이 흰 옷을 입고 절을 하고 있었다. 신도들 속에 미스 양과 미스 김도 보였다. 미란과 최학준이 살금살금 교실 창문 쪽으로 다가갔다. 목을 빼고 안을 들여다 보았다.

최학준은 광적인 분위기에 놀란 미란에게 말했다.

"왜 몰래 숨어서 보자는 겁니까? 안으로 들어가자구요. 난 저들의 부탁을 받고 있는 입장이에요. 궁금한 게 있으면 당당히 물어봐요. 내가 도와줄 테니까."

"쉿 조용히 해요."

미란이 최학준의 말을 막으며 교실 안쪽을 쳐다보았다. 교실문이 열리고 미치코와 다나카가 들어섰다. 그들은 가면을 쓰고 있어 미란은 그들의 얼굴을 확인할 수 없었다. 이들이 들어서자 신도들이 열광하기 시작했다. 다나카가 신도들을 진정시키며 말했다.

"자, 조용히들 해요. 오늘은 우리 정오사님께서 특별한 의식을 집행하실 겁니다."

순간 교실 안은 쥐죽은듯 조용해졌다. 다나카가 미치코를 향해 정중히 절을 올렸다. 미치코가 손짓을 하자 다나카가 밖을 향해 소리쳤다.

"들어와라."

모두의 시선이 입구를 향했다. 복면을 한 이와다와 모리가 손을 묶은 여신도 한 명을 거칠게 끌고 들어왔다. 그러고는 미치코의 앞에다 꿇어앉혔다. 그러자 여신도가 미치코를 향해 두손을 모아 빌며 호소했다.

"용서해 주세요. 다시는 도망치지 않을 테니 제발 용서해 주세요."

미치코가 다나카에게 손짓을 하자 다나카는 다시 모리에게 손짓을 했다. 모리가 손에 들고 있던 유리병을 여신도 앞에다가 놓았다.

미란과 최학준은 숨도 제대로 쉬지 못하고 교실 안에서 벌어지는 광경을 지켜보고 있었다. 바로 그때 여신도 앞에 놓여진 유리병 속에서 거미 한 마리가 기어나오고 있었다. 천천히 여신도를 향해 다가갔다.

"아니, 저건 살인 거미?"

느닷없이 미란의 입에서 살인 거미란 말이 튀어나오자 최학준이 놀라며 반문했다.

"뭐라구요?"

여신도는 자신을 향해 기어오고 있는 거미를 피하려 하지만 어느 새 거미에게 물리고 말았다. 그 순간 여인이 비명을 지르며 쓰러졌다. 그리고 경련을 하며 숨을 몰아쉬었다. 잠시 후 여인이 입에서 피를 흘리며 고개를 떨구었다. 죽은 것이다. 신도들 모두 하얗게 질렸다. 신도들 사이에 함께 있던 미스 양과 미스 김도 공포로 온몸을 덜덜 떨었다.

모든 신도들이 공포로 떨고 있을 때 미치코 일행은 복면을 벗기 시작했다. 미치코를 주리로 안 미란이 너무 놀라 그 자리에서 쓰러지려고 했다. 최학준이 당황한 모습으로 얼른 미란을 잡았다. 순간 교실 안의 다나카가 창 밖을 향해 날카로운 눈길을 보냈다. 무슨 기척을 느낀 모양이었다. 당황한 최학준이 미란을 부축한 채 그곳을 빠져나갔다. 최학준은 젖먹던 힘까지 다해 학교 뒷동산의 숲 속으로 도망쳐왔다.

깜깜한 밤중이라 숲 속에 난 길은 잘 보이지도 않았다. 미란을 부축하며 가고 있는 최학준은 서둘러 이곳을 빠져나가야 한다는 일념 하나로 계속 걸어갔다.

그들이 걸어가고 있는 뒤쪽 숲 사이로 얼핏 사람의 모습이 보였다. 정신을 못 차리는 미란 때문에 최학준도 함께 쓰러지자 뒤를 따라가던 미치코와 다나카가 얼른 몸을 숨겼다. 최성준이 쓰러져 있는 미란을 잡아 일으키자 미란이 일어서며 최성준의 손을 뿌리쳤다. 그러면서 화난 표정으로 말했다.

"당신……나한테 얼마나 엄청난 거짓말을 했는 줄 알아?"

그러자 최학준이 불만스런 표정으로 말했다.

"그게 무슨 소리오? 나도 지금 가슴이 떨려 죽겠는데."

"왜 강주리가 일본 신흥종교와 아무런 관련이 없다고 거짓말 한 거야? 바로 아까 그 여자가 강주리잖아."

미란의 말에 최학준은 미란이 잘못 생각하고 있는 점을 지적해 주었다.

"난 또 무슨 소리라구? 그 여자는 말이오. 강주리가 아니에요. 알겠어요? 그 여잔 강주리가 아닌 미치코란 일본 여인이란 말이오."

최학준의 강력한 부정에 미란은 말도 안 되는 소리 말라는 듯 단호하게 말했다.

"도대체 그게 무슨 소리에요? 내가 분명히 사진을 보여줬었잖아요."

"그래요. 당신이 분명히 나한테 사진을 보여줬죠. 하지만 사진을 보여주며 그 사진 속의 인물이 강주리냐고 묻진 않았잖아요. 사진만 보여주니 난 당연히 그 자리서 만났던 미치코란 여인을 묻는 줄 알았죠. 나도 그날 미치코란 여인을 보자 강주리 씨가 아니냐고 물어봤다구요. 아, 두 사람이 똑같이 생겼으니 헷갈릴 수밖에요. 내가 더 헷갈렸던 건 그 후에 강주리 씨한테서 전화가 왔더라구요. 자기가 강주리인 걸 확인해 달라구요."

최학준의 설명을 듣고난 순간 미란도 혼란이 왔다. 미란과 우혁이 있는 곳에서 강주리는 최학준을 통해 자신이 일본 신흥종교와 관계가 없다는 걸 밝혔었다. 가뜩이나 복잡한 마음이 더욱 복잡해졌다. 어떻게 동일한 장소에 주리와 미치코가 동시에 나올 수가 있단 말인가? 도저히 해답이 안 나오자 미란이 고개를 숙이며 생각에 잠겼다. 옆에 있던 최학준이 답답하다는 듯 미란에게 물었다.

"도대체 당신이 찾고 있는 사람이 누굽니까? 지금 저기 있는 미치코란 여인입니까 아니면 강주리 씹니까? 그것부터 분명히 해 달라구요."

고개를 숙이고 있던 미란이 최학준을 쳐다보았다. 몹시 혼란스런 표정으로 대답을 못한 채 심각한 표정만 짓고 있었다.

최학준과 미란의 뒤를 바짝 쫓던 미치코와 다나카는 바짝 긴장한 채 그들의 대화에 귀를 기울이고 있었다.

　이때 미란의 뇌리를 스치는 사건이 있었다. 바로 청평 호수에서의 일이었다. 지금도 미란은 주리의 행동을 납득할 수 없었다. 힘들게 헤엄치는 자신을 죽이려고 의도적으로 발길질을 해대던 주리의 행동은 영원히 풀리지 않을 의문이었다.

　"그래 맞아. 주리는 분명히 그때 날 죽이려 했어. 제 정신으로 그럴 수는 없어. 주리는 미친 거야. 주리가 일본 신흥종교의 광신자가 돼서 미쳐 버린 거야. 맞아. 이제야 모든 의문점들이 풀려. 주리하고 미치코는 바로 한 사람이라구. 주리가 미치코의 역할까지 하고 있는 거야. 자신이 범인이 아니라는 알리바이를 꾸미기 위해서. 이럴 수가……이제야 모든 의문이 풀리는 것 같아."

　최학준은 혼자서 소리치는 미란을 멀뚱히 쳐다보고만 있고 미치코와 다나카는 귀를 기울여 미란의 얘기를 들었다. 미란이 갑자기 최학준을 잡아끌었다.

　"나가요. 어서 여기서 나가자구요."

　"그래요."

　두 사람이 움직이자 그들을 지켜보던 다나카가 미치코에게 은밀히 말했다.

　"어떻게 할까요? 처치해 버릴까요?"

　미치코가 베시시 웃으며 말했다.

　"……그대로 놔 둬요."

　다나카가 의아한 듯 반문했다.

　"예?"

　"호호 역시 내 예상대로 속아넘어가는군."

기분이 몹시 좋은듯 웃음을 터뜨리는 미치코를 보며 다나카가 물었다.

"도대체 무슨 말씀을 하시는지······."

"간단하잖아. 이미란은 지금 강주리와 이 미치코를 다른 사람이 아닌 한 사람으로 인정했다구. 그러니 이제부터 거미 살인범은 이 미치코가 아니고 진짜 강주리일 수밖에. 이 세상에 미치코란 여인은 존재하지 않는다구. 오직 강주리만 거미 살인범으로 추적을 받게 되겠지. 안 그래? 호호."

미치코의 설명을 듣고 난 다나카가 감탄하며 말했다.

"정말 미치코 정오사님은 천재십니다. 그렇게 깊으신 뜻이 있으신 줄도 모르고······저는 두 사람을 잡아서 처치하려고만 했으니······가만 놔둬도 강주리가 범인으로 몰릴 텐데 말입니다. 하하."

다나카도 기분이 좋은 듯 웃음을 터뜨리자 미치코가 정색을 하며 다나카를 불렀다.

"다나카!"

"하이."

"우린 하루빨리 마지막 작전을 끝마치고 일본으로 떠나는 거야. 그러면 세상이 발칵 뒤집히겠지. 한국의 천재 유전공학자인 강주리가 자신의 학문적 야망을 위해 거미로 사람들을 죽였다고. 우리 일본 사람들은 쏙 빠지고 말야. 호호."

다나카도 통쾌하다는 듯 빙그레 웃었다. 미치코가 빠르게 말했다.

"자, 우리들의 일을 서두르자."

미치코와 다나카는 서둘러 발걸음을 옮겼다. 국민학교에서 이와다와 모리를 태운 미치코는 갇혀 있는 최성준을 데리고 창고로 향했다.

깊은 밤, 최성준의 창고 앞으로 승용차 한 대가 슬며시 다가와 멈추

복제 살인 거미   271

어 섰다. 속도를 죽이고 조용히 멈추어 선 차에서 사람들이 내리고 있었다. 바로 미치코 일행이었다. 차에서 내린 그들은 주위를 재빠르게 살펴보았다. 아무도 없는 게 확인되자 자동차 트렁크를 열었다. 트렁크에는 입에 재갈이 물려 있는 최성준이 있었다. 미치코가 앞장 서서 창고쪽으로 향하고 부하들이 최성준을 창고 안으로 끌고 들어갔다.

최성준의 창고 안 지하실로 들어온 이들은 최성준을 한곳에 내던지듯 팽개쳐 놓고는 바쁘게 움직였다.

미치코가 가방에서 주사기를 꺼내 마약이라 쓰인 샘플에서 주사기로 마약을 넣고 있었다. 다나카와 부하들은 주리의 홀로그램 영상을 작동시키고 초음파를 쏘기 시작했다. 그러자 여왕거미 주위로 복제된 거미들이 모여들기 시작했다. 미치코가 거미에게 주사를 놓기 시작했다. 그 한쪽에 입에 재갈이 물린 최성준이 두 손을 묶인 채 처박혀서는 공포에 질린 표정으로 이들의 모습을 보고 있었다.

서울 변두리에 자리한 주택가 골목이었다. 한밤중 주택가 골목의 풍경은 한가하고 평화로워보였다. 바로 그때 가로등만 보이고 있는 골목의 어느 한 지점에 거미들로 보이는 물체들이 기어다녔다. 처음에는 한두 마리씩 보이다가 차츰 숫자가 늘어났다.

거미들은 어느 평범한 가정집으로 기어가기 시작했다. 밤늦은 시각이라 집 안은 조용했다. 식구들은 모두 잠에 빠져 있었다. 그 집 담장을 기어오르던 거미들이 어느 새 집안 거실로 기어들어갔다. 거미들은 거실에서 제일 가까운 안방으로 기어갔다.

안방에서는 부부가 세상 모르게 자고 있었다. 거미가 이불 속으로 들어갔다. 잠시 후 남편이 움찔하며 신음소리를 내며 손을 허우적댔다. 잠이 깬 부인이 남편의 행동이 심상치 않자 잠옷 바람으로 일어나 불을 컸다. 남편이 온몸을 떨며 입으로는 피를 흘리고 있었다. 놀란 부인이 안방에서 소리치자 가족들이 뛰쳐나왔다. 그러나 이미 남편은 죽어 있었다.

최학준과 일본 신흥종교의 집회 현장을 둘러본 미란은 다음 날 아침 일찍 출근했다. 차를 주차시키던 미란은 주차장에서 빠져나오는 차를 보고 놀랐다. 차 안에는 다나카 일행이 타고 있었다. 미란은 불길한 예감에 부지런히 보도국으로 발길을 옮겼다.

이른 시각인데도 보도국 안에는 부장을 비롯해서 이미 모두 출근해 있었다. 미란의 옆자리에 앉은 남 기자는 무슨 일에 바쁜지 미란이 자리에 앉는데도 돌아보지도 않고 자기 할 일만 하고 있었다. 미란이 자신의 책상에 앉아 기사를 정리하려다가 필기구를 찾으려고 책상 서랍을 열었다. 순간 비명을 지르는 미란 때문에 모두의 시선이 집중되었다. 미란은 공포에 질려 있었다. 남 기자가 자리에서 일어서며 미란을 향해 물었다.

"뭐야? 왜 그래? 이 기자."

미란이 남 기자의 물음에 대답도 못하며 계속 공포에 질린 표정을 짓고 있었다. 남 기자가 미란의 곁으로 가서 열린 서랍을 들여다보았다. 서랍 안에는 큰 거미가 들어있었다. 순간 남 기자가 웃으며 거미를 끄집어냈다.

"이봐! 이 기자. 이건 장난감 거미라구. 이 기자가 하두 거미 타령만 하니까 누가 장난을 쳤나봐."

부장을 비롯해서 모두 박장대소를 한다. 미란이 발딱 일어서서 부장한테로 다가갔다. 그리고 부장에게 항의했다.

"부장님! 절 놀리는 건 얼마든지 참을 수 있어요. 하지만 살인 거미는 장난이 아니라구요. 제발 사태의 심각성을 좀 깨딜아 주세요. 부탁해요."

미란이 워낙 정색을 하며 항의를 하자 부장이 변명하듯 우물거렸다.

"글쎄 그야 뭐……."

변명이 궁색해지자 괜히 직원들을 향해 큰 소리를 쳤다.

"자, 일들 해요."

직원들은 억지로 웃음을 참으며 일을 시작했다. 미란이 제 자리로 돌아오다가 문득 유리창을 보았다. 전체가 유리창인 건물에 줄을 타고 유리청소를 하고 있는 모습이 보였다. 미란이 분을 삭이려는 듯 유리창쪽으로 가서 물끄러미 유리창을 청소하고 있는 청년을 보고 있었다. 그러다가 또다시 놀라는 표정이 되었다.

유리창을 닦고 있는 청년을 지탱해 주고 있는 로프를 타고 거미 한마리가 내려오고 있었던 것이다. 미란이 소리쳤다.

"거미, 살인 거미가 나타났어요."

직원들이 모두 유리창 쪽으로 다가왔다. 미란이 청년을 향해 소리쳤다.

"어서 내려가요. 그 거미를 피하라구요."

청년에게는 미란의 목소리가 들리지 않았다. 청년은 무심히 밧줄만 조정하고 있었다. 거미가 서서히 밧줄을 타고 내려와 드디어 청년의 목을 물었다. 순간 청년이 움찔하며 로프를 잡은 채 나무 바닥으로 쓰러졌다. 그리고 경련을 하기 시작했다. 모두들 숨을 죽여 이 모습을 보고 있었다. 미란이 안타까움으로 팔팔 뛰었다. 드디어 청년의 입에서 피가 흐르기 시작했다. 서서히 로프를 잡은 손에 힘이 빠져 로프를 놓았다.

순간 청년이 바닥으로 떨어지고 있었다. 미란이 두 손으로 얼굴을 가렸다. 미란과 함께 끔찍한 광경을 지켜본 직원들 모두 말이 없었다.

부장이 미란에게 다가와 미란의 어깨를 감싸주었다. 남 기자도 심각한 표정으로 미란을 위로했다. 이때 미란의 책상 위에서 전화기가 울렸다. 미란이 전화기를 집어 들었다.

"여보세요?"

전화선을 타고 들려오는 목소리는 예의 그 제보 전화를 한 사람의 목소리였다.

"난 강주리 박사를 잘 아는 사람입니다. 지금 연구실에 있을 그 여자가 현재 어디에 있는지 궁금하지 않습니까? 지금 당장 방송사 근처에 있는 프라이스 클럽으로 달려가 보십시오. 아마 그곳에서 강주리 박사의 모습을 발견할 수 있을 겁니다."

미란은 전화를 끊자마자 달려나갔다.

이른 아침인데도 프라이스 클럽에는 꽤 많은 손님들이 있었다. 가격 파괴를 내건 프라이스 클럽에는 생필품을 싸게 구입하려는 주부들의 발길이 매일 늘어만 가고 있었다. 미란은 물건을 고르는 대신 사람들을 살피고 있었다. 문득 사람들 틈 속에서 미치코의 얼굴을 발견한 미란은 다시 한번 찾아 보았으나 이미 자취를 감춘 뒤였다.

미치코의 모습이 잠깐 비쳤던 곳 주위에서 별안간 거미가 나타났다. 사람들은 물건을 고르느라 거미에는 신경도 쓰지 않는다. 기어다니던 거미가 한 주부의 발목을 물자 주부는 이내 쓰러졌다. 비명소리가 터져나왔다. 미란이 비명소리가 나는 쪽으로 뛰어갔다. 쓰러졌던 주부는 이미 숨을 거둔 뒤였다. 사람들은 비명을 지르며 흩어졌다. 삽시간에 프라이스 클랍은 아수라장이 되었다.

프라이스 클럽에서 나온 미란은 우혁의 학교로 급히 차를 몰았다.

"또다시 거미 살인사건이 일어나고 있어. 난 지금 거미 살인 현장을 보고 오는 중이야."

"뭐?"

"그리고 범인은 바로 강주리야."

"뭐라구? 미란아! 너 또 왜 이러는 거니?"

"추측이 아닌 사실이야. 틀림없는 사실이라구."

"미란아……너 주리를 또다시 범인으로 몰면 안 돼. 주리는 우리 두 사람을 살려 준 생명의 은인이라구. 그건 너도 알잖아."

"아냐. 주리는 그날 물 속에서 오히려 날 죽이려고 했어. 형에게 말을 안 한 건 내가 잘못 생각했나 해서였어."

우혁은 더 이상 참을 수 없어서 화를 냈다.

"주리가 왜? 왜 사람들을 죽인다는 거야? 죽일 이유가 없잖아."

"바로 주리가 일본 신흥종교 광신자니까. 이제 설명이 돼?"

"말도 안 되는 소리. 최학준이란 사람의 입을 통해 주리가 일본 신흥종교와 아무런 관련이 없다는 게 밝혀졌잖아."

"나도 깜빡 속을 뻔했어. 그런데 최학준이란 사람과 함께 일본 신흥종교 집회 장소에 갔다가 바로 주리를 봤어. 아니 미치코를 본 것이지."

"도대체 무슨 소릴 하는 거야?"

"바로 강주리가 미치코였어. 주리가 두 사람의 역할을 하고 있는 거라구? 이제 알겠어?"

"뭐라구? 아냐. 말도 안 돼. 난 믿을 수가 없어."

"형 심정 이해해. 하지만 냉정해져야만 해. 주리가 집회 장소에서 어떻게 했는 줄 알아? 도망치던 신자를 사람들이 보고 있는 앞에서 살인 거미를 가지고 죽였다구. 나 혼자만 본 게 아냐. 최학준 씨도 함께 봤어. 형! 주리가 바로 범인이야."

"아냐, 아냐. 난 믿을 수가 없어."

"좋아. 그렇다면 나와 함께 그 광신자들의 종교 집회에 가 보자구."

우혁은 끈질기게 설득하는 미란의 말을 들으며 또다시 혼란에 빠졌다. 그럴수록 괴로움만 더해갔다.

김포 공항에 비상이 걸렸다. 이강준과 부관은 공항 안으로 급하게 들어섰다. 공항 경찰들의 삼엄한 경비 속에 이강준과 부관이 공항 보안실로 향했다. 보안실장은 우선 이강준에게 탑승자 명단을 보여주었다.

"보십시오. 이 탑승자 명단에 안드레이 제비치가 분명히 있습니다. 잠시 후면 비행기에서 내릴 것입니다."

이강준이 말했다.

"알겠소. 이미 우리 요원을 배치해 놓았으니까 상황을 점검해 봅시다."

그리고 부관을 향해 지시를 내렸다.

"자넨 지금 즉시 입국장에 나가서 안드레이 제비치를 영접 나온 사람들이 있나 조사해 보도록."

"알겠습니다."

부관이 나간 뒤 이강준은 보안실장과 함께 모니터 화면을 주시했다. 드디어 김포 공항에 도착한 노스웨스트 비행기에서 사람들이 내리고 있었다. 특전사 요원이 손에 들고 있던 안드레이 제비치의 사진을 여러 번 확인했다. 비행기에서 내리고 있는 사람들을 자세하게 관찰하던 요원이 안드레이 제비치의 모습을 발견하고는 즉시 무선으로 연락을 취했다. 연락을 받은 이강준 명령을 내렸다.

"좋다. 눈치 안 채게 미행만 하도록. 입국장에 이미 우리 요원들이 배치돼 있으니 감시만 하도록."

이강준이 급히 일어서며 실장에게 말했다.

"이곳 상황을 계속 체크해 주십시오."

실장이 계속 모니터를 보며 대답했다.

"알겠습니다. 이쪽은 안심하고 어서 나가 보십시오."

이강준은 급히 공항 입국장 쪽으로 달려갔다. 공항 입국장으로 비행기에서 내린 승객들이 나오고 있었다. 이강준의 부관이 잔뜩 긴장한 채 사람들을 지켜보고 있었다. 부관에게 다가간 이강준이 물었다.

"아직 안 나왔나?"

"예. 곧 나올 겁니다. 연락 받았습니다."

"안드레이 제비치를 영접 나온 사람들의 낌새는 없나?"

"여기 저기 요원들이 감시중입니다만 현재까지 수상한 움직임은 없습니다."

바로 이때 입국장을 나오고 있는 제비치의 모습이 보였다. 부관이 이강준에게 속삭이듯이 말했다.

"바로 저 잡니다."

"알았다. 저 자에게 접근하는 사람들을 잘 살피도록."

안그레이 제비치가 입국장으로부터 나오고 있을 때 공항 주차장으로 미치코의 차가 도착했다. 차에서 내린 미치코가 빠르게 공항 안으로 들어갔다. 공항 입국장에서 나온 제비치가 발걸음을 멈추고 누군가를 찾고 있었다. 이강준과 부관 그리고 요원들이 날카로운 눈초리로 제비치를 감시하고 있었다.

이때 당당한 걸음걸이로 제비치를 향해 걸어가는 사람이 있었다. 미치코였다. 미치코가 제비치를 향해 손을 흔들었다. 미치코를 본 제비치가 반가운 표정으로 다가왔다. 두 사람이 악수를 나누며 대화를 나눴다.

"안드레이 제비치 씨 어서 오세요."

"반갑습니다. 강주리 씨."

"자, 가시죠."

미치코가 제비치를 안내하며 앞장을 섰다. 순간 미치코가 나올 줄 알고 기다리던 이강준은 맥이 풀리는 기분이었다.

"저 여자는 미치코가 아니잖습니까?"

안드레이 제비치가 만난 여인은 미치코는 아니었지만 분명 이강준이 알고 있는 얼굴이었다. 다만 이름이 떠오르지 않을 뿐이었다.

두 사람은 상황실로 발걸음을 옮겼다.

공항을 빠져나온 미치코의 차가 공항로를 달리고 있었다. 미치코의 옆 자리에 앉은 제비치의 표정이 어딘지 굳어 있다. 그러나 미치코는 여유만만한 모습이다. 운전을 하던 미치코가 백미러를 보았다. 누군가 미행을 하고 있음이 분명했다.

바로 그들 뒤를 바짝 쫓고 있는 특전사 요원들의 차였다. 미치코는 공항로에 있는 한 호텔로 들어섰다. 제비치가 머물 곳이 필요했다. 두 사람을 미행해서 호텔로 들어온 요원들은 차를 주차장에 세우고는 무선으로 연락을 취했다.

호텔 객실 안으로 들어간 미치코가 객실의 창문을 통해 요원들의 움직임을 지켜보고 있었다. 가방을 대충 정리한 제비치가 말했다.

"미치코상이 이렇게 대담하게 나올 줄 몰랐습니다. 공항에 아무도 안 나오면 어쩌나 걱정했는데……하하."

제비치의 말에 미치코가 여전히 미소를 지으며 말했다.

"안드레이 제비치 씨. 실수하면 안 돼요. 난 한국의 유명한 유전공학자 강주리니까. 다른 사람들이 있을 때는 미치코라 부르지 말고 반드시 강주리라고 불러야 해요. 알겠어요? 안드레이 제비치 씨.?"

"하하, 무슨 뜻인지 알겠습니다. 그래서 그토록 여유만만하셨군요."

"호호. 맞아요. 이렇게 대담하게 나오는 것 또한 작전의 하나가 아니던가요?"

"이제야 알겠습니다. 그래야 우리 두 사람 모두 안전하겠죠?"

특전사 요원으로부터 안드레이 제비치와 한 여인이 호텔에서 꼼짝도 하지 않는다는 보고를 받은 이강준은 계속 그들의 움직임을 지켜보라고 지시했다.

미치코와 제비치는 호텔 객실 안에서 이상한 행동을 하고 있었다. 두 사람 모두 흰 옷으로 갈아입은 후 마치 무슨 의식을 치르듯 미치코는 무릎을 꿇고 있고 제비치가 일어선 자세로 무슨 서류를 넘겨주었다. 그러면서 딱딱한 어투로 말했다.

"존사님의 특별 지시입니다. 마지막 작전을 실수없이 실행하라는 당부가 계셨습니다."

"신명을 바쳐 존사님의 지시를 실행하겠습니다."

공손히 서류를 받쳐든 미치코가 말했다.

호텔 주차장에 있던 요원들은 두 사람이 나올 때를 기다리고 있었다. 호텔에 들어간 지 한참 만에 밖으로 나온 두 사람은 이내 차에 올라타 어디론가 가고 있었다. 요원들은 무선으로 연락을 취하고는 미치코의 차를 뒤쫓기 시작했다.

호텔을 빠져 나온 미치코의 차는 유전공학 연구실 앞길로 들어섰다. 그 뒤를 요원들의 차가 계속 쫓고 있었다.

추격당하고 있다는 것을 느낀 안드레이 제비치가 걱정스런 표정으로 미치코에게 말했다.

"미치코 정오사. 안 되겠습니다. 난 다시 호텔로 돌아가겠소. 이러다 간 두 사람 다 위험합니다."

그러나 미치코는 여유있는 미소를 잃지 않았다.

에볼라 바이러스

현관을 들어서고 있는 미치코를 본 경비원이 황급히 일어섰다. 제비치와 미치코가 경비대 앞으로 오자 경비원이 미치코를 향해 말했다.

"이 시간에 웬일이십니까? 부소장님."

"급한 일로 외국에서 손님이 오셨어요. 키좀 줄래요?"

"알겠습니다."

미치코는 키를 받으며 경비원에게 단단히 지시했다.

"내 허락없인 외부인을 절대로 출입시키지 마세요."

"예, 부소장님."

주리의 연구실로 들어선 미치코는 제비치를 안내하며 말했다.

"자, 보세요. 강주리 박사의 이 모든 연구 성과는 우리들 차지에요."

그러면서 초음파로 거미들을 조정해 보였다.

"이게 뭔지 아세요? 우리가 가지고 온 독거미들을 마음대로 조정할 수 있는 장치에요."

미치코가 이번에는 여왕거미에 의해 태어나고 있는 복제 거미들을 가리키며 자랑스럽게 말했다.

"자, 이 복제 거미들을 보세요. 우리가 가지고 온 독거미들은 돌연변이로 태어났기 때문에 오래 살지도 못하고 또한 생식도 못하죠. 하지만 이젠 걱정 없어요. 강주리 박사의 연구로 무한성 복세 독거미들이 태어날 수 있게 됐으니까요."

미치코의 설명에 안드레이 제비치는 감탄을 금치 못했다.

"자, 이제 앉으시죠"

미치코는 서류 봉투를 뜯어 존사의 지시문을 읽어내려갔다.

"아니, 이건?"

제비치가 미소를 지으며 말했다.

"뭘 그렇게 놀라시오?"

"정말 대단하십니다. 어떻게 이런 연구를?"

"난, 세계적인 세균학자가 아닙니까?. 오래 전부터 에볼라 바이러스를 연구해 왔소. 이제 내 연구 성과를 우리 교단에 바칠 기회가 온 거요.며칠 내로 제주도 공해상에서 에볼라 바이러스를 인수하시오. 아, 그리고 원숭이를 구하는 것도 잊지 말아요. 일차적으로 원숭이에게 에볼라바이러스를 주입시킨 후 독거미에게 옮기시오. 지금까지 에볼라 바이러스의 숙주가 원숭이라고 알려졌지만 내가 연구한 바로는 바로 당신이 가지고 온 블랙 위도우라는 독거미였소. 이제 마지막 작전을 펼칠 기회가 온 거요. 존사께서 미치코 정오사의 활략을 기대하고 계십니다. 한국이 재앙의 나라라는 걸 증명해 보이시오. 그래서 공포에 질린 사람들이 우리 종교에 매달리도록 최선을 다해 주시오. 성공을 빌겠소."

"알겠습니다. 안드레이 제비치 씨."

그때 연구소 현관에선 특전사 요원들이 경비원들과 실랑이를 벌이고 있었다. 결국 이강준이 신분증을 보이자 경비원들은 연구실로 전화를 걸었다.

경비원의 전화를 받은 미치코는 급히 사노 존사의 지시문에 태웠다. 종이를 다 태운 순간 요원들이 들이닥쳤다. 미치코가 나서며 말했다.

"웬일로 그런 기관에서 저희 연구실에 다 찾아오셨죠?"

부관이 딱딱한 어조로 물었다.

"당신이 이곳 부소장이오?"

"그렇습니다. 소장님께서 해외 출장중이시라 현재는 제가 이곳 책임 잡니다."

"이분과는 어떤 사입니까? 그리고 왜 이곳에는 함께 오신 겁니까?"

"어머. 질문이 이상하군요. 그런 이유 때문에 여기에 오셨나요? 이분 은 러시아의 세계적인 미생물학자인 안드레이 제비치 씨입니다. 저와 는 학술 세미나에서 여러 번 만난 사이죠. 이번에 한국에 온 김에 저와 학문적인 견해를 나눌 예정입니다. 이제 됐나요?"

미치코의 말을 듣고 난 이강준은 잠시 생각하다가 미치코에게 실례 했다는 말을 하고는 요원들에게 철수를 명했다.

부관이 뜨악한 표정을 지으며 이강준을 보자 이강준은 다시 한번 철 수 명령을 내렸다.

미치코는 제비치를 향해 자신만만한 미소를 보낸다. 그제서야 제비 치는 여유있게 웃어 보였다.

제주도 공해상에 러시아 선박 한 척이 떠 있다. 갑판으로 선원 한 사 람이 나와 바닷속 주시하고 있다. 그때 바닷속에서 잠수복을 입은 두 사람이 솟아오른다. 다나카와 이와다였다.

이윽고 갑판 위에 있던 선원이 바다로 무언가를 떨어뜨리자 두 사람 이 물건을 받아 챙겼다. 손짓을 해 보인 다나카와 이와다는 물 속으로 사라졌다. 그리고 얼마 후 그들은 수중동굴 입구 바닷속에서 불쑥 솟아 올랐다. 그들은 러시아 선박으로부터 받은 물건을 들고 동굴 입구 쪽으 로 사라졌다.

주리가 갇혀 있는 오피스텔에서는 모리가 주리의 입에다 음식을 강제로 넣어 주고 있었다. 주리가 음식을 거부하자 모리는 화가 나서 주리의 뺨을 때렸다.

그때 미치코가 방으로 들어어며 말했다.

"아하, 숙녀분을 살살 다루어야지."

모리는 벌떡 일어나 미치코에게 인사를 했다. 미치코는 주리 쪽으로 다가가 주리의 턱을 받쳐 들며 말했다.

"강주리. 잘 들어. 네가 이뻐서 이러는 줄 알아? 넌 우리가 일본으로 갈 때까지는 살아 있어야만 해. 알겠어?"

그러다가 미소를 지으며 비아냥거린다.

"흥, 우리가 일본으로 떠난 후에 신문에 강주리의 모습이 대문짝만하게 실리겠지. 희대의 살인마 강주리라고. 호호."

"너희들은 미쳤어. 그것도 아주 더럽게. 이 살인마들 같으니."

주리가 소리치자 미치코는 표독해지며 주리의 뺨을 때렸다.

"지구에 종말이 왔을 때 정말 구원받을 사람이 누군데 그래? 네까짓 게 뭘 알아? 우린 인류 최후의 전쟁인 아마겟돈에서 선량한 시민들을 구해 줄 평화의 사도들이라구!"

그러고는 모리에게 주리의 입을 막으라고 지시를 하고는 나갔다.

제주도에 갔다가 돌아온 다나카와 이와다는 가져온 물건을 조심스럽게 미치코에게 전해 주었다. 미치코가 물건을 들어 보이며 말했다.

"존사께서 손수 지시서를 내려주셨다. 이제부터 우리는 이 에볼라 바이러스로 쓰레기 같은 인간들을 청소할 것이다."

그리고 미치코는 마지막 작전을 수행하기 전에 이와다와 모리에게 주리를 다른 곳으로 옮길 것을 지시했다.

주리는 더욱 공포와 분노로 치를 떨었다.

서울 교외의 폐교된 국민학교 앞 길로 택시 한 대가 멈추어 섰다. 미란과 우혁 그리고 최학준이 택시에서 내렸다. 미란의 끈질긴 설득으로 두 사람은 지금 일본 신흥종교 집회가 열리고 있다는 장소로 오게 된 것이다.

폐교된 국민학교 교실 안에서는 종교 집회가 진행되기 직전이었다. 신도들만이 흰 복장차림으로 절을 하고 있었다. 그 신도들 속에 섞여 있던 미스 양과 미스 김은 슬며시 교실 밖으로 빠져나와 겁에 질린 표정으로 다른 빈 교실 안으로 얼른 들어갔다. 그러고는 빈 교실에 놓여져 있는 교탁 뒤에 숨었다. 숨을 몰아쉬며 미스 김이 말했다.

"언니 무서워. 여기 있는 사람들 다 미쳤어."

"침착해. 우린 어떻게든 여기서 도망쳐야 해."

이때 어디선가 여인의 신음 소리가 들려왔고 둘은 순간 공포에 질렸다. 다시 한번 여자의 목소기가 가느다랗게 들려 왔다.

"날 좀 제발 꺼내 줘요. 부탁이에요."

미스 양이 용기를 내어 마룻바닥을 두드려 보며 말했다.

"밑에 누구 있어요?"

"제발 나좀 꺼내 줘요. 저도 끌려온 사람이에요."

미스 양이 마룻바닥을 살펴보다가 틈새를 발견하고는 판자를 들어올려 팔을 내려서 구원을 청한 여인을 끌어 올렸다. 바로 주리였다.

그때 커다란 남자의 손이 불쑥 두 여자의 머리카락을 감아쥐었다. 이와다와 모리가 험하게 인상을 쓰며 두 여자를 내려다보자 얼굴빛이 사색이 된 그녀들은 무조건 빌었다. 그러나 다나카의 부하들은 두 여자를 발로 걸어 찬 후 머리채를 잡아끌고 나갔다. 그리고 절망 어린 표정으로 두 여자를 보고 있던 주리는 다나카의 발에 걸어차여 바닥에 고꾸라졌다.

이런 소동과는 관계없이 교실 안에서는 여전히 신도들이 열심히 절을 하고 있었다. 이때 교실 밖에서 미란과 우혁 그리고 최학준은 흰 복면을 한 미치코가 신도들을 향해 열변을 토하고 있는 장면을 보았다.

"심판의 날이 바로 눈앞에 다가왔습니다. 마지막 재앙이 여러분 곁에서 일어날 것입니다. 사람들이 온몸에서 피를 흘리며 죽어 갈 것입니다. 사람들 몸뚱이의 구멍이란 구멍 모두에서 피를 흘리며 죽어 갈 것입니다. 여러분! 구원을 받을 길은 오직 존사님을 따르는 길뿐입니다!"

신도들이 광분하고 있을 때 이와다와 모리가 두 손이 묶인 미스 양과 미스 김을 끌고 들어섰다.

미치코는 설교를 중지하며 두 여인을 향하여 손짓을 하며 말했다.

"여러분! 이 여인들을 보십시오. 구원받을 기회를 스스로 포기한 배교자들입니다. 어떻게 할까요?"

순간 신도들이 모두들 손을 치켜들며 죽이라며 소리치기 시작했다.

그러자 이와다와 모리가 들고온 유리병을 내려놓았다. 병에서 거미 두 마리가 나와 천천히 두 여자 앞으로 기어갔다. 공포에 질린 두 여자에게 다가간 거미는 그들을 물었다. 그들은 입에서 피를 흘리며 죽어갔다.

이런 광기 어린 살육 현장을 교실 밖에서 계속보고 있던 미란이 더이상 못 보겠다는 듯 고개를 돌렸다. 최학준은 이들 광신도들에게 자신이 철저히 이용당했음을 느끼며 분노했다. 우혁도 분노에 떨었다.

바로 그 순간 미치코가 복면을 벗자 미치코를 주리로 알아본 우혁은 경악했다. 그리고 우혁은 갑자기 교실 안으로 들어가려 했다. 미란이 우혁을 잡으며 황급히 말했다.

"형! 어딜 가려구?"

"주리를 말려야만 해. 주리는 미친 거야. 주리를 만나겠어."

미란은 우혁을 계속 말렸다.

바로 이때 이상한 기척을 들은 다나카와 부하들이 교실 밖으로 나오려 했다. 그러자 최학준은 미란과 우혁을 향해 빨리 도망가라고 손짓을 했다. 결심한 듯 우혁과 미란이 뛰자 최학준은 그들과 반대 방향인 교실 앞문 쪽으로 뛰기 시작했다. 최학준이 숨을 몰아쉬며 앞문에 서자 안에서 뛰어 나온 다나카와 부하들이 발걸음을 멈추며 말했다.

"아니, 사이상! 이 시간에 여긴 웬일이오?"

최학준이 우물쭈물 대답했다.

"저……부탁을 드릴 일이 있어서 왔습니다."

"이 밤중에 말이오? 당신 혼자서 왔소?"

그러면서 그들은 교실 주변을 살펴보았다.

"그래, 무슨 부탁이오? 말해 보시오."

비로소 안정을 찾은 듯 최학준이 너스레를 떨며 말했다.

"저……글쎄 그게 말입니다. 지난번에 제가 데려온 다방 아가씨들을 다방 마담이 당장 데려오라고 절 못 살게 굴지 뭡니까? 제 곤란한 입장을 헤아리셔서 그 아가씨들을 데려가게 해 주십시오."

최학준의 요구를 듣고 다나카는 순간 당황해했다.

"우리 오사카 사람들은 그런 때 이렇게 말하곤 하죠."

최학준이 소리 난 쪽을 보자 미치코가 말하며 다가오고 있었다.

"미치코 정오사님. 언제 나오셨습니까?"

미치코가 최학준의 인사말에는 대답도 없이 일어로 말하며 그 속담의 뜻이 무엇인지를 물었다. 최학준이 머뭇거리자 그녀가 말했다.

"어미 곁을 떠난 새는 다시는 둥지로 돌아오지 않는다는 오사카 속담이에요."

"글쎄 그게……난 일본 태생이 아니라서……그 속담을 알 정도면 오사카 토박이나 가능한 것 아닌가요?"

미치코가 웃음을 터뜨리며 말했다.

"맞아요. 그럼 내가 이 속담의 뜻을 풀어서 얘기하죠. 당신이 찾고 있는 그 아가씨들은 어미 곁을 떠나 날아간 새들이란 뜻이에요. 다시는 둥지로 돌아가지 않을 거예요. 아시겠어요? 아무도 그 아가씨들을 강제로 데려가진 못해요. 내 말뜻 알아들었으면 당장 여기서 나가요. 지금 우린 신성한 집회를 하는 중이니까."

미치코와 부하들이 교실로 들어가자 최학준은 안도의 한숨을 내쉬었다.

최학준이 미치코를 만나 위기를 넘기고 있을 때 우혁과 미란은 학교 뒷산의 후미진 곳을 향해 죽어라고 달리고 있었다. 더 한참을 달린 후에 숨을 내쉬며 미란이 우혁에게 말했다.

"형! 우선 여기서 한숨 돌리자. 꽤 멀리 온 거 같아."

미란이 나무에 기대어 앉자 몹시 괴로운 표정으로 우혁도 미란의 곁에 앉았다. 미란이 망서리다가 우혁의 어깨를 감싸안았다. 순간 미란의 손길을 뿌리치며 우혁은 벌떡 일어섰다.

"아무래도 안 되겠어. 주리한테 가야겠어. 주리를 만나야겠어."

"우혁이 형! 우선 앉아. 이럴수록 냉정을 찾아야지."

그러자 우혁은 다시 앉아 고개를 떨구고 있었다. 한참 후에 그들은 마을 쪽을 향해 걸으며 숲에서 빠져나왔다.

시골의 구멍가게 앞에 다다른 미란은 가게 앞에 놓여 있는 평상을 가리키며 앉아 있으라고 우혁에게 말했다.

괴로운 표정으로 고개를 파묻고 있는 우혁에게 음료수를 든 미란이 다가갔다.

"이거 마셔. 형 심정 잘 알아. 하지만 저들은 미친 사이비 종교집단이야. 무슨 일을 저지를지 모른다구."

"………"

"이젠 우리 두 사람이 해결할 단계는 지난 거 같아. 이강준 대위에게
알려야겠어. 저들은 단순하게 개인 차원의 범죄 행위를 저지르는 게 아
니라구. 시민들을 상대로 무차별 테러를 저지른 자들임이 분명해."

고통스런 표정을 짓던 우혁이 갑자기 고개를 들어 미란에게 절실한
표정으로 말했다.

"네 말뜻 잘 알아. 아무래도 그래야겠지. 하지만……정말 마지막 부
탁이다. 마지막으로 주리를 만날 기회를 한 번 줘. 내가 주리를 만난 다
음에 그 다음에……."

미란은 그럴 수 없다는 듯 우혁을 바라보다 결국 고개를 끄덕였다.

서울의 외곽도시에 위치한 성남 모란 시장에서는 각종 동물들을 판
다. 그 사람들 속에 미치코와 다나카 그리고 부하들이 섞여 있었다.

미치코가 동물들을 파는 곳으로 다가가 죽 훑어보았다. 미치코가 상
인 한 사람에게 물었다.

"저……이곳에 원숭이도 있습니까?"

"원숭이오?"

"여기 오면 뭐든지 살 수 있다고 하던데요?"

"나 참. 우리 나라에 있는 거나 그렇죠."

"그럼 원숭이는 구할 수 없나요?"

상인은 그런 말을 묻는 미치코를 힐끗 쳐다보며 말했다.

"구할 수야 있죠. 아, 돈만 많이 주신다면야 뭔들 못 구하겠습니까?"

밤 늦은 시각에 미치코와 부하들이 최성준의 창고로 들이닥쳤다 . 이

와다는 철창에 갇힌 원숭이를 들고 있었고, 모리는 에볼라 바이러스가 든 상자가 들고 있었다. 그들은 기세 등등하게 지하실 쪽으로 내려갔다.

지하실 한쪽에 묶여 있는 최성준은 지쳐 보였다. 미치코 일행은 최성준은 거들떠보지도 않으며 가지고 온 원숭이와 상자를 한 곳에 놓았다. 미치코는 한쪽에서 흰 가운과 고무 장갑과 그리고 마스크를 썼다. 그리고 가방에서 주사기를 꺼내 원숭이가 있는 곳으로 다가갔다.

미치코는 상자 속에서 유리병에 담긴 에볼라 바이러스를 주사기에 넣은 후 원숭이의 몸에다 꽂았다. 다나카와 부하들은 긴장된 얼굴로 미치코의 행동을 보고 있었다.

다음 날 아침 최성준의 창고에 햇살이 비쳐들고 있었다. 묶인 채 잠이 들었던 최성준은 자기 근처에서 이와다와 모리가 앉은 체로 자고 있는 걸 보았다. 그때 다나카 소리가 들려 왔다.

"뭣들 하고 있는 거야? 이 중요한 시점에."

다나카의 목소리에 벌떡 일어선 부하들은 미치코가 있는 쪽으로 시선을 고정시켰다. 미치코는 원숭이를 긴장한 채 보고 있었다. 그들은 얼굴이 일그러졌다. 원숭이의 온몸 모든 구멍에서 피가 쏟아지고 있던 것이다. 부하들은 마비된 것처럼 꼼짝도 하지 않고 있었다. 그러자 다나카가 두 사람에게 소리쳤다.

"원숭이가 죽기 전에 빨리 피를 뽑아라. 그렇지 않으면 에볼라 바이러스를 보존할 수가 없다. 원숭이가 죽으면 에볼라 바이러스 또한 죽어버린다. 뭐하고 있는가?"

그때 미치코가 말한다.

"됐다. 내가 직접 뽑겠다."

미치코는 서서히 원숭이 쪽으로 다가가 모든 구멍에서 피를 쏟고 있는 원숭이에게 주사기를 꽂았다. 원숭이의 피를 뽑은 미치코는 주사기를 들고 거미집 앞으로 갔다. 그리고 거미들에게 원숭이로부터 뽑은 피를 주사하기 시작했다.

특전사 상황실에서 뭔가 심각한 생각에 골몰하고 있는 이강준에게 부관이 다가와 경례를 하며 보고했다.

"일본 경시청 야마다상으로부터 연락이 왔습니다."

"그래?"

"강주리 박사의 일본에서의 행적이 밝혀졌습니다. 일본 신흥종교와 연계된 아무런 혐의점도 찾을 수 없었다는 조사 결과입니다."

이강중은 부관의 보고에 더욱 표정이 어두워지며 말했다.

"흠……그것 참 곤란하게 됐군. 그렇다면 미치코란 여인의 행적은?"

"미치코가 실종되기 직전에 한 신사를 만난 사실까지는 밝혀 냈나 봅니다. 지금 미치코가 만난 오십대 남자의 신원을 찾고 있답니다. 그 자의 신원이 밝혀진다면 미치코의 행적이 확실히 들어날 거라는 보곱니다."

부관의 보고에 어떤 확신이 서는 듯 이강준이 말했다.

"즉시 야마다상에게 알려라. 무슨 일이 있어라도 미치코란 여인의 행적을 밝혀 내라고. 아무래도 예감이 좋지 않다. 시간이 없다."

"네, 알겠습니다."

서울 도심에 있는 고급 호텔의 부페식 식당에는 아직 이른 점심시간이라 한적했다. 접시를 들고 음식을 담고 있는 사람들의 모습이 간혹 보이고 다나카와 부하들도 음식을 담고 있었다.

어느 순간 이와다가 유리컵 속의 거미를 슬그머니 음식 통로에다 놓았다. 그리고 음식을 담은 접시를 가지고 세 사람이 좌석으로 돌아갔다.

그때 입구로부터 밤무대 여가수와 남자 세 사람이 허트러진 모습으로 들어섰다. 그들은 필요 이상으로 웃고 떠들며 들어서고 있었다. 눈이 새빨갛게 충혈되어 있고 눈동자의 초점이 맞지 않았다. 그들은 마약 중독자들이었다.

그들이 접시를 들고 음식 진열대 쪽으로 왔다. 이때 다나카 일행이 몰래 음식 진열대에 놓아 둔 거미가 음식물 위로 기어들어가 그 음식을 먹기 시작했다. 그러고는 슬며시 빠져 나갔다. 이런 사실을 꿈에도 모르는 마약범들은 접시에 음식물을 담고 있었다. 그들 중 밤무대 여가수가 거미가 먹은 음식을 접시에 담았다.

이런 모습을 좌석에 앉아서 음식을 먹고 있는 다나카 일행이 날카롭게 살피고 있었다.

이때 미치코가 입구에 들어서서 주위를 둘러보지도 않고 절도 있게 걸어가 빈 자리에 앉았다. 다나카 일행이 미치코를 향해 눈짓을 보냈다.

바로 그때 미란이 부페 식당에 들어섰다. 그리고 종업원에게 다가가 물어보았다.

"오늘 이 식당에 예약한 손님을 찾는데요? 강주리 씨라고……."

종업원이 예약 메모를 보고는 안내해 주겠다고 하자 미란은 황급히 거절했다.

미란은 강주리의 일정을 알아 내어 이곳으로 직접 찾아나선 것이다. 아무래도 심상치 않은 예감이 들었기 때문이었다. 주리가 일본 신흥종교의 광신도가 되어 있다면 거미 살인사건은 계속 터질 것이다. 그것도 조직적으로. 어떻게든 그런 사태는 막아야만 했다. 그러기 위해서는 살해 현장을 직접 목격해서 범행 확증을 잡아 내는 방법이 최선이라고 미란은 생각했다.

미란이 안쪽으로 들어서자 미치코가 미란의 모습을 먼저 발견하고는 갑자기 자리에서 일어나 등을 돌린 채 입구 쪽으로 걸어 나갔다. 미란은 언뜻 다나카 일행이 미치코를 감싸며 입구를 빠져 나가는 모습을 보았다. 순간 미란이 입구를 향해 달려가 호텔 복도의 엘리베이터 쪽으로 갔으나 이미 그들을 태운 엘리베이터의 문이 닫히고 있었다. 허탈해진 미란은 다시 부페 식당으로 급히 들어섰다.

식당 안으로 들어선 미란이 주위를 돌아보다가 음식 진열대 쪽으로 가서 음식을 살펴보고 있었다. 그때 음식물 속에서 기어나오고 있는 거미가 눈에 띄어 미란은 깜짝 놀랐다.

미란은 웃고 떠들며 음식을 먹고 있는 마약범들의 모습을 보았다. 그때 음식을 먹던 여가수가 갑자기 구토 증세를 느끼는지 고통스러워했다. 그러나 마약범들은 이런 모습마저도 즐거운지 손가락질 하며 웃었다. 미란이 급히 마약범들 쪽으로 가서 여가수를 향해 소리쳤다.

"안 돼요. 그 음식물을 먹으면 안 돼요."

그러자 마약범들이 낄낄거리며 미란을 비웃었다.

여가수는 어느 정도 진정이 되자 미란을 향해 소리쳤다.

"뭐 이런 미친년이 있어. 내 음식 내가 먹는데……재수 없게……."

그러고는 게걸스럽게 다시 음식물을 먹기 시작했다. 미란은 그들을 절망적으로 바라보았다.

마약범들은 방으로 돌아와 뮤직 비디오를 틀었다. 격렬한 하드 락이 나오자 밤무대 여가수가 비디오를 따라 열창을 했다. 남자들은 흐느적거리며 노래를 따라 불렀다. 갑자기 노래를 하던 여가수가 구토를 하자 남자들이 짜증스러워했다.

한 남자가 웃으며 주사기를 뽑아 들었다. 그리고 여가수를 앉히고는 팔목에다 주사를 놓았다. 마약 주사를 맞은 여가수가 언제 그랬냐는 듯 다시 일어나 노래를 하기 시작했다. 흥에 취한 마약범들은 그 주사기한 대로 돌려가며 주사를 놓았다.

마약범들이 호텔 객실에서 난장판을 부리던 그 호텔에도 어둠이 밀려왔다. 미란은 다시 그 호텔로 향했다. 만일 음식 속으로 들어갔던 거미가 음식을 먹은 후에 배설물을 음식에다 묻혀 놓았다면 그 음식물을 먹었던 사람들은 위험할지도 모른다. 미란은 구토하던 여자가 생각났다.

미란은 호텔 복도를 지나 그들이 묵고 있는 객실 앞으로 다가갔다. 그러고는 객실문 쪽을 향해 잠시 귀를 기울여 보았으나 아무 소리도 들리지 않았다. 걱정이 된 미란은 슬며시 문을 열어 보았다. 문은 잠겨 있지 않았다.

미란이 심호흡을 한 후 객실 안으로 들어섰으나 깜깜했다. 불을 켜자 미란 사람들이 쓰러져 있는 모습이 보였다. 가까이 다가간 미란은 비명을 지르고 말았다. 그들은 하나같이 입과 코와 귀와 그리고 눈에서까지 피를 흘린 상태로 죽어 있었다.

미란이 비명을 지르고서 약간의 시간이 흘렀다. 그 호텔 입구에는 사람들의 출입을 막는 통제 표시가 되었고 경찰들이 삼엄한 경비를 펴고 있었다. 이때 특전사의 차가 다가와 호텔 입구에 멈추었고 차에서 내린 부관과 요원들이 급히 안으로 들어섰다.

호텔 객실 앞 복도에서 미란이 초조한 기색으로 서성이고 있었다. 이때 부관과 요원이 미란 앞으로 다가서며 말했다.

"이미란 씨. 신고해 주셔서 고맙습니다."

미란이 부관에게 떨리는 목소리로 말했다.

"빨리 현장부터 한번 보세요."

부관은 요원들을 향하여 눈짓을 하고 급히 안으로 들어갔다. 객실 안으로 들어선 부관과 요원은 방 안에 쓰러져 있는 시신들을 보자 충격으로 표정이 일그러졌다. 부관이 신음하듯 내뱉았다.

"이럴 수가……."

시체들의 처참한 모습을 본 요원이 부관에게 귓속말로 뭐라고 설명을 했다. 부관은 차츰 얼굴이 경직되더니 급히 돌아서서 복도에서 서성이고 있는 미란에게 다가가 말했다.

"저 좀 잠깐 보시죠."

미란을 한쪽으로 데려간 후에 그는 말하기 시작했다.

"저자들은 수배중인 마약사범들이었습니다."

그러자 미란이 결연하게 말했다.

"저 자들이 죽은 건 마약하고 관계가 없어요. 틀림없이 이번에도 거미살인사건이라구요."

미란의 말에 부관이 심각한 표정으로 말했다.

"그 이상인 것 같습니다."

"네?"

"이번엔 단순한 독거미 살인사건이 아닌 거 같습니다."

"네? 그게 무슨 말예요?"

"보도를 안 하신다는 전제하에 극비 정보를 말씀드리겠습니다."

"약속 드리죠."

"얼마 전에 세계적인 세균학자인 안드레이 제비치가 한국에 다녀갔습니다. 우리가 그 자를 주시한 건 그가 일본 신흥종교 러시아 부총책이었기 때문입니다. 그런데 그 자가 우리 나라의 세계적인 유전공학자인 강주리 박사와 만났습니다. 그리고 지금 이런 사건이 터진 겁니다."

미란이 몹시 놀라자 부관이 말했다.

"왜 그렇게 놀라십니까?"

미란이 변명하듯 얼버무렸다.

"아, 아무것도 아네요. 그래서요?"

"안드레이 제비치는 오래 전부터 에볼라 바이러스를 연구해 온 걸로 알고 있습니다. 에볼라 바이러스에 감염되면 인간의 모든 장기들이 녹아 버립니다. 그래서 모든 구멍에서 피를 쏟으며 죽어 가죠. 저 안에서 죽어 간 사람들의 모습으로 보아서는 에볼라 바이러스에 감염된 것으로 추정됩니다. 만약에 그렇다면 이건 보통 심각한 사태가 아닙니다. 난 즉시 본부로 들어가 지시를 받아야겠습니다. 협조 감사했습니다."

부관과 요원들은 급히 그 자리를 떠났다. 미란은 혼자 심각한 표정으로 서 있다. 잠시 후 미란은 급히 호텔에서 나갔다. 그러고는 차를 몰아 우혁의 집으로 달려갔다. 우혁의 집에 도착한 미란이 현관 벨을 정신없이 누르자 우혁이 의아한 표정을 지으며 문을 열어 주었다. 방 안으로 뛰듯이 들어간 미란이 우혁을 향해 숨넘어가듯 급하게 질문부터 했다.

"우혁이 형. 에볼라 바이러스에 대해 아는 대로 설명해 줘. 당장."

"왜 그래? 미란아."

"형은 미생물 학자니까 잘 알 거 아냐? 빨리."

"알았어. 마침 비디오 테이프를 구해 놓은 게 있어. 도움이 될 거야."

화면에 에볼라 바이러스에 관한 정보들이 비쳐지면 우혁이 설명을 해 주었다.

"에볼라 바이러스는 아프리카 자이레의 에볼라 강가에서 발견됐기 때문에 붙여진 이름이야. 그쪽 지방에서는 원숭이를 훈제로 먹는 풍습이 있는데 얼마 전에 수녀 한 분이 덜 익은 원숭이 훈제 요리를 먹고 발병을 했었지. 그런데 그 원숭이로부터 에볼라 바이러스에 감염된 거야. 구토, 오한, 고열로 고생하던 수녀는 이윽고 온몸에서 피를 쏟으며 죽어 갔어. 그제서야 에볼라 바이러스인줄 알게 된 거지. 에볼라 바이러스는 우리 신체의 온갖 장기들을 녹여 버릴 정도로 독성이 강해. 장기가 녹아 버리니까 모든 구멍을 통해 피를 쏟을 수밖에. 나중에는 사람 장기가 액체처럼 흐물흐물 녹아 없어지지. 에이즈보다도 무서운 병이야. 발병한 그 수녀로부터 에볼라 바이러스는 무섭게 번져 갔어. 아프리카의 열악한 의료사정 때문에 에볼라 바이러스에 감염된 환자가 쓴 주사기를 다른 환자들에게도 사용했기 때문이야. 그래서 그 병실에 있던 환자 모두가 에볼라 바이러스에 감염되는 끔찍한 사태가 발생했지."

미란이 경악하며 우혁의 말을 중간에 막았다.

"뭐라구? 잠깐만."

"왜 그래, 미란아?"

"이럴 수가……호텔에 있던 마약범들도 주사기 하나로 함께 마약을 맞았을 거야. 분명히. 그래서 모두 함께 죽어 간 거야."

"미란아. 무슨 소릴 하는 거야?"

"형! 에볼라 바이러스가 원숭이 말고 다른 동물, 이를테면 독거미를 통해서도 전파될 수 있을까?"

"미란아. 너 혹시?"

"형! 사람들이 호텔에서 온몸으로 피를 토하며 죽어 갔어. 틀림없이 에볼라 바이러스에 감염된 거야. 그리고 에볼라 바이러스의 세계적인 권위자인 안드레이 제비치란 사람이 한국에 들어왔었어. 그 사람이 누굴 만났는지 알아? 바로 주리를 만났다구."

"뭐라구? 그럼 주리가 이번엔 에볼라 바이러스를 가지고 사람들을 죽이려 한다는 거야? 맙소사. 안 돼. 그럴 순 없어."

우혁이 벌떡 일어섰다.

"형! 어딜 가려구?"

"주리를 만나겠어. 그냥 놔 둘 순 없어."

"형! 주리는 미쳤다구. 만날 수 없어. 형까지 죽어."

"죽어도 좋아. 난 주리를 만나야만 해."

우혁이 미란의 말을 들은 척도 않하고 나갔다. 미란이 우혁을 뒤따라 나갔다. 집에서 뛰쳐나온 우혁이 집 앞에 서서 택시를 잡으려고 서 있었다. 뒤쫓아온 미란이 우혁을 향해 말했다.

"좋아. 형이 정 가려면 나도 함께 갈 거야."

"그럴 필요 없어. 이 문제는 나 혼자서 풀 거야."

"알았어. 내가 주리 있는 곳까지만이라도 바래다 줄게. 됐지?"

미란이 자신의 차 문을 열자 우혁이 할 수 없이 미란의 차에 탔다. 미란은 우혁이 가르쳐 주는 방향으로 차를 급히 몰았다. 차는 주리가 묶여 있는 오피스텔 앞에 섰다. 우혁은 차에서 급히 내리며 미란을 향해 말했다.

"넌 여기서 기다려. 나 혼자 주리를 만날 테니까."

미란이 말없이 고개를 끄덕였다. 우혁은 오피스텔 입구로 뛰어갔다. 미란은 걱정스러운 표정으로 차 안에 앉아 있었다.

오피스텔 안에서는 미치코가 두 눈을 감은 채 요가 자세로 앉아 있고 다나카와 부하들이 기분좋은 표정으로 얘기를 나누고 있었다. 이와다가 말했다.

"작전은 대성공입니다."

모리가 되받아 말했다.

"하하 이제 서울에 에볼라 바이러스가 불길같이 퍼져 나갈 겁니다."

그러자 다나카가 엄숙한 표정으로 두 사람의 경망됨을 꾸짖으며 말했다.

"아직 성공을 장담하기엔 이르다. 이럴수록 바짝 정신을 차리도록."

다나카의 말을 들은 부하들이 표정 바꾸며 그에게 절을 했다.

"하이."

이때 밖에서 문을 두드리는 소리가 났다. 요가 자세를 취하고 있던 미치코가 눈을 뜨며 세 사람을 향해 눈짓을 햇다. 세 사람은 급하게 주리가 갇히어 있던 간이 칸막이 뒤로 들어가 숨었다. 다시 문을 두드리는 소리가 나자 미치코는 문 쪽으로 다가가 소리쳤다.

"누구세요?"

"나야. 우혁이."

순간 미치코는 당황했으나 표정을 바꾸어 활짝 웃으며 문을 열었다.

"우혁 씨. 갑자기 웬일이야?"

그러나 우혁은 잔뜩 굳어 있는 표정으로 딱딱하게 말했다.

"주리야. 다 알고 왔어. 더 이상 날 속이려 하지 마."

그러나 미치코는 여전히 미소를 지으며 반문했다.

"아닌 밤중에 홍두깨라더니 도대체 왜 그래?"

우혁이 주리를 잡고 흔들며 소리쳤다.

"주리야! 너 정말 왜 이러니?"

"우혁 씨. 이러지 마."

우혁이 주리로부터 손을 떼며 진지한 표정으로 말했다.

"그래……우리 차분히 얘기하자."

그런 우혁을 진정시키려는 듯 미치코가 선수를 치며 말했다.

"우선 앉아. 우혁 씨."

"주리야. 나한텐 뭐든지 얘기해 줄 거지?"

"그럼, 우혁 씨한텐 모든 걸 숨김없이 얘기했잖아."

"그래. 그럼 솔직히 대답해 줘. 일본 신흥종교에 언제부터 빠진 거야?"

"그게 무슨 소리야?"

우혁이 화를 내며 말했다.

"이러지 마. 난 다 봤어. 집회장소에 갔다가 네가 사람들을 죽이는 모습까지 다 봤단 말야. 정말 왜 이러는 거야?"

우혁이 화를 내자 미치코도 소리를 질렀다.

"우혁 씨 지금 무슨 말을 하는 거야? 내가 사람을 죽이다니."

"주리야. 내가 이렇게 애원한다. 제발 사이비 종교에서 발을 빼. 그건 미친 짓이야."

미치코가 웃음을 터뜨렸다.

"호호, 우혁 씨. 정말 미친 거야? 내가 사람을 죽이는 모습을 봤다니 ……그게 말이나 돼?"

"주리야. 이러지 마. 내 눈으로 똑똑히 봤는데 이런 거짓말로 넘길 수 있을 거 같아? 더 이상 날 속이려 하지마."

미치코가 정색을 하며 말한다.」

"좋아. 그렇다면 그곳으로 지금 함께 가. 가서 확인을 해 보면 될 거 아냐?"

"뭐라고?"

"누군가 틀림없이 내 흉내를 내고 있을 거야. 형도 깜박 속을 만큼. 이대로 둘 수는 없어. 자 함께 가자구. 지금 당장."

말을 마친 미치코가 발딱 일어서자 할 수 없이 우혁도 엉거주춤 일어섰다. 간이 칸막이에 숨어 있는 다나카가 미치코의 말뜻을 알아챘다는 듯 고개를 끄덕였다.

오피스텔 앞에서 우혁을 기다리고 있던 미란은 우혁과 미치코가 나란히 나오고 있는 모습을 보고 놀랐다. 미치코는 자신의 차가 세워져 있는 쪽으로 우혁을 데려갔다. 순간 차 문을 열고 미란이 그쪽으로 뛰어가며 소리쳤다.

"우혁이 형!"

미란이 부르는 소리에 우혁과 미치코는 뒤돌아보았다. 미치코는 미란이 우혁과 함께 이곳까지 와 있는 줄은 모르고 약간 당황해했다. 그러나 교활한 미치코는 곧 표정을 바꾸며 미란을 향해 다정하게 말했다.

"어머, 미란이도 와 있었던 거야? 들어오지 않구……."

그러나 미란은 미치코의 말은 들은 체도 않고 우혁을 향해 물었다.

"형! 지금 어딜 가려는 거야?"

우혁은 미란의 간섭이 귀찮다는 듯 말했다.

"미란아! 이제 넌 돌아가. 우린 가볼 데가 있어."

"형! 지금 무슨 소릴하는 거야? 정신차려."

"주리에 대한 네 생각, 역시 오해였어. 주리는 아무것도 모르고 있어. 지금 종교 집회에 가서 확인을 해 보기로 했어. 주리를 닮은 누군가가 미친 짓을 벌이고 있는 게 분명해. 가짜 주리가 확인되는 대로 돌아올 거야. 걱정 말고 집에 가 있어."

미란이 우혁을 잡아끌며 못가게 말리자 미치코가 표독한 표정을 지으며 미란에게 다가가 폭언을 퍼부었다.

"미란아! 너야말로 정말 왜 이러는 거니? 사사건건 왜 날 못살게 구는 거야? 당장 여기서 없어져."

"넌 미쳤어. 지금 제 정신이 아냐. 우혁이 형을 농락할 생각하지 마. 내가 용서 못해."

"뭐라구? 너야말로 질투에 눈이 뒤집혀 우리 두 사람 사이를 이간질하려는 거 내가 모를 줄 알아? 나쁜 년."

미치코가 미란의 머리채를 휘어잡았다. 미란도 미치코의 머리채를 겨우 잡았다. 당황한 우혁이 두 여자를 떼어 놓으며 미란을 향해 결론을 내리듯 말했다.

"미란아! 넌 돌아가 있어. 이건 우리 두 사람이 해결할 문제야. 알겠어? 넌 빠지라구."

우혁의 말에 미란은 손을 떼며 물러서며 울먹이며 말했다.

"형! 나한테 이럴 수가 있는 거야? 이건 사사로운 감정으로 해결할 문제가 아냐. 왜 이러는 거야?"

그러나 우혁은 미란의 말은 더 이상 들지도 않고 미치코에게 말했다.

"주리야. 가자."

미치코와 우혁이 탄 차는 떠났다. 혼자 남은 미란이 비참해진 심정으로 멀어지고 있는 그들의 차를 바라보았다.

바로 그때 다나카와 부하 두 사람을 태운 차가 미란의 앞을 스쳐 지나간다. 얼핏 그 모습을 본 미란이 놀랐다.

폐교된 국민학교를 향해 미치코와 우혁이 탄 차가 달리고 있었다. 운전하고 있는 미치코가 아까부터 백미러로 우혁이 눈치채지 못하게 뒤를 계속 보고 있었다. 드디어 미치코의 백미러에 뒤쫓아오는 다나카의 차가 보였다. 갑자가 미치코는 길가에 차를 세웠다. 우혁이 궁금한지 물었다.

"왜 그래?"

"차가 좀 이상해. 잠깐 나가서 보고 올게."

미치코가 보닛을 열고는 손전등으로 비춰 보았다. 다나카와 부하둘이 탄 차가 달려오자 미치코는 우혁의 시선을 자신 쪽으로 집중시키려고 의도적으로 소리를 쳤다.

"우혁 씨. 시동 걸어 봐."

시동이 걸리자 미치코는 보닛을 닫았다. 어느새 다나카의 차는 미치코의 차를 스쳐 지나간 후 멀어져가고 있었다. 미치코가 우혁을 향해 물었다.

"우혁 씨. 아직도 멀었어?"

"아냐. 거의 다 왔어. 바로 저쪽이야. 차는 이쯤에서 세워 두고 걸어서 가자."

두 사람이 차에서 내려 교실 쪽으로 다가갔다. 그리고는 긴장한 표정으로 교실 안을 주시했다.

바로 그때 미치코보다 한걸음 앞서 도착한 다나카 일행은 갇혀 있는 주리에게 마약을 주사한 후 급히 신도들이 있는 교실 쪽으로 데려갔다. 교실 입구로 흰 복면을 한 다나카 일행이 들어섰다. 이와다와 모리가 복면을 한 주리의 양쪽 팔을 한 쪽씩 끼고 교단 쪽에 섰다. 신도들이 환호성을 지르며 절을 했다. 이와다와 모리는 주리를 교단에 앉힌 후 복면을 벗겼다. 그러자 주리의 초점 잃은 눈동자가 멍하니 앞을 보고만 있었다. 그러나 우혁은 이런 주리의 표정을 눈치채지 못하고 놀라서 입을 다물지 못했다.

"이럴 수가……."

우혁이 놀라는 모습을 보며 미치코가 차가운 미소를 지었다. 우혁이 잠시 후 옆에 있는 미치코를 향해 울먹이듯 말했다.

"주리야. 정말 고맙다. 난……네가 일본 신흥종교에 빠져서 미쳐 있으면 어쩌나 해서 밤잠도 못 자며 고민했었어. 그런데 역시 내 믿음이 옳았어. 주리야, 정말 고맙다."

우혁이 와락 미치코를 껴안았다.

적당히 감동을 하는 척하던 미치코가 말했다.

"우혁 씨. 여기서 이러면 어떡해. 우리 여기서 빨리 나가자. 모든 게 확인된 마당에 더 이상 여기 있을 필요가 없잖아."

우혁이 그제서야 미치코를 풀어 주며 정신이 난 듯,

"그래, 빨리 가서 미란이한테 알려야 해. 그래서 저 미친 살인마들을 잡아넣야 해."

그러자 갑자기 미치코가 냉혹한 말투로 변하며 우혁에게 따지듯 물었다.

"왜 미란이한테 그런 일을 맡겨. 그럴 필요없어. 이제부터 이 일은 내가 처리할 거야. 이건 내 명예에 관한 일이야. 내 문제는 내가 풀 거야. 약속해 줘. 우혁 씨. 나한테 이 문제를 맡긴다고."

"아무튼 알았어. 우선 여기서 빨리 나가자."

우혁이 돌아서자 미치코는 냉혹한 미소를 지었다.

최학준은 단골 다방에서 마담에게 계속 시달림을 받고 있었다. 이제는 마담이 최학준에게 삿대질까지 하며 따지고 있었다.

"도대체 어떻게 된 거야? 우리 애들 데려온다고 해 놓고는 왜 꿩 귀먹은 소식이냐구?"

"글쎄 그게……벌써 거기서도 떠났더라구."

"뭐야? 난 안 믿어. 거기가 어디야? 다방 문 닫을 시간도 됐는데 장사 때려치고 당장 나하고 가 보자구."

"오늘은 너무 늦었어. 내일 시간 내서 한번 가 보자구."

"안 돼. 오늘 아주 뿌리를 뽑자구."

이때 미란이 다방으로 들어섰다. 최학준이 미란을 보고는 살았다 싶은 표정으로 벌떡 일어났다. 마담이 최학준을 잡으며 소리쳤다.

"슬그머니 어딜 빠져나가려고?"

"손님이 날 찾아오셨어. 이거 봐."

최학준이 마담을 뿌리치며 미란을 향해 다가갔다.

미란과 최학준은 다방에서 나와 근처에 있는 공원으로 갔다. 그리고

벤치에 앉아 얘기를 나누었다. 최학준이 먼저 말했다.

"이 기자. 나 요즘 잠을 못잘 지경이오. 겁이 나서 죽겠소. 당장 날 잡으러 올 것만 같고. 저들을 그냥 놔 둘 거요?"

"⋯⋯⋯"

"혹시 강주린지 미치콘지 하는 여자와 아는 사이기 때문에 신고를 망설이고 있는 거요?"

최학준의 물음에는 대답하지 않으며 미란이 심각한 표정으로 말했다.

"최 선생님 한 가지만 여쭤 볼 게요. 강주리와 미치코가 한 사람이라고 생각하세요? 아니면 모습이 닮은 전혀 다른 사람이라고 생각하세요?"

"그게 그렇게 중요한 문젭니까?"

"그래요. 아주 중요해요. 그 문제만 확인되면 당장이라도 당국에 신고를 하겠어요."

"그걸 확인할 수 있는 방법이 있을 것도 같습니다."

"그래요? 어떤 방법인데요?"

"두 사람이 만약 다른 사람이라면 두 사람 중에 한 사람은 분명히 일본 사람입니다."

"네? 그걸 어떻게⋯⋯?"

"분명히 그 여자는 나한테 이런 말을 했었습니다."

최학준은 미치코와 나눈 대화의 내용을 말해 주었다.

'사이상! 오사카 속담에 이런 말이 있다는 거 혹시 아세요? 어미 곁을 떠난 새는 다시는 둥지로 돌아오지 않는다. 우리 오사카 사람은⋯⋯.'

최학준의 설명을 듣고 난 미란이 되물었다.

"분명히 자기 입으로 오사카 사람이라고 했단 말이죠?"

"그렇소. 그 여자는 오사카 속담까지 인용하면서 오사카 사투리를 썼소. 일본 토종이 아니면 그런 말은 쓸 수가 없소."

"그렇다면? 이럴 수가……."

미란이 자신의 잘못을 인정하듯 낙담했다.

"왜 그러시오?"

"내 친구 강주리는 서울 태생이에요. 일본어를 하긴 하지만 능숙하진 않아요. 내가 큰 실수를 한 거예요. 강주리와 미치코는 다른 사람이 분명해요. 이를 어쩌죠? 우혁 씨가 위험해요. 아니 주리도 위험해요."

미란이 두서 없이 소리치자 최학준이 의아한 듯 되물었다.

"도대체 그게 무슨 말입니까?"

미란은 최학준의 물음에는 대답하지 않은 채 급히 일어섰다. 미란은 공원에서 나오자마자 전속력으로 주리가 있는 아니 미치코가 있는 오피스텔로 차를 몰았다. 초조함으로 입술이 바작바작 타들어가는 느낌이었다.

그때 우혁을 감쪽같이 속인 미치코는 오피스텔에 우혁과 함께 돌아와 편한 옷으로 갈아 입고는 소파에 앉아 있는 우혁 곁으로 다가가고 있었다. 그녀의 손에는 포도주 병이 들려 있었다. 술병과 술잔을 가지고 와서 우혁의 잔에 따라주며 자신의 잔을 우혁에게 내민다. 우혁이 미소를 지으며 포도주를 따라 주었다.

두 사람이 잔을 부딪치며 그윽한 눈길을 주고받았다. 미치코가 단숨에 잔을 비웠다. 그리고는 우혁을 향해 가까이 다가갔다. 우혁이 기다렸다는 듯 미치코를 꽉 끌어안았다. 우혁은 행복감에 젖었다.

바로 이때 요란하게 문을 두드리는 소리가 들려 왔다. 미치코가 신경질이 나는 표정으로 우혁으로부터 떨어지며 문 쪽으로 갔다.

"누구세요?"

그러자 밖에서 미란의 목소리가 들려 왔다.

"우혁이 형 여기 있지?"

순간 우혁과 미치코의 시선이 마주쳤다.

수중동굴의 폭파

　미란이 오피스텔 문을 계속 두드렸다. 미치코가 문을 열었다. 순간
미란이 미치코가 확 밀치며 안으로 들어섰다. 소파에 앉아 술을 마시던
우혁이 엉거주춤 일어섰다. 우혁은 어색해 했지만 미란은 우혁이 무사
하다는 사실만으로도 기뻤다. 미란이 무조건 우혁을 잡아끌었다.
　"형! 여기서 당장 나가. 제발 내말을 들어. 이 여잔 주리가 아냐. 이
여잔 바로 미치코야. 일본 여자라구."
　"미란아. 너 정말 왜 이러니? 난 내 눈으로 직접 확인을 했어. 종교집
회에서 가짜 주리를 보았단 말야. 그 여자가 네가 말하는 미치코겠지."
　"내 말을 믿어야 돼. 여기 있는 이 여자가 가짜 주리란 말야. 정신 차
려 형! 내가 증거를 또 하나 댈까? 바로 이 오피스텔 앞에서 거미 살인
을 저지르던 괴청년들을 봤어. 이래도 내 말을 못 믿겠어?"
　미란의 말을 듣고 있던 미치코가 차가운 표정으로 말했다.
　"미란아 나도 더 이상 못 참겠어. 도대체 네가 말하는 그 청년들이
누구야? 난 그 사람들이 누군지 몰라. 왜 나한테 이러는 거야? 너 정말
질투에 눈이 먼거 아니니? 우혁 씨와 난 두 눈으로 똑똑히 봤어. 바로
내 모습을 한 가짜 주리를 보았단 말야. 더 이상 꼴도 보기 싫어. 여기
서 당장 나가."

미란이 정말 못 참겠다는 듯 욕을 하며 미치코를 향해 소리쳤다. 그리고는 미치코의 뺨을 세게 때렸다. 두 사람이 엉켜 싸우기 시작했다. 두 사람을 지켜보던 우혁이 화난 표정으로 소리쳤다.

"이게 무슨 짓들이야. 좋아, 내가 여기서 나가겠어."

우혁은 곧장 오피스텔을 나왔다. 미란과 미치코가 떨어지며 서로를 노려보았다. 미란이 말했다.

"두고 봐. 내가 꼭 네 가면을 벗겨내고야 말겠어."

미란마저 나가 버리자 미치코는 심각해졌다. 미란은 이제 너무나 많은 비밀을 알고 있었던 것이다.

특전사 방역 실험실에서는 수많은 방역요원들이 특수하게 만들어진 안전복을 입고 죽은 마약범들의 시체에서 혈청을 뽑아내고 있었다. 시체는 거의 형체를 알아볼 수 없을 정도로 반쯤 흐물흐물거리는 상태였다. 방역요원 한 명이 현미경을 들여다보다가 현미경과 연결된 컴퓨터를 작동시켰다. 컴퓨터 화면에 에볼라 바이러스의 움직임이 보여졌다. 실험실 밖에서 결과를 기다리고 있던 이강준은 부관의 보고를 받았다.

"예상대로 에볼라 바이러스임이 확인됐습니다."

보고를 받은 이강준은 심각해졌다. 부관이 계속 말했다.

"사태가 심각합니다. 빨리 범인을 잡지 못한다면 서울 시민 모두가 에볼라 바이러스에 노출될 지도 모릅니다. 더 이상 망설이지 말고 강주리 박사를 덮쳐야 합니다. 시간이 없습니다."

부관의 강력한 설득에도 이강준은 말없이 계속 고민하는 표정만을 짓고 있다. 이때 요원이 들어서며 이강준에게 보고했다.

"방금 일본 경시청의 야마다상으로부터 연락이 왔습니다. 미치코란 여인의 행적을 밝혀냈답니다. 직접 한국으로 나오시겠답니다."

우혁과 미란이 돌아간 후 오피스텔의 둥근 테이블에는 미치코 일행이 죽 둘러앉아 있었다. 하나같이 심각한 표정이었다. 미치코는 몹시 화난 표정으로 일행을 향해 말했다.

"이미란이 끈질기게 내 신분을 추적하고 있다. 내가 가짜 주리 역할을 하고 있는 사실도 내가 일본 여자라는 것까지도 다 알아낸 눈치다. 이제 더 이상 강주리 역할을 하기엔 위험이 크다. 작전상 후퇴를 해야겠다. 일단 우리들의 아지트인 수중동굴로 잠입하라. 그런 후에 다시 기회를 노리자. 어서 서둘러라. 그리고 사람이 많은 곳을 골라 거미를 집중 투입하라. 모든 증거물은 신속히 없애도록."

미치코의 말이 끝나자 모두 고개를 숙이며 대답했다. 그리고는 급히 일어섰다.

서울 고속버스 터미널은 언제나 많은 사람들로 붐볐다. 차 시간을 기다리는 사람들이 휴게실 의자 곳곳에 앉아 있었다. 이와다와 모리가 승객들 속에 섞여 의자에 가서 앉았다. 잠시 후 서로 눈짓을 나눈 모리와 이와다가 의자 밑에 거미가 든 종이컵을 놓고 일어섰다. 그들이 일어서자마자 젊은 남녀가 와서 앉았다. 여자가 스낵 과자를 남자의 입에다가 넣어 주며 히히덕거리고 있었다. 의자 밑에 있던 거미가 기어나와 남자의 바지 속으로 기어올랐다. 순간 남자가 움찔하며 여자 쪽으로 쓰러졌다. 여자가 비명을 질렀다.

사람들이 모여들었다. 여자의 몸에 기댄 채 축 늘어져 있던 남자가 경련을 일으키며 입에서 피를 쏟기 시작했다. 그때 죽은 남자의 바지에서 거미 한 마리가 빠져 나오는 모습을 누군가가 발견했다. 그 사람이 살인거미라고 소리치자 삽시간에 사람들이 흩어졌다. 터미널은 곧 아수라장이 되었다.

서울에서도 가장 고급 백화점으로 소문난 L백화점에는 세련된 옷 차림의 여자들이 줄을 이었다. 백화점 외벽에 위치한 엘리베이터가 시내를 한 눈에 내려다보며 오르내리고 있었다.

백화점 안으로 들어선 다나카는 곧바로 엘리베이터에 올라탔다. 다나카가 엘리베이터에서 내리자 문이 닫혔다. 엘리베이터가 위로 올라갔다. 그때 엘리베이터 걸 쪽으로 거미 한 마리가 기어가고 있었다. 어느 순간 엘리베이터 걸의 다리 위로 기어올라갔다. 어린이 한 명이 재미있다는 듯 거미를 보고 있었다. 거미를 발견한 엘리베이터 걸이 깜짝 놀라 거미를 손으로 떼어내려고 하는 순간 거미가 손으로 옮겨붙었다. 아가씨가 비명을 지르며 손을 흔들었다. 그러나 거미는 쉽게 떨어지지 않았다. 어느 순간 거미가 아가씨의 손을 물었다. 아가씨가 움찔하며 쓰러졌다. 그리고는 경련을 하며 입에서 피를 흘리며 죽어갔다. 사람들이 비명을 질러댔다.

엘리베이터가 멈추고 문이 열렸다. 사람들이 앞다투어 나갔다. 엘리베이터 안에서 뛰쳐나온 사람들이 살인 거미가 나타났다고 소리치자 삽시간에 백화점 안은 극도의 혼란에 빠졌다. 한꺼번에 비상구로 몰린 사람들 때문에 여러 사람이 엎어지고 넘어지고 진열장마저 깨졌다. 밖으로 밀려 나가는 사람들 속에 다나카의 모습도 보였다. 백화점 직원들이 총 출동하여 사람들을 안심시키려 했지만 오히려 혼란은 가중될 뿐이었다. 살인 거미가 나타나지 않았다는 안내 방송은 계속 흘러나왔지만 아무도 귀담아듣지 않았다.

최성준에게 가짜 순경을 보낸 김도섭과 맹만수는 그에게서 아무 소식도 없자 최성준의 창고를 찾아가기로 했다. 밤 늦은 시각, 몇 사람의 건장한 남자들이 최성준의 창고 앞에서 몸을 숨긴 채 창고 쪽을 감시하고 있었다. 김도섭의 부하들이었다.

이때 다나카의 부하인 이와다와 모리가 탄 차가 다가와 멈추어 섰다. 차에서 내린 그들은 황급히 창고 입구를 향해 걸어갔다. 몹시 서두르는 기색이었다. 이들을 본 맹만수가 중얼거렸다.

"아니, 저건 또 뭐야?"

최성준은 손발이 묶인 채 창고 지하실에 쓰러져 있었다. 정신을 차린 최성준은 손에 묶인 끈을 간신히 풀고 부지런히 발목의 끈도 풀어 버렸다. 그때 입구 쪽에서 인기척이 들렸다. 최성준은 쓰러져 있었던 것처럼 바닥에 누웠다. 지하실로 들어선 이와다와 모리를 본 최성준은 얼른 두 눈을 감고는 축 늘어진 척하고 있었다. 두 사람이 최성준에게 다가와 발로 툭툭 찼다. 지쳐서 움직일 수도 없는 척 꼼짝도 않고 있는 최성준을 보며 모리가 이와다가 의견을 주고 받았다.

"어떻게 할까? 아예 죽여 버릴까?"

"시간없어. 그냥 놔 둬도 죽을 텐데 신경쓰지 마."

두 사람은 자신들이 가지고 온 큰 유리병에 부지런히 여왕거미를 담았다. 쓰러져 있는 최성준이 몰래 실눈을 뜨며 이들의 모습을 지켜보고 있었다. 두 사람이 밖으로 나가려고 하는 순간 최성준이 몸을 날려 이와다와 격투를 벌였다. 갑자기 일격을 당한 이와다가 넘어졌다. 그러자 모리가 최성준을 향해 달려들었다. 최성준이 모리를 때려 눕히자 바닥에 쓰러져 있던 이와다가 일어서며 최성준을 다시 공격했다. 이와다가 최성준과 싸우고 있을 때 쓰러졌던 모리도 다시 일어서며 두 사람이 한 꺼번에 공격을 시작했다. 최성준은 혼신의 힘을 다해 이와다를 쓰러트린 후 발로 그 자의 목줄기를 밟으며 모리를 향해 말했다.

"가까이 오지 마. 나한테 접근하면 이 놈 목을 비틀어 버릴 테니까."

최성준에게 다가오려던 모리는 순간 멈칫했다. 최성준은 이와다의 목을 밟은 채 말했다.

"말해봐. 그년 지금 어디 있어? 어서!"

이와다가 숨이 막히는지 켁켁대며 간신히 말했다.

"제발 목……목숨만 살려주십시오."

"나쁜 놈들. 너희들은 거미를 가지고 죄없는 사람들을 죽이면서 넌 살고 싶다 이거냐? 감히 이 최성준이를 이용해서 살인 거미를 키우게 해? 너같이 교활한 놈은 먼저 나한테 죽어야 해."

최성준이 발을 들어 이와다를 향해 내리찍으려는 순간 모리가 칼을 뽑아들고 최성준에게 달려들었다. 옆구리가 베인 최성준은 그 자리에서 비틀거렸다. 모리가 급히 이와다를 일으켜 세우며 말했다.

"이와다, 시간 없다. 빨리 이곳을 빠져 나가자."

두 사람이 급하게 지하실을 빠져 나갔다. 최성준이 비틀거리며 그들을 쫓다가 쓰러져 버렸다.

이와다와 모리는 여왕거미가 든 가방을 움켜쥔 채 부지런히 위쪽 창고로 향했다. 그들이 막 창고로 올라온 순간 두 사람을 지켜보고 있는 사람들이 있었다. 바로 김도섭의 부하들이었다. 맹만수가 말했다.

"너희들 뭐하는 놈들이냐? 최성준은 어디 있어?"

순간 이와다와 모리가 당황한 듯 서로 쳐다보다가 무조건 맹만수와 김도섭의 부하들을 향해 덤벼들었다. 싸움이 불리해지자 모리가 칼을 빼어 들고 김도섭의 부하들을 위협하며 뒷걸음질을 쳤다. 이 틈을 타서 이와다가 거미가 든 가방을 집어 들고는 도망쳤다. 잠시 멈칫했던 김도섭의 부하 중 한 명이 쫓는 걸 포기하고 지하실 쪽으로 갔다. 모두들 지하실로 향했다. 그들이 창고 지하실로 내려갔을 때 최성준이 피를 흘리며 기어나오고 있었다. 최성준이 소리쳤다.

"제발, 제발 사람좀 살려줘요."

최성준을 본 맹만수가 놀라며 멈춰섰다.

"아니? 이게 어찌된 일이야?"

맹만수를 본 최성준이 순간 긴장이 풀렸는지 그 자리에 쓰러져 버렸다. 맹만수가 달려가 최성준을 안았다.

미란이 보도국 자기 자리에 앉아 무슨 생각인지 골똘히 하고 있었다. 그러다가 핸드백에서 휴지에 싼 뭔가를 꺼냈다. 휴지 안에는 미치코의 머리카락이 있었다. 지난번 오피스텔에 갔을 때 미치코와 싸우던 생각이 났다. 순간 미란의 머릿속으로 뭔가 빠르게 지나갔다.

"유전공학 연구소죠? 소장님께서 언제 귀국 예정인지 알 수 없을까요? 뭐라구요? 오늘 귀국하신다구요? 몇 시 비행기죠? 알겠습니다."

전화를 끊은 미란이 급히 일어섰다. 남 기자가 다가오며 말했다. 부장님이 찾는다는 것이었다. 미란은 남 기자에게 대신 잘 부탁한다며 급히 나갔다. 문 앞에 있던 부장은 나가려는 미란을 붙잡고 특종이 될 만한 사건을 방송하기 전에 국가기관에 신고한 점을 칭찬해 주었다. 언젠가 마음 놓고 보도할 수 있을 때까지 열심히 뛰어보라는 격려도 잊지 않았다.

김포 공항으로 나간 미란은 초조한 기색으로 입국장 쪽을 보고 있었다. 마침 강 박사의 모습을 발견한 미란은 그리로 뛰어갔다. 미란을 알아보지 못한 강 박사는 주리 친구라는 말에 반갑게 인사를 받아주었다. 연구소에 가 주리를 만나려던 강 박사는 미란이 주리의 문제로 긴히 갈 곳이 있다고 하자 궁금해 하면서도 미란을 따라가기로 했다.

미란은 강 박사와 함께 우혁의 학교로 갔다. 두 사람은 급히 우혁의 실험실로 향했다. 우혁은 실험실에 있었다. 우혁이 굳은 표정으로 현미경 앞에 앉았다. 미란이 핸드백에서 휴지에 싼 머리카락을 꺼내 우혁에게 주었다. 다음은 강 박사가 자신의 머리카락 한 올을 뽑아 우혁에게 주었다. 우혁은 현미경 위에 두 사람의 머리카락을 놓고 들여다보기 시작했다. 초조한 표정으로 결과를 기다리던 미란과 강 박사는 시간이 지체되자 실험실 한쪽에 놓인 소파에서 깜빡 잠이 들었다.

어느 새 아침 햇살이 실험실로 비쳐 들었다. 현미경을 보던 우혁이 놀라는 표정으로 황급히 컴퓨터에 데이타를 입력시키기 시작했다. 잠에서 깬 미란과 강 박사는 초조한 표정으로 컴퓨터 화면에 나타나는 유전자 DNA 구조를 쳐다보고 있었다. 강 박사와 미치코의 머리카락의 구조는 아주 달랐다. 우혁의 설명은 간단하게 끝났다.

"유전자 감식법에 의한 친자 확인 결과 DNA의 염기서열 구조상 동일한 유전 인자가 아닌 걸로 판명됐습니다. 따라서 이 두 머리카락의 주인공들은 아무런 혈연 관계가 없다는 결론입니다."

순간 미란의 표정이 굳어졌다. 그리고 우혁을 향해 말했다.

"우혁이 형! 형이 진짜라고 믿은 주리가 가짜야. 이 머리카락은 지난번 오피스텔에서 그 여자와 싸우다가 내 손에 쥐어졌던 바로 그 머리카락이라구. 그 여자는 일본 여자 미치코가 분명해. 형이 감쪽같이 속은 거라구. 이를 어쩌지? 그 여잔 수많은 사람을 죽인 살인마야."

우혁의 표정이 일그러졌다. 침통하다 못해 차라리 멍한 표정이었다. 강 박사 또한 침통한 표정을 짓고 있다가 미란을 향해 말했다.

"이 기자. 그렇다면 내 딸 주리는 지금 어디에 있소?"

"죄송합니다. 거기까진 아직……."

비참한 심정으로 고통스러워 하던 우혁이 일본 신흥종교의 집회 장소에서 보았던 장면들을 떠올렸다. 멍한 시선을 던지고 있던 주리의 모습이 더욱 고통스럽게 다가왔다. 우혁은 무작정 밖으로 뛰쳐나갔다. 미란이 그를 불렀지만 대꾸도 없이 나가 버렸다. 뛰쳐나가는 우혁을 바라보던 미란은 강 박사에게 돌아서며 말했다.

"박사님! 주리의 생명이 위험합니다. 아니, 모든 시민들의 생명이 위험합니다. 자, 일어 나시죠. 저하고 급히 가볼 데가 있습니다."

미란과 강박사 또한 급하게 실험실을 나왔다.

미란은 강박사와 함께 특전사로 갔다. 기다리고 있던 요원이 두 사람을 맞이했다. 미란은 상황실로 들어서자 기다리고 있던 이강준과 부관에게 주리가 가짜라는 사실부터 말해 주었다.

"뭐라구요? 강주리 박사가 가짜라구요?"

"그렇습니다. 그 여자는 강주리가 아닌 일본 여성 미치코입니다."

미란의 말이 믿기지 않는 이강준은 부관에게 준비된 사진을 가져오라고 지시했다. 성형수술 전의 미치코 모습이었다.

"이 사진을 보십시오. 바로 이 여자가 미치코란 여인입니다. 일본 신흥종교 광신자죠. 보십시오. 이 여자의 모습이 어떻게 강주리 씨를 닮았다는 겁니까? 전혀 다른 모습이지 않습니까?"

"……그렇군요. 하지만 제가 아는 미치코 또한 분명히 가짜 주리 노릇을 하고 있습니다. 제 말을 믿어 주십시오."

미란의 말을 들은 이강준이 진지한 표정으로 말했다.

"만약 이미란 씨 말이 맞다면 모든 의문점은 풀립니다. 그 사실만 증명될 수 있다면 당장 작전을 개시할 겁니다. 그동안 작전을 펼치지 못했던 가장 큰 이유가 뭔지 아십니까? 바로 강주리 박사의 명성 때문이었습니다. 그녀는 한국이 낳은 세계적인 유전공학자입니다. 잘못하여 이런 소식이 해외에라도 전해진다면 어떻게 되겠습니까? 우리 나라의 명예가 실추되는 엄청난 파장을 몰고올 것입니다."

이강준의 말을 듣고 난 미란이 할말이 없는 듯 가만히 있다. 두 사람 모두 풀리지 않는 의문점 때문에 몹시 답답해 하고 있었다.

이때 요원이 상황실로 손님을 모시고 들어왔다.

"일본 경시청의 야마다 상께서 방금 도착하셨습니다."

이강준이 야마다를 반갑게 맞아주었다.

"어서 오시오. 야마다 상. 어떻게 이렇게 직접 오셨습니까?"

"사태의 심각성 때문에 제가 직접오는 게 도리같아서……우선 이 비디오 테이프부터 보시죠."

야마다가 비디오 테이프를 꺼냈다. 요원이 비디오를 작동시켰다. 모두들 조용히 비디오 화면을 주시했다. 야마다 상이 가져온 비디오에는 일본에서 미치코가 주리로 성형수술을 하는 모습이 자세히 찍혀 있었다. 성형전문의인 이노키 박사가 미치코의 강요에 못이겨 수술을 하면서 비디오 촬영을 했던 것이다.

"지금 보신 것처럼 미치코는 이노키 박사를 강요해서 한국의 유명한 유전공학자인 강주리 박사의 모습으로 성형수술을 했던 것입니다. 수술 직후 이노키 박사는 이들 종교 집단에 의해 납치되었던 것입니다."

지켜보던 사람들 모두 경악했다. 야마다는 일본 신흥종교 광신자가 저지른 일에 대해 진심으로 사과를 표명했다. 이강준은 직접 방문해 준 야마다 상에게 고맙다는 말을 전하고 곧 출동 명령을 내렸다.

특전사 요원들은 맨 먼저 주리의 유전공학 연구소로 향했다. 아직도 주리 역할을 하고 있을 미치코를 붙잡기 위해서였다. 미란과 강 박사 또한 특전사 요원들과 함께 연구소로 갔다. 그러나 그들이 주리의 연구실에 도착했을 때 미치코는 이미 주리가 쓰던 장비들을 가지고 도망친 후였다. 강 박사는 텅빈 주리의 연구실을 보고는 딸의 이름을 애타게 불렀다.

미란은 일본 신흥종교 집단의 집회가 열렸던 국민학교에 가야 한다고 이강준에게 말했다. 일행 모두 폐교된 국민학교로 향했다.

실험실에서 뛰쳐 나간 우혁은 바로 집회가 열렸던 국민학교로 갔다. 분명히 그곳 어딘가에 감금되어 있을 주리를 구해야한다는 일념뿐이었다. 조심스럽게 교실을 살피고 있던 우혁은 인기척을 느껴 순간적으로 몸을 숨겼다. 이와다였다. 이와다가 우혁의 앞을 지나려는 순간 몸을 날린 우혁은 그의 목을 누르며 소리쳤다.

"어서 말해. 강주리는 지금 어디에 있지?"

이와다가 말을 못하고 캑캑거리기만 했다.

"어서 말하라니까."

바로 이때 갑자기 나타난 다나카의 손이 우혁의 목덜미를 잡아올렸다. 다나카는 우혁의 손발을 묶은 후 주리가 갇혀 있는 빈 교실 바닥으로 집어넣었다. 교실 바닥에 갇혀 있던 주리는 우혁이 들어오기 직전 갑자기 공포에 질렸다. 커다란 거미 한 마리가 그녀 쪽으로 기어오고 있었던 것이다. 거미가 가까워지는 순간 교실 바닥의 찬자가 들려지고 햇살이 비쳐들면서 뭔가 쿵 하고 떨어졌다. 웬 사람인가 하고 살펴보던 주리는 우혁임을 발견하고 기쁨의 눈물을 흘렸다. 우혁 또한 살아 있는 주리를 만나자 감동의 눈물을 흘렸다. 미란의 의심에도 결코 주리가 살인범이 아니라는 생각을 잃지 않았던 우혁이었기에 반가움은 더욱 컸다. 주리는 우혁의 그런 마음을 진심으로 고맙게 생각했다. 두 사람은 다시 한번 진심으로 사랑하고 있음을 확인했다.

"정말 눈물겹군."

두 사람의 대화를 듣고 있던 미치코가 싸늘하게 말했다. 그녀의 뒤에는 다나카 일행도 함께 서 있었다. 교실 바닥으로 통하는 비상구로 들어온 그들은 진행중인 연구의 완성도를 위하여 주리를 데려가려고 온 것이다. 손발이 묶인 우혁은 반항도 못하고 또다시 그들에게 끌려가는 주리를 보낼 수밖에 없었다.

특전사 요원들이 국민학교에 도착했을 때 미치코 일행은 이미 그곳을 떠난 후였다. 혼자 갇혀 있던 우혁은 바닥을 보다가 순간 위험을 느꼈다. 커다란 거미 한 마리가 우혁에게 다가오고 있었다. 거미는 어느새 우혁의 다리를 타고 점점 가슴 쪽으로 올라오고 있었다. 눈으로만 주위를 살펴보던 우혁은 아주 짧은 순간에 몸을 홱 돌려 거미가 몸에서 떨어지도록 만들었다. 언제 어디서 나타날지 모르는 거미 때문에 우혁의 신경은 극도로 날카로워졌다.

특전사 요원들은 빈 교실을 샅샅이 뒤지기 시작했다. 함께 도착한 미란도 우혁을 찾아다녔다. 바닥에서 조심스럽게 움직이고 있던 우혁은 발자국 소리가 들리자 처음에는 가만히 들어보았다. 조금 후 낯익은 목소리가 들렸다. 우혁이를 찾는 미란의 목소리였다. 우혁은 다나카 일행이 입에 재갈을 물리지는 않았기 때문에 급하게 소리쳤다. 어디선가 사람 살려달라는 소리를 들은 미란은 몇 명의 요원들과 함께 교실 바닥을 들어올렸다. 그 안에는 손발이 묶인 우혁이 갇혀 있었다.

"우혁이 형."

미란이 우혁을 보고 소리치자 우혁이 소리쳤다.

"거미……거미부터 죽여."

우혁의 몸에서 튕겨 나갔던 거미가 다시 우혁에게 다가오고 있었다. 특전사 요원이 거미를 향해 총을 쐈다. 우혁에게 다가오던 거미는 총에 맞아 산산조각이 났다. 미란이 급히 우혁에게 다가가 손 발을 풀어주었다. 우혁이 다급한 목소리로 미란을 향해 말했다.

"주리를 빨리 찾아내야 해. 놈들이 주리를 납치해 갔다구."

오로지 주리의 안정을 염려하는 우혁의 태도에 미란은 잠시 서운함을 느꼈다. 그러나 사적인 감정에 치우칠 일이 아니었기에 곧 이강준을 찾아다녔다. 흔적도 없이 사라진 미치코 일행은 어디로 간 것일까? 이강준은 미치코 일행이 해외로 도피하지 못하도록 각 항만청과 공항에 출국금지 조치를 취해 두었지만 그들에 관한 보고를 받지 못해 난감해 하고 있었다.

한편 김도섭의 부하들 때문에 살아난 최성준은 몸을 웬만큼 추스를 수 있게 되자 가만히 있을 수가 없었다. 형 최학준을 만나야겠다는 생 각으로 다방을 찾아간 최성준은 형을 보자마자 끌고 나왔다. 최성준의 창고로 간 최학준은 그동안 동생인 최성준을 이용했던 무리가 미치코 일행인 것을 알게 되었다. 영문도 모르고 거미를 키웠던 최성준은 이제 라도 자신의 잘못을 용서받고 싶었기에 형에게 사실을 털어놓았던 것 이다. 최성준의 창고가 미치코 일행의 아지트였다는 사실을 알게 된 최 학준은 이미란 기자를 떠올렸다. 창고에는 아직도 많은 거미들이 있었 기 때문에 한시바삐 거미들을 처치해야 했다. 미란의 핸드폰 전화번호 를 찾은 최학준은 그녀의 전화번호를 눌렀다.

국민학교에 있던 미란은 최학준의 전화를 받고 미치코 일행이 아지 트로 사용했던 창고가 있다는 사실을 이강준에게 보고했다. 이강준은 방역 요원들을 출동시켜 최성준의 창고로 오라고 하고 자신도 미란과 다른 요원들과 함께 최성준의 창고로 향했다.

요원들이 탄 차가 최성준의 창고 앞으로 들이닥쳤다. 차에서 급히 내 린 요원들이 총을 겨누고 엄호하고 있었고 미란과 우혁 그리고 이강준 이 뛰어내려 창고로 들어갔다. 최성준은 그들을 보자마자 거미가 있는 지하실로 안내했다. 그러나 거미는 흔적도 보이지 않았다. 최성준은 홀 로그램을 작동시키기 시작했다. 지하실 천정에 주리의 영상이 나타났 다. 이번에는 초음파를 쏘기 시작했다. 그러자 어디서 나왔는지도 모르 게 많은 거미들이 쏟아져나왔다. 천정이나 바닥 그리고 벽틈에서까지 거미들이 기어나오고 있었다. 이강준은 도착한 방역 요원들에게 거미 박멸을 시작하라고 지시했다. 준비해온 살충제로 거미를 죽이기 시작한 방역 요원들은 지하실 한쪽 벽면이 하수구로 통한다는 사실을 발견했다. 벽을 허문 요원들은 이강준에게 거미가 하수구를 타고 내려가면 서울 시민들에게 치명적인 일이 발생할 것이라는 보고를 했다. 이강준은 더 늦기 전에 최성준의 창고와 지하실을 아예 폭파해 버린다면 이제 막 기어나오고 있는 거미들을 일제히 박멸할 수 있을 것이라고 판단을 내렸다. 최성준의 양해를 구한 이강준은 대기중이었던 폭파전담반 요원들에게 폭발물을 장치하라는 명령을 내렸다. 요원들은 신속하게 움직였다. 그 순간에도 거미들은 계속 기어다니고 있었다.

창고 밖에서 서성거리던 우혁과 미란은 미치코 일행이 갈 만한 곳을 생각해보았다. 또다시 거미를 키워 살인을 저지를 것이 분명한 미치코 일행을 한시바삐 찾아야 했다. 미란은 가짜 주리 즉 미치코를 만났던 장소들을 떠올려보았다. 그러던 중 제주도 호텔에서 있었던 일이 떠올랐다. 미란은 호텔 현관에서 부딪쳤던 미치코를 주리로 알고 불렀었다. 그녀는 남자들의 호위를 받으며 급하게 사라졌었다. 안내하는 사람에게 물어봤을 때 그는 분명 미치코 상이라고 대답했다. 학생들의 죽음이 거미와 관련된 것이라면 분명 미치코 일행의 제2의 아지트는 제주도일 것이다. 혼자서 생각을 정리하던 미란은 이강준에게 뛰어갔다.

최성준의 창고는 폭파 직전이었다. 전담반이 폭발물을 설치한 후 이강준의 지시를 기다리고 있었다. 사람이 다치지 않도록 주변을 철수시킨 이강준은 오케이 사인을 보냈다. 최성준은 창고가 폭발하는 모습을 멀리서 지켜보았다. 일확천금을 꿈꾸며 살았던 자신의 삶이 오늘처럼 부끄럽게 느껴진 적은 한번도 없었다. 최학준이 동생의 등을 가만가만히 두드려주었다.

미란이 미치코의 행적을 추측해내 이강준과 함께 공항으로 가고 있을 때 미치코와 다나카 그리고 부하들은 벌써 제주도 해안에서 배 한 척을 빌려 그들의 아지트가 있는 이어도 밑의 수중동굴을 향해 떠나고 있었다. 다나카가 배 주인을 협박하며 배를 급히 몰 것을 명령했다. 그 배의 주인은 바로 이어도 수중동굴까지 학생들을 태워다 주었던 사람이었다.

제주 공항에 도착한 미란은 이강준에게 다가가 말했다.

"먼저 가 계세요. 전 놈들이 간 곳의 위치를 정확히 파악하는 데로 합류하겠습니다."

"알겠소. 가급적 빨리 오시오."

미란이 옆에 있는 우혁을 향해 말했다.

"형, 나와 함께 가줘."

미란과 우혁이 먼저 공항을 떠났다. 잠시 후 그들은 취재차 갔었던 제주도 잠수 장비 가게 앞에 도착했다. 미란과 우혁이 급히 가게 안으로 들어갔다. 미란이 다급하게 물었다.

"지난번 수중탐사를 하다가 죽은 학생들이 간 곳이 어디죠?"

"수중동굴 말씀이십니까?"

"그래요. 정확한 위치를 알고 싶어요. 아주 중요한 일이에요."

"무슨 일이 있습니까?"

궁금하게 묻는 가게 주인에게 우혁이 대답했다.

"그렇습니다. 빨리 그곳을 찾아내지 않으면 잡혀간 사람들이 죽을지도 모릅니다. 그놈들은 일본 신흥종교에 미친 살인마들입니다."

우혁의 설명을 들은 주인이 깜짝 놀랐다.

"아니 그럼?"

"왜 그러십니까?"

"지난번 학생들을 태워다 주었던 배 주인말입니다. 그 친구가 일본말을 쓰는 사람들에게 강제로 끌려갔다고 합니다. 어쩐지 이상하다 했죠. 이럴 게 아니라 제가 직접 안내해 드리겠습니다. 어서 가시죠."

세 사람은 급히 가게를 나왔다.

이강준과 그의 부하들은 제주도에 위치한 해군 테러 진압부대로 갔다. 가게에서 나온 미란도 곧 그곳에 도착했다. 작전실 안에서는 긴급회의가 열렸다. 이강준과 해군 부대장을 중심으로 미란과 우혁 그리고 요원들이 앉아 있었고 수중장비 주인이 지도를 세워 놓은 상황판에다가 줄을 그으며 열심히 위치 설명을 했다. 설명이 끝나자마자 그들은 곧 수중동굴이 있는 곳으로 출발했다.

제주도 공해상에 여러 대의 헬리콥터가 떠 있었다. 헬리콥터 안에서 가게 주인이 열심히 손으로 위치를 설명하고 있었다. 부대장과 이강준이 지시를 내리자 작전이 개시되었다. 헬리콥터에서 수중장비를 입은 해군 테러 진압부대원들이 바다로 뛰어내렸다. 긴장하고 있던 미란과 우혁은 부대장의 도움으로 수중장비를 입고 요원들 속에 섞여 바다로 뛰어내렸다.

바다 밑으로 내려온 요원들이 수중동굴 속으로 들어섰다. 막힌 곳을 돌아서 옆으로 빠진 요원들이 드디어 수직으로 올라갈 수 있었다. 그리고는 육지로 통하는 동굴앞에까지 다다랐다. 다른 사람들도 요원들을 따라 수중동굴에 도착했다. 그들은 동굴 바위 쪽으로 헤엄쳐 올라갔다. 동굴 바위 위에 오른 이들은 부지런히 수중장비를 벗고는 전투 태세를 갖추기 시작했다. 이들이 전투 태세를 갖추고 있을 때 동굴 속에서는 미치코 일당이 또 다른 실험을 하느라고 분주하게 움직이고 있었다.

미치코 일행이 최성준의 창고에서 가져온 여왕거미의 모습이 보였다. 여왕거미로부터 복제 거미들이 태어나고 있었다. 미치코는 거미들이 태어나는 모습을 흐뭇하게 지켜보고 있었다. 다나카는 미치코의 옆에서 홀로그램과 초음파를 작동시키고 있었다. 이때 이와다와 모리가 주리의 양팔을 한쪽씩 잡고는 실험실 안으로 들어섰다. 주리의 두 눈은 가려져 있었다.ㅊ 미치코가 눈짓하자 주리의 눈에 감겨있던 줄이 풀렸다. 주리는 동굴 속의 풍경에 몹시 놀랐다. 미치코가 주리의 놀란 모습을 보고 미소를 지으며 말했다.

"뭘 그렇게 놀라나, 강주리 씨. 세상이 잠잠해지면 우린 다시 나설 거다. 지금 태어나는 독거미들에게 에볼라 바이러스를 주입해서 이번엔 공중에서 투입할 예정이다. 한국에 재앙이 닥치고 사람들은 지구의 종말을 믿겠지. 그러면 우리들이 나설 거다. 사람들을 구원하고 영생을 주기 위해. 어때? 완벽하지 않나?"

주리는 말문이 막혀 아무 말도 할 수 없었다.

이때 멀리서 총소리가 들려왔다. 순간 미치코 일행은 긴장했다. 그들은 주리를 끌고 모니터 앞으로 달려갔다. 미치코가 모니터를 살펴보니 요원들의 모습이 보였다. 동굴 속을 향해 전투 태세로 들어오고 있었다. 이곳까지 쫓아오리라는 생각을 하지 못했던 미치코 일행은 놀랐다.

이강준을 선두로 동굴 속을 전진해 들어오던 일행은 동굴 천정에서 떨어지는 거미를 발견했다. 일행은 살충제를 뿌려가며 전진을 늦추지 않았다.

드디어 동굴 입구에 다다른 이강준 일행은 출입문에 달린 비디오를 발견했다. 안에 누군가 있는 것이 분명했다. 카메라가 돌아가는 모습이 보였다. 그 순간 이강준이 모두를 향해 소리쳤다.

"엎드려라."

만약의 사태에 대비해 일행들은 모두 엎드렸다. 동굴 속에서 모니터를 지켜보던 미치코는 미란을 발견하곤 이를 악물었다. 좀더 일찍 처치했어야 했다는 후회가 깊었지만 지금으로서는 소용없는 일이었다. 미치코의 옆에 서 있던 주리는 우혁을 보고 이제 곧 구출될 수 있을 거라는 확신을 갖게 되었다.

다나카가 당황하여 미치코에게 물었다.

"어떻게 하죠? 정오사님?"

위급한 상황이었다. 미치코가 잠깐 뭔가를 생각하더니 갑자기 주리 곁으로 가까이 다가갔다.

동굴문 앞에 엎드려 있던 요원들이 출입문에다가 폭파 장치를 했다. 다른 일행들은 뒤로 조금씩 물러나 있었다. 이강준이 지시에 의해 폭파 장치 스위치를 작동시킨 일부 요원들이 뒤로 물러난 일행곁으로 뛰어왔다. 잠시 후 동굴문이 폭파 되었다. 요원들이 동굴 속을 향해 뛰어들었다. 이강준은 미치코 일행을 생포하라는 지시를 내리고 앞으로 뛰어갔다.

요원들은 민첩하게 움직이며 동굴 속으로 전진했다. 먼저 뛰어간 이강준과 미란 그리고 우혁은 동굴 안쪽에 있는 실험실로 갔다. 실험실로 들이닥친 일행은 갑자기 더 이상 앞으로 가지 못하고 그 자리에 서 있었다. 그들의 눈 앞에 나란히 서 있는 미치코와 주리 때문이었다.

"우혁씨."

"우혁씨."

미치코와 주리가 동시에 우혁을 불렀다. 순간적으로 당황한 우혁은 너무나 똑같은 두 사람을 보며 말문이 막혔다. 미란도 역시 혼란스러웠다. 어느 새 들이닥친 요원들이 미치코와 주리를 에워쌌다. 미치코가 우혁을 향해 말했다.

"어서 날 구해줘."

주리가 날카롭게 소리쳤다.

"안돼! 이 여자가 바로 미치코야. 속으면 안 돼. 우혁 씨."

미치코가 다시 말했다.

"아냐. 이 여자가 바로 미치코야. 우혁 씨 속으면 안 돼."

똑같은 모습의 두 여자가 동시에 소리치자 우혁은 계속 어쩔 줄 몰라 했다. 둘만의 비밀을 생각하라는 미란의 충고에 뭔가를 생각해보려고 하지만 지금같아선 아무 생각도 나지 않았다.

우혁이 망설이고 있는 순간 동굴 안으로 도망치던 다나카와 이와다 그리고 모리는 동굴이 막혀 더 이상 도망칠 수 없게 되자 돌아섰다. 막다른 곳에 다다른 살기가 느껴졌다. 요원들이 총을 쏴 사사하려고 하자 이강준의 부관이 사로잡아야 한다고 소리쳤다. 이 소리를 들은 다나카가 야비한 웃음을 지으며 부관을 향해 달려들었다. 뒤에 있던 이와다와 모리도 요원들을 향해 달려들었다. 치열한 몸싸움이 시작되었다. 다나카 일행은 얼마 싸우지 못하고 사로잡혔다. 요원들이 다나카 일행을 묶어 이강준이 있는 곳으로 향했다.

동굴 속 실험실 안에서는 여전히 긴장한 모습으로 우혁이 주리와 미치코를 쳐다보고 있었다. 옆에서 지켜보는 미란은 몹시 답답했다. 우혁이 진짜 주리를 가려내지 못하자 이강준이 따로 심문하자는 제의를 했다. 그러자 주리가 소리쳤다.

"안돼요. 이 여자는 보통 교활한 여자가 아니에요. 틀림없이 우혁 씨를 해칠 거에요. 안 돼요."

주리가 소리치며 순식간에 옆에 서 있는 요원의 단검을 빼앗아 자신의 가슴을 찌르려 했다. 그 순간 우혁이 주리의 행동을 막았다.

"안 돼. 주리야."

우혁이 주리에게 뛰어가자 미치코 또한 옆에 서 있는 요원의 단검을 빼앗아 자신의 가슴을 찌르려 했다. 이번에는 우혁이 미치코를 향해 소리쳤다.

"안돼. 주리야."

우혁을 지켜보던 주리가 뭔가를 결심하는 표정으로 옆에 있는 거미집을 힐끗 보았다. 거미집 속에 있는 여왕거미를 향해 몸을 던진 건 짧은 순간이었다. 거미집이 부서지며 여왕거미가 튕겨져 나오며 바닥으로 떨어졌다. 그리고는 바닥에 쓰러져 있는 주리를 향해 천천히 기어오기 시작했다. 우혁은 주리를 향해 몸을 날렸다.

"안 돼. 주리야. 넌 죽으면 안 돼."

주리의 몸위로 덮치며 주리를 껴안았다. 거미는 여전히 다가오고 있었다. 그 순간 미치코가 도망을 쳤다. 이강준이 권총을 빼들고는 미치코를 향해 말했다.

"바로 네가 미치코였구나. 이 교활한 인간."

도망가던 미치코가 우혁과 주리의 몸에 걸려 쓰러졌다. 주리를 향해 다가오던 거미가 미치코의 몸 위로 기어가 단숨에 미치코를 물어 버렸다. 우혁은 미치코의 몸을 젖히고 주리를 안아 일으켰다. 미치코는 숨을 몹시 가쁘게 몰아쉬었다. 온몸이 사시나무 떨듯 경련을 시작하더니 피를 흘리기 시작했다. 그녀의 입에서 눈에서 귀에서 온몸으로 피가 흐르기 시작했다. 에볼라 바이러스가 주입된 여왕거미는 미치코의 몸에서 흘러나오는 피를 맛있게 빨아먹고 있었다. 마침내 미치코의 얼굴이 형체를 알아볼 수 없게 변했다. 끔찍한 광경에 모두들 고개를 돌렸다. 주리는 여왕거미가 우혁에게 다가가는 모습을 발견하곤 소리쳤다. 이강준은 여왕거미의 퇴치를 위해 준비한 강력한 살충제를 뿌리고 다시 화염 방사기로 쏘아댔다. 살충제에도 꼼짝 않던 여왕거미가 화염 방사기의 불길에 산산조각이 났다.

실험실 앞에 끌려온 다나카는 미치코의 죽음을 보고 옆에서 감시하고 있던 요원의 단검을 빼앗아 자신의 배를 찔렀다. 이와다와 모리는 이미 혀를 깨물고 그 자리에 죽어 있었다. 다나카가 남긴 마지막 말은 '위대하신 사노 존사'라는 말 한 마디였다.

수중동굴에서 빠져나온 일행은 모두 해군 경비정에 올라탔다. 모두들 바다를 쳐다보고 있었다. 우혁과 주리도 바다쪽을 보고 있었다. 그 다른 편에서 미란이 홀로 쓸쓸한 표정으로 역시 바다쪽을 보고 있었다. 이강준이 미란 쪽으로 다가가 조용히 말했다.

"정말 수고 많으셨습니다. 이 모든 작전이 이미란 씨가 아니었다면 불가능 했을 겁니다."

미란이 표정을 바꾸며 활짝 웃었다. 그리고는 이강준을 향해 손을 내밀었다. 마주보던 두 사람이 환히 미소를 지을 때……. 그때 바다 쪽에서 물기둥이 높이 솟아오르며 폭발음이 들렸다.

모두의 시선이 그쪽으로 향했다. 주리를 감싸안은 우혁 또한 그쪽을 보고 있었다. 주리가 우혁에게 속삭이듯이 말했다.

"우혁 씨. 난 다시는 신의 영역에 도전하는 오만한 짓은 안 할 거야."

우혁이 주리에게 말했다.

"그렇지 않아. 이번 일은 주리의 잘못이 아냐. 인류를 위한 어떤 획기적인 발명도 어떤 목적으로 사용하느냐에 따라 엄청난 차이가 있으니까. 그들은 주리, 너의 연구를 가지고 선한 쪽대신 악한 쪽을 선택했던 거야. 아마도 그건 진심으로 남을 사랑하는 마음이 없었기 때문일 거야. 어떻게 자신들만이 영생하기 위해 다른 사람들을 죽일 수가 있어? 난 사랑만이 우리 인류를 구원하는 마지막 힘이라고 믿어."

우혁을 바라보는 주리가 시선은 어느 때보다도 아름답게 빛났다.

우혁이 다짐하듯이 힘주어 말했다.

"주리 넌 다시 연구를 시작해야 해. 넌 해 낼거야. 사랑이 뭔지 아니까. 그리고 네 옆엔 내가 있잖아."

주리는 우혁에게 살며시 안겼다. 우혁이 주리의 어깨를 감싸안으며 바다로 눈을 돌렸다.

그로부터 며칠 후, 제주도 어느 해안에서 학교를 파한 어린아이들이 공놀이를 하며 놀고 있었다. 푸른 바다물결 사이로 하얗게 파도가 일었다. 백사장으로 다가오던 파도는 갖가지 모양으로 잘게잘게 부서졌다. 파도가 지나간 백사장으로 뭔가 기어나오고 있었다. 여덟 개의 다리로 모래 위를 걸어오는 그것은 거미였다. 거미가 아이들이 놀고 있는 쪽으로 한걸음씩 가고 있었다.

재미있는 거미 연감

　이 지구상에는 현재 약 150만 종의 생물들이 살고 있다. 이 중 약 30만 종이 식물이고, 130만 종이 동물이다. 이 동물 중 절지동물이 약 90만 종이고, 거미류는 4만여 종이나 된다. 전세계에 거미류 약 4만 종 중 대략 미국에 4,200종, 중국에 3,400종, 일본에 1,200종, 우리 나라에 600종이 서식하고 있다.

　거미는 주형강(蛛形綱 ARACHNIDA), 거미목(ARANEIDA/ARANEAE) 동물이다. 거미는 아주 오랜 옛날부터 지구상에 서식해 온 동물로 3억8천만 년 전 것으로 추측되는 화석으로 발견되었다. 거미의 조상은 고생대의 삼엽충 같은 동물로 추측되며 좀더 거슬러 올라가면 곤충과 같은 조상으로부터 진화된 것으로 보인다.

　거미는 남극 대륙을 제외하고는 해수면에서부터 5㎞ 고도에 이르기까지 전세계적으로 널리 분포한다. 대부분이 육상 생활을 하며 몸 길이는 1㎜에서 90㎜까지 이르며 포식성이며 주로 곤충을 먹는다.

　이러한 거미가 오랜 세월 동안 서식처를 넓히고, 배회하거나 거미줄을 이용한 생활을 하다 보니 여러 가지 변화를 맞이하게 되었고 다양한 생태(生態)를 보이게 되었다.

　거미는 서식처의 진화 과정으로 보아 물 속에서 주로 생활하는 물거미, 땅 속에서 주로 생활하는 땅거미, 지표를 배회하면서 사냥하는 배회성 거미(늑대거미, 깡충거미), 줄로 망을 쳐서 사는 정주성 거미(왕거미, 꼬마거미)로 구분할 수 있다.

거미의 계통학적 분류

거미는 계통학적으로 크게 셋으로 나뉜다.

옛실젖거미 아목(MESOTHELAE)과 원실젖거미 아목(MYGALOMO-RPHAE)과 새실젖거미 아목(ARANEOMORPHAE)이 그것이다.

옛실젖거미 아목(MESOTHELAE)과 원실젖거미아목의 위턱은 밑마디가 앞쪽으로 수평하게 돌출하였고, 엄니는 몸을 좌우로 가르는 정중선 면에 평행하여 상하로 움직인다. 그러나 새실젖거미 아목의 위턱은 밑마디가 몸 아래쪽으로 수직으로 돌출하고 엄니는 정중선 면에 각도를 이루어 좌우로 움직인다. 전자와 같은 경우 위턱은 '등축성 等軸性'이라 하고 후자를 '이축성 二軸性'이라 하며 이는 거미의 아목을 나누는 특징이 된다.

옛실젖거미 아목은 중국, 일본, 동남아시아 등에 제한된 단일 과인 리피스티디(LIPHISTIIDAE) 2속 40종을 포함한다. 이에 속하는 거미들은 모두 땅 속에서 생활하며 복부에 마디가 있다.

원실젖거미 아목은 15과 260속 2200종이다. 이에 속하는 거미들의 일부는 옛실젖거미 아목처럼 땅 속에 대롱 모양의 집을 짓고 살며, 종류에 따라 집 입구에 문짝을 다는 것과 달지 않는 것이 있다. 그리고 복부에 체판이 있다. 비비거미, 타란튤라, 문닫이거미, 땅거미 등이 이에 속한다.

원실젖거미 아목에 속하는 오스트레일리아 아트라스는 인간에게 매우 위험한 독을 갖고 있는데 보통 튜브 모양의 은신처에서 서식한다.

배회성 거미인 타란튜라는 자기 서식처의 입구나 잘 정리된 거미줄 일부에 실선을 구축하여 먹이를 얻는다.

새실젖거미 아목은 90과 2700속 300종이 포함되며 대부분의 거미는 여기에 속한다. 이 거미들은 끈끈액 실의 방직 능력이 발달되어 넓은 먹이 포획망을 만들어 먹이 사냥을 한다. 그리고 복부에 마디나 체판 없이 사이젖이 있다.

거미의 몸 구조

거미의 몸은 단단한 껍질로 덮힌 머리가슴과 배로 되어 있다. 4쌍의 다리는 머리가슴에 연결되어 있다. 다리는 모두 7마디로 되어 있다. 다리들의 끝에 2~3개의 발톱을 갖고 있는데 과(科)에 따라서 다르다. 거의 모든 거미들은 8개의 홑눈을 갖고 있는데 홑눈의 배열은 과의 종류에 따라 흑백의 기하학적인 모양이다. 이 홑눈은 과를 판별하는 데 중요한 역할을 한다. 껍질의 모양도 역시 일반적으로 구별할 수 있는 특징이 된다.

머리가슴은 뇌와 독 분비선과 위장을 포함하고 있다. 배에는 심장, 소화관, 생식기, 책허파와 호흡 기관 그리고 실샘이 있다. 이 두 부분은 가느다란 줄기, 즉 배자루로 되어 있고 이 배자루를 통하여 대동맥, 내장, 신경계 그리고 약간의 근육과 연결되어 있다. 배의 끝에는 실젖이라고 하는 손가락 모양의 구조물이 몇 개 있다. 이 실젖은 실샘에서 작은 점액 방울들을 내보내 실을 만든다.

거미의 성장과 생식

거미는 자라기 위해서 탈피한다. 대개 완전히 성숙하기까지 4번 내지 12번의 탈피를 한다. 원실젖거미 아목 거미의 암컷들은 긴 성충 생활을

통하여 1년에 1번 혹은 2번 정도 허물을 벗는다. 거미가 허물을 벗기
전에 골격의 내층은 부드러워진다. 남아 있는 골격은 그 후 쉽게 찢어
진다. 허물 벗기가 시작됨에 따라 증가된 혈압은 골격이 정면 가장자리
에서 찢어지는 원인이 된다. 계속하여 잔등의 둘레가 터지고 들어올려
진다. 이어 배 껍질이 터진다. 펌프 운동은 다리 돌기들을 위아래로 움
직이게 하여 낡은 껍질을 벗겨 내고 유연한 다리가 드러난다. 허물 벗
기 과정 중에 다리는 새롭고 더 작은 다리로 교체되는 경우도 있다.

대부분의 거미들은 한 계절 혹은 두 계절 정도 산다. 원실젖거미 아
목의 거미들은 수년 내에 성숙하지 않는다. 수컷은 성숙한 후 1년도 못
살지만 암컷은 20년까지 살 수 있다. 어떤 원시적인 거미들은 (시카리
우스 SICARIUS, 로소스켈레스 LOXOSCELES, 필리스타타 FILISTATA,
에티푸스 ATYPUS)는 5년에서 10년까지 산다.

성숙한 숫거미는 더듬이다리(觸手)가 액으로 가득 찬 후부터 구애를
시작하여 암컷을 찾아 다닌다. 어떤 배회성 거미는 같은 종의 성숙한
암컷이 만들어 놓은 거미줄의 일종인 예인선(DRAGLINE)을 발견하여
그 줄을 따라가서 배우자의 위치를 알아 낸다. 거미줄을 치는 거미의
수컷들은 종종 거미줄에 접촉함으로써 그 거미줄에 성숙한 암컷이 있
는지 없는지를 분간해 낼 수 있다는 것이 실험적으로 나타났다. 원형
거미줄을 치는 시력이 나쁜 숫거미들과 기타 거미들은 암컷의 거미줄
가닥을 잡아당김으로써 접근을 알린다. 다른 것들은 암컷을 어루만지
거나 조심스럽게 두드린다. 늑대거미나 밝은 빛깔의 깡충거미 같이 시
력이 좋은 거미들은 암컷 앞에서 춤을 추고 다리를 흔들어 보인다. 늑
대거미의 일부는 교미하기에 앞서 암컷에게 먹이로 곤충 한 마리를 선
사한다. 수컷들은 대개 교미 후 곧 죽어 버리거나 암컷에게 잡아먹힌다.
접시거미의 암컷과 수컷은 같은 거미줄에서 함께 살기도 한다.

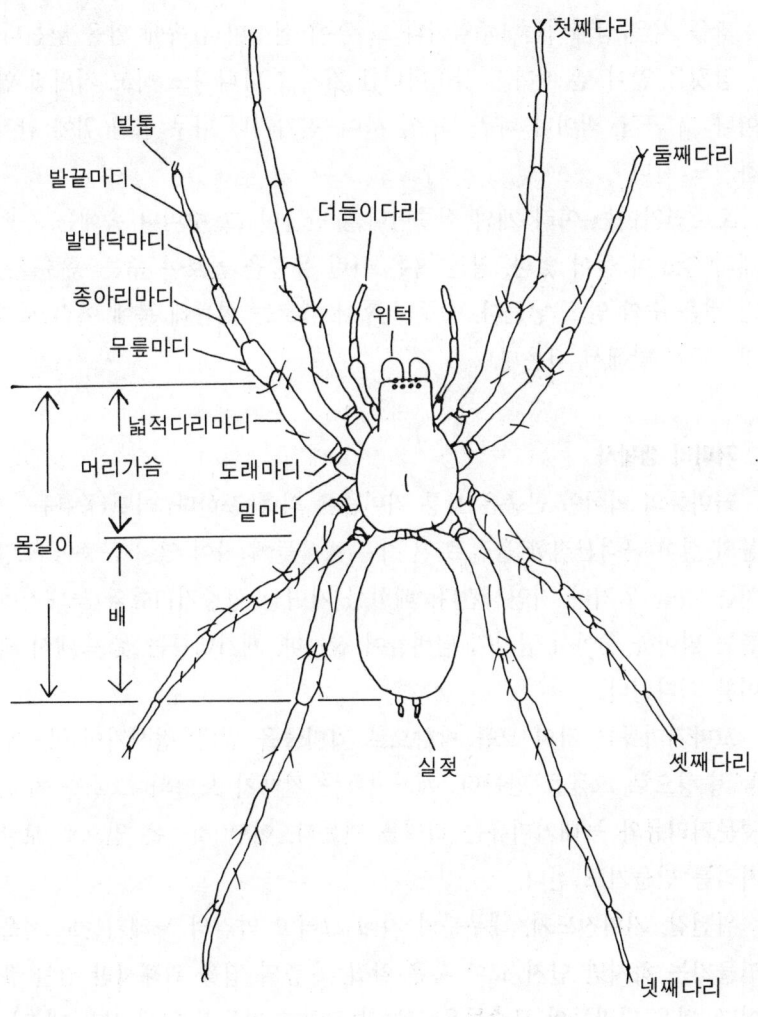

첫째다리

둘째다리

발톱

발끝마디

발바닥마디

종아리마디

무릎마디

더듬이다리

위턱

넓적다리마디

머리가슴

도래마디

밑마디

몸길이

배

실젖

셋째다리

넷째다리

[등면에서 본 거미의 몸]

짝을 지은 암거미는 1주일이나 그 후에 실주머니 속에 알을 낳는다.

암컷은 알이 깰 때까지 실주머니를 가지고 다니기도 하고 거미집 안이나 그 근처, 벽이나 바위 틈, 잎 사이, 잔가지나 나무 껍질 위에 간직하기도 한다.

오소리거미는 여러 개의 실주머니를 만들며 그 주머니 속에는 수백 개의 알들이 들어 있다. 알들 혹은 어린 유충을 돌보아 주는 종류들은 더 적은 수의 알을 낳는다. 수주일 후나 때로는 이듬해 봄에 어린 새끼 거미들이 알에서 나온다.

거미의 생활사

거미류의 먹이인 곤충은 보통 거미줄에 의해 잡힌다. 어떤 종류는 그물의 실이 끈적끈적한 물질로 된 작은 방울들에 싸여 있어 곤충이 도망치는 것을 막거나 지연시킨다. 배회성 거미인 깡충거미류와 늑대거미류는 먹이를 쫓아서 갑자기 덤벼들어 잡는다. 게거미류는 꽃 속에서 먹이를 기다린다.

꼬마거미류는 거의 모든 방향으로 거미줄을 친다. 접시거미류는 보통 수평으로 그물을 만든다. 게거미류는 깔때기 모양의 그물을 치고, 덫문거리류와 늑대거미류는 터널을 만든다. 어떤 것들은 잎으로 보금자리를 만들기도 한다.

위전갈, 거미진드기, 대부분의 지네 그리고 약간의 노래기들도 실을 만들기는 하지만 단지 교미 혹은 알집, 유충의 집을 위해서만 만들 뿐이다. 많은 나방들의 모충들은 그들의 고치를 만들기 위해 실을 내놓는다.

그러나 거미의 실은 보통 거미줄을 치는 것 외에도 많은 용도를 갖고 있다. 대부분의 거미들은 실로 알집들을 만드는데 이것의 형태는 대개

구형(求刑)이지만 때로는 편편한 원반이나 길쭉한 형태일 경우도 있다. 어떤 종류의 거미들은 실로 어린 거미들을 위한 육아방을 만든다.

많은 거미들이 실 터널 속에 숨거나 혹은 실로 그들의 은신처 입구를 막거나 함정용으로 사용한다. 먹이들은 거미줄 또는 함정에 걸리고 그 후 실에 감긴다.

화학적으로 거미의 실은 물에 녹지 않는 섬유단백질이다. 이것은 실젖의 입구에서 액체 형태로 나오는데 나오자마자 중합(重合)되어져 즉시 굳어진다. 실은 전체 길이의 4분의 1까지 끊어지지 않고 늘일 수 있으며 무당거미의 실은 알려진 섬유들 중에서 가장 강한 것이다. 거미들의 육식 습성 때문에 거미를 대량으로 기르기는 어렵다. 그래서 거미가 내는 실은 아직까지 상업적으로 쓰이지 못한다. 거미의 거미줄은 복부 속의 실샘에서, 골조 실은 다른 분비선에서 그리고 알주머니 실은 또 다른 분비선에서 나온다.

거미의 다리 끝에 있는 발톱들은 거미가 내는 실을 다루기 위하여 사용된다. 가운데 발톱과 2개의 유연한 부속 발톱 사이에 붙잡힌 채 발톱들은 앞뒤로 움직인다. 실을 고착시키는 것이 무엇인지는 아직 밝혀지지 않았다. 거미줄을 치고 거미줄 위를 걸어다니는 거미들은 각 발에 발톱을 3개씩 달고 있다. 그러나 배회성 거미들은 2개의 발톱을 갖고 있으며 가운데 발톱 대신에 편편한 모발의 숱이 있다. 어떤 거미는 또한 모든 다리의 마지막 마디 아래에 모발 브러쉬(SCOPULA)를 갖고 있다. 발톱 숱은 대부분의 표면을 덮고 있는 물막에 부착되어 있어 거미가 매끈한 곳을 걸어갈 수 있게 해준다.

대부분의 거미들은 실로 예인선을 만든다. 그것들은 간격들에 고착되어 안전선으로서 혹은 길을 다시 찾아가는 데 도움을 준다. 실은 곤충들을 잡기 위한 함정으로 쓰인다.

거미 중에는 블랙 위도우 같이 독을 갖고 있는 것들도 있다. 이 독거미는 남아프리카나 오스트레일리아, 뉴질랜드, 미국 남부에 서식한다. 독을 가지고 있지만 사람이 물려도 그리 치명적이지는 않다. 그러나 어떤 독거미에게 동맥을 물리면 2시간 내에 사망할 수도 있다고 한다.

거미의 중요성

거미의 천적들은 다른 거미들(해방거미, 굴아기거미)과 약간의 곤충, 도마뱀, 조류, 원숭이들이다. 그러나 이런 천적들은 거미의 숫자를 조절하는 데 도움을 준다. 거꾸로 거미들은 어느 정도까지 그들의 먹이인 곤충들의 수를 조절한다. 그렇게 해서 생태계의 평형은 유지되는 것이다.

특히 거미는 사람이나 가축에게 해로운 파리, 모기 등의 위생 곤충뿐만 아니라 산림 해충이나 농작물의 해충 따위를 포식하여 우리에게 무척 유익한 동물이다.

최근 김주필 박사의 무공해 농사 시범으로 논농사에 논거미를 이용하여 성공한 사례도 있다. 벼 1포기 당 평균 6마리의 거미가 서식하고 있어, 300평 당 하루 평균 15만 마리의 해충을 잡아먹는 것으로 조사되었다. 거미를 이용한 무농약 농사 연구는 날로 심해지는 환경 오염, 맹독성 농약 살포로 인한 농토의 황폐화로부터 인간의 건강과 자연을 보존하게 될 것이다.

- 김주필 박사의 《거미학의 연구》에서

거미

지은이 / 박 일
펴낸이 / 최순철
만든이 / 박선영, 김학미

초판1쇄 인쇄일 / 1995년 7월 15일
초판1쇄 발행일 / 1995년 7월 20일

펴낸곳 / 도서출판 등불
서울시 마포구 구수동 68-2호 대건빌딩 302호
전화 715-8716 팩스 715-8717
출판등록 / 1994년 4월 10일(제10-969호)
ⓒ박일, 1995

정가 6,000원
ISBN 89-8028-028-9 03810
※잘못된 책은 바꾸어 드립니다.